講談社文庫

# 水底《みなぞこ》の棘《とげ》

法医昆虫学捜査官

川瀬七緒

JN177621

講談社

# 目次

# 水底の棘

## 法医昆虫学捜査官

# 第一章　夏からの知らせ

## 1

　朝の六時を過ぎたあたりから、町は本格的に稼働しはじめた。すれ違う人がずいぶん多くなっているけれども、活気のある顔をしているのは朝練らしき高校生と、騒がしく飛びまわっているカラスぐらいのものだろう。会社へ向かう大人たちはみな無表情でコートの前をかき合わせ、背中を丸めて黙々と歩を進めていた。

　赤堀涼子《あかほりりようこ》は十一月の北風を全身に浴びながら、江戸川《えどがわ》区清新町《せいしんちよう》の河川敷で自転車を急停止させた。さすがに今年いちばんの寒波と騒がれるだけはある。耳が痛いほど冷たくなって、足先の感覚がなくなりつつあった。赤堀はぴんと張った空気を胸いっぱいに吸い込み、軍手をはめた手をこすり合わせた。

また冬がきた。産みつけられたカマキリの卵嚢《らんのう》がススキの高い位置に集中し、今月に入ってからカメムシやチョウバエなんかがやたらと家の中に入ってくる。今年の冬は大雪が降るから気をつけろ……虫たちが告げてきた予報だ。ここ数年、的中率はほぼ百パーセントを誇っていた。

赤堀はひょいと自転車を降り、手脚を振ったり跳び上がったりして体じゅうの血を巡らせにかかる。よし、そろそろいくか。高速で膝《ひざ》を屈伸しながらつぶやき、黄色いヘルメットをかぶったまま勢いよく土手を駆け下りた。少し先の川縁《かわべり》に、二人の男がぬっと突っ立っているのが見える。さくさくと枯れ草を踏んで近づいていくにつれ、腹に響く振動のような音が鼓膜《こまく》を震わせた。中央ハ音、「ド」ぐらいの音階だろうか。

「おはようございます！」

赤堀が後ろからいきなり声を上げると、男たちはくるりと同時に振り返った。ひとりはサックスブルーの作業着を着た小柄な中年男。もうひとりは、「大吉《だいきち》昆虫コンサルタント」の社名と似顔絵入りのつなぎを着ている辻岡《つじおか》大吉だ。ひと月前にダイエット宣言をしたはずだが、むちむちとした小太り具合は以前となんら変わっていない。北風に煽《あお》られてマッシュルームカットが乱れ、浅黒くて濃厚な顔にまとわりついていた。二人とも河童《かっぱ》のような防塵《ぼうじん》マスクを着け、顔の上半分は大振りな透明ゴーグルで覆われている。その姿を見て赤堀は思った。今日の不審者情報にはこの二人が挙がってくるに違いない。
「涼子先輩！　ああ、よかった！」
大吉がマスクの下からこもった声を張り上げた。
「すみませんでした、急に呼び出して。この寒さでバイトがダウンして寝込んじゃっ
たから、もう先輩が捕まんなかったらどうしようかと思ってたんですよ」
「最後の望みってわけだ」
「ええ、まさに。五人に断られましたからね。それにしても、朝の五時半に電話して
から小一時間で到着とか、人間技じゃないですよ」
「余裕じゃん」
「いや、先輩じゃなきゃ無理ですって。こないだも川越《かわごえ》まで自転車で行ったらしいじ
ゃないですか。しかも五分で済む用事のためにですよ。いったい、何が先輩にそうま
でさせるんですか」
するとと大吉の隣にたたずんでいる男がずいぶんと恐縮しながら、しかし有無を言わ
せない調子で口を挟んできた。
「ええと辻岡さん、辻岡さん、お話の途中ですみません。こちらの方は？」

「ああ、彼女は法医昆虫学博士で、たまに仕事を手伝ってもらってるんですよ。今日は急遽《きゅうきょ》ヘルプを頼んだわけでして」

「ええ？　博士の方……ですか。ずいぶんお若くていらっしゃる」

「小さいし見た目は高校生みたいですけど、彼女はれっきとした三十六の中年ですよ。何歳までこの形状のままなのか、同業者と賭けをしてるとこなんです。ちなみにぼくは、五十五で羽化《うか》するほうに三万ほどぶっ込んでるんですけどね。童顔ってやつは、ある日突然、老婆に変身する定めがありますから」

大吉は、小柄な男に失礼きわまりない紹介をした。作業着の男は江戸川区役所の職員らしく、お辞儀は上体を四十五度きっかりに曲げた模範的なものだった。赤堀も頭を下げて笑いかけた。

「寒いのに、朝早くからたいへんですね。ご苦労さまです」

「めっそうもありません。これがわたしどもの仕事ですから」

そう言って職員は、表彰状を受け取るような格好で名刺を差し出してきた。そこには、江戸川区生活環境部環境保全課河川全般担当室主査という、早口言葉みたいな肩書きが三行にわたって印刷されている。

「すみません、名刺をもってきてないんですよ。赤堀です」

「ああ、かまいません、かまいません」

職員は顔の前で手を振りつつ、赤堀の全身に素早く視線を走らせた。紺色のナイロンジャンパーに、同じくナイロンのジョギングパンツ。そこに黄色いヘルメットをかぶっている姿が胡散臭《うさんくさ》くてたまらないし、そもそも博士というのもはったりの可能性が高いだろう。対応にはじゅうぶん注意しなければ……。一瞬のうちに、このぐらいのことを思ったであろうことは想像がついた。

「大吉コンサルさんに害虫駆除の依頼をさせていただいたんですが、いまいちまだ仕組みを理解できなくてですね。一目瞭然だということで足を運んだわけです」

彼の後ろでは大吉がマスクをずらし、あれだけ説明したのにまだわかっていないのか、と声を出さずに口ぱくで伝えてきた。

「実は、足立《あだち》区さんからご紹介いただいたんですよ。綾瀬《あやせ》川《がわ》も辻岡さんが駆除を手がけたそうですね。細かい打ち合わせには別の者が出向いていた関係で、ウズベキスタンの方とは今日まで存じ上げませんでした」

「日本人とのハーフ、国籍も生まれも日本です」

大吉が素早く間違いを指摘したけれども、公務員の彼は驚いた素振りをしただけであっさりと受け流した。

「足立区さんも日本一汚い一級河川の汚名を返上するには、たいへんな努力があったことでしょう」

「まだワーストスリーには常駐してますけど」

赤堀が笑顔のまま余計なひと言をつけ加えると、役所の職員は、身をよじって無理に笑い声を絞り出した。

「これは、これは！　手厳しいご指摘ですね！　まさにその通りなんですが、うちの荒川《あらかわ》にも問題がもち上がったというわけですよ。こんな季節なのに蚊《か》が大発生して苦情が山のように届いていたんです。朝から電話が鳴りっぱなしでねえ。殺虫剤を散布しようにも、この辺りは学校と住宅が近いですから、反対の意見も相次ぎまして」

男は天然パーマらしい猫っ毛を撫《な》でつけて、終始笑い声をこぼしている。けれども目の奥は硬く、表情筋の動きがことのほか乏しかった。自分の仕事が嫌いで心底うんざりしている様子が見て取れるが、ここへきたのも上司からの命令なのだろうか。大吉昆虫コンサルタントとかいうおかしな会社が、本当に仕事をするかどうかを見張れ……こんなところかもしれない。

赤堀は、川縁に並べられているいくつもの円筒に目を移した。対岸にもずらりと置かれているそれは、長さ一メートル、直径が五十センチぐらいの黄緑色で、現代アートの展示と言われれば妙に納得してしまいそうな見た目だった。単に厚紙を丸めただけなのだが、この筒がさっきから流されている不快な音の出どころだ。

赤堀は水際のススキを摑《つか》んで体重を預け、落ちそうなぐらいに伸び上がって川の流れを覗《のぞ》き込んだ。水は岸に沿って抹茶色によどみ、刺激臭も混じった独特の生臭さを放っている。生物化学的酸素要求量が、だいたい七ｐｐｍというところだろう。間違いなくユスリカが狂喜する楽園だった。

すると大吉が頃合いを見計らったように咳払いをし、江戸川区の職員に説明をしはじめた。

「この川に大発生してるのは、いわゆる蚊じゃなくてセスジユスリカですよ。こいつらは吸血はしませんけど、街灯とか店のショウウィンドウなんかにわんさか集まってくる。走光性がある鬱陶《うっとう》しい虫です」

「そうなんです、そうなんです。この虫が大発生してから、町中が死骸だらけでね。たいへんな苦情の件数ですよ」

「死骸だけならまだしも、こいつらがアレルゲンになって気管支喘息《ぜんそく》なんかを引き起こしますからね。しかも、長年の殺虫剤散布で薬が効かない抵抗性発達をした。もう、汚染された都市河川では、無敵の害虫にレベルアップしたわけです」

なんとしたことでしょう。男は、おおげさに眉端《まゆはし》を下げて手を揉《も》み合わせた。

「ご心配なく。そこで大吉昆虫コンサルタントの出番ですよ」

大吉は、防塵マスクから分厚い唇《くちびる》をはみ出させて笑った。

「ユスリカは長い歴史のなかで、羽音によるコミュニケーションを進化させた。つまり、メスの羽音に誘われてオスどもが寄ってくるわけです」

「なるほど、なるほど」

「ここに設置したのが音響トラップというもので、メスの羽音とほとんど同じ、二七〇ヘルツの周波数を流している。筒の中には粘着テープが仕込んであるから、音に誘われたオスを一網打尽《いちもうだじん》にできるというわけです。するとオスの数が減りますから、自動的にメスの受精率も下がる。そしてユスリカの数もだんだん減っていくと」

「すばらしい！」と職員はぱんと手を打ち鳴らした。「環境にも優しくて、害虫も駆除できる。区民のみなさんも、これならば文句はないでしょう。わたしどもにとっても、願ってもないことですよ！　なんだか、新しい時代の幕開けを感じさせますね！」

滑らかにお世辞を捲《まく》し立てているそばからユスリカが集まりはじめ、ほんの数分のうちに空を灰色に染めるほどになった。息をしただけで口の中に大量に飛び込んでくる。赤堀はユスリカを吐き出してバンダナで口を覆い、水泳用ゴーグルを装着して目を守った。

「ち、ちょっとこれは、急にどうしましょう！　たいへんな数です！　襟《えり》から中に入ってきます！　ああ、まずい！　耳の中にも！　たいへんだ、たいへんだ！」

大騒ぎして腕をぐるぐるとまわしている男に、車へ避難したらどうですかと促すと、彼は二つ返事で引き揚げていった。赤堀は、ジャンパーのファスナーをあごの下まで閉めて虫をできる限り遮断した。

「よし！　ここも成功間違いなしですよ！　出足が悪かったから、ちょっと心配してたんです」と大吉は興奮して目を輝かせている。

「これをやる日程はどんなもん？」

「朝夕一回ずつ、場所を変えて十日間の予定です。それでユスリカもだいたい落ち着くはずですよ。今朝も五時前から仕込んでますからね」

「それにしても、この子たちの発生時期が寒冷期にまでズレ込んでるなあ」

赤堀は、顔にびっしりとへばりつく虫にかまわず腕組みをした。

「温暖化ももちろんありますけど、要は都会に栄養価の高いエサがありすぎるんですよ。こいつらも体力つけて寒さを吹き飛ばしてるんで」

「ついにユスリカも風の子になったわけか。まあ、あれだ。東京での成功例を足がかりにして、少しずつ全国の役所にも営業かけたほうがいいね。薬に頼りっきりの駆除はそろそろ減らしていかないとヤバいよ」

「ヤバい？　何が？」

「『審判のとき』が迫ってるから」

赤堀が据《す》わった目でにやりと笑うと、大吉はうんざりしたように手をひと振りした。

「涼子先輩、江東《こうとう》区に営業かけにいったときもそれ口走ったでしょ？」

「そうだっけ」

「暇《ひま》だとか言ってついてきたじゃないですか。忘れたとは言わせませんよ。いきなり『アカホリダムスの予言』とか言い出したから、役所の連中が宗教かと思って完全に引いてるんですよ。結局、仕事も取れなかったし。まったく、ぼくの会社を潰《つぶ》す気ですか」

「それぐらいで潰れるんなら、いずれは潰れるって。安心してよろしい」

大吉はぶつぶつと文句をたれながら報告書用の写真を撮影し、ユスリカでいっぱいになった円筒を新しいものと素早く交換している。赤堀は厚紙の筒を開いて延ばし、大吉の後について手際よく重ねていった。びっしりと貼りついているユスリカは隙間もないほどで、まるで粗めの紙ヤスリにそっくりだった。伸び放題の枯れ草をかきわけ、距離にして五十メートルほど黙々とその作業を続けた。

ぬかるみを跳び越えて次の円筒を開いたとき、粘着テープにユスリカ以外の虫がついているのに気づいて、はたと手を止めた。ほんの数匹だが大型のハエがかかっている。赤堀はかろうじて生きている一匹をつまみ、慎重に外してまじまじと見つめた。

「どうしたんですか？」

少し先では、大吉が額の汗を軍手でぬぐっている。体じゅうにユスリカがへばりつき、つなぎにプリントされた似顔絵が完全に隠れてしまうほどだった。赤堀はつまんだハエを掲げて、鼻先でぶらぶらと振った。

「ドジなオオクロバエが引っかかってるね」

「ああ、昨日も何匹か混じってましたよ」

「昨日も？」

「ええ。なんせ寒冷期に活動する唯一のハエだから、エサを求めて出まわってるんでしょうね。で、うっかりユスリカどもの渦に巻き込まれたと」

「まあ、そんなとこか。それはそうと、役所の人は帰ってもらったら？　車ん中でずっと見ててもしょうがないしさ。あとはこの作業を繰り返すだけだもん」

それもそうですね、と大吉は頷《うなず》き、ゴーグルにたかったユスリカを振り払って土手を駆け上がっていく。赤堀は弱っているクロバエをススキの穂にとまらせ、田植えのような中腰の体勢でワナの回収を続けた。横歩きでのろのろと進みながら最後の厚紙を広げたとき、あり得ないものを見つけて体がびくりと震えた。

「…………」

赤堀はゴーグルについたユスリカを急いでぬぐい、ワナの接着面にくっつくぐらい顔を近づけた。折り重なるように貼りついた害虫に埋もれるような格好で、オオクロバエとは別のハエが息絶えている。素早く厚紙全体に目を走らせると、同じ種のハエが二匹だけ確認できた。

なぜこんなところにいるのだろうか。屈《かが》み込んでハエを採取しようとしたとき、後ろで潰れたような悲鳴が上がって、赤堀はがばっと振り返った。土手の上から、大吉が樽のように転がり落ちてくる。枯れ草をまき上げるほどのものすごい加速だった。

「ああ、びっくりした。ただの大吉か」

赤堀はふうっと息を吐き出して豪快に転がる大吉を目で追い、草むらで無事停止したのを見届けてから再びワナへと向き直った。リュックサックからピンセットを取り出し、小さなハエを慎重に剝《は》がしにかかる。翅《はね》についた粘着剤と格闘していると、大吉が舌打ち混じりに毒づきながら近づいてきた。

「ユスリカの逆襲ですよ、まったく」

「地面に落ちてる死骸でつるっと滑った？」と赤堀は顔を上げずに言った。

「その通り……いや、まてよ」

大吉は腕組みして一点をじっと見つめ、眉間にシワを寄せて考え込んだ。

「ユスリカ大発生は町の美観を損ねる。それに加えてアレルゲンにもなるっていう説明のほかに、『滑って転倒するリスク、お年寄りの安全対策』もプラスしたほうが説得力あるな。福祉的な意味合いは今の時代に必要不可欠だから。よし、よそへ売り込みかけるときは忘れないようにしないと」

「『死骸によるスリリングな土手滑り、アクティブスポーツの可能性』も入れたほうがいいと思う」

「入れませんよ」

「それよりこれ見て」

大吉は頭や体についた枯れ草を払いながら、赤堀がピンセットで指している箇所をちらりと見やった。そしてすぐさま二度見し、どすんと膝をついてハエに顔を近づけた。

「うそでしょ。ホオグロオビキンバエですか？」

「その通り。二匹だけ見つけたんだけど、なんでこの子がここにいると思う？」

「うーん。なんかの死骸が近くにあるんでしょうけど、それにしてもへんですね」

大吉は神妙な顔をして、赤堀が剝がしたハエを小瓶に入れる様子を目で追っている。

「あんたの言う通り、死臭を嗅ぎつけて飛んできたんだろうけどさ」

赤堀は瓶をリュックにしまって立ち上がった。

「でも、この時季に繁殖できる能力がこの子にはない。寒いのが好きなオオクロバエとは違ってね。ホオグロは夏場しか生息できないのに、なんでこの二種が同時期に出まわってんのか」

赤堀は、バンダナ越しに冷たい風を吸い込んだ。あいかわらずエサを求める無数のカラスが騒がしく飛んでいる。ほんの少しだけ不安感のようなものがよぎったけれども、屍肉《しにく》食種のハエを見つけたからといって、すべてがきな臭い事件に直結しているわけではない。生き物の生き死になど、日々そこらじゅうで起きているのだから。

「冬にこの子たちが出まわってる謎を調べてみたら、案外おもしろい論文が書けるかもよ。ともかく、向こう岸にあるトラップの回収をやっちゃおう」

二人は背丈よりも高いススキの中を歩いて、手漕《てこ》ぎボートの着けてある場所までやってきた。ライフベストを着て作業用の荷物を積み込むと、大吉が勢いよくボートを漕いで荒川の上を滑るように移動した。川の流れは緩やかで、たまにボラらしき魚が顔を出して丸い波紋をゆるゆると広げている。川面《かわも》に反射する白っぽい朝日が、上空を飛ぶユスリカの翅をセロファンのようにきらめかせていた。

なかなかの絶景だ。赤堀は寝転がって光に目を細め、ダイヤモンドダストにも引けを取らない虫たちの美しさをしばらく堪能《たんのう》した。

ボートが対岸にたどり着くと、二人は早速ワナの交換に入った。こちら側でもユスリカは大量にかかっており、連日の成果に大吉は鼻唄混じりの上機嫌だ。トラップの発案から実現に踏み切るまでの苦労話に涙をにじませていたかと思えば、ユスリカ全国制覇計画と特許出願、会社拡大までの野望を熱っぽく語りはじめている。

日本人離れした容姿と前例のない仕事様式のために、大吉が人の何倍も苦労をしていることを赤堀はだれよりもよく知っていた。得体が知れないと何度門前払いされても、「生態系に影響しない駆除」という信念だけは曲げずに、ここまでこられたことが嬉しくて仕方がない。何より、どうしようもなく庇護《ひご》したくなる存在でもある。きっと、自分に弟がいたらこんな感じなのではないだろうか。

興奮を隠せない後輩の話に耳を傾けていた赤堀は、次の円筒を開いてはっと息を呑み込んだ。

「こっち側にもいるんだけど……」

オオクロバエと一緒に、ホオグロオビキンバエが何匹もかかっている。対岸よりも数が多いのを見て取り、赤堀はすっくと立ち上がった。

「ちょっとこれは捨てておけない数だね。出どころを確認しといたほうがいい。大吉」

隣に目配《めくば》せをすると、大吉は難しい面持ちで頷いてワナを次々に外しはじめた。下流方向へ進むにつれ、ワナにかかったハエたちの数は増している。赤堀は小走りして最後の円筒を開き、十四以上も貼りついているホオグロオビキンバエを見てごくりと喉を鳴らした。

## 2

赤堀は一気に土手を駆け上がって水泳用のゴーグルを外した。川面に反射する陽光を手で遮《さえぎ》りながら、岸に沿って少しずつ視線を移動する。川縁には枯れたススキやセイタカアワダチソウがわんさと繁り、奥まで見通すことはできなかった。何かが岸に流れ着いている様子もない。いったい、何がハエをこれほど集めているのか。

きょろきょろと辺りを見まわしているところに、こめかみに汗をにじませた大吉が重そうな足取りでやってきた。

「大吉、ここの音響トラップは五日から始めたんだったよね。そのとき、なんか変わったことはなかった？」

「変わったことというか、ヌートリアの死骸を三匹ほど見つけましたよ。川縁でね。ほら、アメリカ原産の大型ネズミです」

「ヌートリアか……。確か、特定外来生物に指定されてたよね」

「ええ、そうです。なんせ連中はやたらと子を産みますからね。京都の鴨川《かもがわ》なんかもそうですけど、見た目がかわいいからエサをやる人間が後を絶たないわけですよ。このままだと、都内で爆発的に繁殖してもおかしくはないですね」

「死骸の状態は？」

「頭から胴体にかけて、だいぶ白骨化が進んでました。ずいぶん前に死んでここに流れ着いたんでしょう」

赤堀はあごに手を当てて考え込んだ。白骨化して組織の落ちた死骸につられて、屍肉食種のハエが長々と居座るわけがない。ということは大吉が見つけた三匹だけとは限らず、草むらの中で腐敗している死骸、しかも「新鮮な死骸」がまだあるのかもしれなかった。が、どうしてもわからないことがある。寒さに弱いホオグロが、こんなにいる理由にはならないのではないか。

口許《くちもと》に巻いていたバンダナを取って、大きく息を吸い込みながら空気を咀嚼《そしゃく》してみる。意識して嗅覚《きゅうかく》を研ぎ澄ましてみたけれども、水と草と土、それに排気ガスの臭いしか感じ取れなかった。

「昨日一昨日で腐敗臭をちょっとでも感じた？」

「いや、ずっとひどいヘドロ臭だけでしたよ。ヌートリアも乾燥が始まってましたからね。というより、この川自体が異臭の発生源みたいなとこもあるし」

大吉は芝居がかったポーズで猪首《いくび》をすくめている。赤堀は腕組みしてじっと考え込んでいたけれども、遠くから自転車がやってくるのを目に留め、おもむろにバンダナを外してぐるぐると振りまわした。

「おーい、ストップ、ストップ！」

歩行者優先道路の真ん中に立ちはだかって両手を大きく振っていると、二台の自転車はためらいながらも停止した。

「おはよう、今日はすごく寒いね。きみたち、高校生？」

口許までマフラーを巻いた男子高校生たちは、なんだこいつは、という顔をして赤堀の傷だらけのヘルメットを凝視《ぎょうし》している。そして、ゴーグルと粉塵用マスクで完全防備している大吉に気づいて不安気な面持ちをした。全身ユスリカまみれの二人に対し、目に見えるほどの嫌悪感をにじませている。

「ちょっと訊きたいことがあるんだ。朝練？」

少年が背負っている道着袋を、赤堀はひょいと覗き込んだ。

「剣道部の少年剣士かあ。やっぱあれ？　昔からサムライに憧れてたりした？　わたしは本気で夢見た時期があったんだけどさ」

赤堀は上下素振りの真似をし、リュックサックのポケットからパスケースを出して少年に見せた。中には期限付きの身分証が入っている。

「怪しい者じゃないよ。わたし、いちおう警察関係者なの」

「いちおう警察？」

「うん、そう。きみたち、毎日この河川敷を通って通学してんの？」

二人の少年は顔を見合わせ、「はあ」と気の抜けたような返事をした。

「ここ最近なんだけどさ。この辺りを通るときにへんな臭いがしてなかったかな」

「へんな臭いっすか」

「うん。たとえば、何かが腐ったような臭いなんだけど」

赤堀がそう言うやいなや、二人はあごを上げて訳知り顔をした。

「腐ってるかどうかはわかんないっすけど、この先はいつもへんな臭いがするんですよ」

「いつも？」

「はい。土手の下でなんか焼いて食べてる人がいるし、ゴミを燃やしてんのも見たことあるな。夏なんて煙がものすごいときもあったし」

「ああ、あった、あった！　目に染みるぐらいすっげえの」

もうひとりが友人に人差し指を向けながら声を上げた。

「堆肥《たいひ》っぽいときもあったよな」

「そう、そう。あそこは危険地帯だろ。住人と目を合わせるとヤバいって話だし」

「石投げてくるんだろ？」

少年たちはいささか興奮気味に頷き合っている。

「煙責めに石責めか。なかなかの激しさだね。その危険地帯はここから遠いの？」

「いや、百メートルぐらい先」

ひとりが道のずっと先のほうを指差した。河川敷に住むホームレスだろうか。赤堀はにこりと笑って二人の腕をぽんと叩いた。

「情報サンキュー。きみらがサムライになったら教えてよ。勝負しよう」

「いや、サムライ目指してるわけじゃないっす」

二人は幼さの残る顔で笑い、赤堀は手を振って走り去る自転車を見送った。すると横で黙りこくっていた大吉が、うなり声を漏らしながらぶるっと体を震わせた。

「まさかとは思いますけど、焼いて食べてんのはヌートリアじゃないでしょうね。ぼくが見た死骸も、肉がごっそりなくなってたように見えなくもなかったし……」

「ならきっと、ヘビも焼いて食べてるね。このへんは多いから」

何よりもヘビが嫌いな大吉は、鼻のつけ根に思い切りシワを寄せた。

「わたしが路上生活者だったら、迷わずヌートを狩るよ。もちろんヘビもだけど、貴重なタンパク源を逃がすわけないじゃん。真核生物霊長目《しんかくせいぶつれいちょうもく》、『アカホリ』を頂点とする生態系を荒川一帯に築くと思う」

「やめてくださいよ、そんなめんどくさい王国つくんの！　齧歯目《げっしもく》なんてどんな寄生虫がいるかわかんないのに食べるとか！　しかも、ホントにやりそうだからいやですよ！」

松明《たいまつ》を持ちそうだとか、凶悪なワナを仕掛けて狩りをしそうだとか捲し立て、大吉は彫りの深い顔をしかめて吐くような真似をした。

「とにかく、行って確かめるよ」

「へ？　なんでですか？　川縁にホームレスが住んでるんだったら、わざわざ確かめなくたってハエなんかいくらでも湧くでしょうよ」

「湧かないよ」と赤堀はぴしゃりと言った。「ワナにかかったのはどっちも屍肉食種の子たちなの。不衛生な場所に棲み着く虫とはわけが違う。筋の通った理由がない限り、この子たちは行動を起こさない。絶対にね」

赤堀は、おもむろに大吉の太鼓腹をバシンと叩《たた》いた。

「さ、出航するよ。もたもたしない」

踏ん切りの悪い顔をしている大吉を急《せ》き立てながら、赤堀はボートに乗り込んだ。ススキの隙間《すきま》を注意深く覗き込みながら、流れに逆らってゆっくりと進む。しばらくいくと、少年たちが言っていたらしい場所に到着したけれども、赤堀が思い描いていたような殺伐《さつばつ》とした趣きではなかった。

この一帯だけ雑草がきれいに刈り取られ、土手を間仕切りするようにロープがいく筋も張り巡らされている。カラフルなプラスチック製の椅子や花柄のテーブル、バーベキューグリルやビーチパラソルまでセットされ、まるでリゾートのようなありさまだった。

「なんですか、この開放的なポリネシアみたいな雰囲気は。世捨て人の悲愴感ゼロじゃないですか」

「人生を思いっきり謳歌《おうか》してるって感じだね」

赤堀は額に手を当て、きれいに開拓してある河川敷に目を走らせた。地面は耕《たがや》されて畝《うね》になり、ネギやキャベツ、小松菜やカリフラワーなどが収穫されるばかりに育っている。実に瑞々《みずみず》しくて見事な畑だった。土手側や側面は刈られていないススキが壁になり、完全なプライベート空間と化している。道らしき隙間は棒に吊るされた簾《すだれ》で目隠しされ、杭《くい》につながれた白ヤギが草を食《は》んでいた。これは、どうみてもホームレスの生活拠点ではないだろう。まったく別のコミュニティだ。

「単なる菜園。だれかがここで暮らしてるわけじゃないね」

「つうことは、不法占拠してる違法菜園ですか？」

「そういうこと。ゴルフの打ちっぱなしとかバーベキューとかロケット花火とか、自治体が川原で禁止してるものには魅力がいっぱいだから」

赤堀はボートから身を乗り出して、「すみませーん！」と大声を張り上げた。草むらの奥から白い湯気が立ち昇っているのだから、だれかしらはいるのだろう。しつこいほど声を上げ続けていると、簾が微《かす》かに動いて人の気配がした。

「すみません、ちょっとお話を訊かせていただきたいんですよ」

しばらくしてから、「役場の人間か？」というかすれた声が聞こえてきた。

「この先で害虫駆除をしてる業者でして、怪しい者ではありませんので」

さらにしばらくすると、簾をはぐって小柄だががっちりとした体格の老婆が姿を現した。白茶けた枯れススキのなかで陽灼《ひや》けした顔が浮き上がって見え、ものすごい存在感と警戒心を放っている。眉骨がせり出しているせいか、鋭く光る目がずいぶんと奥にあった。七十の後半ぐらいに見えるが、この貫禄からするともっといっているのかもしれない。

老婆はにこやかな赤堀をじろじろと見まわしてから、当然だと言わんばかりに低い声で言い放った。

「身分証」

「ああ、はいはい」

大吉が「投石に注意してくださいよ」とつぶやいてボートをできる限り岸に近づ

け、赤堀は伸び上がってパスケースを提示した。老婆は距離を取りながらそれを覗き込み、次の瞬間にはこれみよがしの舌打ちをした。

「何が害虫駆除業者だい。役場よりももっとたちが悪いおまわりじゃないか！」

「あれ、指で隠したのにバレちゃいました？」

「隠しただって？」と老婆は細い目を吊り上げた。

「ああ違う、間違えた。いろいろと兼任してるからまぎらわしいかなと思って」

赤堀は盛大に笑ってごまかし、オールを握り締めている大吉を指し示した。

「こっちが昆虫コンサルの代表です。実は妙なハエが発生してまして、それを追ってここにたどり着いたというかなんというか。ちなみにおばあちゃん、お名前を教えてもらえませんか？」

老婆は胡散臭そうな面持ちで大吉に目を据え、しばらくしてから赤堀に向き直った。ずいぶんと気性の激しい年寄りだった。

「ここに厄介事を持ち込む気か？」

「いえ、いえ。ご迷惑はおかけしませんよ。それにしても豊作ですね。スーパーにいったら、キャベツなんてひと玉三百円以上はしますよ。それも、こんなに大玉じゃないしね」

「生産調整っつうバカみたいな決まりがあるせいさ」

「なるほど」と赤堀はすかさず相づちを打った。

「連中は消費者を舐《な》めてんだ。なんにもわかんない腑抜《ふぬ》けだと思ってな。それに野菜ってのは、手をかけただけの結果を返してくれる。うちの畑が証明だろ？」

まんざらでもないように畑へ手を向け、老婆は「浦和富美子《うらわふみこ》」とぼそりとつぶやいた。「それに言っとくが、うちがハエどもの発生源じゃない。出どころはあそこだ」

富美子はロープで仕切られた先へ二重あごをしゃくった。大吉はボートが流されてしまわないように、岸に生えているススキを鷲掴《わしづか》みしている。

「あのヤギがいる畑だよ。あそこの新参のじいさんが古代農法とか言いだして、いきなり肥《こ》やしを撒《ま》きやがったんだ。桶《おけ》をかついでひしゃくを振りまわしてな。時代錯誤もいいとこだよ。あんたら、屎尿《しにょう》ってなんだかわかるかい？」

「まあ、言葉の響きがそれしかないんで」

「とにかくひどい臭いでな。そんなことをやったもんだから、苦情で役所の連中がすっ飛んできたわけだよ。それまではここも大目に見てくれてたのに、今年中に全部撤去しろときたもんだ。だからこう言ってやったんだよ」

富美子は咳払いをして喉を鳴らし、口に手を当てて芝居がかった声を張り上げた。

「『じいさんだけ追い出せば平和が戻るだろう？　年寄りの生き甲斐を取り上げるつもりか？　え？　どうなんだよ？』ってな。次はこうだ」

老婆は再び咳払いをしてから甲高《かんだか》い声を上げた。

「『年寄りは楽しむことも禁止なのか？　え？　今までさんざん税金を搾《しぼ》り取っておいて、もう取れないとわかれば追放か？　そら、なんとか言ってみろ。あんたらの食い扶持《ぶち》は、だれが稼いできてると思ってんだ？』」

演技にはしだいに熱が入り、何度も立ち位置を変えながら川に向かって節をつけている。ススキで周りが囲まれているから、まるで演出された小劇場のようだった。

富美子には不法占拠という意識がないらしい。老婆の一人芝居は最高潮を迎え、ただ土地を遊ばせておくことの愚かさや法律の無意味さ、さらには集団疎開《そかい》の思い出にまで話を広げて唾《つば》を飛ばしながら捲し立てている。その様子を眺めていた赤堀は、胸の奥が少しだけざわついた。おそらく彼女は孤独な老人で、話し相手に飢えているのだろうと思う。そうでなければ、違法菜園など体裁を気にする家族がさっさと撤去してしまうはずだった。身勝手ではあるけれども、生き甲斐という言葉にうそは見当たらない。富美子の演説芝居にうんざりしている大吉を目でたしなめ、赤堀は根気強く相づちを打った。

「ところでさっきのハエの話なんですけど」

赤堀は隙をみて素早く口を挟んだ。

「あそこのヤギ畑のおじいさんが、肥料の代わりに何かの死骸とか撒いてませんよね？」

「死骸？」

富美子は洟水《はなみず》をすすり上げ、割烹着《かっぽうぎ》のポケットからティッシュを出してごしごしとふいた。

「たとえば魚とか、この辺りで見かける大きいネズミとか」

すると富美子は唇の片方だけを上げて笑い、節くれた手をひと振りした。

「死んだ沼ネズミを肥やしにするって？　ない、ない。わざわざそんなことしなくたって、あのじいさんが肥やし製造機みたいなもんだろ」

「じゃあここ最近、何か変わったことは？　おかしいと思ったことでもいいですよ」

「そんなことを聞くあんたがまずおかしいんだよ。だいたい、おかしなことなんていくらでもあるさ。使途不明の町内会費、死ねと言わんばかりの年金の額、バスの時間の適当さ、若いもんのバカさ加減。世の中なんておかしいもんの寄せ集めだ。そう思わないか？」

流れるように不平不満と皮肉を口にしていた富美子だったが、ふいに赤堀の質問の意味を考えたようだった。紫色のニット帽に白髪をたくし込みながら、様子を窺《うかが》うような間を取っている。

「そういやあんたは、さっきから動物とか虫のことばっか気にしてるな」

「さすが鋭い。そういうことです」

「やつらの奇行が知りたいってか？」

老婆は、焦《じ》らすことが快感だと言わんばかりにせせら笑いを浮かべている。が、しつこい意地悪にも音《ね》を上げない赤堀に興味をもったようで、富美子は割烹着の前を引っぱって伸ばし、少しだけ真面目《まじめ》な顔に戻した。

「あそこを見てみな」

老婆があごをしゃくった先には中州《なかす》があった。川の真ん中に枯れススキが生い繁り、水の流れを二股《ふたまた》に分断させている。そこで赤堀ははっとした。なぜ今まで気づかなかったのだろう。都会の朝の風景として気にも留めなかったけれども、ゴミの収集日でも繁殖期でもないのに、カラスの数が異様に多くはないだろうか。縄張りを主張するようなわめき声をひっきりなしに上げて、黒い鳥が中州の上空を旋回していた。

「あそこはちょうど、荒川と中川《なかがわ》の合流地点だな。ここ何日か、カラスのやつらがやけに騒いで集まってる。なんか目当てのもんがあるんだろうよ」

　赤堀と大吉がごくりと喉を鳴らしたのは同時だった。

「まあ、おおかた沼ネズミだろうな。今はそこらじゅうにいて、うちの畑もさんざん荒らされてんだ。病気でやられた死骸も多い。さっさと始末しろって保健所にも電話したのに、なしのつぶてだよ。まったく、連中の仕事は遅くて駄目だ」

　富美子は腰に手を当てて得意げな顔をしたけれども、喋りすぎたことをいささか後悔しているようでもあった。「もういいだろ？」と言って踵《きびす》を返し、二人を置き去りにして籔の奥へのろのろと入っていく。それと同時に、赤堀は勢い込んで大吉の腕を摑んだ。

「行くよ」

「もう……。そうなるからいやだったんですよ。あの人が言うように、保健所に電話しましょうって。ぼくらがわざわざ見にいかなくても……しかも百パー死骸だし」

「なおさら結構じゃん。ちゃんと年が越せるかどうか、ハエたちの暮らしぶりを見ておかないとね」

「まったく、幸せなハエどもと言うかなんと言うか。先輩みたいな専属のケースワーカーがついてるんですからね」

大吉は苦笑いを漏らしながらずっと摑んでいたススキを離し、流れにボートを立てて力強くオールで水をかいた。中州へ近づくにつれ流れは速くなり、脚を踏ん張って少しずつボートを寄せていく。カラスたちは人間の接近に殺気立ち、ぎゃあぎゃあと文句を言いながら赤堀たちをかすめて舞い上がった。

そのとき、風向きが変わって赤堀は身震いが起きた。これは腐敗臭だろうか。そのうえ、クロバエがうなりながら周囲を飛びまわっているのが視界に飛び込んでくる。大吉に目配せをすると、後輩は緊張して強張《こわば》った顔のままススキを摑んでボートを横づけした。五メートルほどの中州は、幅が三メートルもないだろう。背の高い植物が繁って中のほうが見通せないけれども、耳に障るようなハエの羽音が尋常ではなかった。

「大吉はここで待ってて。ちょっと見てくるから」

いやな予感がすると大吉は繰り返していたが、赤堀とてそれは同じだった。勢いをつけてボートを飛び降り、バンダナを頭の後ろでぎゅっと縛って鼻と口を覆った。

ぬかるみを避けて足を出した先には、干《ひ》涸《から》びた葛《くず》やセイタカアワダチソウが有刺鉄線のように絡み合っていた。赤堀は、乾いた植物を思い切り踏みしだいて道をつくっていった。そして背丈よりも高いススキをかきわけたとき、いきなりそれが目の前に現れて棒立ちになった。

堆積《たいせき》した砂に半分埋まるような格好で、だらりと突っ伏している者がいる。かなり大柄の肥満男だ。男を取り囲んでいたカラスたちが一斉に振り返り、おまえはだれだと言わんばかりに警告の鳴き声を次々と発した。顔の周りをハエが飛びまわり、砂地にはびっくりするほど大きなミドリガメが何匹も這《は》っている。のろのろと首をもたげ、男の体にかぶりついていた。

赤堀は手でぎゅっと口を押さえて思わず後ずさった。

「大吉！　警察に電話して！　人が倒れてる！」

「た、た、倒れてる？　人が？　じ、じゃあこの臭いは……」

ススキの陰から叫ぶような声が聞こえたけれども、それはすぐ苦しげにむせ返る声へと変わった。腐敗臭の意味を理解した大吉が、たまらず嘔吐《おうと》したようだった。赤堀は今にもせり上がろうとしている胃袋をなんとかねじ伏せ、ごくりと唾を飲み込んだ。

上半身が裸の男の背中は、動物やウジによってひどく喰《く》い荒らされている。しばらく目が釘《くぎ》づけにされていた赤堀は我に返って顔を背け、おもむろにナイロンジャンパーを脱いでぐるぐると振りまわした。

「ほら！　もう巣へ帰りな！　早く行って！　おまえもだよ！」

よそ者に怒り狂っているカラスを追い払い、我れ関せずのミドリガメを抱えて次々に川へと投げ込んだ。再度ごくりと喉を鳴らし、赤堀はぴくりとも動かない男に半歩近づいた。

腐敗ガスのせいかどうかはわからないが、裸の上半身がぱんぱんに膨れ上がっている。ロウ引きされたように白くのっぺりとした体には、喰い荒らされた赤黒い痕《あと》がおびただしいほどついていた。嫌悪感が先走るほど鮮明だ。赤堀はめまいを感じて思わずその場にしゃがみ込んだ。寒冷期ならではの状況だった。気温が低いために腐敗分解のスピードが遅く、組織の損壊だけが際立っている。

赤堀は首を下げたまま呼吸し、肺の中をできるだけ酸素で満たそうとした。吸って、吐いて、吸って、吐いて……。

心拍数が急激に撥《は》ね上がり、今にも脳貧血を起こしそうだった。遺体が新しいほど、冷静さを保つのが難しくなる。自分がいつも相手にしているのは、あまりにも腐敗が進んでいる遺体だ。被害者が苦しんだ最期の数分を想像させず、科学者に徹することができる。けれども、この遺体は無理だった。まだ完全に人格を手放してはいない。

赤堀は、荒い息を吐き出しながらのろのろと立ち上がった。見なければならない、弱音は不要だ。それが自分の仕事だった。

突っ伏している顔面は砂に埋まり、外傷があるのかどうかもわからない。赤堀は顔を上げて、宙空に移した目をじっと凝らした。ぶんぶんという馴染みのある羽音が、ひっきりなしに鼓膜を震わせてくる。飛んでいる数からいっても、第一入植種はオオクロバエだろうと思われた。しかし、無視できないほどホオグロオビキンバエが混じっているのはなぜなのか。そもそも、この遺体はどこから流れてきたのだろう。いや、だれかがこの場所にわざわざ遺棄した？　死因は？　外観から見る死後の経過時間は？　屍肉食種の虫の動きは？　遺体を中心とする昆虫相の組まれ方は？

必死に周りを観察したけれども、虫の活動が止まる冬という季節が、赤堀の予測を阻んでくる。隔離された中州の環境の影響もあるだろう。痕跡が見つけられない。現場を目の当たりにしているのに、ほとんどなんの道筋もつけられないに等しかった。そして、こんなところでたったひとりで死んでいる彼のことを思い、何ひとつわかってやれないやるせなさで悲しくなった。

赤堀はズボンのポケットから携帯電話を取り出し、無意識に登録番号を押していた。四回の呼び出し音のあとに、ぷつりと回線がつながった。

「こんな朝っぱらから電話してくんのは、先生か緊急出動かぐらいのもんだな」

電話越しの刑事は、いつもと変わらず飄々《ひょうひょう》と喋る。赤堀は冷たい北風に煽られながら、目の前に突っ伏す男を凝視した。

「岩楯《いわだて》刑事、またわたしと組むことになるよ」

「なんだよ、急に」

「今、荒川の真ん中にいるの。どこかから流されてきた、気の毒な変死体と一緒に」

「変死体だって？」

「うん。死んでる、今ここで」

電話の向こう側が静かになった。赤堀も適当な言葉がすぐには出てこず、互いに少しだけ押し黙った。遠くのほうから、水上警察のサイレンの音が聞こえてきた。

3

岩楯祐也《ゆうや》はマルボロをくわえてライターを押した。急《せ》くように煙をめいっぱい吸い込むと、頭の奥がじんわりと熱くなってくるのがわかる。ここ最近、ずっと焦《こ》がれていた感覚だ。岩楯は苦みのある煙を存分に味わい、冷たいコンクリートの壁にだらしなくもたれかかった。

　時代の流れに抗《あらが》えず、ついに禁煙に踏み切って一ヵ月目。だましだましなんとかここまできたけれども、限界点はとうに超えていた。特にこんな苛立《いらだ》ちを鎮めるためには、何よりもニコチンが必要だろう。一本だけだ。これを吸ったら、また禁煙に戻ればいい。

　灰皿に吸い止《さ》しを叩きつけて灰を落としたとき、窓ガラスに映る自分とぱったり目が合った。あらためてまじまじと見つめてみても、いつも通りの人相としか言いようがない。風でいっそうぼさぼさになった髪と、その隙間から覗く睨《にら》みつけているような目。年中陽灼けしている顔が黒く沈んで、言い訳できないほどの悪党面《づら》をつくり上げていた。

　まあいい。岩楯は煙草《たばこ》をふかし、目に入ろうとする煙を手で払った。「優しそう」などという評価はとうの昔に諦《あきら》めているし、今さら望んだところで無理な話だ。

　吹きすさぶ風に身震いしたとき、内ポケットの中でメールの着信音が鳴った。ここに到着してから三度目だ。岩楯は煙草を口の端にくわえ、二つ折りの携帯電話を開いて本文を表示させた。

「今着替えています――ＥＮＤ」

大学校舎の隙間にあるこんな喫煙所にまで、風が容赦なく消毒薬や病巣の臭いを運んでくる。岩楯は最後にひと吸いして惜しみながら煙草を揉み消し、携帯電話を片手で閉じた。すると数秒の間も置かずに、再びメールの着信音が響いた。

「今靴を履《は》いて出るところです――ＥＮＤ」

メモ魔だけではあきたらず、メール魔にもなったのだろうか。活字を打っている暇があるならさっさと靴を履けばいいだろう。頭の中で毒づいたところで、この男のメールの速さは常軌を逸していたことを思い出した。なんの障害にもならずに大量のメモをとり、そしてメールを打つ能力をもっている。

岩楯は携帯電話を内ポケットにしまい、風に向かって歩きはじめた。北校舎の通路を抜けて渡り廊下へ出ると、ドアのガラス越しにひょろりと背の高い男が走ってくるのが見えた。久しく会わなかったけれども、風貌《ふうぼう》や独特の雰囲気は以前と何も変わっていなかった。痩《や》せているせいでさらに上背があるように見えるところ、三十一の年齢にして気の毒なほど額が後退しているところ、メタルフレームの奥にある小さな三白眼《さんぱくがん》が、神経質な印象を与えるところ。そして年中頰《ほお》を飴玉《あめだま》で膨《ふく》らませ、密《ひそ》かに野心を秘めたような気をまとわせているところだ。

ドアを開けて外に出てきた鰐川宗吾《わにかわそうご》は、陰鬱《いんうつ》な曇天を吹き飛ばすような満面の笑みを浮かべていた。

「岩楯主任、お久しぶりです。また組めるなんて光栄ですよ！　今回もよろしくお願いします！」

鰐川は、いきなり岩楯の手を取って情熱的に握り締めてきた。勢いで抱擁《ほうよう》までしてきそうな危うさを感じ、曖昧に頷き慌《あわ》てて一歩退いた。

「立ち会いご苦労さんだったな。まさかおまえさんが、西高島平署《にしたかしまだいら》から南湾岸署《みなみわんがん》に異動になってたとは知らなかったよ」

「そうなんです、半年ほど前ですが。あのときの捜査はぼくの財産になってるんですよ。法医昆虫学との劇的な出会いでもありましたし」

二度目の相棒になる男は、おもむろに鞄《かばん》からタブレットを引き抜いて、指を滑らせたりぽんと叩いたりしながらびっしりと活字で埋まっている画面を開いて見せた。焼死体の腸の下から球体になったウジの塊《かたまり》が見つかった場面を語り、そこから犯人に行き着くまでの捜査を熱っぽく捲し立てている。風で広い額が全開になっているのもかまわず、「自然界の摂理」という言葉を何度も繰り返した。

「まあ、ともかく。先に車へ連れてってくれ。寒くてかなわんから」

二人は、五階建ての校舎の裏手を通って駐車場へ向かった。その間、鰐川は喋り通しで、異動までの経緯やその後に担当した事件の説明を始めている。話に耳を傾けながら事務局の前へ出たとき、医科学センターの裏口から小柄な男が颯爽《さっそう》と現れた。後ろには、長い髪をひっつめにした顔色の悪い女を従えている。男は糊《のり》づけされているようなシミひとつない白衣をなびかせ、反り返るほど背筋をぴんと伸ばして先を急いでいた。岩楯に気づくなりいささか歩調を緩めたけれども、うっかり反応してしまった自身への苛立ちの意味で、薄い唇をぎゅっと結んだ。

「これは、これは、九条《くじょう》先生じゃありませんか。こんなところで奇遇だなあ。今日はお疲れさまでしたね」

岩楯がにこやかに声をかけると、司法解剖医の九条和人《かずと》は、知らない顔だと言わんばかりに小首を傾《かし》げた。岩楯よりも頭ひとつぶん以上は小さく、点と線だけで表現できそうなシンプルな顔立ちをしている。そんな無表情のなかに、さまざまな不満がちりばめられているのはいつものことだった。

「ええと……」

九条は、まったくだれだかわからないという演技をまだ続けるつもりらしい。助手らしき地味な女が「刑事さんです」と耳打ちをしたけれども、余計なことを口にするなと言わんばかりに盛大に咳払《せきばら》いをした。

こういう意味のないいやがらせで相手の存在価値を堕《お》としにかかる、実にめんどくさい男だとあらためて思う。岩楯は無邪気な笑顔のまま手帳から名刺を抜き出し、三枚ほどまとめて医師に握らせた。

「これでもう、十枚ぐらい貯まったんじゃないですか？　警視庁捜査一課警部補の岩楯ですよ。どうぞお忘れなく。ちなみに、名刺二十枚でピーポくんグッズを贈呈させていただきますんで、遠慮なく申し出てください」

「わたしは忙しいんですよ。つまらない無駄話に付き合っている暇はない」

九条はにこりともせずにぴしゃりと言い、名刺をすべて返してよこした。

「ところで先生。伝言はお聞きになりませんでしたか？　助手の方に電話しておいたんですけど」

「あ、わたしがお受けしました」

九条の後ろで女が遠慮がちに手を挙げたが、医師はすかさず口を挟むなという意味合いの鋭い視線を送った。

「あなたがどうしても解剖に立ち会いたいから、開始を三十分遅らせてほしい……という伝言なら受け取りました。一課の課長さんからもお願いされましたし」

「なのに、開始時間を変えていただけなかったばかりか、あとから入れないように解剖室からも締め出したと」

「もちろん、当然でしょう」

九条は変声期前の少年のような声を出し、岩楯を見上げて腕組みをした。

「個人の要求をいちいち聞き入れていたらきりがない。立ち会いを希望するのであれば、時間通りにくればいい。たったそれだけのことなのに、できないというのが理解に苦しみますね。毎度のことですが」

「ごもっとも」

岩楯は苦笑いをして両手を上げた。

「ちなみに、今さっきの解剖の内容を教えていただけないかなと思いまして」

「個別に対応はしていません。報告書を見てください」

本当に取りつく島もない。九条は軽く目礼をしてから、おどおどしている助手を引き連れ、岩楯と鰐川の間をすり抜けて大股で去っていった。

「エリート街道から一歩も外れたことがない大先生にとって、俺なんて視界に入れたくもないんだろうよ。合理主義でなんであれ例外は認めない。東芳《とうほう》大の解剖医とは正反対だな。あっちの先生は、頼まれなくても呼びつけて延々と説明するような人だから」

「それにしても、若い解剖医ですよね。三十そこそこぐらいにしか見えません」

医師の後ろ姿を見送っていた鰐川は、ぽつりと言った。二人は駐車場へ向けて歩みを再開した。

「それがなんと、俺とタメの四十だ。こう見えても結構長い付き合いなんだぞ？　なのに、いつだっておまえだれだみたいな扱いをされるわけだよ」

「なんというか、根深いコンプレックスを抱えていそうな人に見えます」

鰐川はさっとノートを開いて、歩きながら素早くペンを走らせた。その表紙に書かれている「No.1697」という数字を軽く見流したが、岩楯は信じられない思いで二度見した。犯罪心理学を学んだプロファイラー志望の相棒は、気になることすべてを文字に書き起こさないと気が済まない性分だ。行間から人の本質がにじみ出してくるという持論を掲げ、独自の観点から問題の掘り下げに挑んでいる。以前と変わらず、鞄の中には予備のノートが二、三冊ほど入っているのだろうが、ちょっと見ない間にますます異質さに磨きがかかっているらしい。

「そのノートに書いてある数字は、おまえさんお気に入りの年号かなんかかい？　なんの令が出された年なのか教えてほしいね」

「今年度のメモ帳の冊数ですよ。年号ではありません」

あたりまえだと言わんばかりの鰐川は、ノートをぱたんと閉じてメタルフレームのメガネを押し上げた。

「九条先生ですが、解剖の最中も、しょっちゅう補佐に小言を言ってるんで驚きました。さっきの女性です。ほとんどが『遅い』という理由ですが、あれでは周りが萎縮してたいへんだと思いますね。どう見ても指導的な厳しさではないですから」

「確かに厄介な人間だが、社会なんてだいたいそんなもんだろ。いけ好かない上司なんて星の数ほどいる。それでも踏ん張ってやっていく気なら、嘆いててもしょうがないんだよ」

鰐川は神妙な面持ちをして岩楯と目を合わせ、「生きるってたいへんですよね」と根源的な感想を漏らした。

駐車場に入って相棒がリモコンキーを押すと、端のほうに駐《と》めてある黒いアコードのハザードが返事をするように瞬《また》いた。助手席に座ったとたんに、いつもの癖で煙草に手が伸びかけたけれども、岩楯はぐっと我慢して息を細く吐き出した。ポケットに入っているニコチンは、いつでも吸えるという安定剤のようなものだ。ここでぐだぐだになっては、ひと月の苦労が水の泡だった。

「鰐川、飴玉をもらえるか？　なるべく甘くないやつ」

「はい？　いったいどうされたんですか？」

口では疑問を呈しながらも、同志を見つけたとでもいうような嬉しさはまったく隠せていない。鰐川は目を輝かせて鞄を探り、コンビニ袋の中からいくつかを取り出した。ひとつひとつ種類の説明をしてから、眠気覚まし用だというものを岩楯に握らせる。そして訳知り顔で大きく頷いた。

「わかります」

「何が？」

「神経が昂《たかぶ》っているとき、体は糖分を欲しますからね。これは鎮静作用を体が求めている証拠なんですよ」

「暢気《のんき》に鎮静してたらホシを取り逃がすわな」

「心静かに事態を見極めたいと脳が信号を送っているんですよ。これから始まる捜査への意気込みが伝わってきました。ぼくも精一杯やらせていただきます」

鰐川の糖分摂取量は、鎮静どころか覚醒《かくせい》の域だろう。甘党を超えた病的な砂糖中毒だ。岩楯は相棒の解釈を否定も肯定もせずに飴玉を口へ放り込み、あまりのミントのすさまじさにむせ返った。

「解剖の様子を教えてくれるか？」

咳《せ》き込みながら言うと、鰐川は生真面目《きまじめ》な顔に戻してノートを開いた。

「さっき更衣室で、重要な箇所だけざっとメモってみました。ガイ者は成人男性で、結論から言うと死因は絞殺だということです」

「殺されてから川に捨てられたと？」

「はい。甲状軟骨が潰れていて、顔が真っ赤に腫《は》れ上がっていましたね。こういう遺体を今までも何度か見ましたが、首を絞められたときの特徴がはっきりと出ていました。全身にある骨折や打撲痕、裂傷については、流されている最中、何かにぶつかってできたものと九条医師が結論づけています」

「死亡推定は？」

鰐川はノートから顔を上げて左右に振った。

「死後硬直が完全に解かれていたことから、死後六十時間以上ということですね」

「ずいぶん大雑把だな。この陽気だから、腐敗はそんなに進んでなかったんだろ？」

「そうなんですが、なんせウジによる損傷がかなりひどいんですよ。うつぶせで中州に打ち上げられていたんで、肩から背中、腰にかけては目を覆わんばかりで……」

解剖の場面を思い出したらしい鰐川は、ごくりと何度か喉を動かした。が、前回の経験で耐性と度胸がついたようで、堂々とかまえられるだけの余裕ができている。

それにしても、解剖に立ち会えなかったのはかなりの痛手だった。岩楯は、辛《から》すぎる飴玉を口の中でもてあましながら、むっつりと考え込んだ。受け持ちの事件捜査は、上にかけ合ってでも解剖の立ち会いから始めることを自身に課していた。被害者の惨状を頭に焼きつける意味もあるが、凶行から見えてくる熱気みたいなものは、写真からではなかなか感じ取れないからだ。いわば、犯人の思念や感性を間近で手繰《たぐ》る作業だと言えるが、今回は見方を変えなければならなかった。

「身元が不明なので、その特定からのスタートになりますね」

鰐川がノートを閉じながらつけ加えた。

「それにしても、第一発見者が赤堀先生だとは驚きましたよ。いったい荒川の中州で何やってたんでしょう」

「虫とりだろ」

「まあ、それはそうでしょうけど」

「他殺で死亡推定が難しい案件とくれば、またあの先生の出番だよ。このくそ寒いのに、なんでかウジ虫どもはわんさといたらしいじゃないか」

解剖の報告書は明日の捜査会議までには挙がってくるだろう。また忙しくなる。鰐川はイグニッションをひねり、滑《すべ》るようにアコードを出した。

4

ゆりかもめの台場《だいば》駅で下車した岩楯は、あまりの海風の強さにステンカラーコートの襟を立てた。昨日は今年いちばんの寒さだと騒がれていたのに、翌日にはもうその記録が塗り替えられている。冬の出足がやけに速くはないだろうか。背中を丸めて黙々と歩き、南湾岸署の玄関をくぐってエレベーターへまっすぐに向かった。

五階で降りると、「荒川死体遺棄殺人事件捜査本部」と毛筆で書かれた半切紙《はんせつし》がかけられているのが見えた。知っている顔を見つけるたびに会釈をしながら歩き、岩楯は会議室の戸口で立ち止まった。長机がずらりと並べられ、ホワイトボードには写真や地図のたぐいが隙間もないほど貼られている。プロジェクターやテレビ、パソコンなどの機材も運び込まれて準備は整っていた。だいたい二十人体制といったところだろう。すでに着席している何人かの捜査員たちが、ぼそぼそと低い声で雑談をしている。

後ろから押されるようにして会議室へ入りかけたとき、いきなり大声が響きわたって岩楯の体がびくりと反応した。

「岩楯刑事！　こっち、こっち！　おーい、こっちだって！」

その場にいる全員の視線が、一斉に窓際へ向けられた。ひっきりなしに入室している男たちの隙間から、ちらちらと見え隠れしている何者かがいる。いや、百メートル先からでも確実にだれだかわかる人間だ。グレーのパーカーに穴のあいたジーンズを着込んでいる赤堀が、伸び上がってぶんぶんと手を振っていた。短めの髪をむりやりひとつにひっつめ、場違いすぎるほどの笑顔を振りまいている。

「早くきて席とっといたからね！　ワニさんのぶんも！」

見れば、赤堀の隣では鰐川がいたたまれないような情けない顔をして小さくなっている。自分ほど、その気持ちが理解できる人間はいないだろう。今まで何度こんな目に遭《あ》わされてきたかわからない。

岩楯は無言のまま急いで窓際の席へ向かい、そそくさと腰かけて声を押し殺した。

「ちょっとは場所を考えろって。花見の席取りじゃないんだぞ」

「海が見えるから窓際のがいいじゃん。それにしても、南湾岸署ってナイス立地だよね」

「わかったから、とにかく今は口を閉じてろ」

「うわっ、ちょっと何その命令口調」

むくれ顔で勢い込んだ赤堀に、岩楯は「しっ」と人差し指を立てた。前の扉から、お偉方がおごそかな調子で入室してくる。署長や管理官などに続き、直属の上司である捜査一課長がまっすぐ前を見据えて歩いてきた。ダークグレーのスーツを隙なくまとい、白髪混《しらが》じりの短髪は七対三の割合で完璧に整えられている。ここまではいつも通りだったが、壇上のパイプ椅子に座るなり不機嫌な様子で腕組みをし、「赤堀はおまえの管理下だということを忘れるな」と言いたげな渋面をいきなり岩楯に向けてきた。

まさかとは思うが、この女はすでに何かをやらかしたのか……。

赤堀に素早く問うと、「みんなに挨拶《あいさつ》しただけだよ」と悪びれもせず返された。お偉方に片っ端から接触してまわったらしいが、ただの挨拶ではなかったであろうことは容易に想像がついた。昨日のうちに釘を刺さなかったことが猛烈に悔《く》やまれる。

過去の実績から、法医昆虫学に一目置いて認めつつある上司だが、赤堀の挙動だけは理解の範囲を超えているらしい。岩楯だってまったく同じ気持ちだが、いつの間にか丸投げ先となっているのはなぜなのか。

余計な発言はしないよう、赤堀に繰り返し言い聞かせているとき、進行役の一課係長が始まりの挨拶を手短かにした。ここはやけに暑いな、とつぶやいて洒落た小紋柄のネクタイを緩め、すぐ本題に入る。

「昨日、十一月十二日の火曜日。朝六時五十五分ごろ。江戸川区清新町一丁目付近、荒川と中川のちょうど合流地点にある中州で変死体が発見されました。東西線橋梁《きょうりょう》より四百メートルほど下流です」

係長は、ホワイトボードに貼られている地図を指示棒でぽんと叩いた。分流柵の途切れる河口付近にほど近い場所だ。岩楯が資料に赤丸をつけると、鰐川がタブレットの地図上にピンを配置して高速でメモをとりはじめた。

「中州は砂と砂利が堆積してできたもの。増水時以外は、ほぼ一年を通してこの場所にあるということです。第一発見者は、江戸川区から害虫駆除を請け負っていた『大吉昆虫コンサルタント』の代表、辻岡大吉、三十歳。それに、たまたま手伝いにきていた法医昆虫学博士の赤堀涼子准教授、三十六歳です。ええと、『音響トラップ』とかいうものにハエがかかっていたのを見つけ、周囲を捜索して遺体を発見」

隣で赤堀が手を挙げたくてうずうずしているのがわかり、岩楯は急いで両手首を鷲摑みして動きを封じた。

「遺体の司法解剖は昨日中におこなわれています。解剖医によれば、甲状軟骨の骨折や眼球の溢血点《いっけつてん》、頭部全体に血液が停滞して顔が真っ赤に腫れ上がっていた、という典型的な所見により、絞殺と結論づけています」

「身元は？」と柔和な老人といった風貌の署長が口を挟んだ。

「身元はわかっていませんね。三十代前後と思われる男性で、百七十センチで八十七キロの肥満体型。右耳に二個、左耳に三個のピアス穴あり。着衣はナイロン製の長ズボンと下着のみで、上半身は裸でした。ポケットに軍手とマイナスドライバーを一本だけ所持。すべて量販店で売られている中国製の安物です」

「所持品がドライバー一本だけというのが気になるね」

「はい。使い込んだ形跡のある大型の割柄《わりえ》ドライバーなので、ここから職業に当たりをつけられるかもしれません」

係長が鑑識係に目配せをすると、担当者は小さく頷いてからマイクを受け取った。ボードに貼られた赤い柄のドライバーを指し示す。金属の部分が長く、そして鉛筆ほどの太さがある大型のものだ。

「えー、マイナスドライバーは大きく三つの種類にわけられます。ネジまわしに使うごく一般的なものと、貫通ドライバーと呼ばれるハンマーで叩いて使う強度の高いもの。えー、そしてガイ者がもっていた割柄ドライバーです。普通のドライバーとはまったく違った使われ方をするのがこのタイプですね」

鑑識捜査員は書類をめくり、再びマイクを口許に近づけた。

「えー、とにかく頑丈で、力まかせの作業には欠かせない工具です。板金屋《ばんきん》とか石材屋なんかでも何かを砕く作業に使われるらしいですが、メインは車とバイクの整備工場でしょう。サスペンションの修理は割柄ドライバーがないとできないとの証言を得ています」

「エンジニアの可能性あり、か……」

鰐川が小さくつぶやきながらノートに書き取った。赤堀はホワイトボードに貼られている写真をじっと凝視して、垂れ気味の丸い目を離さない。遺体発見時の写真だ。岩楯も捜査資料をめくり、中州に突っ伏している被害者に目を落とした。

顔は完全に砂に埋もれ、何かを摑もうとするように右手をまっすぐ伸ばしている姿が、なおさらいたましさを誘っている。裸の背中にはおびただしい傷があり、赤剝けになったそこに無数の白いウジ虫がのたくっていた。ひどい惨状なのは間違いないが、腐敗していない肉の上にいるウジという絵がやけに鮮明で、かえって生々しさに欠ける作り物のように見えた。解剖の画像にもざっと目を通したけれども、殺意にいたる情念めいたものが一切窺えず、これといって訴えかけてくるものもない。白くにごった目にぽつぽつと浮かぶ溢血点を見つめてみても、岩楯のイマジネーションはぴくりとも動かなかった。

岩楯は両手で顔をこすり上げ、次の項目に進んでいる係長の話に耳を傾けた。

「気管支や肺から砂とケイソウなんかの微物《びぶつ》が多く見つかっていることもあり、発見現場まで流されてきたと推測されますね」

「絞殺後に川に捨てられたわけだな」と管理官も口を挟む。

「そう考えるのが妥当でしょう。水から揚げられた遺体はほとんどが膨張していますが、今回は絞殺による腫れもひどいため、人相からの身元特定は難しいと考えます。病巣や手術痕はなし、歯の治療痕を当たってはいますが、最近のものではないと思われます」

「肥満体型の男ということ以外、身元につながる情報は何もないと？」

「なくはないんですが……」

係長は難しい顔をして、ひと呼吸の間を置いた。

「ガイ者の左上腕部に刺青《いれずみ》らしきものの痕跡がありました」

「らしきもの？」

係長は何度も頷き、ボードに一枚の写真を追加した。背中と同じくウジによる損傷が際立っているけれども、よく見れば青や黒っぽい点や線のようなものがかろうじて見える。およそ十センチ角ぐらいに収まるもので、サイズは小さめだ。しかし、はっきりとした図柄がわかるようなものではなく、ほぼ消えかけた痕跡にすぎなかった。

「とにかく虫や動物による損傷で、図案を特定するのは難しそうです。鑑識で画像解析にかけていますが、どこまで復元できるか未知数というところですよ。まあ、ここに過度な期待は禁物ですかね」

壇上に居並ぶ上層部の人間たちは、みな一様に渋い顔をした。

「薬物、毒物検査結果はすべて陰性。アルコールも検出されていません。捜索願が出されているリストとも現在照合中です」

それから係長は、捜査の段取りや方向性を細かく示してからマイクを署長へまわした。ひとまず、ドライバー関連の訊き込みと荒川近辺の目撃情報を探るというものだ。今の手持ちの情報だけでは、それぐらいがせいぜいだろう。

質問はないかと室内を見まわしていた白髪頭の署長は、急に相好《そうごう》を崩してマイクのスイッチを入れた。

「ええと、今回の捜査には法医昆虫学者の赤堀先生に加わってもらいます。噂は聞いているよ。板橋《いたばし》と葛西《かさい》の事件では、見事な活躍をしてくれたからねえ」

赤堀も署長に笑いかけ、立ち上がって深々と一礼した。

「捜査員のみなさん初めまして、赤堀涼子です。疑問に思うことは放っておかない、一にも二にもまず行動。そして時には笑いも取って、地域住人に好かれる明るいおまわりさんになりましょう。よろしくお願いします」

とんちんかんな挨拶に全員が凍りついているなか、陽気に笑っているのは赤堀と署長ぐらいのものだろう。おかしな標語を真面目にメモしている鰐川を、岩楯は呆《あき》れ返って睨《ね》めつけた。

「いやあ、至極もっともだよ、赤堀先生」と署長は顔の横で拍手をした。「職務に対する熱意は大歓迎だ。わたしも法医昆虫学に興味が湧いて、先生の報告書をじっくりと読ませてもらってね。生き物の生態系というものは実に緻密で理にかなっている」

「はい。だれよりも本能に忠実で雑念がありませんからね」

「うん、うん。ウジの成長から算出する死亡推定月日。これには驚かされたねえ。実際の時間に照らし合わせたとき、たった数時間の誤差しかないんだから」

署長は本当に興味津々《きようみしんしん》らしく、いささか身を乗り出して目を輝かせていた。すると赤堀が会議室の捜査員をぐるりと見やり、ことさら特大の笑みで大きく手を挙げた。

「法医昆虫学とはなんぞや……と今一瞬でも思った人。はい、手を挙げて！」

しばらくしてもぱらぱらとしか手が挙がらないことを見て取り、鰐川は気を遣って勢いよく挙手をした。捜査員たちは法医昆虫学への興味よりも、わけのわからない女への謎のほうが上回っている。いつものことながら、あちこちでひそひそ話や意味のない目配せがおこなわれていた。

赤堀は口に拳《こぶし》を当てて咳払いをし、身振りを交えて話しはじめた。

「今署長さんがおっしゃったように、ウジの成長から割り出される死亡推定は何よりも正確です。物質循環の主役は昆虫ですからね。ハエというのは死臭を感じ取って必ず十分以内にやってくる。どの生き物よりも到着が早いわけです」

「なるほど」と署長が何度も頷いた。

「クロバエ科の場合、発育期間が十二日。そのあと蛹《さなぎ》になって、だいたい十七日かけて成虫になる。このサイクルさえ理解していれば、ウジの脱皮ごとの齢《れい》で時間算出が可能なんですよ」

「確か、ＡＤＨというものだったよね？」

「署長、その通り！」

赤堀はぱんとひとつ手を打ち、猛烈な勢いでペンを動かしている鰐川にいきなり質問を振った。

「はい、そこで鰐川刑事。ＡＤＨとは？」

相棒はたじろぎもせず、ぱっと顔を上げて言葉をすらすらと口にした。

「人工飼育したウジの成長時間を、遺体発見状況に合うように補正する。つまり、時間に摂氏温度を乗じて積算時度に変換したもの。これがＡＤＨです」

「正解！」

鰐川は岩楯と目を合わせ、常識じゃないですかとでも言いたげな顔をしている。暗記までしている相棒にある種の危機感を覚えたが、岩楯はひとまずよくやったと頷きを返した。

「食物連鎖は屍肉食種の昆虫とか甲虫、クモ類や微生物なんかを巻き込んでどんどん大きくなっていきます。この関係性は何より秩序立っている。なので、虫たちの行動がいつものパターンと少しでも違っていた場合、変えざるを得ない外的要因があったことを意味するわけです。この子たちは気分で持ち場を離れませんからね。殺人現場での生き物の生態系は、犯人に直結している重要な証拠のひとつなんですよ」

「直結までいきますか？」と中ほどで遠慮がちな声が上がった。

「虫というのはそこらじゅうにいますけど、すごく狭い範囲で生態系の均衡を保っている。犯人が死体を遺棄する場合、だいたいは人に見つからない場所を探しますよね。山奥とか土を掘って埋めたりとか。もともと知っている場所に遺棄した場合は、一直線にその場所を目指すから虫の乱れは最小限になる。つまり、犯人には間違いなく土地勘があることになるんですよ」

「虫の乱れ……ですか。ちょっとよくわからないな」

「たとえば、わたしがハワイに留学してたときに、こんなことがありました。雑木林で、腐敗の進んだ遺体が見つかった。遺体についた虫のグループにおかしなところはなかったんですが、なぜかばらばらになったバッタの欠片《かけら》があちこちに落ちていた。バッタは屍肉食種の昆虫じゃないうえに、みんなそろって千切れている」

捜査員たちは赤堀の話に興味を惹《ひ》かれたらしく、みなじっと前を向いていた。

「それを見て、地元の法医昆虫学者は、近くにあるサトウキビ畑を通って犯人が遺体を運んできたと推測したんですよ」

「なぜです?」

「その昔、サトウキビ畑を荒らす害虫駆除のために、ハワイではオオヒキガエルを輸入して放ったんです。カエルは鳥とか爬虫類《はちゆうるい》の天敵から身を守るために、畑からは出ないで悠々と暮らしていた。なんせ、そこにいればエサには不自由しないのでね。十五センチ以上はあるんだけど、それがもう、踏んづけちゃうほどうじゃうじゃといて、踏むとグエって鳴いて毒を出すから困ったもんで」

赤堀が気色の悪い描写を交えながらヒキガエルの説明をすると、あちこちから細いため息が漏れ聞こえてくる。右隣では鰐川が流れるように文字に書き起こし、もどかしそうにページを手荒くめくっていた。

「背丈よりも高いサトウキビ畑を通れば目隠しにもなるし、その先の林には滅多《めった》に人が入らないから見つからないと犯人は考えた。夜更《よふ》けに遺体を引きずって畑を抜けようとしたんだけど、人に驚いたバッタが大慌てで飛び立ったんですよ。それに反応した夜行性のヒキガエルが、大好物のバッタを追いかけはじめた。これは本能ね。雑木林のほうまで追いかけて逃げたバッタを食べてたんだけど、林には天敵のヘビとかトカゲがいるんですよ。で、カエルが捕食されてしまった結果、バッタの残骸だけが取り残された」

「犯人は土地勘のある人間だったんですか？」

「そうです。虫の乱れはバッタの死骸一点のみ。そこから、カエルが畑にいることや生態を知らない人間を考えてみた。農家の人間なら、わざわざ生き物を騒がせて損害になるようなことをするわけがない。でも、畑の先にある雑木林は地元の人間しか知らないわけですよ。つまり、近場に住んでるけど農業とは無縁の者がすごく怪しい。結局、その土地の別荘に滞在していた作家の仕業だったんですけどね。バッタの欠片から、ほとんどのことが推測できたわけです。だから、現場の生態系に目を向けない今の捜査態勢は、すごくもったいないって思うんですよ」

「そのぶん、科学捜査の発展は目覚ましいというわけだよ」

じっと聞き入っていた一課長がマイクのスイッチを入れ、感情の読み取れない低い声で言った。

「そうそう、すごく目覚ましい。毒薬物学、法医病理学、血痕分析、DNA、弾道学。ほかにもいろんな分野が法医学的に有効な手段として発展してきたのに、なぜか昆虫学だけは実践されなかった。これは、単なる腐敗分解の兆候として嫌われたからなんですよ。つまりは、気持ち悪いっていう感情論でしかない」

赤堀が笑顔のままきっぱり言い切ると、会議室は一瞬だけしんとなった。海風が窓をがたがたと揺する音だけがやたら大きく響いている。

法医昆虫学が捜査に組み込まれたとはいえ、正直なところ、それほど期待されているわけではない。成果があれば幸運だという程度のもので、未だ蚊帳《かや》の外に置かれているのは変わらない情況だった。たった二例ばかりの実績では、偶然の範疇《はんちゅう》でしかないというわけなのだろう。が、赤堀とかかわった者は間違いなく価値観が変わる。否定的な意見の多い課長も例外ではなく、赤堀とのやり取りは一種のパフォーマンスだと岩楯は思っていた。法医昆虫学をみなに印象づけるためのものだ。

一課長は再びマイクを取り上げた。

「今回、赤堀先生は遺体の第一発見者なわけだが、もちろん、現場の生態系を見てホシへ直結するような証拠を見つけたんですよね？　その自信から察するに」

「ぜんぜん」

まったく皮肉の通じない赤堀は、顔の前でぶんぶんと手を振った。

「『やむを得ない事情のある場合を除いては、みだらに現場へ入ってはならない』って規則を忠実に守ったもんで」

「赤堀先生、『みだら』ではなく『みだり』です」と鰐川がすかさず訂正をした。

「あれ、そうだったっけ？　まあともかく、犯罪捜査規範の八十六条あたりに現場保存のことが書かれてるんで。カラスとミドリガメを追っ払った以外は何もいじってないですよ。なんせ、虫の専門家なのに採取すらわたしには権限がないですからね」

さらりと批判を混ぜ込んだ彼女は、一課長とともに長いこと笑い合った。実に不気味な光景だった。

「ただ、いくつか気になる『虫の知らせ』があって、昨日からずっとそれを考えてるんですよ」

「ほう、ぜひ聞きたいね」と署長は机の上で手を組んだ。

「荒川の下流でユスリカの駆除をやってたんですけど、そのトラップに二種類のハエがかかってたんです。オオクロバエとホオグロオビキンバエ。この子たちはどっちも屍肉食種で、いわば事件現場の常連ですね」

鰐川が高速でメモをとりながらもタブレットを操作して、二種類のハエの画像を表示した。レンガ色の複眼が大きく、鈍い緑青色《ろくしょう》をしたほうがホオグロだと岩楯は無意識に思った。赤堀と仕事をするようになってから、ハエの見分けが一瞬でつくようになってしまったのがなんとも複雑である。

「オオクロバエは寒いのが好きなので、なんにも問題はない。でも、ホオグロオビキンバエ。こっちは夏期限定の子たちなんですよ。寒波のなか、わざわざ少人数でやってきて卵を産むなんて、わたしは聞いたことないですね」

「そいつがいたのには理由があるわけか」

岩楯が画像を見ながらつぶやくと、赤堀は横を向いてこっくりと頷いた。

「解剖医が出した推定は死後六十時間以上。この数値は、暗にわかんないって言ってるようなもんですよ。ホオグロオビキンバエが産卵孵《ふ》化できた条件を洗い出せれば、被害者が中州に流れ着いた正確な日時を割り出すことは可能。わたしはそう考えますね」

署長は老眼鏡をかけて手帳にメモし、捜査員たちもこれには納得したような顔をした。

「そしてもうひとつ。被害者の損傷の激しさが腑に落ちないわけで」

赤堀はホワイトボードに貼り出されている、現場のいたましい写真をじっと見つめた。

「虫にやられた外傷がやけに多い。遺体の腐敗がほとんど進んでいない状態なので、ウジの食欲がちょっと過剰だと思うんですよ」

「先生は直《じか》に見たはずだろう？　カラスどもがさんざんホトケを喰い荒らしてたんだから」

一課長が怪訝《けげん》な面持ちをした。

「カラスとかカメ、それに魚なんかにやられた痕は見ればわかります。解剖医も結論づけている通り、傷のほとんどがウジによるものなんですよ。わたしもこれはそうだと思います」

「なら、そういうことだ」

課長はにべもなく話を終わらせた。しかし赤堀は、「そうなんだけど、なんか引っかかるんだよなあ」と何度も首を傾げている。

確かに夏場なんかとは違い、冬場の遺体は腐敗による損傷が少ないものだ。が、いつ殺害されてどこから流されてきたのかがわからない以上、すべてはあやふやなままだろう。しかも、ことのほか捜査範囲が広がる可能性もあると思っていた。

岩楯は資料に入っている地図を広げ、遺体発見現場につけた赤丸に指を置いた。荒川の下流、蛇行しながら北へと伸びている中川との合流地点だ。被害者は単純に荒川の上流から流れてきたのかもしれないし、二股にわかれた中川を下ってきたとも考えられる。岩楯は再び指を滑らせ、地図の端のほうでぴたりと止めた。多少の距離はあるけれども、複雑な水流を考えれば隅田川《すみだがわ》から漂流してきた可能性も捨て切れない。そしていちばん厄介なのはここだろう。

岩楯はさらに指を滑らせ、葛西臨海《りんかい》公園の先、水色に塗《ぬ》り潰された箇所をとんとんと叩いた。東京湾だ。過去に、遺体が海から河口付近に流れ着いた報告を耳にしたことがある。捜査本部は、現段階で荒川と中川流域に的を絞っているけれども、いつも水が上流から下流へ流れるとは限らなかった。

捜査会議がお開きになると、班ごとに集まってこれからの持ち場を振りわけはじめた。未だに捜査資料を読みふけっていた岩楯は、後ろからぽんと肩を叩かれて振り返った。

「岩楯刑事、わたしもう帰るけど、なんか用事ある？」

パーカーのフードの上からヘルメットをかぶり、赤堀は同じ班の捜査員たちに挨拶代わりの笑みを送った。紺色のナイロンジャンパーを着込み、チェック柄のマフラーを首にぐるぐると巻いている。

「今んとこ用はないが、帰るんなら送ってくぞ。俺らもすぐに出るから、もう少し待っててくれ。しかし、よく冬場に自転車なんか乗ろうと思うな。信じられん」

「ここから池《いけ》ノ上《うえ》の大学まで、だいたい十四キロってとこだもん。自転車がいちばん速いんだよ。電車なら四十五分、車でも渋滞に引っかかって四十分以上。なのに、自転車なら三十五分以内ってとこだからね」

「平均時速が約二十五キロ」と鰐川がすかさず計算をした。

「たった数分の違いが許せないタイプには見えないんだが」

赤堀はゴム引きの軍手をはめて、バシンと手を打ち合わせた。

「昼前には現場にいたウジが科研から届くんだよ。あの子たちを待たせるわけにはいかないからね。じゃ、そういうことで」

敬礼をして踵を返し、昆虫学博士は会議室をぱたぱたと走って出ていった。

## 5

壊れかけたねずみ色のシャッターが、中途半端に下ろされている作業場の中を覗き込んだ。同時に、金属を削るような甲高い音が鼓膜を刺してくる。脳天を突き抜けるようなすさまじい音だ。油の浮いた水たまりを注意深く避けながら、岩楯は耳を押さえつつ奥へ向かって声を張り上げた。

狭い工場はすべてが鈍色《にびいろ》にくすみ、どす黒い油染《あぶらじ》みや細かい鉄くずがそこらじゅうにこびりついている。赤茶色に錆《さ》びたチェーンや滑車、木箱へぞんざいに入れられている古びた部品、年季の入った油まみれの大型機材。天井からぶら下がる裸電球がそれらをよりいっそう際立たせ、ひどく物悲しく懐古的な気持ちにさせられた。寂《さび》れた町工場を象徴するようなしょぼくれた老人が、エンジンのシリンダーヘッドを無心に研磨している。

岩楯は騒々しい機械音に負けないよう、もう一度戸口で声を上げた。

「すみません、ちょっとお時間よろしいですか！」

まったく気づく様子がないのを見て取り、後ろにひかえている鰐川に目配せして工場内に足を踏み入れた。油と鉄の焼ける臭いが重くよどんでいる。埃《ほこり》まみれの窓ガラスは開け放たれているけれども、新鮮な空気が流れ込んでいる様子がなかった。あまりのやかましさに耳を塞《ふさ》ぎたくなる衝動をなんとかこらえていると、ふいに顔を上げた老人とぱったり目が合った。

岩楯は会釈《えしやく》をしながら、内ポケットから手帳を抜いて提示した。老人はようやく轟《ごう》音《おん》を上げる機械を止め、首にかけてあるすすけたタオルで顔をぬぐった。

「仕事中にすみませんね」

「へえ、刑事なんて初めて見たな」

六十の後半ぐらいだろう。なめしたように真っ黒い肌はシミだらけで、まだらに色が抜けている。油灼《あぶらや》けのせいだろうか。顔じゅうに深いシワが刻まれ、すり切れたキャップからは灰色の髪が覗いていた。

「うちの前に何軒まわった？」

「四軒です。ぜひお話を伺いたいんですよ。それにしても、かなりの歴史を感じますね。この工場は何年ぐらいここにあるんです？」

岩楯が工場内を見まわすと、老人は汚れたつなぎのポケットから煙草を取り出してくわえた。あたりまえのように二人の刑事にも順繰りに勧めてきたけれども、岩楯は出しかけた手を引っ込めて丁重に辞退した。こんな不意打ちがあるから困る。老人は実にうまそうに煙草を吸い込み、天井へ向けて勢いよく煙を放った。

「ここはもうすぐ五十年になる。二十一の歳に始めた工場だよ」

「見た限り、車の整備工場ではないみたいですね。あのエンジンなんて見たこともない形ですし」

岩楯が奥にある角張った鉄の塊を指差すと、老人は嬉しそうににっと口角を引き上げた。

「刑事さんは車が好きなのかい？」

「スーパーカーが流行《はや》った世代なんで、レーサーとか整備士に憧《あこが》れた時期もありましたよ」

「なるほどな。ここはエンジン専門の町工場さ。俺はガソリン整備工だ」

「ガソリンエンジンということですか？」

「ああ、そうだ。車にバイクに船、大型の機械から農機具まで、エンジンがついてるもんならなんでも診《み》るよろず屋だよ。あんたが言ってたあれな」

老人は劣化の激しい鉄の塊へあごをしゃくった。

「あれは昭和中期の自家発電用エンジンだ。震災で電気も水も止まっちまったときがあったろ？　そんとき、何十年も納屋で埃かぶってたこいつが大活躍したわけだよ。井戸から水汲《く》み上げたり、避難所に電気を通したりな。東北の農家からいくつも修理を頼まれてんだ。これで四台目だよ」

「それは修理してでも残したいだろうな……」

鰐川がメモをとりながら神妙な顔でつぶやいた。

「今の時代はなんでも使い捨てだ。昔よりモノもよくなったし、直しながら丁寧に使えばかえって金がかかるっつう寸法だよ。そんでエコだのなんだのこれだけ騒がれたら、俺らの仕事はなくなっちまうわなあ」

年老いた整備工は目を細めて漫然と煙草をふかしていたが、急に水を張った空き缶に吸い止しを投げ入れた。

「で、あんたらはあの事件の捜査だろ？　そこの荒川に土左衛門《どざえもん》が浮かんだっつうやつ。新聞に載ってたよ」

「まあ、そういうことです」

鰐川に目配せをすると、膨れ上がった資料のなかから写真を抜いて老人に差し出した。赤い柄のついた大型のマイナスドライバーだ。年老いた整備工はキャップのつばを後ろへまわし、写真を受け取って目を細めた。

「このドライバーの使い手を捜してるわけでして」

「そりゃまた難儀だな」

老人は真っ黒になった割れた爪《つめ》で写真をなぞった。目を大きく見開いているせいで、額には蛇腹《じゃばら》のようなシワが何本も寄っている。

「これは割柄ドライバーというものですが、ここでもお使いになってますかね？」

「ああ、使ってる」

老人は木箱のほうへ目を向けた。工具のたぐいが無造作に置かれているなかに、似た大きさのドライバーが転がっている。

「まあ、整備工場ならどこでも常備してる工具だろうな」

「ええ、そう聞いています」

「まさか警察は、これが決め手になって、捜し人に会えると本気で思ってんのかい？」

「我々はいつでも本気でして」

岩楯がそう返すと、老人は噴き出して笑った。

「あんた、なかなかおもしろいな。本気で追うのは結構なことだが、はっきり言ってありふれてるもんだよ」

けですよね？」

「サスペンションの取りつけには欠かせないと聞きましたけど、それは間違いないわけですよね？」

「間違いじゃないが、当たりってわけでもないよ。サスペンションなんかよりも、こいつは別のことに使われることが圧倒的に多いからな。掃除とか調整とか」

掃除？　鰐川がメモをとる手を止めて顔を上げた。老人は平面研磨機にセットされたシリンダーに近づき、肋骨のように浮き出たでこぼこの溝を節くれた指でひと撫でした。

「こういう細かい溝の油カスをこそいだり、歯車の隙間を磨いたりするんだよ。ほとんど手作業になるから、自然と耐久性があって使いやすい工具ばっかり選ぶようになる。よそでもそう言われなかったかい？」

老人はしたり顔で図星を突いてきた。確かに、雑務に使うという意見がことのほか多かった。鉄板を動かすときの梃子《てこ》にしたり、錆落としに使ったり。

「それにな、割柄を持ってるからって整備工とは限らないんだよ。縫製工場、プリント捺染《なっせん》工場、電気屋、食品加工場、弁当工場、まだまだあるぞ」

「弁当工場ですか？」

「ああ、そうだ。機械化された工場は、メンテナンスでも間違いなくこいつが使われてる。俺は反物《たんもの》工場のでかい編み機を診たことがあったけどな、何百本も並ぶかぎ針の一本一本の向きを微調整していくんだよ。こいつを使って」

老人は写真をぱちんと指で弾いた。

「ということは、言ってみれば市場に出まわってるすべての商品にも関係してくるわけですよね。鉛筆一本、消しゴム一個取ってもオートメーション抜きでは生産できないんだから、その手の工場でも使われている可能性があると？」

「残念ながら、そういうことなんだよ」

いささか嬉しそうな素振《そぶ》りの老人は、鰐川に写真を返してよこした。岩楯は両手で顔をこすり上げた。

「ちなみに二十代後半から三十代前半、百七十センチぐらいで九十キロはありそうな男に心当たりはありませんかね？　左の二の腕に刺青があって、割柄ドライバーを使ってる巨漢ならなおいいですが」

岩楯のやけっぱちすぎる質問に、老整備工ははははっと声を上げて笑った。

「日曜大工で割柄を使うデブも入れれば、江戸川区だけでも十万人以上はいるだろうな。ああ、役場の人間には刺青禁止令が出てるみたいだから、少し減るか。それにさっきも言ったが、割柄はなんの決め手にもならんよ。俺なんかが考えつかんような、よっぽど特殊な使い方でもしてない限り」

数軒の町工場への訊き込みでわかったのは、ドライバーの使い方は多様だ……ということぐらいだろう。磨《みが》けば光りそうだと思える情報には、まったくと言っていいほど出くわさなかった。岩楯のなかで、早くもこのまま町工場巡りに時間を費やすことへの疑問が膨らんでいる。どうもしっくりこない。

二人の刑事は老人に礼を述べ、表に駐めてあるアコードに乗り込んだ。運転席の鰐川は早速地図を取り出し、捜査対象の工場一覧のひとつに「済」のチェックを入れている。岩楯は相棒からもらい受けた飴玉を口に放って、捜査資料をぱらぱらとめくった。

唯一の手がかりであるドライバーは、十五年前から販売されている売れ筋商品で、生産数も桁外れに莫大だ。販売店は全国にまんべんなく広がり、流通ルートから購入した者を洗い出すのはまず不可能……。

岩楯は、被害者が持っていた工具の写真を見つめた。ドライバーはかなり使い込まれていたようで、細かい傷がいたるところについている。科研の分析によれば金属の先端部分がひしゃげて潰れ、かなり摩耗《まもう》しているということだった。ネジをまわすというより、何かを抉《こ》じるのに使っていたのだろうか。だとすれば老整備工が語ったように、特定範囲がおそろしく広がることになる。

被害者の着衣と少ない遺留品を何度となく確認しているとき、鰐川がタブレットを岩楯の顔の前に突き出してきた。

「これを見てください。江戸川区の整備工場です」

表示された地図の上に、赤いピンがおびただしいほど打ち込まれている。隙間もないとはこのことだ。岩楯は恐怖すら感じてぞっとし、信じられない思いで長いこと地図上の印を凝視した。

「一個だけ確認したい」

「どうぞ」

「この赤丸全部か？」

「そうです。しかもこれは、捜査でピックアップしている以外のところですよ。車検を請け負っている認可と無認可、それにチェーン店も含めれば二千弱はありますね。中古車販売とか板金塗装、タイヤ販売店なんかでも整備をやってますから」

「二千……なんでそんなにあるんだよ。『若者の車離れ』とかしょっちゅうニュースでやってるだろう。いったいだれが工場をそんなに使ってるんだか」

「マスコミはすぐに若者を離れさせたがるんですよ。マイホーム離れ、結婚離れ、外食離れ、正社員離れ、恋愛離れ。じゃあ彼らは何に近づいてるんだって話になりますけど」

鰐川は生真面目な顔のまま中指でメガネを押し上げた。

「もともとこの一帯は町工場が多いし、さっきの老人が言っていた整備とは無関係の工場を入れるとすれば、数はもっと増えますね」

「そこに、荒川、中川、隅田川沿いの地域も入ってくると」

鰐川が素早く江戸川区以外を検索しはじめたのが見え、岩楯は慌てて遮った。

「わかった、もういい。そこに出た数字は、おまえさんの帳面にそっと書き足しておいてくれ。今より精神状態がいいときに見るから」

「了解しました。それにしても、範囲を絞り切れない事件ですね」

「どこから流れてきたかわからんからな」

「ええ。水流の解析を待たないと、いまいち指針になるものがありませんよ」

相棒がタブレットをドアポケットに入れるのを見届けてから、岩楯はふうっとひと息をついた。いつ口に入れたのか、鰐川の頰は飴玉によって丸く膨らんでいる。

「ところでおまえさんは、ガイ者がドライバーを持ってた点をどう見てるんだ」

「かなり使い込まれていたのは間違いないので、やっぱり仕事に関係しているとは思います。所持品は軍手とドライバーですから、何かの職人なのかなとも思いますし」

「職人か……」

岩楯は今さっき出てきたエンジン整備工場へ目を向けた。シリンダーの研磨を再開したらしく、こもったような金属音が漏れ聞こえてくる。あいかわらず、奥歯を嚙《か》み締めたくなるような不快音だ。そして、年老いた整備工が語った「割柄ドライバーはなんの決め手にもならない」という言葉を思い浮かべた。現場を知らない人間には珍しく見えても、もっともありふれた工具のひとつにすぎないわけだ。特殊な使い方をしていれば別だが。

腕組みしてむっつり考え込んでいるとき、鰐川はメモ用ノートをしまってエンジンをかけた。

「岩楯主任はどう見てるんですか？　今回はあまり考えを話してくれませんが」

「それだけ見当もつかんってことだ。取っ掛かりがなさすぎる」

「でも、思うところはあるんでしょう？」

「勝手な思いはな」

ぜひ聞かせてください。鰐川はきっぱりとした口調で言った。岩楯は辛すぎる飴をがりがりと嚙み砕き、ペットボトルの水で喉の奥へ流し込んだ。

「エンジニアのじいさんも言ってた通り、きっと割柄ドライバー自体に深い意味はないんだろう」

「でも、一本だけポケットに入っていた。仕事で使わないなら持つ必要のないものですよ。かなり使い込んだ形跡があるわけだし、たまたま持っていたわけではないと思いますが」

「そこだよ」と岩楯は鰐川をちらりと見やった。「刺身《さしみ》包丁を持っているからといって、板前とは限らない。それと同じことだ。特徴のあるドライバーを持ってたからといって、ガイ者は整備工に関係あるとは限らない。そんなもんはただの固定観念だ。それよりも、状況そのものに目を向ける必要があると思ってるよ」

「状況？　軍手とマイナスドライバーがポケットに入っていたということですか？」

「ああ。ガイ者は、割柄ドライバーを一本だけ持つ必要があった。プラスドライバーとか金槌《かなづち》とか、ほかの工具は使わない。いつものドライバーがたった一本だけあればいい。男には、それだけが必要だった環境があるはずだな」

「逆転の発想か……」と相棒は、またノートを開いて素早くメモをとった。

「マイナスドライバーが一本あれば成り立つ仕事はなんだ？」

鰐川はペンをあごに当てて考え込み、しばらくしてから首を左右に振った。

「ちょっと出てきませんね」

「だろ？　そこがあのじいさんの言ってた特殊性だ。それに」

岩楯は捜査資料から現場写真を引き抜いた。遺体をさまざまな角度から撮り下ろした写真をめくり、頭部と腕の接写で手を止める。鰐川に差し出しながら言った。

「俺はどうも本部が出した方向性に納得できないんだよ。今となっちゃ、完全にズレてるような気がする」

「その根拠は？」

「朝から五軒の整備工場をまわったが、ひとつだけはっきりした共通点を見つけた。その法則からすると、ガイ者は完全にそっから外れてる」

長いこと写真を見つめていた相棒は、いきなりあっと短く声を上げて岩楯に顔を向けてきた。

「指ですね！」

「よし、今回もまた褒美《ほうび》の飴玉をくれてやる。さっきのじいさんは年季が入ってすごいことになってたが、今日会った整備工は指先が全員真っ黒だった。機械油やらタールやら、いろんなもんが爪の間に入り込んで、ちょっと洗ったぐらいじゃ取れないほどの沈着だよ。なのにこの男はどうだ？」

岩楯は相棒の持っている写真を覗き込んだ。写り込んでいる指先は爪が短く切りそろえられ、いささか汚れてはいるけれども、オイルのたぐいがこびりついている様子はない。

「なるほど、確かにそうです！　解剖医が爪の間の微物を採取しましたけど、砂以外はほとんど何も出ませんでしたよ！　言われてみれば不自然です！」

興奮気味にペンを振りまわした鰐川は、その勢いのままノートに書き込んだ。そして、文字の下に波線を二本ほど長く引いた。

「まあ、整備工場からの訊き込みは続けるが、別の動きも考えたほうがいい。みんながみんな、ここにかかりすぎだ」

そのとき、懐《ふところ》の携帯電話がぶるっと振動した。取り出してモニターを見ると、一課の係長の名前が表示されている。間違いなく緊急の呼び出しだろうが、経験上、こんなときはろくでもないことが約束されていた。岩楯はすぐさま応答し、一分もかからないで電話を終了した。

「署へ戻ってくれ。珍しいことに進展だ。九条医師と科研がおもしろいもんを見つけたらしいぞ」

鰐川は了解と頷いた。手慣れた様子でステアリングを切り、細い私道をバックで抜けて荒川沿いの道へ出た。

6

鑑識課の係長が、長机の上に並べてある四つ切りの写真を取り上げた。十枚の写真はどれも生々しい肉片の接写で、切断面が乾燥によってめくれ上がっているものだ。傷だらけの組織のなかには、黒っぽい斑点がうっすらと浮かび上がっている。

鰐川の顔色がさっきからすぐれないのは、その常軌を逸した形状のせいだろう。剝ぎ取った肉片が縮んで丸まってしまわないように、無数のピンで板に固定されている標本だった。何十年も前に、祖母が似たようなことをやっていたのをふいに思い出した。もっともこっちは着物の伸子《しんし》張《ば》りだが、縫《ぬ》い目をほどいた着物が針のついた竹ひごでぴんと張られていたさまが、妙にリンクして仕方がない。

食い入るように写真を見つめているうちに、岩楯は無性にいたたまれないような感情が押し寄せてきた。被害者は殺されたうえに肉体の一部をホルマリン漬けにされ、写真を撮られて今こうやって無関係の人間の目にさらされている。しかも法医学教室のガラスケースに並べられ、用済みになるまでの長い時間をそこで過ごすのだろう。

何事も被害者の無念を晴らすため。もちろんそうだが、死者の尊厳という言葉がひとたび頭をよぎると、岩楯はいつも複雑な気持ちになるのだった。

「左上腕部の刺青部分を切り取って、解剖医と科研が分析したものだ。図案の復元が目的だったが、もっと興味深いものが見つかったよ」

鑑識係長は手に持っていた写真を机に戻した。微かに上気した顔から、かなりの手応えを感じている様子が窺える。

「解剖医によれば、筋膜《きんまく》にまで達している傷に、このインクの斑点はないということだ。刺青が残っているのは真皮《しんぴ》部分のみ」

「ということは、真皮が虫に喰われてしまっている箇所は、今後どうやっても解析が不可能ということですね」

岩楯は念を押した。係長はそうだなと言って何度も頷き、机の端に重ねられた撮影ミスのような写真を取り上げた。真っ黒い紙面には、ところどころに白く光る点が散らばっており、まるで星空を撮影したような見た目だった。

「これは、刺青部分に紫外線ライトを当てたもの。いわゆるブラックライトだな。白く光っているのが墨《すみ》らしい」

鰐川が興味深いですね、と身を乗り出している。その横で、わざと焦点をぼやかすように岩楯は写真に目を細めた。何かの像が浮かび上がってはこないだろうか。刺青絡みの事件には数多くたずさわっているけれども、こんなものを見たのは初めてだった。

「確か、刺青はＵＶ波には反応しないと思いましたが？」

岩楯が写真から目を離さずに言うと、係長たちは「ああ、反応しない」と口をそろえて断言した。「我々もこんなものは初めてだ。今どきの刺青は紫外線に反応しない。だが、稀《まれ》に蛍光インクが使われていることがあるそうなんだよ」

「滅多にないということは、ガイ者がわざわざ注文したかもしれないと」

「その可能性もある。もしくは、彫り師が蛍光インクにこだわりをもっているか」

解決の糸口を見つけたとばかりに、上司たちはかなりの自信をにじませている。

「それにな、分析したインクからは、水銀とかヨードとか体に有害なものが検出されているんだよ」

「なんせ蛍光ですからね」

「そういうことだ。もしも、何の考えもなく日常的に有害インクを使っている彫り師がいるとすれば、そこからあっさり足がつくこともじゅうぶんに考えられると思うがね」

視線で同意を求められたけれども、岩楯は曖昧に言葉をにごすにとどまった。蛍光インクが何を意味するのかわからないが、身元につながる数少ない特徴なのは間違いないだろう。科研や二人の上司が勢い込む気持ちもわかる。ただ、有害物質と知りながら刺青に使っている者がいるとすれば、もちろん隠密でだろうし、ましてや何も知らないで使ってしまった、などという無邪気な次元の話ではないように思われる。先に言った「こだわりをもっている」が有力だ。ゆえに、あっさり足がつくとは到底思えなかった。

岩楯は、ブラックライトを当てられた刺青をあらためて見つめた。星雲のように光がもやもやとしているだけで、何かの形を捉えられるものではない。

「とにかく、岩楯班はこっちを重点的に当たってくれ。頼んだぞ」

「了解ですよ」

岩楯が二人に目礼をすると、刺青彫り師のリストだという書類を手わたされた。ざっと目を通しただけでも、極道《ごくどう》関連だらけなのがわかる。そして、すぐに鑑識課にまわるようにと命じられた。鰐川によれば、南湾岸署の鑑識にはすこぶる有能な捜査員がいるらしい。

三階の突き当たりにある部屋は、事務机が並ぶ手狭な空間だった。現場へ出ている捜査員がほとんどらしく、席に残っているのはほんの数人だ。奥では何台ものパソコンがうなりを上げているけれども、それらを使って作業をしている人間はたったひとりだけ。

ブルーの作業服を着込んだやけに座高の高い男が、落ち窪んだ小さな目で画面をじっと凝視している。げっそりと頰《ほお》がこけ、血の気のない薄い唇をゴムのように引き延ばして笑っていた。いくらなんでも痩せすぎだ。どこかが悪いのではないかと心配になるほどの見た目だった。

「聞いてもいいか？」

「どうぞ」と鰐川が即答した。

「まさかとは思うが、南湾岸署きっての有能な鑑識ってのは、あの病み上がりの不審者のことか？」

「病み上がりの不審者って主任……。堀之内《ほりの うち》史哉《ふみや》巡査部長ですよ。彼の画像解析能力はすばらしいんです。それに手配書の人相描き。これはもう芸術の域ですからね。的確に特徴を捉えて何人もの被疑者を挙げていますよ」

岩楯は一瞬、ゲルニカふうの人相描きを想像した。痩せこけた堀之内が薄笑いを浮かべながら描いたら似合いそうだが、そのばかばかしい絵面《えづら》をすぐに追い払った。

「それに彼は、科研がギブアップしたものにも食らいついて結果を出しますからね。しかも、ハードの部分だけが秀でているわけではありません。現場作業も緻密で、微物鑑定のエキスパートですよ」

どの分野であれ、プロフェッショナルを敬《けい》する鰐川がこれほど熱く語るのだから、相当できる男なのだろうと思う。

相棒について奥まで進み、堀之内に簡単な自己紹介をした。しかし巡査部長は気もそぞろといった具合に、パソコンのモニターばかりをしきりに気にしている。三十の半ばぐらいだろう。一重の目の周りにはクマが濃く沈着し、潤《うるお》いのない乾いた肌は病的に蒼白《あおじろ》い。きちんと食事を摂《と》っているのだろうか。堀之内は顔を岩楯に向けたまま、手許を見ないで複雑なコマンドを流れるように打ち込んでいった。その間、パソコンに語りかけるようなつぶやきを終始漏らしている。

「しばしお待ちを。これだけ箱に入れてしまいますんで」

堀之内はナナフシのような骨張った長い指を動かし、エンターキーを勢いよく小指で弾いてからキャスターつきの椅子《いす》をくるりとまわした。

「お待たせいたしました。これはかなり手強《てごわ》い物件ですよ。こちらの自由にはなりません。実に気位が高くてですね、ろくに目も合わせてくれないわけです」

巡査部長はよく聞き取れないほどの早口で喋り、坊主頭を撫でながら無意味にふふっと笑っている。町を歩くだけで不審者情報に載ってくる類《たぐい》の男だ。岩楯は忙《せわ》しない動きの堀之内を見守った。

「まずはスキャン。これがなかなか厳しくて、どうなだめても物件が機嫌を直してくれないわけですよ。状態を考えれば、そう何度も遠出はさせられないですからね。生《き》粋《っすい》の箱入りで、外界は非常に苦手です。でも、そこを交渉するのがぼくの役目ですから、手を替え品を替えで落とそうと奮闘しているわけです」

何を言っているのかまったくわからない。が、堀之内が細長い指でさした場所を見て、岩楯は息を飲み込んだ。隣で鰐川も「ひっ！」と奇声を上げて飛びすさっている。

資料でとっ散らかっている机の上にはガラス瓶があった。何気なく事務机の上に置かれていたから気づかなかったけれども、透明の液体で満たされたそれは、法医学教室でよく見かける種類のものだった。

「おい、おい。その瓶の中身は例の刺青じゃないのか？　今さっき写真で見せられた、ガイ者から剝ぎ取った腕の肉だろうよ」

岩楯はいささか声を上ずらせたけれども、堀之内は指紋で汚れたメガネを押し上げ

「それが何か？」と言いたげな顔をしただけだった。

瓶の中の肉片は、ホルマリンの中で不気味に揺らめいている。ピン打ちされて広げられ、青黒く変色していた。

岩楯はごくりと喉を鳴らし、一歩近づいて組織を間近で検分した。写真で見たものより、墨が入っている場所が曖昧でわかりづらい。実物を初めて見たが、図柄に当たりがつけられるような状態ではなく、言われなければ刺青ともわからないものだった。鰐川は口を手でぎゅっと押さえ、今にもえずきそうになっている。

「鰐川、間違ってもここで吐くなよ」

「り、了解です」

「で、堀之内巡査部長」と岩楯はマウスを動かしている男に向き直った。「まさかとは思うが、おまえさんはこの肉を直にスキャナーにかけたのか？」

「もちろんです。いくら高解像度の写真を読み込んでみても、光の反射で本来のカラーが飛びますからね。データの移行でも同じです。できる限り生の状態でデータ化しないと話になりません」

「その場面にいなくてよかったよ」

「本当はですね、UV波の検証にも立ち会いたかったわけですよ。蛍光インクが使われていたなんて、ますますニクい物件だとは思いませんか！　でも、九条先生の許可が下りなくてですね。生の物件も頼み込んでようやく借りられたわけでして」

身振りを交えて早口で喋り、ストローが挿してあるパックから、コーヒー牛乳を勢いよく吸い込んでいる。九条医師がみずからは絶対に近づかないタイプの人間であり、検証から意図的に排除したのはすぐに想像がついた。赤堀と同じとは言わないまでも、間違いなく隣のジャンルに位置している男だ。岩楯は堀之内に興味が湧いた。

パソコンのモニターにはスキャンされた組織が映し出されており、開かれたウィンドウが合わせ鏡のように何十枚も折り重なっている。

「まあ、鑑識の領域に口出しするつもりはないから、思う存分好きにやってくれ。ともかく、わかったことを説明してくれるかい？」

「了解です。いろいろと試していますけど、まったくもって人見知りの激しい物件ですね。ブルーのフィルターをかけるとインクがはっきり出るのはわかったんですが、そうすると薄い部分が消えてしまう。見ててください、いいですか……ほら、このありさまになるわけです」

堀之内はフィルター画面に素早く切り替えた。目の焦点が合わせづらい色合いに変わる。

「これをすると視覚が混乱して脳が補正しようと指示を出す。結果、思わせぶりなチラリズムが始まるんですよ」

「チラリズム？」

「見えるか見えないか、ぎりぎりの線でぼくを焦らす行為です。この物件は、かなり挑発的だと言えますね」

「何言ってんだ」

岩楯は疲労を感じて指で目頭を揉んだ。堀之内は話しながらも手を止めずにキーボードを叩き、右手でマウスを操作しながら加工処理を続けている。画像修整ソフトを操ってモノトーンに置き換え、グレーの濃淡で構成された絵を表示した。コントラストや明度を細かく調整しながら見え方を探っているようだが、忙しなく動く画面のせいで目がまったく追いついていかない。

「それは？」

「ヒトの目には見えないカラーを拾っているんですよ。色というのは、光の強弱と波長の違いを目から脳に伝えることで認識しています。ヒトの可視領域は狭いですから、この刺青のように色が混ざってしまうと、もう識別ができなくなる」

「厄介だな」

「ええ。ただ、どんなに微かでも、色と濃度が違えば数値として表れるわけです。つまりは、いくら偽装してもぼくには通用しないんですよ」

一本調子でそう語りながら額に浮いた汗をぬぐい、堀之内は背景の粗いピクセルを少しずつ消していった。

「真皮にあるこの黒い点々部分。見えますか？　これは毛穴です。これをまず全部消す」

しだいに、先ほどよりだいぶすっきりとした絵面になった。しかし、まだぱらぱらと黒っぽいものが残っている。

「その黒い点も毛穴じゃないのか？」

「岩楯警部補、敵の策略にあっさり乗ってはいけません。これは毛穴と似て非なるもの。インクのカラー数値ともわずかに異なります。たぶん、墨を入れたときの針の痕だと思いますね」

「そんな何年も残るものなんですか？」と鰐川がノートから顔を上げて問うた。

「針穴というのはそう簡単には消せません。ヤクの注射痕しかりですから、薬物使用者にも逃げ場はないわけですよ。ぼくが偽装は許しませんから」

針による点の刻みを残して余分なものを消していくと、ふたつの丸が際立ってきた。どうやら眼のようだ。その周りには、細い斜線が影のように走っている。しかし、おびただしく点在する針穴のせいで、肝心の主線《おもせん》が打ち消されていた。

「やっぱり、カラーは真皮にしか残っていないようですね」

堀之内はさも悔しそうに顔をしかめた。

「虫に深く喰い荒らされたところは、さすがに解析不能。この二つの丸を眼だと仮定すると、大きさや離れ具合からいっても、ヒトではないんじゃないでしょうか。刺青の色数は、ええと……」

椅子の上で背中を丸め、堀之内は色を数値化した各種のグラフを表示した。

「六十五から七十五色です」

「ちょっと待て。そんな色数の刺青があるか？」

「ああ、これはグラデーションだからでしょうね。トーンを段階的に落としてあるんですよ。色数は大きくわけて三色だと思います」

「使われてる色は？」

「黒と青と白。グラデーションということは、黒から灰色までと、青から水色までの幅がありますよ」

鰐川は素早くノートにメモをとった。岩楯は画面を覗き込み、二つの黒丸の上のほうに目を細めた。これも汚れか傷だろうか。さらに顔を近づけてじっと見つめてみる。ここにもうっすらと針穴らしきものが散らばり、何かの模様を形作っているように見えなくもない。

「この上にあるのも彫り痕に見えるんだが」

岩楯がモニターを指差すと、堀之内はあごをぐっと引いてにやりと笑った。

「さすがとしか言いようがありませんね。この上部にある針穴は、うちの課の人間も拡大しないと毛穴と区別ができなかった代物ですよ。難易度は最高クラスです。ちなみに、両目の視力はいかほどですか？　マサイ族は三・〇あると言われていますが、まさかそれに近いのでは？」

「いいからさっさと進めろ」

にべもなくぴしゃりと返した岩楯と、堀之内は真っ向から目を合わせてきた。なぜか親愛の情のようなものが垣間《かいま》見え、背筋に身震いが走った。この手の人間と縁があるのはなぜなのか。望んでもいないのに、気づけば視界の隅をちらついている。

巡査部長は再びマウスを動かし、画像の上にレイヤーをかぶせてアウトラインを表示した。

「これはおそらくですね。アルファベットのロゴじゃないかと思うわけです。過剰に装飾されていますから確定はできませんが、左からD、E。次はよくわかりません。上が切れてますが、四番目の文字はIかTかPかYというところじゃないでしょうか」

「出だしはDE……か」

「文字の間隔と配置からいえば、この後ろにまだ五文字以上のアルファベットが並んでいると思われます。そうじゃないと、バランス的にも不格好ですから。何かの単語なのか英文なのか、それとも頭文字を取ったマークのようなものなのか。文字部分は損傷が激しいですから、針穴から追える限界点がこれということになりますよ」

　堀之内は一気に捲し立て、ふうっとひと息ついてからコーヒー牛乳を飲み干した。進んで近寄りたくはないアクの強すぎる男だが、いざ近寄ってみるともっと知りたいような気にさせられる。左手の薬指にマリッジリングが光っているのを見て、堀之内を選んだ女に心の底から拍手を贈りたい気分だった。

「なんだか、二時間後には事件解決しそうな気になれたよ。とりあえず、刺青の修整画像をコピーしてくれるか？」

「了解です」と堀之内は素早くプリント設定をし、唐突に床を蹴《け》って、キャスターつきの椅子に座ったまま真横に勢いよく滑っていった。プリンターから吐き出された紙を片手に、また椅子を滑らせて定位置でぴたりと止まる。そして巡査部長は、「ああ、そうでした」と言いながらのそりと立ち上がった。今まで座っていたから気づかなかったけれども、岩楯よりもはるかに上背がある。自分が他人を見上げるなど滅多にないことだった。

「ずいぶんとタッパがあるな」

「百九十センチまで成長したわけです」

「成長はいいが、ちゃんとメシ食ってんのか？　その顔色を見てると不安になるんだが」

堀之内は自分の席の引き出しを開けた。

「ぼくは昔から胃下垂《いかすい》なんですよ。とにかく、満腹中枢がすぐに刺激されてしまう厄《やっ》介《かい》な体質です。だから小分けにして何回も食べてますけどね。健康診断では何にも引っかかったことはない、かなりの健康体ですよ。滅多に風邪もひかないですし」

極端に背中を丸め、ごそごそと机の中を引っかきまわしてから、むくっと立ち上がる。大股で歩いて戻り、長い腕を伸ばして岩楯に名刺を差し出した。

「うちの係長から彫り師のリストがいったと思いますけど、この人もぜひ加えておいてください。ぼくのおすすめです」

折れ曲がった名刺には、「初代　刺鷹《さしたか》」という荒々しい文字が書きなぐられている。鰐川にわたすと、小さく頷いて資料にクリップで留めた。

「自分の知る限りで、刺青の知識が飛び抜けているのは彼だと思うんです。なのに、なぜかほかの捜査員からは、全然役に立たないと重要視されていなくてですね。職人の域なのに、今回もリストから外されているんですよ。まあ、前科者ということが理由かもしれませんが、今までも、いろいろとお世話になってるんです」

そう言ってから、巡査部長ははっとして顔の前で手をぶんぶんと振った。

「お世話になったとは言っても、ぼくが刺青を入れたわけじゃないですよ。鑑識官として助言を受けただけです。針穴を体に残すのはごめんですからね」

なぜか恥ずかしそうにしている堀之内に、岩楯はある興味をもって質問した。

「なんで警官の道を選んだんだ？　いかにも技術職のおまえさんは、堅苦しい縦割り組織が苦手のように見えるんだが」

堀之内は、鼻をこすったり坊主頭をかいたりして落ち着きのない素振りを見せ、指紋で汚れたメガネを押し上げた。

「ぼくは、曲がったことが大嫌いなんて言うつもりはありません。ただ、人の権利を踏みにじる人間には覚悟させる必要があると思うわけですよ。司法解剖とか写真とか、顔も知らない大勢の捜査員の前に引き出されて、被害者だけ辱《はずかし》めを受ける筋合いはありませんからね。ぼくなりのやり方で、悪党の逃げ道を塞ぐことに決めたんです」

あらぬ方を向いて早口で語る堀之内は、やはり人との距離感に苦労しそうな研究者タイプに見えた。おそらく、使命感に突き動かされる何かが過去にあったのだろう。緻密な分析から証拠を突きつけ、牢獄《ろうごく》へ送った被疑者も多いだろうことにも想像はついた。

岩楯は、顔を赤らめて血色のよくなった堀之内の腕をぽんと叩いた。

「陰の渡し人ってやつだな」

「わかってらっしゃる。それを目指してるわけですよ」

堀之内は鼻をこすりながら低く笑った。

# 第二章　刺青が招いた街

## 1

シャツの襟許《えりもと》から冷たい風が入り込み、ぶるっと身震いが起きた。目の詰んだセーターとマフラーの上から厚手のブランケットを巻きつけても、風はちょっとの隙間さえ見逃す気はないらしい。先月、透いている壁に充塡剤《じゅうてん》を詰めて目張りしたばかりなのに、なぜこうも簡単に通り抜けてくるのだろうか。赤堀は、北風を受けてかたかたと揺れている十畳ほどの室内をぐるりと見まわした。

池ノ上にある大学キャンパス奥の奥。正門から果てしなく遠くにある「法医昆虫学教室分室」は、トタンと木材を組み合わせた掘っ立て小屋のようなありさまだった。都会の喧噪《けんそう》や学生のはしゃいだ声などまったく届かない場所にある。「秘境」と呼ばれて久しいのは、背の高い樹木がやたら多いことと、実験用のビニールハウスが行き当たりばったりに乱立していること。それに、タヌキやハクビシン、アライグマなんかの動物がしょっちゅう姿を現すからだろう。イリオモテヤマネコによく似た獣を目撃したとの噂さえある。こわいもの見たさで訪れる物好きはいても、関係者以外は滅多に人が立ち入らない謎めいた区画だった。

赤堀は手をこすり合わせながら、足許に置いてある電気ストーブの前にかざした。闇《やみ》に包まれた窓の外では、風になぶられた樫《かし》と欅《けやき》の木が錆びたトタン屋根を激しく叩いている。セーターの袖をまくってダイバーズウォッチに目を落とすと、もう朝の五時になろうとしているところだった。さっきから睡魔に襲われているけれども、ここを離れるわけにはいかない事情がある。あくびを嚙み殺しながら資料に再び向かったとき、背後で咳払いが聞こえた。

「赤堀先生、ついにきました」

「やっときたか！」

勢い込んで振り返ると、ぴちぴちのTシャツを着た角刈り頭の男が、電子レンジに似た恒温器《こうおんき》を指差している。赤堀は机に腰をぶつけながら立ち上がり、放り出されている段ボール箱を飛び越えて彼の隣に着地した。恒温器の小窓を覗き込むと、シャーレの中の卵が孵化して、ほんの小さいウジが身をくねらせていた。いつのまにか羽化《うか》している蛹《さなぎ》もあり、ハエがちょろちょろと歩きまわっているのも見える。

「約四十時間です」

「四十時間！」

「はい。ウジと卵が科研から送られてきて、人工飼育を開始したのが十一月十三日の午後一時。今が十五日の午前五時三分ですからね。正直、卵のまま死滅するだろうと思っていましたよ」

法医昆虫学科の学生である奥田護《おくだまもる》は、ふうっと安堵《あんど》のため息をついている。赤堀は彼をじろじろと見まわし、今日二度目になる質問をした。

「意地になってない？」

「いえ、別に」と奥田は即答した。

「この寒い夜中に半袖Tシャツ一枚とか、あんたアメリカ人？」

「日本人です。普段から鍛《きた》えてますから、寒さにも暑さにもかなりの耐性があるんですよ。筋肉組織を収縮させることで血流を促して、寒さを遮断《しゃだん》する硬い壁を意識的につくるわけです。ヒトの弱点である腹斜筋《ふくしゃきん》もツイストクランチ効果で高密度になってますから、気温によるダメージは内臓にも届きません」

奥田は、自慢の筋肉をいちいち動かしながら説明をした。

「なんていうか、クマムシみたいなスペックを目指してる？」

「どんなスペックですか、それは」

「摂氏百五十度でもマイナス二百度でも死ななくて、酸素がなくても強力な放射線を当てても生き延びられるっていう不死身のスペックだよ」

「赤堀先生、クマムシの見解に大きな誤りがありますね。昆虫学博士としての立場では、そういった発言は不用意にしないことを忠告しておきます」

虫こぶのある木のような腕を曲げ、教え子はまた咳払いをした。

「いいですか？　彼らは浸透圧呼吸ですから、乾眠時、呼吸が停止しているときのみパワーが発揮されるわけです。むしろ覚醒時は五十度のお湯でも死にますし、外部から力が加われば簡単に圧死する。ゆえに、クマムシは高スペックとは言えません。一部の学者が不死身に喩《たと》えたことで、誤解が広がったわけです」

奥田は張りのない低い声でぼそぼそと喋り、ボードに挟んである記録紙に時間や気温などの数値を書き込んでいった。たったそれだけの動きなのに上腕二頭筋と肘《ひじ》下の腕橈骨筋《わんとうこっきん》が盛り上がり、そのさまをちらちらと盗み見ては満足げな顔をしている。何度目の当たりにしても飽きることがない光景だ。赤堀は彼のすばらしい肉体美を興味深く観察し、はち切れそうになっているTシャツの上から三角筋を突っついた。

法医昆虫学の担い手である彼は、虫と筋トレに情熱を注いでいる二十四歳の青年だ。三年前までは、いかにも学者然とした痩せぎすのか弱い風体《ふうてい》だったのだが、あるときから急激な変貌を遂げた。どうやら大失恋が理由のようで、今でも物想いにふける様子をたびたび見かけることがある。過去と決別したいという変身願望の表れなのか、それとも、諦め切れない恋を取り戻そうとしての行動なのか……今のところはまだわからない。が、岩のような大男は粘り強く緻密で繊細で、赤堀の助手をふたつ返事で引き受けてくれるありがたい存在だった。

「そういや前に岩楯刑事がさ、マモルのことヘラクレスオオカブトって言ってたっけ」

「コーカサスのほうが好みです」

そう言いつつも、奥田はまんざらでもなさそうな素振りで赤堀をちらりと見やった。そして、再び恒温器を指差して話を戻した。

「蛹から孵《かえ》ったのは、現場にいた種と同じ。オオクロバエとホオグロオビキンバエの二種類だと同定《どうてい》します」

「うん、問題なし。さっさとサンプル標本を作っちゃおう。ウジのほうは、そのまま飼育続行ね」

「わかりました」

赤堀は足の踏み場もないほど散乱している資料をまたいで、シンクからペットボトルや薬品類の入った標本一式箱をもってきた。冷めて苦みの増したコーヒーを飲みくだし、よし、と頬を叩いて頭を覚醒させる。

早速、奥田は背中を丸めてキッチンペーパーを切り抜き、殺虫用に改造したペットボトルの底に敷いた。吸湿のためのひと手間を惜しまない彼に、赤堀はにっこりと笑いかけた。本来なら濾紙《ろし》を使うのがあたりまえだが、予算節約のためにあらゆるもので代用する。この小屋にある多くの物品が手づくりであり、法医昆虫学教室ならではの掟なのだった。

ラテックスの手袋を着けて、赤堀は茶色い瓶の蓋を開けた。とたんにメロンのようなパイナップルのような匂いが漂い、反射的にそれを深く吸い込んだ。すると頭の芯がじんわりと熱くなって、寒い掘っ立て小屋がことのほか心地よくなってくる。さらに深呼吸をしようとしたとき、奥田がぴしゃりと言った。

「赤堀先生。酢酸エチルでトリップするのはやめてください。違法行為です」

「あれ、バレてた？」

「毎回のことですから。それに、この際だから言わせてもらいますが、ビニール袋にクロクサアリを入れて、吸飲するのもやめてください。これはぜひお願いします」

「なんで？　そっちは別にいいじゃん」

「よくありませんよ。こういう奇行の積み重ねで、昆虫学者は頭のおかしいやつばかりだと言われるようになるんです」

真冬でもTシャツ一枚で過ごす彼もじゅうぶんその域だと思うのだが、まるで自覚がないらしい。

「知ってる？　あの子たちは山椒《さんしょう》みたいなスパイシーなフェロモンを出すんだよ」

「もちろん知ってます」

「それを吸い込むと、なんか頭がすっきりして仕事がはかどることは知らないでしょ？」

「セミオケミカル物質の人的影響は、はっきり言ってどうでもいいんです。ぼくが言いたいのは、薄暗い小屋で背中を丸めてアリ袋を吸飲してる姿を、とても人には見せられませんって話ですよ。本当にひどいですから。異常性癖です」

生真面目な奥田は、行動を慎むことの重要性を経験も交えて説きながらも、作業する手を止めずに動かしている。赤堀は酢酸エチルをピペットで吸い上げ、丸めたティッシュに染み込ませた。それを軽くラップにくるんでボトルの中に入れる。

「さ、いいよ」

赤堀が顔を上げると、奥田はこっくりと頷いた。恒温器の中からシャーレを取り出し、ミニチュア玩具のような手づくり捕虫網で素早く数匹のハエを捕えた。同時に赤堀は部屋の電気を消して、殺虫ボトルの下に取りつけた豆電球を点灯する。網に入れられてパニック状態になったハエたちは、明かりにつられて口の狭いボトルにすんなりと入った。

「あとはぼくが軟化までやっておきますから、赤堀先生は少し休んでください」

「すごく助かったよ、サンキュー。マモルもそれ終わったら寝たほうがいいよ。ずっとこの子たちの番をしてたんだから」

赤堀が隅に丸められている二つの寝袋に目を向けると、そうします、と彼は優しげに口許をほころばせた。

「それにしても、関連しそうな論文や資料がほとんど挙がってきませんでしたね。これだけ熱心に探したっていうのに」

奥田は、文献や書類が山と積まれた事務机に目を向けた。赤堀は相づちを打ちながら、重ねてある段ボール箱をよけてキャスターつきの椅子に腰を下ろした。パソコンに向かい、今さっき見つけ出した過去の論文をプリントアウトしてざっと目を通していく。

「十一月以降、ホオグロオビキンバエが繁殖していた記録は、過去十年でたった一例のみ。しかも記録的な暖冬の年だった」

「今現在の気候とは合致しませんね」

「そうなの。そもそも夏の種と冬の種、この子たちは基本的に、生息時期が交わらないようにインプットされてるからね」

赤堀は、科研から送られてきた微物を机の中から取り出した。ビニール袋に小分けされた証拠品を、ひとつひとつ見返していく。ササキリの後ろ脚が一本と、大発生のためにまぎれ込んでいたセスジユスリカ、そして赤い鞘翅《しょうし》の欠片がひとつだけ。これは黒い斑点《はんてん》の配置から、ナナホシテントウのものだとわかった。自分が遺体を発見したときの記憶と照らし合わせてみても、採取できる虫はこんなものだろうと思う。腐敗分解の生態系には関係のない虫ばかりで、しかも、それらが何か別のルートへつながっている節はない。ただ偶然に、現場に居合わせただけの昆虫だと見ていいだろう。中州という周囲から隔絶された環境だったこともあり、手がかりになるような微物はひとつもなかった。

「もう一度、中州の検証には行かないんですか？」

奥田が察したようにぽつりと言った。ボトルの中のハエが息絶えたことを確認してから、ピンセットで丁寧につまみ上げている。

「今んとこ、その予定はないよ」

「すでに発見時に見ているから？」

「違う、違う」

赤堀は科研からの資料をばさばさと振った。

「腐敗分解にかかわる虫は、見事にハエしかヒットしなかったからね。ウジの段階で遺体の蚕食《さんしょく》がストップしてハチすらもいない。それがわかってるから、現場へ行く意味があまりないってのもあるし、今回は鑑識さんが砂まで掘り返して虫の採取をしてくれてるから。あの場所の情報はそこそこ手許にあるんだよ」

伸び上がって作業台から冷めたコーヒーを取り上げ、赤堀は最後のひと口を飲み干した。

「この結果は何を意味してると思う？」

「寒さの影響で虫の到着が大幅に遅れている……ということですよね。寒冷期ならではの特徴でしかありません」

「だとしたら、なんでこの寒いのに、夏の子であるホオグロオビキンバエが産卵孵化できたのか」

奥田は考え込みながらハエを三角紙に一匹ずつ入れ、電気ポットからタッパーに湯を注いだ。紙が濡れないようにセットして蓋《ふた》をしめ、蒸《む》らしの工程に入る。そして角張った顔をむくりと上げた。

「比較的気温が高い日に産卵がおこなわれて、その後、最速で孵化したと思われます」

「そこまでは当たってる。じゃあ、今の持ち札だけでどこまで推測可能か言ってみな。法医昆虫学的にね」

標本セットを片付けていた手を止め、奥田は眉根を寄せて難しい顔をした。首の付け根から盛り上がっている僧帽筋《そうぼうきん》を撫でたり押したりしているのは、頭をフル回転させているときの癖だった。しばらくその動きをしていたけれども、奥田はため息をついて首を左右に振った。

「手許にある情報だけでは、気温から孵化した日を推測するのが精一杯じゃないですか？　犯人像に迫れるほどの昆虫相もないわけだし」

「そんなことないよ。ものすごく重要なことを、この子たちは最初から教えてくれてるじゃん。あの場所に被害者が流れ着いたのは、十一月に入ってからだってさ」

赤堀が断言すると奥田は首を傾げ、気象データを取り上げて数値に指を這わせていった。

「解剖医が出した死亡推定と、ウジの喰い荒らしたひどい状況を見れば、もっと前、十月の可能性もあると思いますね」

「マモル、もうちょっと虫の声に耳をすましてみなって。昆虫相をしっかりと頭に置いてね」

赤堀がにやりと笑うと、奥田は少し考えてから違和に気づいたような顔をした。

「十月中に遺体が流れ着いていたとすれば、甲虫たちの活動時期と重なって昆虫相が大幅に変わったはずでしょ。でも遺体はウジの第一グループでストップしてるんだよ。しかも、あそこで羽化した殻は見つかっていない」

「そうか……。孵っていない卵と、二齢段階のウジがほとんどでしたからね」

「そういうこと。ハエは一世代だけなんだな」

「ということは、昆虫活動の乏しくなる寒冷期に入ってから流れ着いた。そう考えるのが妥当というわけですよね」

「うん。だからこそ、遺体の状況は損傷がひどすぎると思うわけ。ウジ以外の昆虫が到着してないのに、なんであそこまでになったのか」

うーんと奥田はうなり、太い腕を組んで標本をじっと凝視した。

「鳥とか水棲《すいせい》生物にやられた傷は案外少ない。確かに不思議です」

ここがひとつ目の違和感だ。鼻や口などの開口部以外をウジたちが喰い荒らすのはもっと時間が経ってからのことで、二齢という成長のスピードと遺体の損傷状況には大きな隔たりがある。

「そしてもう一個。今さっきこの子が教えてくれたのは、事件の根幹にかかわるほど重大なことなんだよ」

赤堀は、恒温器の中で牛の肝臓を無心に食べているウジに手を向けた。

「普通なら十二時間程度で孵化するところを、この子は四十時間もかけて姿を現した。まだあんたたちには教えてなかったけど、ちょうどいい機会だから日程を繰り上げたほうがいいかな。詳しくは講義でやるよ。『塩』のことね」

「塩？」

「そう、塩。腐敗分解にかかわる虫たちにとって、塩分はすごく煩《わずら》わしいものなわけ。卵の孵化とウジの発育スピードに影響するんだよ。つまりは、かなり遅れる」

「ちょっと待ってください！　それってまさか！」

いつもは無表情に徹している奥田だが、込み上げる興奮を抑えられないようだった。

「そのまさかだよ。被害者は荒川とか中川を流されてきたんじゃなくて、海を漂流してきた。これは間違いないね。それをこの子たちは教えようとしてるんだよ」

赤堀はもう確信していた。警察は河川の上流地点に捜査範囲を絞っているけれども、被害者は東京湾から入ってきた可能性が高い。大雨で川が増水した時期とも重なっており、海流が乱れて川へ海水が逆流したとも考えられるだろう。だとすれば、人相もわからず遺留品も極端に少ない今回の事件は、身元の特定だけでも困難を極めるのが目に見えるような気がした。

「遺体の気道と肺から検出されたケイソウにも、淡水性と海水性のものが混じってますね」

奥田は、微物鑑定の一覧表を素早く確認しながら言った。

「とにかくね」

赤堀は資料にアンダーラインを引いてから顔を上げた。

「塩水実験をやって孵化の正確な時間を見る必要があるよ。根拠をしっかり固めとかないと、岩楯刑事も捜査本部も納得してくれないからさ」

「濃度の幅は？」

奥田は、中腰になって付箋《ふせん》にペンを走らせた。

「〇・三から三・六パーセントってとこかな。〇・三刻みでわけてみようか」

「塩水にどのぐらい組織を浸けておきましょう」

「ええと……」

赤堀はノートに数式を書きはじめたけれども、頭をがりがりとかきむしり、すぐにやめてペンを投げ出した。

「駄目だ。頭がぜんぜんまわんない。ひと眠りしてから計算させて。もうホントにぶっ倒れそう」

赤堀は大あくびをしながら寝袋を広げ、もそもそと中に入り込んだ。限界が近い。枯《か》れ葉の降り積もった天窓から見える空は、少しだけ白っぽくなりはじめている。もうすぐ夜明けだ。几帳面に最後まで備品の片付けをしていた奥田も、ようやく電気を消して隣の寝袋へ窮屈そうに収まった。

風と木々が屋根を叩く音を聞きながら、二人はすとんと眠りに落ちていた。

2

遅い昼食を済ませてから、北新宿《きたしんじゅく》一丁目へアコードを走らせた。鉄筋の古い建物がひしめく裏通りは、車一台がやっと通れるほどの道幅しかない。鰐川は巧みなハンドルさばきで狭い駐車場に車を入れ、わずかな狂いも見逃さずに停止位置を直してからサイドブレーキを引き上げた。二人の刑事は、はす向かいにあるすすけた雑居ビルに足を踏み入れた。

錆の浮いた壊れかけのポストが並び、ネジひとつでかろうじてぶら下がっている扉もあるほどだ。気味の悪いイラストの描かれたステッカーがべたべたと貼りつけられ、ねずみ色の壁にはスプレーで卑猥《ひわい》な落書きがされていた。

岩楯は、鑑識の堀之内がよこした名刺と壁面にある番地表示を見くらべた。残念なことに、このひどい建物で間違いはないらしい。我れ先にという勢いで貼られているステッカーは、ピラミッドと眼を組み合わせたプロビデンスふうのものから、血のりで描かれたような鉤十字《かぎじゅうじ》まで、岩楯の許容の範囲から著しく外れたものばかりが寄り集まっていた。「ボディーピアッシング」や「身体改造」、「ステンシルタトゥー五千円」などという文言が鬱陶しいほど強調されている。しかし、そんなものを吹き飛ばすほど最悪なのがこれだろう。

岩楯は、おそるおそる圧迫感のある低い天井を見まわした。薄汚れた外灯と窓枠、ガスメーターから壁にいたるまで、そこらじゅうに張られたクモの巣が風を受けて不気味に揺れている。尋常な量ではなく、視界に入れるだけでも胃のあたりがきりきりと痛くなるほどだった。大家は掃除もせずにいったい何をやっているのか……。岩楯の全身にぶるっと震えが走った。

一旦外へ出て冷たい空気を吸い込み、あらためて間口の狭い五階建てのビルを見上げた。窓という窓はすべて内側から目張りされ、極彩色の店名だけが浮き上がるように際立っている。鰐川はスマートフォンで落書きやポストなどを撮影し、建物の印象を書き留めることに余念がなかった。が、すぐにすべてを察したような、にこやかな顔を向けてきた。

「ご安心ください。クモを落としますから、ちょっとお待ちくださいね」

鞄から伸縮する指示棒を取り出している。先端にティッシュを巻きつけて引き延ばしたところで、岩楯は慌ててそれを取り上げた。

「ちょっと待て！　やつらが落ちたら、地面をわらわらと歩くだろうが！　跳ねるやつだっているんだぞ！」

「大丈夫です。足許ならば、踏みつけて勝てるという余裕が生まれますよ。クモをおそろしく感じる要因として、予告なく頭の上から襲われるという突発性があります。まずは優位に立つことですよ。クモ恐怖症は最小限に抑えられて、成功体験を頭に刷り込めるはずですね。岩楯主任ならやれるはずです」

「励ますな。しかもそんな体験はいらないんだよ。こっちが一生、下手《したて》に出れば済む話だ。いいか？　無駄にやつらを怒らせるな。わかったな？」

岩楯はこれ以上ないほど真剣に言い聞かせ、指示棒を鰐川に突き返した。

そのとき、奥にある薄暗い階段のほうから話し声が聞こえ、しばらくしてから大きなキャリーバッグを引きずった二人の女が姿を現した。ひとりは目の醒めるような緑色に髪を染めており、鼻や口や耳、そして喉にまで金属の輪っかがいくつもぶら下がっている。もうひとりはドクロ柄のニット帽をかぶり、死人のように蒼白い化粧をして煙草をふかしていた。こっちは耳たぶに鉛筆よりも太いチューブが挿してあり、手首には有刺鉄線が巻きついた格好の刺青が入っている。

いったい、若い娘が、なぜこんなありさまになっているのだろうか。岩楯は、異次元で生きているような女たちに視線を走らせた。幼さの残る二人は歩調を緩め、ことさら無遠慮に刑事たちをじろじろとみまわしてから、盛大に噴き出している。そのうえ、手を叩きながらけらけらと笑い声を上げた。

「ダサいスーツのおっさん二人が、こんなとこにいるんだけど。何しにきたし」

「まさか、うちらみたいにブランディングやりにきたとか」

「ちょー場違い、マジやめてほしいけどウケる」

いつまでも笑い転げている人間離れした女たちを見て、相棒は唇の端をぴくぴくと動かして戸惑いを隠せない様子だった。「女性らしさ」という幻想を追い求め続ける鰐川にとって、この手の人種は完全に理解の範疇を超えている。

岩楯は咳払いをひとつして、いたって愛想のいい笑みを浮かべながら、彼女たちに声をかけた。

「ブランディングってのはなんのことか、おじさんにも教えてくれるかい？」

ふたりはたちまち笑いを引っ込めた。さらには汚らわしいとばかりに、嫌悪感を剝き出しにした顔に変えている。

「なれなれしく話しかけないでくれる？」

「初めて聞く単語だったもんでね。それに、きみたちは未成年に見えるんだが、平日の真っ昼間にこんなとこで何やってんのか」

「おっさん、説教から援交《えんこう》に持ち込もうって魂胆《こんたん》だろ」

「そういう経験があるわけか？」

とたんにニット帽の女は吸い止しを岩楯の足許に投げつけて、緑頭のほうは嚙んでいたガムを鰐川めがけて吐き出した。やたらと血の気が多い連中だ。はなはだ面倒だが、行きがかり上補導しなければなるまい……。

岩楯はため息をついて目頭を指で押し、内ポケットから手帳を出した。睨みを利かせている二人に提示する。

「おじさんたちは、おまわりさんなんだがね。ちょっと身分証を見せてくれるかい？」

急に押し黙った二人は顔を見合わせ、次の瞬間には左右にぱっと別れて走り出した。が、まんまと逃亡を許すはずもない。岩楯はニット帽を、鰐川は緑頭を間髪容《い》れずに確保した。離せとか触るなとか甲高いののしり声を上げ、ハートマークの入ったキャリーバッグを蹴り飛ばしている。

「暴れんなって。その大荷物からすると家出中だよな。高校生か？」

「黙秘！」

そう言い放った二人はそっぽを向いて虚勢を張っている。

「了解、黙秘な。未成年だって認めてるようなもんだ」

　隙あらば逃げようと、二人は必死に目で合図を送り合っていた。怯《おび》えの色が尋常ではないけれども、少しの脅《おど》しで口を割らない程度には肝《きも》が据わっているようだった。岩楯が二人の女の手首を摑んで鰐川に目配せすると、相棒は頷いて無線で応援を呼んだ。

　五分後、一台のパトカーが横づけされる。新宿署の警官が有無を言わさず身元の確認をとると、案《あん》の定《じょう》、半月前に捜索願が出されている十七歳の家出少女たちだった。雰囲気を探った限りでは売春や薬物には手を出していないようだが、この状態ならそれも時間の問題だろうと思われる。

「とにかく、家出はやめておけ。家を出たいんだったら親とじっくり話し合って、自立してからにするんだな。それと、あんまり体中を穴だらけにするなよ」

　パトカーに促される少女たちは、岩楯の説教に過剰反応してそろって振り返り、中指を立てて舌を突き出してきた。その舌にもピアスが光り、しかも舌先がへびのように二股にわかれているのを見てぎょっとした。

「いったい、なんだよそれは。まさか自分でやったのか？」

「さあね」

ふんっと鼻を鳴らした二人は、この歳にして完全な身体改造マニアだった。ますます行く末が心配になったけれども、同時に、岩楯のなかである閃《ひらめ》きがもたらされた。堀之内が画像修整した刺青のコピーを捜査ファイルから引き抜いた。

「褒《ほ》められたことじゃないが、きみらはこの道を極めようとしてるって感じだな。ハンパなことをやってない。その感覚で意見を聞かせてほしいんだが、これはなんに見える？　刺青の柄を修整したものなんだがね」

ニット帽の少女はさもいやそうな顔をしたけれども、緑頭のほうは興味ありげにコピーをじっと見つめた。目の輝きが今までとはまるで違い、薄い笑みまで浮かんでいる。

「デストラじゃん」

何気なくそう言ったとたんに、ニット帽の女が肘で小突いて黙れという合図を送った。少女は慌てて口をつぐんだけれども、岩楯はすかさず一歩近づいた。

「ぜひ教えてほしいね。その『デストラ』とやらがなんなのか」

緑の髪を指先で触りながら、笑顔のまま威圧してくる岩楯をちらちらと盗み見ている。そしてピアスを揺らしてごくりと喉を鳴らし、怒れるニット帽の少女をなだめるように目を合わせて頷いた。

「『デス・トラディション』のことだよ。古くさい伝統なんて死んじまえってわけ。タトゥーとかインプラントなんかでも入れたりするし、気合い入ったやつのなかでは人気ロゴだよ。ファッションでやるやつなんかには絶対に入れさせないしね」

「入れさせないとは？」

「彫り師が忠告するよ。このロゴを入れたら、いざこざに巻き込まれても文句を言うなってさ。なんとなくだけど、上のほうの形がデストラに似てるような気がした」

鰐川は少女の様子をくまなく窺いながら、嘘はないと見てノートに言葉を書きつけた。

「たとえば、きみらみたいにいろいろとくっつけてなくて、たった一個しか刺青を入れてない場合でも、そのロゴが入ってたら気合いが入ってるって意味になるわけかい？」

「タトゥーに数は関係ない。一個に魂こめてるやつだっているよ」

刺青の世界にも、ルール的なものがあるということだろうか。

画像解析の結果、初めの二文字はDとEということはわかっている。今さっき訊き込みをした彫り師も、おそらく死を表す「DEATH」という文字ではないかと語っていた。しかも少女たちの言葉を信じるなら、洒落っ気のない硬派な刺青愛好者が入れるものということにもなるだろう。体に有害な、蛍光インクをわざわざ使った意味にも通じているかもしれない。

岩楯は少女たちに名刺をわたし、ほかに気づいたことがあれば電話してほしいと伝えた。パトカーに乗せられた二人は、窓越しに中指を立てたり親指を下に向けたりしながら、さっきと同じように舌を突き出して見せている。そのさまを眺めながら車を見送り、岩楯はまたため息を吐き出した。

すると神妙な顔をしていた鰐川が、タブレットを操作して画面をこちらに向けてきた。目を背《そむ》けたくなるほど、悪魔的な形相の写真がずらりと並んでいる。

「さっきの少女たちの舌は、スプリットタンというものらしいですね。ヘビのように舌の先を縦に切開するわけです」

「意味がわからん」

「そして初めに言ってたブランディングというもの」

鰐川が画面を変えると、ケロイドのようになった生々しい傷痕の画像が表示された。

「要はやけどで柄《がら》をつける。彼女たちもそれをやっているということでしょう」

岩楯は両手で顔をこすり上げ、「意味がわからん」とまた同じことを言った。

「身体改造願望は古代からあるものですからね。首を長くしたり前歯を抜いたり、インディオは頭蓋骨に穴を開けて神の声を受信しようとした。彼女たちもある意味、自分の殻を打ち破りたいんだと思います。それと自傷癖に承認欲求。やらずにはいられないんでしょう。苦悩に満ちた間違った方向へ進んでいます」

「そうだな」

岩楯は胸ポケットに伸ばしかけた手を止めた。煙草が吸いたくて仕方がないのは、禁断症状のほかに言いようのないやるせなさを感じているせいだろうか。十七の小娘が体を傷つけてまで望む強さの質を考えると、怒りにも似た感情すら湧いてくる。

「ともかく、子ども相手に商売してる店がここにあるってことだから、見逃すわけにいかないわな。報告書にあげといてくれ」

「了解です」

鰐川もいささか険しい顔で頷き、タブレットをしまってノートに書き留めた。

岩楯はクモを警戒しながらエントランスの奥へ進み、寸詰まりのコンクリート階段を一段抜かしで上っていった。三階の廊下へざっと目を走らせると、「初代　刺鷹」という毛筆体の地味な看板が掲げられ、臙脂《えんじ》色の扉が半開きになっている部屋がある。埃が吹き溜まりになった廊下を進み、鰐川がドアを開けて中へ声をかけた。

「すみません、午前中に電話した南湾岸署の者です」

ほどなくして「入ってきてね」という気の抜けた嗄《しゃが》れ声が耳に届き、二人は靴を脱いで狭い室内へ足を踏み入れた。ビルの外観にたがわない薄汚れた部屋を想像していたのだが、中は意外にもこざっぱりとして、掃除のいき届いた清潔な空間だった。ドーム型をした見事な竹細工の鳥かごが窓際にぶら下がっている。

消毒用アルコールや染料の臭いが染みついた板張りの居間は、十畳ほどの広さだろうか。折りたたみ式ベッドが壁際に置かれ、その脇にある肘掛け椅子に、痩せこけた小柄な男がちんまりと座っていた。赤いくちばしの文鳥《ぶんちょう》が肩にちょこんと載っている。この老人こそ堀之内が推していた最高の彫り師、大鷹英明《おおたかひであき》らしい。

青いチェック柄のシャツにラクダ色のベストを着込み、地肌が見えるほど薄くなった白髪頭を手で梳《す》いている。にこにこと人好きする笑みを浮かべているさまは、地区センターあたりの囲碁クラブにいてもおかしくはない風貌《ふうぼう》だった。しかし、たるんだ頬には縫合《ほうごう》されたような古傷が刻まれ、メガネの奥の眼光が異様に鋭い。にこやかだが隙がなく、常人ではないとすぐにわかった。

「お仕事中にすみません。岩楯と申します」

手帳を提示して名刺を抜き、シワだらけの老人に手わたした。

「見ての通り、仕事はしてないですよ」

大鷹は時間をかけて名刺をじっくりと見つめてから、脇にある小さな物入れにしまった。立ち上がろうと腰を浮かせかけたけれども、足許がおぼつかないのを見て鰐川がさっと手を貸した。

「すみませんねえ。ここ最近、腰と膝の調子がよくないんですよ。あの棚《たな》の裏に折りたたみの椅子があるから、出して座ってもらえますか？　うちには座布団がないのでね」

鰐川が老人を座らせている間に、岩楯は錆びの浮いたパイプ椅子を開いて彼の前に並べた。まるで面接のようだった。

二人は軽く会釈をしてから椅子に腰かけ、壁に貼られている写真を見まわした。年老いた彫り師が手がけたと思われる、刺青の図柄で埋め尽くされている。如来《にょらい》や白虎《びゃっこ》、鳳凰《ほうおう》や風神《ふうじん》など、ある種の風格と迫力のあるものばかりだった。流行りのタトゥーなどとは違い、どれも剣呑《けんのん》な気配がにじみ出している。

「それにしても、すごい建物ですね。刺青にピアスに根性焼きに、ここへくればひと通りの身体改造が完了するというわけですか」

「怪しげな店を集めたほうが、貸し手としたら都合がいいんですよ。よそでは間違いなく入居を断られる連中を引き受けてるわけでねえ。汚いボロでもかわるがわる希望者があって、空きができないんです」

「もしかして、大家さんがこのビルの？」

「ええ、大家ですよ」と老人は、手のり文鳥に語りかけるように言った。「とは言っても、管理も満足にできない老いぼれだけどね。五階に住居があるんです」

「失礼ですが、大鷹さんはおいくつなんですか？」

「七十七です。ところで、さっき下で揉めていたのは刑事さんですかね？　威勢のいい女の声がしていたと思ったけど」

大鷹はおもしろそうに言い、あごを引いて銀縁メガネの上から岩楯を見やった。

「未成年の補導というやつですよ。このビルのどこかの部屋でピアスを開けまくったり、刺青を入れたりしていたらしいのでね。困ったもんです」

岩楯が非難を隠さずに言うと、老人は不敵にも見える笑みを浮かべた。

「刺青もピアスもブランディングも、医療行為ではないからね。未成年は条例で禁止されているとはいえ、本物の身分証を素直に見せる子どもはいない。それを見抜けなかったから彫り師が罰せられるというのは、ちょっとあんまりな話ですな」

「見た目と会話で察しがつくとは思いますが」

「それは刑事さんの職業病というやつですよ。我々凡人には何もわかりません」

「では、今現在も未成年らしき者を相手に商売を続行中ということで？」

ずけずけとものを言う岩楯に手をひと振りし、老人ははっと笑い声を上げた。右頬の古傷が引き攣《つ》れ、奇妙に顔が歪《ゆが》んで見えた。

「わたしは素人《しろうと》を相手にはしないですからね。客はスジ者だけですよ。ああ、これだけでも暴対法には触れるんですか？　そのあたり、まだよくわかってなくてね」

さっきから鰐川が忙しなく大鷹を盗み見ているのは、異常なほどの落ち着きに気圧《けお》されているからだろう。読めない人間だ。物腰の柔らかさに反して心は硬質で、何を言ってもまったく感情に波風が立たない。

岩楯はふうっと息を吐き出して、本題に入ることにした。

「この部屋が彫りを入れる仕事場ですか？」

「出張がほとんどなんですよ。今ではそれもめっきり減っています。古典的な極道も廃《すた》れつつありますから」

彫り師はポケットから潰れたハイライトの箱を取り出し、マッチを擦《す》って慣れた手つきで火を点けた。とたんに文鳥がばさばさと羽ばたき、逃げるようにかごの中へ入っていく。紫煙が岩楯の鼻孔《びこう》をくすぐると、なんとか封じている神経がざわざわと騒ぎ出した。が、大鷹がそれを見透かして嘲《あざけ》っているように感じ、かわすように話を変えた。

「いつもご協力感謝します。今回も、ぜひ大鷹さんのお力を借りたいもので」

「力も何も、知っていることしか言えないですよ」

「どれくらいこの仕事をされてるんですか？」

「もう、四十五年以上は経《た》つねえ」

メモをとっている鰐川を一瞬のうちに観察し、それと同様の視線をこちらにも向けてきた。岩楯は捜査資料で膨らんだファイルのなかから、一枚の紙を出して大鷹にわたした。

「殺人事件が発生しまして、被害者の腕に刺青が入れてあったんです。そのコピーにある絵柄なんですけど」

「絵柄とは言い難いですね」

大鷹は吸い止しをクリスタルの灰皿の縁に載せ、堀之内が加工処理したプリントに目を細めた。メガネを外し、さらに長々と見つめてから顔を上げずにこもった声で言った。

「それで、何が知りたいんですか？」

た。

「絵柄の詳細と特徴。彫られた人間がわかればなおのこといいですね」

するとと大鷹は上目遣いにちらりと岩楯を見て、空気の抜けるような笑いを噛み殺した。

「刑事さんは無茶を言いますねえ。それがわかるのは神だけですよ」

「当たりだけでもつけられませんか？」

「つけられませんな」

にべもなく言い、年老いた彫り師はメガネをかけて煙草をくわえた。

「腕に刺青が彫られていて、ひどく損傷しているということですね」

「そういうことです」

「警察がうちなんかにやってきたのは、指紋の登録がなくて人相もよくわからない、刺青以外の手がかりがない、完全なる身元不明者だから。こんなところでしょうか」

「見事な推理ですよ」

大鷹は書類を返してよこし、短くなった煙草をひと吸いしてから灰皿で揉み消した。白髪頭を撫でつけ、岩楯をまっすぐに見つめてくる。外から射し込む光の加減で瞳が黄味がかって見え、その感情のなさに一瞬だけぞくりとさせられた。

「もとの写真を見せてもらえませんか。こんなコンピューター処理されたものを見せられても、なんの足しにもならないからねえ。これをつくったのはあの御仁《ごじん》でしょう？　風変わりな痩せの鑑識の」

「痩せの鑑識。まさにその男ですよ」

岩楯はファイルを取り上げ、現場で遺体を接写したものを選び出した。

「こっちはもっと状態が悪い。ほとんど肉眼では見えませんよ」

目礼して写真を受け取った老人は、サイドテーブルの上にある電気スタンドを点けた。怯えるでも嫌悪するでもなく、ウジに喰い散らかされた生々しい創面《そうめん》を淡々と検分していく。すると、またかごから出て飛んできた文鳥が肩にとまった。

「なるほど。真皮層にまでしっかりと墨が入ってる。だが、そう新しいものではない」

「わかりますか？」

「ええ。色がだいぶ抜けていますからね」

大鷹は小型の拡大鏡を写真に滑らせ、眼瞼下垂《がんけんかすい》気味の目をぎらぎらと光らせた。

「それにこの彫りは、ベタ塗りの洋物ではない」

「英字があるのに洋物ではないんですか？」

鰐川が訊き返すと、老人とは思えないほどほっそりとした指で写真をなぞっていった。

「ここに、密集した針の刺刻があるでしょう？　黒い丸の周辺です」

そうは言われても、剝《む》き出しの赤黒い肉にしか見えない。岩梢は堀之内が作成した処理画像のほうを取り上げ、大鷹が言ったあたりを凝視した。

「確かに、余計なものを削った処理画像には細かい点が密集してますね」

「この刺刻は、十三平針《じゅうさんひらばり》でつけられたものですよ」

「十三平針？　初めて聞きます」

大鷹は文鳥を肩に載せたままよろめきながら立ち上がり、隣の部屋にあるオーブントースターのような高圧蒸気滅菌器の扉を開けた。ステンレスのトレイを片手に、かちゃかちゃと何かを載せはじめる。ゆっくりと取って返し、腰をさすってうめきながら座った。

差し出されたトレイの上には、見たこともないような形状の針がいくつも並んでいた。ハンダ留めされたキリのような鋭い一本針はもちろん、何本もの針が束になった剣山《けんざん》のようなものもあり、形はさまざまだ。

「まさかとは思いますが、針も全部手づくりなんですか？」

「もちろん、そうです。あそこにある工具でニードルバーに固定するんですよ」と大鷹は使い込まれた万力《まんりき》のような器具へあごをしゃくった。「平行に二列、針が並んでいるもの。合計で十三本のこれね」

「昔のバリカンみたいだな……」と岩楯が見たままの感想を漏らした。

「それが十三平針ですよ。この写真に写っている痕《あと》は均等だから、それでつけられたものに間違いない。あとは十五と七の丸で入れた箇所もあるねえ」

岩楯は十三平針の先に指で触れ、あまりの鋭さに身震いが起きた。鰐川は大鷹の許可を得てから、スマートフォンで撮影をしている。

「おそろしく痛そうですね。この剣山の束を真皮まで突き刺す神経がわからん」

「へたくそな彫り師に頼むと、もっと深くまで針を入れられることになるんですよ。深ければ深いほど発色が悪くなるが、それが元祖だと勘違いしてるんだなあ。スジ者なんかは、それこそが真の刺青だと思ってるぼんくらも多い。痛みに耐えてこそ極道だって感覚がまかり通ってますからね」

大鷹は再び遺体写真を見つめ、深くえぐれた箇所をぽんと叩いた。

「これを彫った者はそのあたり、よくわかってる。真皮層から奥へは入ってないし、刺刻のばらつきもないからね。にわか彫り師ではない」

「この十三平針を使うのは珍しいことですか？」

「いいや、針束はぼかし工程に使うものです。刺青は筋とベタとぼかし、あけぼのぼかしと言われる四つから構成される。これは和物の特徴と言えますね。繊細で細かい絵図には欠かせないものですよ。それを考えると、英字があっても洋物の特徴は薄いと思うわけです」

岩楯は、壁に貼られている写真に再び顔を向けた。説明を受けたあとにあらためて見ると、先ほどまで感じていたとげとげしさはなくなっていた。どれも日本独特の美しい色彩で構成されている。

「なるほど、よくわかりました。じゃあ、このホトケの腕に入っているのは、針の特徴から見ても、大鷹さんが手がけるたぐいの和物に近いということですね」

「いや、それが違うんだねえ」

「でも、洋物ではないとさっきおっしゃいましたが」

「うん、そこなんですよ。ここに入っている細かい線ね」

大鷹は、堀之内が画像処理した紙を指差した。

「これはおそらく、毛並みを表現したものでしょう。かなり細《ほそ》くて細かい彫りですよ」

岩楯は、壁にかかる絵図をざっと見まわした。

「毛があるものっていったら、虎と獅子、この花魁《おいらん》みたいな女だけですね」

「和物は構図の種類は豊富だけど、中心になる絵図は定型的な古典柄が多い。でもホトケさんの腕に彫られていたものは、毛並みといってもとても柔らかい毛並みに見えるんです」

「そういうものは、あまりないわけですか」

「わたしの分野ではね。和物の彫りは迫力を出すために、ここまで写実的な毛並みはつけないものなんですよ。刺青は江戸時代に発祥したと言われていますが、これは当時から変わらないことのひとつでしょうね」

するとと筆記に従事していた鰐川が手を挙げ、遠慮がちに口を挟んだ。

「柔らかい毛というのは、ふわふわした感じと思っていいでしょうか？」

「そう見えなくもないですな」

「じゃあ、猫とかウサギ、ヒヨコ、クマ、小型犬とか……」

生真面目な顔でかわいい小動物を挙げ連ねていく相棒を、岩楯は素早く遮った。

「ヒヨコを腕に入れた時点で男として終わる」

「いえ、片っ端からイメージできる動物を挙げていこうかと思いまして。そのなかに本質が見えてくるかもしれません」

あごにペンを当てながら、鰐川は自信ありげに言い切った。相棒独自の心理学的なやり方は、馬鹿げているようで実は真相をずばりと突いていることも多い。が、アルパカと走り書きしているのを見つけて、岩楯は話を先に進めることにした。

「大鷹さんの見立てはどんなもんです？」

写真をじっと凝視していた彫り師は、メガネを押し上げて目頭を揉んだ。

「絵柄については、なんとも言えないねえ。ただ、構図的に古典柄でないことだけは確かだよ。かと言って、洋物ともちょっと違う不思議なものだ」

「つまり、はっきりしているのは極道関係の刺青ではない……ということぐらいですか」

「そういうことになるね。だが、彫りの技術はとても高い。今どきの若い者は、タトゥーとかいって簡単に入れますけど、ああいうステンシルみたいな機械彫りのたぐいではない。一刻一刻、手で入れたものです。熟練した技術者によるものですよ」

蛍光インクという決定的な特徴を岩楯が口にしても、大鷹はさほど反応を示さなかった。染料は専門外だと話し、これ以上はよくわからないと申し訳なさそうに微笑んだ。しかし、それが上辺《うわべ》だけなのはわかっていた。どこか油断がならず、喉元に何かが引っかかった気持ちの悪い物言いを会話の端々に差し挟んでくる。何より、岩楯と鰐川を密かに嘲笑しているように見えるのは考えすぎだろうか。前科三犯という事実がそう思わせているだけかもしれないが、チンピラを何人も半殺しにした過去がある男だ。本当のところが掴めない。

それにしても、属性の珍しい刺青の可能性が浮上したとはいえ、図柄がわからなければ結局、進む方向が定まらないだろう。続けてリストにある三人の彫り師をまわったけれども、大鷹を超えるような有力情報はひとつも挙がらず、同じ班の訊き込みもすべてが空振りに終わっていた。少女たちが語った「デス・トラディション」という単語も宙に浮いたままで、ほかに知る者が見つからない。

所轄署に戻った岩楯は、椅子にだらしなくもたれて捜査資料に目を据えていた。なぜかいつもの勘が働かず、これといった閃きも訪れない燻《くすぶ》った状態だ。いったい、この男はどこのだれなのだろうか。職業は？　性格は？　嗜好は？　年齢は？　どれひとつ取っても断言できることがないではないか。

沈黙を守っている被害者の無惨な写真から目を離し、岩楯は事務机に向かって「No.1705」と書かれたノートを引き寄せた。たった三日間で八冊も増えている。パソコンやタブレット、スマートフォンも年中操っているわりに、メモだけは手で書く習慣を崩さない男だ。文字に書き起こすと心理や本心が浮かんでくる、というのが相棒の持論だが、それはあながち間違いではなかった。あらためて頭を整理しながら読むと、取りこぼしていた事実を拾い上げるのにおおいに役立っている。

岩楯は付箋だらけの鰐川帳を開き、今日一日で相棒がとった大量のメモに目を通しはじめた。

3

十一月十六日の土曜日。

朝の捜査会議を終えた一団が、会議室からぞろぞろと外に出はじめた。岩楯と鰐川、そして赤堀もその波に乗り、うすら寒い廊下を歩いていた。

赤堀が口を尖《とが》らせてぼやいているのは、夜を徹した実験の結果を会議でにべもなく留保されたからだろう。ウジの孵化の遅れから塩水に浸かっていた可能性を指摘したけれども、それだけでは遺体が海を漂流してきた根拠にはならないというわけだ。

遺体発見現場である荒川と中川の合流地点は、天候や潮汐によって海水が流れ込むため汽水域《きすいいき》に当たる。さすがの赤堀も、この事実を突きつけられれば口を閉じるしかなかった。まるで納得していないようだが、今の時点で反論できるだけの手札がそろっていないと見える。

「先生、会議で言わなかったことがまだあるだろ」

階段を降りながら岩楯が口を開くと、赤堀はちらりと横を見てから不気味ににんまりと笑った。会議を引きずることはやめたらしく、捜査本部の挑戦を受けて立つとでも言いたげな面構えだ。

「こうなったら、周りを固めてから果たし状を叩きつけようと思ってさ。今、うっかり先走ると負けちゃいそうだし」

「いったい何と戦ってんだか」

「ケーサツに決まってんじゃん」

赤堀はあっさりと言い、チェック柄のマフラーをぐるぐると振りまわした。

「だいたいね、海を捜査範囲に入れたら収拾がつかなくなるから、なるべく先送りにしようって考えが見え見えなんだよ」

「そりゃそうだろう。『四十時間かかってウジ虫が生まれました。さあ、みなさん。今日から捜査範囲は東京湾全域です』なんていきなり言われたら、だれだって開いた口が塞がらないわな」

「因果関係は説明したし、塩水実験の途中結果も前もって出したでしょ」

「残念だが、発見現場が悪かったとしか言いようがない。こっちには『汽水域』っつう切り札があるんだよ。塩水とか海水性ケイソウの説明はほとんどこれでつくわけだ。勢いで捜査範囲を海にまで広げた挙げ句に、やっぱ間違いでしたじゃ済まされない」

小柄な赤堀はまた唇を尖らせて、横から恨めしげに岩楯を見上げた。すると鰐川が、後ろから妙に明るい声をかけてきた。

「赤堀先生、周りを固めるということは、すでに当たりをつけていることがあるわけですよね？」

「そういうことだよ、ワニさん」

歩きながらナイロンジャンパーを着込んだ赤堀と二人の刑事は、正面玄関から表へ出た。とたんに冷たい海風が吹きつけて、鰐川は慌てて薄い前髪をかき集めている。時季外れの捕虫網が立てられた自転車が玄関の真ん前に堂々と置かれ、しかも、駐車禁止の立て看板にわざわざくくりつけられているのを見て脱力した。警察組織への精一杯の抵抗がこれらしい。理詰めで捜査員の口をあっさり封じるかと思えば、こういう子どもじみた行動にも手抜きはないのが赤堀という女だ。

「ともかく先生は車に乗ってくれ。今日は調査に同行する日だ。あんたの地固めは、俺の仕事でもあるんでね」

「あれ？　岩楯刑事はあっち側の人間じゃなかったの？」

「もちろんそうだとも。だが、あんたの仕事の確かさをだれより知ってんのも俺だ。ガイ者が海からやってきたってそこまで断言するなら、きっとそうなんだろう」

隣で相棒も大きく頷いている。すると赤堀はいきなり岩楯と鰐川の肩を交互にバシンと叩き、口が裂けそうなほどの笑顔をつくった。

「これだから岩楯刑事とワニさんは好きなんだよ。二人に何かあったときは、わたしが必ずおとしまえをつけてあげるからね。それはもう、あらゆる虫たちを使って陰湿にねちねちと、この世の地獄を見せてやるからさ」

「あんたの敵にはならないようにする」

岩楯は本気でそう言った。大学の小屋に監禁され、クモやウジや、もっと気色の悪い虫どもの大群に襲われている場面を素早く頭から追い払う。

それにしても、付き合いの浅い人間や部外者を滅多に信用しない自分が、知らぬ間にこれほど受け入れてしまったとは驚く。しかも、到底理解のできないめちゃくちゃな女をだ。岩楯は、鰐川に促されて自転車を隅に移動させている昆虫学者を眺めた。たいした努力もなく意思の通じ合える人間がいることを、この歳にして初めて知ったのは収穫と言えるだろうか。自分の視界をたびたび邪魔しにかかるけれども、不思議と鬱陶しさは感じなかった。

三人はそのまま裏手にある駐車場へ向かい、アコードに乗り込んだ。後部座席に収まった赤堀は、真ん中の隙間から身を乗り出している。

「現場までお願いします。川を挟んで清新町の反対側のほうね」

了解です、とつぶやいた鰐川はサイドブレーキを下ろし、ゆっくりとアクセルを踏み込んで加速した。合同庁舎を左折して湾岸道路へ入り、晴海通りの信号を通過する。海浜公園や船の科学館が近いせいで道はそこそこ混んでいたが、なにせ埋め立てられたこの一帯の道幅は広い。軽い渋滞をかわし、快晴の青空と海に囲まれた国道を悠々と進んだ。

赤堀はずっと背負っていたリュックサックを下ろして、ごそごそと中を探っている。すぐに書類の束を岩楯に差し出してきた。

「十月から十一月の気象データを調べたよ」

「いやに細かいな……」と岩楯は、数字が並ぶ書面に顔を近づけた。

「十月二十日以降の平均気温は、十・三度。最高気温が二十度を超えた日が四日だけあったわけ。でも、最低気温が十度以上だったのは二日だけね」

「それで？」

岩楯が先を促したとき、ステアリングを握っている鰐川がそわそわと落ち着きなく身じろぎをしていることに気がついた。重要と思われる情報を、今すぐメモできないことへの不安と焦りにともなう葛藤《かっとう》。相棒がいつも口にしている、まわりくどい心理分析を借りればこんなところだろうか。岩楯は隣に手を差し出した。

「鰐川帳を俺に預けてみる気はあるかい？」

相棒はメガネの奥の瞳をきらりと光らせ、車のサイドポケットからノートを抜いてわたしてよこした。

「できるだけ細かくお願いします。句点ごとに行を変えてください。ああ、一文ごとに一行開けをお忘れなく」

「わたしが書いてあげるよ」

赤堀が手を伸ばしかけたけれども、鰐川は奪われる前に慌ててノートを岩楯に押しつけた。誤字脱字が絶望的に多く、文法的にもあり得ない報告書を書くことで有名な女だ。財産とも言える大事なノートをわたせるわけがない。

「赤堀先生は説明だけお願いします。岩楯主任はノートのほうを」

受け取った岩楯は今日のページを開いて、懐からペンを取り出した。相棒はインターを抜けて流れるように首都高湾岸線に入っている。

「ええと、どこまで話したっけ？」と赤堀が首を傾げた。

「十月二十日以降の平均気温は、十・三度。最高気温が二十度を超えた日が四日間で、最低気温が十度以上だったのは二日間のみ」

「しつこすぎる記憶力！　さすがは捜査の鬼！」

赤堀にとっては褒め言葉らしい。昆虫学者は先を続けた。

「現場で採集されたハエは、前も説明した通り、オオクロバエとホオグロオビキンバエの二種類ね。今回は、夏に生きる子であるホオグロのほうを捜査メインにするよ」

「なんで？」

岩楯は、赤堀の言葉をそのまま書き起こしながら問うた。

「ホオグロは二十度を超えなければ産卵できない。そして、十度を下まわれば産みつけられた卵は死滅するんだよ。ということは、条件をクリアできる日に遺体が流れ着いたと推測できる。クロバエもホオグロも、どっちの子たちも齢はほとんど変わらなかったから、これは間違いないよ」

「なるほど」

「このことから、最高気温が二十度以上で、最低気温が十度以上。これが二日間以上連続した日が産卵日だってことになる。つまり、あの場所に遺体が打ち上げられたのは、十一月六日か七日のどっちかだね」

赤堀がそう断言すると、鰐川は前を見据えながら感心しきりのうなり声を上げた。

「過去データがないからこっからはわたしの考えだけど、連続した気温上昇でホオグロの休眠状態が誤って解除された。これは異常気象の影響で、世界的に見ても生き物の体内時計が狂いはじめてることを意味してるね。本当なら時期が交わらない種が顔を合わせることになる」

「つまり、絶滅に向かうものが今以上に増えるわけですね」

鰐川がバックミラー越しに後部座席を見た。

「変化に対応できる柔軟さと繁殖能力が試される……と言い換えたいとこだね。アカホリ進化論としては」

昆虫学者はやや生真面目な面持ちをして、射し込む陽光に目を細めた。

環境破壊や自然保護を声高に叫ぶ団体よりも、彼女のこんな顔がいちばん心に訴えてくるのはなぜだろう。あからさまに何かを禁止しようとするのではなく、共存に無理のない道を独自の目線で探しまわっている。完全に理想論だが、赤堀ならば何かをやらかしてくれそうな気がするからおもしろい。

岩楯はふっと笑い、メモをとり終えた鰐川帳から顔を上げた。

「今までの先生の仮説を聞いてて、根本的な疑問が浮かんだんだが」

「どうぞ」と赤堀は掌をこちらに向けた。

「夏仕様のハエが間違って飛び起きて、死体に卵を産みつけたことはわかった。で、日にちについても、あんたが言った通りで筋は通ってる。だが、それがわかったところで、ガイ者がいつ死んだのかも、どこから流れてきたのかもわからないってことには変わりないだろう？」

手加減せずに指摘したけれども、赤堀は変わらぬ笑みを浮かべているだけだった。

「反論は？」

「ないよ。これには途中経過を明らかにする意味しかないもん。いちばん重要なのは、あの子たちが一丸となって海を指してるってことだよ。わたしはそれを証明するために、疑問点をひとつずつ洗い出していくだけ。どこかにきっと、切り札になる証拠が隠れてるからね。科研が分析してる微物のなかには、虫らしき欠片がまだ残ってるってことだったしさ」

岩楯は頷き、了解とつぶやいてノートをぱたんと閉じた。考えにブレがないならそれでいい。

南湾岸署からおよそ二十分。車は葛西出口から環七《かんなな》に乗り入れ、荒川沿いの道に折れて川と並行にまっすぐ進んだ。赤堀は後部座席の真ん中から顔を出して、「あそこで駐めて」と前方を指差している。

「現場になった中州はまだ先のほうですよ？」

鰐川が久方ぶりに声を出したが、どうやらここでいいらしい。赤堀に言われた土手の下でアコードを駐め、三人は階段を上って歩行者優先道路を歩いて移動した。雲ひとつない晴天なのに風が異常に冷たく、しかも遮るものが何もないため、吹きさらしをののしりながら歩く羽目になった。すると少し先の川縁に、オレンジ色のビーチパラソルが立っているのが見えてきた。伸び放題の枯れ草で荒涼《こうりょう》としている景色のなか、やけに場違いな印象だ。それどころか、テーブルセットやバーベキューができるような設備まで整えられており、畝《うね》になった畑には葉物野菜が青々と育っていた。

「なんだよここは。どこの開拓地だ？」

「すごいでしょ。浦和富美子さんっていうばあちゃんがひとりで開拓したんだよ。途中からフリーのじいちゃんも仲間入りしたみたいだけど」

「ばあちゃんにじいちゃん？　ホームレスか？」

「違うって」と赤堀は手をひと振りした。「趣味でやってる菜園だよ」

「完全なる不法占拠だと思いますが」

鰐川がスマートフォンで辺りの写真を撮りながら厳しく指摘した。

「まあ、まあ。役所のほうとは話がついてるみたいだから、ここはどうか穏便《おんびん》に」

赤堀は言い終わらないうちに、勢いよく土手を駆け下りていった。滑る革靴に注意しながら、二人の刑事たちも後を追う。開拓地に下りてみると、一瞬のうちに都会の喧噪から解放されたような不思議な気持ちになった。目の前には陽の光にきらめく荒川が流れ、向こう岸に見える町並みにぼんやりと紗《しゃ》をかけている。濃密な土の匂いが漂い、背の高い枯れ草が風を受けてざわめいていた。

岩楯は、反射的に冷たい空気を胸いっぱいに吸い込んだ。背後が小高い土手になっているのも手伝って、隔離された秘密基地のような高揚感があった。これは、不法占拠したくなる気持ちもわからないではない。

赤堀は畑の間をひょいひょいと跳びながら進み、ススキの隙間に吊るされている簾《すだれ》に向かって大声を張り上げた。

「富美子ばあちゃん、そこにいる？　こないだボートで乗りつけた赤堀だけど、また話を聞かせてもらいたくて！」

あの簾の奥が、富美子なる老婆の住処《すみか》らしい。まるで魔女だ。風向きによって、味噌汁のような豚汁のような匂いが流れてきた。

「富美子ばあちゃーん！」

赤堀がしつこく名前を連呼しているとき、いきなりざっと簾がはぐられた。黒ずんだ顔の着膨《きぶく》れした老婆が、しかめっ面で仁王立ちしている。小太りというよりがっちりとした骨太体型で、いかにも足腰が強そうな印象だ。

「うるさいんだよ。アタシは耳は悪くないんだ。一回言えば聞こえてる」

そしてすぐに岩楯と鰐川に気づいたようで、眉間のシワをさらに深くして警戒心を剝き出しにした。

「だれだ？　まさかあんた、おまわりを引き連れてきたんじゃないだろうな」

「ああ、違う違う。この人たちはそんなに悪者じゃないからさ」

「そんなにって……」

鰐川は、警官が悪人のような言い種《ぐさ》に素早く反応した。岩楯は畑のぬかるみをなんとか避けながら進み、営業用の笑みで名刺を手わたした。

「急にすみませんね。お話を聞かせていただきたいと思いまして」

節の目立つ太い指で名刺を受け取った富美子は、顔から遠く離して名刺を見つめた。そして焦点が合うやいなやいきなり顔色を変え、身震いするような舌打ちをした。

「やっぱりおまわりじゃないか！　こんなウドの大木みたいなのを二人も連れてきやがって！」

富美子は地団駄を踏んで脚を鳴らし、燃えかすが燻っている四角いドラム缶に岩楯の名刺を容赦なくくべた。一瞬のうちに炎が上がっている。よほど警官にいやな思いがあるらしいが、いささか挙動が激しすぎやしないか。鼻息を荒くし、飄々としている赤堀に食ってかかっている。

「いったい何が目的なんだ！　え？　目的を言ってみろ！」

「まあ、まあ。富美子ばあちゃん、落ち着いて。何もここをどうにかしようと思って連れてきたわけじゃないよ」

「うそつけ！　あそこで土左衛門が揚がってから何人もおまわりがきて、こっちは根掘り葉掘り関係ないことまで訊かれてんだ！」

富美子は、中州のほうをまっすぐ指差した。

「まるで下手人《げしゅにん》扱いしたうえに、ろくな情報がないとわかれば、河川敷を不法に占拠するのはやめろとか脅してきやがって！　ツキがないのをアタシのせいにするんじゃないよ！　話をすり替えんのもいい加減にしろってんだ！」

「それはそれは、けしからんおまわりもいたもんですね」

「他人事《ひとごと》みたいに言うんじゃないよ！」

噛みつくような勢いで怒り狂っている老婆を、岩楯はなんとかなだめようとした。窪んだ目が血走って、顔が赤黒く染まっている。こんなところで心臓発作などを起こされてはかなわない。辛抱強く下手に出ているとき、背後でおかしなうめき声が聞こえて岩楯は反射的に振り返った。なぜか鰐川が畑に片膝をついており、どこから現れたのか横には白いヤギが突っ立っている。まだ子どもと思われるヤギは顔を引いて前脚を蹴り、戦闘態勢に入っていた。

「なんだよ、そのヤギは。どっから湧いて出た」

「わ、わかりませんよ！　後ろからいきなり激突されたんですから！」

「そこにいるとまたやられるぞ」

鰐川がメガネをずらしながら急いで立ち上がったのと、赤堀の馬鹿笑いが鼓膜を突き刺してきたのは同時だった。腹を抱えて体を二つ折りにし、涙を流しながら顔を引きつらせている。

「ち、ちょっとワニさん。おもしろすぎる！　な、なんでいきなりヤギに体当たりされてんの！　なんか気に障《さわ》ることやった？　ふ、富美子ばあちゃん、あれ見てみなよ！　ヤギが！　う、後ろから！　ドスンと！　駄目だ、おなか痛い……」

まったくもって、デリカシーの欠片もない女だ。ひいひいと笑い転げている赤堀の横では、さっきまで怒り狂っていた富美子も必死に笑いをこらえて肩を震わせていた。今にも噴き出しそうな顔のままのしのしと歩き、鰐川に狙いを定めたヤギの首輪をがっちりと摑んで、杭につないでいる。赤堀のあけっぴろげな性格は、こういうときにも役に立つらしい。

「なんなんですか、あれは？」

岩楯がヤギを見ながら問うと、富美子はこらえ切れずに噴き出しながら隣の畑を指差した。

「あそこの畑のじいさんのペットだよ。雑草を食わせるために飼ってんだ、ヤギ農法とか言いはじめてな」

富美子の顔からさっきまでの険が消えており、警官への怒りもだいぶ薄まったようだった。岩楯はスーツの土を払っている鰐川を見やり、いつまでも笑いの発作が治まらない赤堀を肘で小突いた。

「で、あんたらはいったいなんの用なんだ？」

赤堀は涙をぬぐってようやく笑いを引き揚げ、黄色いテープで囲まれている中州のほうを指差した。

「こないだの話を詳しく聞こうと思って。ほら、富美子ばあちゃんは、ある日突然カラスが騒ぎ出したって言ってたでしょう？　その正確な日にちはわかるかな」

「ああ、わかる」

いともあっさりと返した富美子の言葉の意味を考え、三人は順繰りに互いの顔を見合わせた。

「ホントに知ってるの？　カラスがいちばん最初に集まり出した日だよ？」

「だから、わかるって」

富美子はじれったそうに言い、踵を返してのろのろと簾の奥へ入っていった。この先で煮炊きをしていったい何をやっているのだろうか。岩楯が覗き込もうとすると、察したようにくるりと振り返って「入ってくるな」と血走った目で睨みつけてきた。子どものころ、近所に必ずひとりはいた不機嫌で口やかましい年寄りと同一種だ。岩楯の心の内を読んだように、鰐川がおごそかな調子で頷いた。

しばらくして戻った富美子は、手垢《てあか》で薄汚れたメモ帳をカーディガンのポケットから出してめくりはじめた。豚汁や甘酒、漬け物など、食べ物や飲み物の名前が鉛筆で走り書きされているが、岩楯が見ているとわかってあからさまに手で隠した。

「カラスどもがこの界隈《かいわい》に集まってきたのは、今月の六日だ」

富美子が断言したとたんに、鰐川が「うわっ……」と驚きの声を上げた。猛烈な勢いでノートをめくり、今さっき岩楯が代筆したメモに指を走らせている。赤堀が割り出した遺体の漂着日は、十一月の六日か七日の二日間。限定したこの日とカラスの発生が、ぴたりと重なっていた。エサになるものを見つけたからだろう。

赤堀を見れば、据わった目でふふっと笑い、勝ち誇ったようにあごを上げている。もう見慣れてしまった実に憎らしい顔つきだった。しかし、いささか都合よくいきすぎではないだろうか。岩楯は富美子に向き直って率直な質問をした。

「まさか、カラスが出る日にちを年中つけてるわけじゃないでしょう。なんで正確な日を覚えていたんです？」

「それは……」

富美子がほんの一瞬だけ口ごもったのを見逃さなかった。それに気づいた彼女も、わざとらしく咳き込んでやりすごそうとしている。やはり、この老婆には何かを隠そうとしている素振りが窺えた。過剰とも思える怒りも、老婆なりの演出なのではないだろうか。まさかとは思うが、事件に関連することではあるまいな……。岩楯は注意深く富美子を観察し、少しの感情のブレも見逃さない構えを取った。

老婆は喉が痛いとか咳が出るとかつぶやきながら時間を稼ぎ、ニット帽をかぶった顔を上げた。

「カラスの日にちの話だったよな？」

「ええ、そうです」

「アタシは畑の肥料にするのに、家から生ゴミをもってくるんだ。で、その日に限ってやつらがあさってたから日にちを覚えてたのさ。いつもはゴミの日だけカラスが騒ぐんだが、こんなとこまで飛んできたのは初めてだったから」

「なるほど。でも、日にちまで覚えている理由にはならないと思いますね」

「なるんだよ。アタシは畑に肥やしをやる日を、毎月六日と十八日って決めてるんだからな。うそだと思うんなら、隣の畑のじいさんに聞いてみな」

岩楯は、奥に引っ込んだような富美子の目をじっと見つめた。不躾《ぶしつけ》なほど長い時間、目を逸《そ》らさなかったが、老婆も挑むような面持ちで目を離そうとはしない。彼女が語った日にちに関しては、うそがないように思われた。しかし、さっきから何をそれほど警戒しているのだろうか。

ひとまずにこやかな笑顔に戻した岩楯は、懐から名刺をもう一枚取り出した。そして、有無を言わさず富美子のカーディガンのポケットに入れた。

「何か気づいたことがあれば、いつでもお電話ください。今度は燃やさないでいただけると助かりますよ」

愛想笑いの刑事に鼻を鳴らした富美子は、もう帰れと言わんばかりに土手のほうへ顔を向けた。

赤堀の推測は今回も外してはいない。状況から見て、中州に遺体が流れ着いたのは十一月六日で間違いないだろう。仏頂面《ぶっちょうづら》の富美子にしつこく絡んでいる赤堀を眺めつつ、岩楯は次にすべきことを頭の中で挙げ連らねていった。

4

「煙草吸わせて」

赤堀は車に乗り込むなり言った。岩楯はぴくりと反応し、鰐川はニコチン断ちを死にものぐるいで続行している上司を気にしてそわそわとしている。思えば、彼女はごくたまに煙草を吸う女だった。酒を呑んだときや苛《いら》ついているとき、そして次へ頭を巡らせようとしているときに決まって煙をくゆらせる。しかし、今は勘弁してほしかった。岩楯の決意は、砂を固めてつくった程度の強度しかない。近しい者の誘惑には確実に負ける。

「どうしたの？　二人ともなんか元気ないじゃん」

何も知らない赤堀は、リュックサックのポケットからひしゃげた煙草の箱とライターを出している。一本を口にくわえてライターを押した瞬間、岩楯はたまらず煙草をかすめ取った。

「ちょっと岩楯刑事。何そのカメレオンの舌みたいな素早い動き。そんなに慌てなくたって、ほしいんならあげるって」

「いや、いい。禁煙してるんだよ」

「禁煙？」

赤堀はきょとんとし、岩楯の顔をまじまじと見た。さらにずいと身を乗り出し、丸い目をきらきらと光らせている。澄んだ瞳にくたびれた自分が映り込んでいるのがいたたまれなくなり、岩楯は身じろぎと咳払いをした。

「かなりぎりぎりの状況なんでね。表で吸ってくれると助かるわけだ」

すると何かを考えていた赤堀は、真顔のまま岩楯が持っていた煙草を取り上げて箱の中へ戻した。

「わかった、もう何も心配しなくていいよ。岩楯刑事はすごくがんばった、偉かったね。そうまで頼むんなら、わたしも禁煙する」

「だれも頼んでないだろ」

「ちなみに岩楯刑事、血液型は？」

「O型だが……」

わけもわからずに答えると、赤堀は「よし」と手を打ってリュックの中からプラスチック製のケースを取り出した。中身は簡易的な昆虫採集セットのようで、ガラス瓶や薄紙、スポイトや茶濾《ちゃこ》しに似た用途不明のものまで隙間なく収まっている。赤堀はそのなかから親指ほどの小瓶を抜いて、岩楯に有無を言わさず握らせた。黒ごまのようなものがぎっしりと詰まっているものだ。

「煙草断ちしてどれくらい？」

「一ヵ月」

「ちょうど禁断症状で苦しむ段階だよ。どうしても煙草が吸いたくて我慢できなくなったとき、その蓋を開けて匂いを嗅いでね。最後の切り札だよ。禁断症状が緩和されるから」

「なんだこれ」

「乾燥させたクロクサアリ」

　岩楯はすぐさま突き返そうとしたけれども、赤堀は押し返して再び握らせた。運転席の鰐川は唇の端を痙攣させてメガネを押し上げ、瓶の中身をさもいやそうに凝視している。

「だまされたと思ってやってみなって」

「あんたは本当にだますだろうよ」

「そんなことしないって。特にO型には効果があるからね。赤堀比だけど」

「どういう理屈なんだ」

　赤堀は、いつもの人なつこい笑みを浮かべた。

「昆虫の体液はO型の形成にすごく近いわけ。つまり、AとBの抗原をもっていない。ヒトとの輸血を可能にする研究が進めば、少なくともO型の血液不足問題を解決できる可能性を秘めてるんだよ。だからね、O型の人間と虫との間にはシンパシーがあると思うんだな」

「ないよ」

　岩楯はうんざりして即答した。捜査ファイルからはみ出していた、遺体を喰い荒らすウジ虫の写真が目に入ってくる。こいつらに似た血が流れているだって？　まさか、クモもそうなのか？　ぞっとするとしか言いようがない。

鰐川は赤堀の言葉を律儀に書き取っていたが、どこかおもしろがっているような明るい調子で言った。

「ぼくはB型ですから、残念ながらその恩恵は受けられません」

「ワニさんはB型かあ。じゃあゴリラと同じだね」

にべもなく返され、岩楯は込み上げる笑いを噛み殺した。

「とにかく、フェロモンは炭化水素類の物質で、アリは地球上のどの生き物よりたくさん外分泌腺《がいぶんぴつせん》をもってるの。大顎腺《おおあごせん》、毒腺、デュホー氏腺、腹板腺《ふくばんせん》とかその他もろもろ。このあたり、大吉と研究してる最中なんだよ。論文の表題はこう。『人に癒《いや》しをもたらす、情報化学物質とアリマテラピーの可能性』。このすごさをぜひ学会に問わないとね」

「あんたの仕事を、未だに理解できないでいるよ。聞かなくてもわかるような気もするが、先生は何型なんだ？」

「もちろん、O型だよ」

赤堀は不気味にふふっと笑った。岩楯は、乾燥アリをポケットにしまって顔をこすり上げた。この突飛な女が近くにいれば、問答無用に煙草のことなど忘れられるに違いない。現に、あれほど吸いたかった欲求はきれいに消え失せていた。

た。

「ところで岩楯刑事、ひとつお願いがあるんです」

赤堀はあらたまった様子でそう言い、昆虫採集セットをリュックサックに投げ入れた。

「解剖医の九条先生に会いたいんだけど、連絡が取れなくて困ってるの。昨日からなんべんも電話してるのに、助手の人が出るばっかり。忙しいみたいで電話口までできてくれないんだよね」

「あの先生になんの用だい？」

「検屍報告書にいくつか疑問点があるから、直接聞いたほうが早いかなと思ってね。あと、科研からの微物のひとつが、九条先生のとこで止まってるみたいなの。いつこっちにまわってくるのかも知りたいし」

「少し時間がもらえないかどうか、ぼくから連絡してみましょうか？」

鰐川がスマートフォンを出したけれども、岩楯はそれを手で制した。

「電話したが最後、約束の時間に急用でトンズラされんのが関の山だな」

「トンズラ？」

小首を傾げた赤堀の全身に、岩楯はくまなく目を走らせた。着古したようなチェックのネルシャツの上にナイロンジャンパーを引っかけ、ペンキがべたべたとついたジーンズを穿いている。身なりや身分に厳しい九条がもっとも毛嫌いする人種であり、皮肉の通じない赤堀といきなり引き合わせたら、顔を真っ赤にして苛立つであろうことが目に見えるようだった。岩楯は剃り残したあごひげを触りながらそのさまを想像し、なかなかおもしろいではないかとにやりとした。

「よし、鰐川。河田町《かわだちょう》の大学へやってくれ」

「いや、アポなしはさすがにまずいんじゃ……」

「そうでもしないと、ご尊顔を拝することすらできないんでね。あの先生は、上層部からのアポ以外は頑《がん》として受けつけないいんだよ。だからってうちの上を経由させるとなると、しちめんどくさい説明だの理由だのを聞かれて、時間も体力も無駄にかかる。どっかの要人級の扱いだから」

「噂によれば、九条医師は警察庁某幹部の甥《おい》らしいですが」

「結構」

岩楯はひと言で終わらせ、車を出すように目配せをした。赤堀はわけがわからぬまま笑顔をつくり、相棒は神妙な面持ちでイグニッションをひねった。

それから約四十分後、三人を乗せたアコードは新宿にある広い敷地の隅に停止した。警備員に警察手帳を提示して学内へ進み、医療棟が居並ぶ区域に足を踏み入れる。赤堀は、近代的な建物を見るたび喚声《かんせい》を上げずにはいられないらしく、さすがだとか潤沢《じゅんたく》な予算だとか騒ぎながら、不安に支配されている鰐川にしつこく同意を求めていた。

医科学センターのエレベーターに乗り込んで、法医学教室のある三階のボタンを押した。到着して扉が開くと、すぐ前にすらりと背の高い白衣姿の女が立っていた。赤い縁のメガネをかけてさらさらの長い髪をひっつめ、覇気《はき》のない蒼白い顔をしている。初日に会った女だ。やつれた印象から四十後半ぐらいにも見えるが、実際は三十半ばといったところだろう。エレベーターを降りて会釈をすると、彼女はつっかえながら早口で言った。

「あの、どういったご用件でしょう？　お約束は伺っていないと思うんですが、九条と直接お話しされましたか？」

どうやら、下でかけた内線電話に出たのは彼女らしい。岩楯が名刺を差し出すと、彼女も慌ててポケットから革製の名刺入れを取り出した。仕種《しぐさ》や視線が過剰におどおどとして、こちらまで肩に力が入るほどだった。名刺には、法医学教室技術補佐員の石黒由美《いしぐろゆみ》とある。

「急で申し訳ないんですが、九条先生にお聞きしたいことがあってきたんですよ。ああ、こちらは法医昆虫学博士の赤堀涼子准教授です」

赤堀はいつもの笑みで挨拶をし、由美の手を両手でがっちりと握った。

「ええと、それで。九条先生は部屋のほうですかね？」

「はい。あの、ええと、岩楯さん。失礼ですが、お約束はされていますか？」

とにかく由美は、それを確かめたくてしょうがないようだった。岩楯は、できるだけにこやかに返答をした。

「たぶん、連絡が前後してしまうと思うんですよ。人づてにアポを頼んだんですが、いわゆるタイムラグというやつがありますんで」

鰐川は岩楯の流暢《りゅうちょう》なうそに目を見開いたが、すぐ無表情に徹して感情を殺している。とまどいを隠せない由美は、三人の顔色を窺うようにか細い声を出した。

「わかりました。その旨、九条に伝えてきますので少しお待ちください」

「ああ、おかまいなく。我々が直接話しますから」

言うより早く歩き出した三人を、由美は慌てて追いかけてきた。

「困ります！　九条は今、休憩中ですし」

「それなら問題ないですよね」

「い、いえ、そうじゃなくて……」

岩楯は立ち止まり、尋常ではなく蒼ざめている由美にきっぱりと言った。

「石黒さん、我々は今回の事件に関してのことを確認したいんですよ。できるだけ早くです。あなたはありのままを先生に説明してくれればいい。岩楯という刑事が、制止も聞かずに行ってしまった。本当に困りましたとね」

由美は、もじもじと指先を動かして言葉を失っている。解剖中にしょっちゅう叱《しか》られている光景が目に浮かぶようだった。医師を過度におそれているのも手に取るようにわかる。岩楯は軽く会釈をして踵を返し、白いパネル張りの廊下を奥へ進んだ。

突き当たりを右に折れたところが、九条医師の部屋だ。岩楯が二回ほどノックしただけで、「はい？」という不機嫌そうな声がすぐに返された。長い付き合いだが、彼が機嫌よく笑っているところに出くわしたことがない。

岩楯はドアを開けて顔を出し、満面の笑みを九条に向けた。

「近くまできたんで、寄らせてもらいましたよ」

「なん……」と言葉を詰まらせた医師は、もたれていたソファーからがばっと立ち上がった。

「おや？　休憩中でしたか、すみません。でも、お話しできる時間帯でちょうどよかった」

そのままあたりまえのように入室すると、止める暇もなかった九条はただただ岩楯を目で追った。糊づけされた白衣は窓際にハンガーがけされており、医師が着ているワイシャツは第三ボタンまでだらしなく開けられている。それを見られた苛立ちも含めて小さく舌打ちした九条は、素早くボタンを留めて眉間にシワを寄せた。

「なんですか、あなたは」

「またお忘れですか？　警視庁の岩楯ですよ」

「そんなことはわかっています！」

そう語気を強めたとき、大きなリュックサックを背負った赤堀が弾《はず》むように入室してきた。ひどく恐縮している鰐川もあとに続いている。九条は小さな目を丸くして、あまりにも場違いな赤堀に心底驚いたような顔をした。それはそうだろう。白と黒を基調とした洗練されたモダンなオフィスを、ペンキ屋かと見まごうばかりの女に「かっこいい、映画のセットみたいだね」などと言われて蹂躙《じゅうりん》されているのだから。

赤堀はにこにこして医師に近寄り、折れ曲がった名刺を差し出した。

「すみません、リュックの中で曲がっちゃったみたい。赤堀と申します。期限と条件つきですが、捜査員をやってまして」

受け取るのもはばかられるといった具合に手を出しかねていた九条だったが、何かに気づいた顔をして名刺を手に取った。時間をかけて見つめてから、表情を緩めて高圧的にあごを上げた。

「あなたが噂の法医昆虫学者……ね」

そのひと言で、無礼のすべてに説明がつくと言わんばかりだった。

「確か、ハワイ大学留学時に昆虫学の博士号を取得したとか。それから法医学を学び、法医昆虫学分野の日本での確立に尽力されている、というわけですね」

「よくご存知ですね。まあ、まだ確立とまではいってないですけど」

赤堀はいささか照れくさそうに頭をかいた。九条は、あらためて彼女の頭から足許までを目で何度も往復し、これだから昆虫バカは……と確実に思っていそうなせせら笑いを浮かべている。しかも首を横に振りながら、法医昆虫学ね、といやな含みをもたせて何度も繰り返した。岩楯自身のことを小馬鹿にされるよりも、はるかに癪《しゃく》に障るのはなぜだろうか。いっそ、赤堀に手ぬぐいでほっかむりをさせ、捕虫網を持たせて泥だらけの長靴のまま入室させればよかったと本気で後悔した。

「それで、約束もなくいきなり訪ねてくるのは、警視庁の流儀というわけですか」

「こうでもしないと、お会いしていただけないと思ったもので。無礼をお許しください」

岩楯と鰐川は潔く頭を下げた。九条は薄い唇を引き結んで不快感を示していたが、こうまでされて追い返しては自身の格が下がると踏んだようだった。大きくため息をついてしぶしぶ革張りのソファーに手を向けた。

部屋はとにかく清潔で、埃のひとつも見当たらないほど入念に掃除されているのが九条らしい。居心地悪さを感じるほど人工的な美しさのなか、赤堀はいつもと変わらぬ調子でどさりと腰を下ろしている。その両脇に二人の刑事が腰かけると、リュックサックの中から資料の束を取り出した。

「九条先生ってなんの虫が好きですか？　甲虫系？　それとも鱗翅類《りんしるい》系？　学者って、わりと虫屋が多いんですよね」

「その質問が、ここへ押しかけた件に関係あるわけですか」

「ああ、ただの興味なんですけど」

「本題をお願いします。できるだけ手短かに」

九条は赤堀の言葉にかぶせるように言った。

「了解です。じゃあ、早速ですけど、検屍報告書でわからないところがあったので、ぜひお聞きしたいと思いまして」

「わからないところ？　まさか、本当にそんな用事で押しかけたんですか」

「はい、そうですよ」

「読んでもわからないのは、個人の理解力の問題でしょう」

「まさに、その通り。理解力がなくて困ってるんですよ。ホントこれ、どうしたらいいのかなあ」

赤堀は資料をめくりながら飄々と喋り、案の定、九条の苛立ちを急加速させてい
る。そこへお茶を載せたお盆を持って由美が入室してきたけれども、医師はお茶など
出す必要がないと言いたげな渋面で助手の給仕を終始睨《ね》めつけていた。赤堀はありが
とうと礼を述べて退室する由美を見送り、話の先を続けた。
「遺体の気道内異物なんですが、やけに右側の気管支だけに偏《かたよ》っている数値ですよ
ね。報告書ではさらっと流してあるんだけど、すごく気になるんですよ」
九条は呆れたような顔で茶托を持ち上げ、きれいな緑色の煎茶《せんちゃ》に口をつけた。
「法医昆虫学は法医学の一分野という名目ですが、虫ばかり相手にして人体について
は満足に学ばないんですか？　学問の確立も何も、それでは本末転倒のような気がし
ますね」
「そうならないようにがんばらなくちゃ。なので九条先生、教えてください」
赤堀は晴れ晴れとした笑みを医師に向けた。このおかしな女は、何を言っても悔し

がらせることができない。そう察したらしい九条は、無表情に返ってお茶をガラステーブルに戻した。

「いいですか？　人体というのは、左より右気管支のほうに異物が入りやすいようにできている。左気管支は正中線に対して五十度の角度で屈曲しているが、右は二十五度で急傾斜なんですよ。ゆえに、右のほうが異物が入りやすい。これは常識です」

うん、うんと頷きながら、赤堀は報告書の隅に判読不可能な文字で書き取っている。そしてぱっと顔を上げた。

「なるほど、すごく納得しました。右気管支から、コケシガムシという一ミリほどの甲虫が二百三匹出てきましたと報告されていますよね。左からは十三匹で合計で二百十六匹。ああ、この子ですけど」

赤堀は、どアップの不気味な標本写真を九条の眼前に突きつけ、医師は眉間のシワを深くした。

「角度が急だからそんなに入っちゃったのかな。でもこの子、海浜性の虫なんですよ。打ち上げられた海藻の裏側なんかに、びっしりとついてたりしてね。経験ありません？　海でワカメ採りして持って帰ると、知らないで虫ごと食べちゃったりして」

「微量の海藻も検出されていますよ」

すっと立ち上がった九条は本棚へ向かい、解剖の資料と思われる分厚いファイルを抜いて再び腰を下ろした。項目別にわけられている紙の束をめくって顔を上げる。

「海洋大学の研究者の話だと、気道で見つかったのはホソアヤギヌという海藻。これは汽水域でも生息できる種類だとか。その虫も、このホソアヤギヌについていたと考えられるんじゃないですか？　あなたが暗に被害者は海を漂流してきたと言っているなら、根拠が弱いとしか言いようがありませんね」

「じゃあ、胃の中に少量の砂と液体、それにイソテングダニの一部が入っていたのにも意味があると？」

「意味も何も、水の中を流されれば体内に異物が入ってくるのはあたりまえでしょう」

「じゃあ、左右の胸腔《きょうくう》に、合計で三百五十ミリも淡血性の液体が認められたこともそれと同じ理屈ですか？　水で流されたからと」

九条は怪訝な顔をしたけれども、二人の刑事もまったく同じだった。赤堀が、何を言わんとしているのかがまるでわからない。彼女は両手で茶碗を持ってお茶を吞み、すぐ茶托へ戻して答えを待つ顔で九条をじっと見つめた。

「とにかく、結論から言ってください。あなたとこのまま謎かけをするつもりはない」

「わかりました。九条先生、失礼を承知で言わせていただきますね。被害者の死因は絞殺で間違いないですか？」

いったい、この女は何を言い出している？　岩楯と鰐川はソファーから腰を浮かせかけたけれども、九条はぴくりとも動かずに赤堀と見つめ合っていた。顔はみるみるうちに赤黒く変わり、目の端が痙攣を始めてあごの筋肉が強張っている。常に仏頂面を崩さない医師だが、これほど激昂《げっこう》しているところを見るのは初めてだった。赤堀の率直すぎる問いかけを、医師のプライドが許すわけがない。これはさすがにまずい……岩楯は肝が冷える思いを味わっていた。

九条はしばらく口を閉じていたけれども、急に何かが乗り移ったかのように、低くかすれた声を絞り出した。

「……眼瞼および眼球結膜の出血斑、毛細管の血盈《けつえい》、甲状軟骨左上角の出血をともなった骨折、気管内の小泡沫の欠如、大動脈に血色素の沈着。言いはじめればきりがないほど絞殺の所見が挙がっている」

「ええ、それはよくわかります。でも、絞殺に当てはまらないような所見も多く見られると思うんですよ。たとえば肺の膨隆《ぼうりゅう》とか、口唇粘膜に溢血点《いっけつてん》がないこととか、胃内の……」

「赤堀准教授」

九条は彼女の話を途中で遮った。

「あなたは何か心得違いをしているようだ。期限つきの捜査員に任命されたのは、人の揚げ足を取るためじゃないだろう。ましてや、まったくもって専門外の人間が、検屍の所見と結果に口を出すような権限が与えられたとでも思っているのか」

「いえ、いえ、とんでもない。わたしの無知が疑問を呼んでいるのはわかっています。ただ、事件の根幹にかかわることなので、今の時点でひとつの違和も見逃すべきじゃないかなと」

「違和だと騒いでいるのは、あなただけだ」

九条は声を押し殺し、岩楯に責任を問う意味合いの鋭い視線を向けてきた。

「岩楯警部補、あなたはどういう了見で赤堀准教授の無礼を容認しているんですか。こんな侮辱は司法解剖にたずさわって以来、初めてのことですよ。まったくもって信じられない。警視庁に苦情を申し立てます」

もちろん、そうなることはわかっていたが、こうなった以上、かなり上層部にまで伝わるであろうことにも想像がつく。岩楯は頭を抱えたい気持ちになった。

九条はさっと立ち上がって部屋のドアを開け、「お引き取りください」と燃えるような怒りをなんとか封じ込めている。蒼白い顔をした鰐川がノートをしまって立ち上がると、赤堀は困ったような笑みで医師に駆け寄った。

「九条先生、口がすぎたのなら謝ります。申し訳ありませんでした。でも、この遺体は海由来の微物が多いことは先生もご存知でしょう？　いくら汽水域を経由したとはいっても、コケシガムシがまとまった量で、しかも、右気管支だけに入る確率は低いんじゃないですか？」

「法医学に確率論などもち出さないでくれたまえ。あなたは、生きたまま海に入った被害者が、思い切り海水を吸い込んだとでも言いたいのか？」

「それはわかりません。でも、納得いかないことが多いのは確かです。それに、同じジャンルの研究者として、お互いに協力できたらいいなと思ってるんですよ」

するとと九条は、やれやれというように首を左右に振った。

「同じジャンルにくくられるのは心外というものです。今まで、法医学の分野でなぜ昆虫学だけが蚊帳の外へ置かれていたのか、考えればすぐにわかることだ。必要ないからですよ。虫けらの力を借りなくても、じゅうぶんに真相究明は可能なんだからね。いずれは、警察組織も過大評価だったと導入を後悔するでしょう」

「先生、いくらなんでも……」と岩楯が口を挟もうとしたけれども、赤堀は笑顔のままそれを制止し、医師にぺこんと頭を下げた。

「そうならないようにがんばります。それに九条先生、虫は人間がいなくても生きていけるけど、人間は虫がいなければ生きられないんですよ。彼らが担っている役割は、わたしたちの生に直結している。法医昆虫学が蚊帳の外に置かれているとすれば、それは人が万能だという驕《おご》りの表れです」

赤堀は九条と相対したままきっぱりと言い切り、もう一度深く頭を下げてから部屋を出ていった。これで苦情は確定だろう。赤堀は暗に、あなたは世間知らずで慢心している人間だと言っているのだから。二人の刑事も会釈して退室し、大股で歩く赤堀のあとを追った。

角を曲がった廊下の先には由美がたたずんでおり、眉端を下げて不安そうに手を揉み合わせている。赤堀は急にぴたりと立ち止まってそのまま踵を返し、すぐ後ろにつけていた岩楯の胸に真正面からぶつかった。

「なんなんだよ」

「科研の微物のこと聞くのをころっと忘れてた。二人とも先に車に戻ってて。ちょっと九条先生んとこいってくる」

「待て、待て」と岩楯は、走り出そうとする赤堀の後ろ襟首を鷲摑みした。「今さっきあれほどの啖呵《たんか》を切っといて、また笑顔で戻れる神経がわからん」

「雨降って地固まる、みたいな」

「今がどしゃ降りなんだよ。そんなすぐに固まるか」

岩楯は疼《うず》きはじめたこめかみを指で押した。すると由美が音もなく近づいてきて、咳払いをしてから覇気のない声を出した。

「あの、科研の微物でしたら、今日、発送するつもりで用意していたんです。研究室から取ってきますので、一階でお待ちいただけますか？」

「ああ、ホントに？　ちょうどよかった、ありがとう」

襟首を摑まれたまま赤堀が言うと、由美は曖昧な笑みを浮かべて階段を上っていった。

それから三人はエレベーターで一階へ降りた。すると赤堀がこれ以上ないほど神妙な面持ちで、岩楯と鰐川にくるりと向き直った。

「岩楯刑事、鰐川刑事。すみませんでした」

背負ったリュックが前にずり下がるほど頭を下げ、そのままの格好で続けた。

「二人を余計な厄介事に巻き込んじゃって、今どうしようかと思ってる。必死に解決策を考えてるんだけど、なんにも浮かばなくて」

「なんだよ、あんたらしくもない。顔を上げてくれって」

「そうですよ。謝らないでください」

鰐川も同調すると、赤堀がのろのろと顔を上げた。過去に見たことがないほど不安気だ。そのうえ今にも泣き出しそうに見えたので、岩楯は面食らって口をつぐんだ。相棒にいたっては過剰にうろたえ、「な、泣かないでください、大丈夫ですから」と子どもをあやすような声色で顔を覗き込んでいる。

「泣いてないって」

赤堀は力なくにやりとした。

「でも、九条先生が苦情を入れたら、二人までとばっちりをくらうよね。罰で渋谷《しぶや》駅前の交通整理とか、まさか、降格されて警視庁の売店係になるとか……」

どこまで話を飛躍させるのだろうか。岩楯は脱力して笑った。

「確かにとんでもない爆弾発言だったが、あんたなりの根拠があって言ったんだろう？」

「根拠というより、あの報告書は腑に落ちないところが多いと思う」

「ならしゃあない。言論の自由だよ。だいたいな、俺らがこの場にいようがいまいが、あんたがなんかをやらかせば、自動的にこっちが説教されるのは今に始まったことじゃない」

　もっとも、今回は九条の言い方ひとつで、訓告始末書ぐらいはあり得るかもしれないと岩楯は思っていた。が、それもやむなしだ。赤堀を警察の縛りのなかに組み込んで、自由を奪うのはだれにとっても得がないことだけは明らかだった。

　そのとき、エレベーターの脇にある階段から、由美がパタパタとサンダルを鳴らしながら駆け降りてきた。そこまで慌てる必要はないと思うのだが、しょっちゅう九条に急かされている刷り込みだろう。はあはあと息を上げ、岩楯たちの前で急停止した。

「す、すみません。お待たせしました」

「いえ、こちらこそお手数をおかけしました」

　岩楯が軽く頭を下げると、由美はメガネを押し上げて強張ったような笑みを浮かべた。Ｂ４サイズの茶封筒を赤堀に手わたしてくる。

「ちなみに石黒さんは、先日、荒川で揚がった変死体の解剖に補佐として立ち会われましたよね？」

「ええ、はい」

「あの遺体について、何か気になったことはありませんでしたかね？」

赤堀に目配せをすると、彼女は頷いて話の続きを引き継いだ。

「検屍報告書を読んだんですが、絞殺には当てはまらない所見が混じっているように思うんですよ。それがちょっと気になって」

由美はぽかんとしていたが、すぐにとんでもないというようにぶるっと体を震わせた。

「死因は複合的に判断されることがほとんどです。水に浸かっていた遺体で日数も経っていますから、すべてがきっちりと教科書通りにはいきません」

「絞殺でも、水に落ちれば循環系臓器からケイソウが検出されるんですか？」

「それだけを見れば、絞殺の所見とは言えませんけど」

「言えない？」

「あ、ああ、これはあくまでも、その一点だけを見ればの話ですから。わたし個人の意見でもありますし……」と由美は慌ててつけ加えた。「それに、どういう条件で、どのぐらい水の中にいて、死後何日経っているのか。ここが絞り切れない以上、トータルに判断するのは当然だと思います」

忙しないほどメガネを中指で押し上げ、由美は早口で言い切った。ここで喋っていることが九条にバレたら困るとでも言うように、何度も振り返っては周りを気にしている。

それにしても、赤堀がそこまで検屍の結果に疑念をもっていることが気にかかる。彼女の言葉は適当なようでいて、実は常に根拠を見据えながら発しているのを知っているからだ。

しかしながら……岩楯は解剖と現場の写真を思い返して目を細めた。写真を見る限りでは、絞殺以外の何物でもないではないか。喉が潰れ、顔が真っ赤に腫れ上がって、目には溢血点が浮かび上がっているという、今までにも何度となく遭遇した典型的な絞殺体だ。由美が言うように、検屍のトータルから死因を割り出すというのも、なんらおかしいことではない。何より、九条が緻密で有能であることは、今までの付き合いからじゅうぶんすぎるほど理解していた。

赤堀も腕組みしてじっと考え込んでいたけれども、背負っていたリュックを下ろして、脇のポケットから折れ曲がった名刺を取り出した。由美にわたしてにこりと笑う。

「由美さん、あなた個人の感想が聞きたいんです。剖検《ぼうけん》のプロとして、思ったことはなんでも」

「こ、個人の感想？　そんなものはありません」

「そうですか？　複合的に見て絞殺と判断された遺体は、複合的に見なければどうなのか。さっき、一点だけを見れば絞殺とは言えないとのことでしたよね？　そのへん、何か気づいているのかなと思ったもので」

「そんな……。わたしは九条の見立てがすべてだと断言します。それに、解剖に個人的意見は必要ありませんから」

由美はいささか後ずさって、つっかえながら言った。一刻も早くこの場から立ち去らなければ……とはっきり顔に書いてある。赤堀は怯えの見える由美をなだめるように、ゆっくりと言葉を送り出した。

「オーケー、わかりました。でも、法医学にかかわる者なら、真相を究明しようという使命感をもっているはずだと思うんですよ。これは必ず」

「それは……もちろん」

「ですよね。ちょっとでも気になることがあったら、電話でもメールでもいいんで連絡ください。なんか、ずっともやもやしっぱなしなんですよ。わたし個人のわがままなお願いなんですけど」

赤堀は喋りながら茶封筒を開け、中から二つのビニール袋に入った微物を取り出した。科研からの証拠品は、黒い砂粒にしか見えないものがほんの少量だけ入っているものだった。

「なんですか、これは」

鰐川が近寄って目を凝らすと、由美がメガネを上げながら細い声を出した。

「科研の方の話だと、毛虫の棘《とげ》のようなもの……ということでした。ほかにも、カマキリの前脚に似た欠片が少々。これは赤堀先生にまわしましょうということで」

「毛虫にカマキリ？」

刑事二人は同時に声を上げたけれども、赤堀は微物をじっと見つめて目を離さない。由美は、あいかわらず張りのない声で先を続けた。

「遺体の頭部に何かにぶつかってできた切り傷があって、そこに砂やなんかと一緒にめりこんでいたんですよ。写真と状況説明は同封してありますので」

「しかし、夏仕様のハエの次は毛虫にカマキリか。先生いわく、カマキリは腐敗分解に関係ないフリーなやつらってことだったよな」

「そう、そう。だれよりも自由な子。もしこんなとこで出会えたら、跳び上がって喜んじゃうよ」

顔を上げた赤堀は目を爛々《らんらん》と輝かせており、すでに意識は別のところへ飛んでいるようだった。

5

翌日も空気の澄んだ快晴だった。会議室の窓から入る陽射しは汗ばむほど強く、岩楯はジャケットを脱いでワイシャツの袖をまくり上げていた。長机の向かい側に座る鰐川も水玉模様のネクタイを緩め、ノートパソコンのキーを猛烈な勢いで叩いている。訊き込みの追加場所を地図上にまとめ上げ、いつものように隙のないスケジュールを組んでいるのだろう。

さっきから岩楯は、資料を読み返しながら気になる箇所に付箋を貼りつけている。重要と思われる事実が散見されるにもかかわらず、未だに鬱陶しい靄《もや》がかかって事件の道筋を摑みかねていた。大鷹からもたらされた、十三平針という情報から捜査の微調整がおこなわれたけれども、まだ確信をもって進むには何かが足りない。

こんな燻った状況に拍車をかけるのが、九条医師からの申し立てだった。容赦なく警視総監に宛てて苦情を通告し、岩楯は昨日のうちに呼びつけられていた。その内容たるや悪意を感じるほど誇張されていたけれども、申し開きをせずに謝罪して一切を受け入れるしかなかった。専門外の人間が、これといった根拠も示さずに解剖結果に難癖をつけるなど、常軌を逸していると言われても仕方がない。始末書は免れたものの、今後一切、赤堀の九条への接触と干渉を禁止すると厳しく告げられた。まあ、予測した通りの結果だ。

岩楯はペンを放って両手で顔をごしごしとこすり上げ、いつまでも調子の出ない自身をののしった。この際、禁煙なんてばかばかしいことはやめて、ニコチンを思うさま摂取するのもひとつの手だろうと思う。だれの得にもならない苦行を続ける意味があるのか？　いっそのこと、堂々と喫煙者という日陰者の道を選ぶのも潔《いさぎよ》いというものだ。そんな自問を堂々巡りさせているが、挫折を認めるのも癪だという結論にたどりつくのもわかっている。

机の端に置かれているジャケットを引き寄せ、ポケットの中から赤堀に押しつけられた小瓶を取り出した。こんなものに望みを託したい気持ちになるとは、完全にどうかしている。陽の光にかざして中身をまじまじと見ると、黒光りする体には白い短い毛がびっしりと生えていた。見慣れたアリの形状ではあるけれども、それが何百匹も瓶に詰められ、しかも乾燥させてあるというのがおぞましい。ゴリの上に大量のアリをばらまき、鼻唄混じりに天日干ししている赤堀の姿が目に浮かんだ。

岩楯は指先でコルクの蓋を抜いて、おそるおそる鼻先に近づけた。とたんに青臭さが鼻孔を貫いて顔を背けたけれども、山椒だと言われればそう思えなくもない。しかも強烈な臭いに慣れるにつれ、不思議と気持ちが凪《な》いでくるのを実感した。頭の中の雑音が消えていくような、妙な感覚だ。

乾燥アリと向き合って無心に深呼吸しているとき、向かい側で咳払いが聞こえて岩楯は顔を上げた。

「主任……」

鰐川がキーを打つ手を止めて、唇の端をぴくぴくと動かしている。危機感を抱いているような、それでいて心配そうな色を目に浮かべていた。

「本当に『アリマテラピー』を受け入れるなんて……」

「いや、これに関しちゃ赤堀の言う通りかもしれんぞ。確かにすっきりする。おまえさんもちょっと試してみろ」

「結構です」

かぶせるように即答した鰐川が憎らしく思え、岩楯はむりやり押しつけて臭いを嗅がせてやった。とたんに相棒はむせ返って咳き込み、口許を手でぎゅっと押さえた。

「な？　山椒そのものだろ？」

「どこがですか！　腐《くさ》ったタマネギそのものですよ！」

「そんなことないだろ」

岩楯は、もう一度吸い込んで清々《すがすが》しさを味わってからコルクで蓋をした。鰐川は信じられないといった顔で上司の奇行を目で追い、ごくりと何度も喉を鳴らした。

「主任、それは完全に暗……」

「暗？　なんだ？」

いえ、なんでもないです、と鰐川は言いかけた言葉を飲み込んでいる。

「冗談抜きで、虫と人間の血液型はリンクしてんのかもしれん」

「そんなことは科学的にあり得ないと思います。まして虫と共鳴なんて。こればかりは赤堀先生の説に異を唱えますよ」

「まあ、おまえさんはゴリラ型だからな。感覚が違うんだろう」

「お言葉ですが、昆虫とゴリラのどちらかを選べと言われたら、ぼくは迷わず後者を選択させていただきます」

いたって不毛な会話を続けているとき、作業着姿の痩せぎす長身男が、戸口に額をぶつけないように身を屈めながら入ってきた。五分刈りでべっ甲縁のメガネが鼻先までずり落ち、げっそりと頬がこけている男だ。鑑識の堀之内は、岩楯を見つけて嬉しそうに会釈をした。

「お疲れさまです。それで、どうでした？」

「唐突だな。どうでしたってのは、あの刺青彫り師のじいさんのことを言ってんのかい？」

「ええ、そうですよ。すごい人だったでしょう？　圧倒されませんでしたか？　なんせ腕一本で裏世界をわたってきた人ですよ。まさに『鷹』の字にふさわしい老人です」

堀之内は細長い腕で身振りを交え、あいかわらず早口で捲し立てた。

「わずかな針穴から十三平針を特定して、彫り師の技術力も見抜いたわけですからね。まったく痺《しび》れる鷹ですよ。ここをさらに発掘すれば、重要な宝の地図にぶち当たるはずです。そう思いませんか？」

「まあな」

「それで、聞こうと思っていたんですけど、ぼくが修整した図案のほうはどういう見解でしたか？　報告書になかったということは、岩楯主任に思うところがあってあえて伏せたとお見受けしますが」

メガネの奥の目をきらきらと輝かせ、あふれんばかりの期待感を隠そうともしない。堀之内はよほど彫り師の大鷹に一目置いているようだったが、岩楯はにべもなく言った。

「残念ながら、伏せるまでもない。なんせ細い毛並みの図案ってこと以外、皆目見当がつかないそうだから」

「それはあり得ない話ですね」

即座にひと声上げた巡査部長は、抗議するように長机にどしんと手をついた。

「年代はどうです？　図案から年代を予測することこそ鷹の役目だと思いますが」

「それができてれば、今こんなとこで考え込んだりしてないんだよ。そもそも、図案がなんだかわからないんだから話にならん。今は十三平針の線を片っ端から手繰るしかない。それで本部も動いてるし、会議の通りだ。それ以上でも以下でもないんだよ」

堀之内はある種のショックを受けたようで、突っ立ったままぶつぶつとつぶやいている。蛍光インクにも反応なしですか？　とか、「デス・トラディション」という魅惑の言葉はどうなんです？　とか、今までに挙がっている刺青関連の情報を矢継ぎ早に口にした。

大鷹は確かに鋭い目をもっているとは思うが、それは自身の仕事に対する自負にすぎないだろう。職人気質の堀之内が好む理由もわかるけれども、あまりに買いかぶりすぎだった。しかし……。岩楯は、腕組みしながら首をひねっている巡査部長を見まわした。見た目や趣向はどうあれ、この男が有能な警官であることは間違いない。しかも、雰囲気や好き嫌いでものを言うタイプからは、いちばん遠い人間ではないだろうか。

そう考えたとき、過去の苦い経験がじわじわと思い出されてきた。そういえば、これと同じようなことが駆け出しのころにもあったではないか。旧家で起きた強盗殺人の捜査だった。年代ものの特殊な隠し錠を外されていたことから、骨董《こっとう》にも通じている鍵屋へ何度も訊き込みに行ったことを思い出す。実のある情報がいくつかあったのにもかかわらず、かえって捜査は難航した。それはなぜか、少し考えればわかったことだろう。

「くそ」

岩楯はつぶやき、資料をまとめてジャケットを取り上げた。

「鰐川、行くぞ」

「はい。ええと、十三平針に使うバラの針販売店ですよね。アメリカのスポルティング社の輸入元からいきますか？　それとも、ナショナルサプライズ社が先で？」

鰐川は慌ててパソコンを終了し、ノートや資料をかき集めている。

「北新宿二丁目。『初代　刺鷹』のじいさんのとこだよ」

「はい？　また刺鷹……ですか？」

相棒は解《げ》せない様子でメガネを押し上げている。通りすぎざま、細長い堀之内の腕をぽんと叩くと、巡査部長は「そうきますか、そうきますよね、そうくるはずです」と意味不明の言葉を言いながら二人を戸口まで見送った。

それからアコードに乗り込み、北新宿に乗りつけた。前回と同じ狭い駐車場に車を入れて、はす向かいにある雑居ビルの階段を駆け上がる。五階の自宅に向かう途中で三階の廊下を覗き込むと、仕事場のドアが少しだけ開けられているのが見えた。鰐川に目配せして廊下を進み、異常にやかましい音を出す呼び鈴を押した。

「開いてますよ、見ての通り」

部屋の奥からかすれた声が流れてくる。岩楯がおじゃまします、と言って上がり込むと、窓際にある肘掛け椅子にもたれていた老人が、メガネの上から探るような目を向けてきた。薄くなった頭には文鳥がとまり、今日も小うるさくさえずっている。

「連絡もなしにすみませんね」

岩楯が会釈をすると、大鷹が頰にある傷を引き攣らせながらにやりと笑った。

「別にかまいませんよ。なんの予定もありませんから」

「予定はあったはずでしょう。間抜けな刑事がまた訪ねてくるのかどうか、ここで鳥と賭けでもしていましたか」

するとお大鷹は声を上げて笑い、驚いた小鳥が飛び立って竹細工のかごにさっと入った。

「そろそろ、実のある情報というやつをいただけないかと思いまして」

「実のある情報ねえ」

「久しぶりに昔を思い出しましてね。ある事件で有能な職人から聴取をおこなった結果、かえって捜査が引っかきまわされる羽目になった。ご丁寧に、重要と思われる情報が端々にちりばめてあったもんで、無意識にそこを中心に考えるようになったんだな」

「それで？」

「その職人は警官を誘導して、弄《もてあそ》んで楽しんでいたんですよ。うその情報を吹聴したわけではない。だが、そこから真相にたどり着くことは絶対にない情報ばかりを提供してね。うまく選んで出し惜しんだもんだ」

老人は黙って岩楯の話に耳を傾け、地肌の透けている白髪頭を撫でつけた。

「刑事さんが言うその職人は、なぜそんなことをやったんですか？」

「彼は、国際指名手配された窃盗団に、鍵の開け方を手ほどきしていた過去をもつ前科者なんですよ。それはそれは凄腕錠前師《すごうでじょうまえし》でして」

岩楯が言うと、ずっと趣旨を摑みかねていた鰐川が、ようやくすべてを理解したような顔をした。大鷹はハイライトに火を点け、紫煙を大きく吸い込んでから煙とともに言葉を出した。

「なるほど、わたしと共通点があるというわけだ」

「思えば、気配も似ていたような気がしますよ。こちらの様子をじっと窺うような素振りで、慎重に言葉を選んでいた」

「まさかとは思うが、すべての前科者が、警官に感謝しているとでも思ってるわけじゃあるまいね。道を正してくれてありがとうなんて涙ながらに礼を言って、何かの役に立とうと一生懸命になるとでも？」

「感謝はともかく、罪を犯した結果、割に合わないぐらいの制裁が下されると実感はできたでしょうね。その機会を与えたとは思ってますよ」

「ほう、それは有意義なことだ。だが、あんたら警官は想像力がなさすぎる。言ってみれば、正義を振りかざす平和ボケ集団ですな」

この野郎と思う。しかし、大鷹の言い分はもっともなのもわかっていた。警察に進んで協力する筋合いなど彼らにはなく、あるのは負の感情だけだ。が、どこか警官離れしている雰囲気の堀之内には、おもしろがって的確な意見をくれてやった。その程度のことなのだ。彫り師の訊き込みリストに載ってこなかったのもそのせいだろう。なにせのらりくらりとして、基本的にはろくな情報をわたさないのだから。

岩楯はファイルから写真を何枚か引っぱり出して、大鷹の脇にあるサイドテーブルに置いた。老人は横目でちらりと見てからゆっくりと煙草をくゆらせ、灰皿で潰してから数枚の写真を取り上げる。

「大鷹さん、何か気づいてるんでしたら教えてください。いや、気づいていますよね？　あなたはそれを見た瞬間から、何かに見当をつけている」

老人は何も言わなかった。堀之内が修整をかけた画像を見つめていたかと思えば、肘掛けに手をついてのろのろと立ち上がった。襖《ふすま》の開け放たれた隣の部屋へいき、大型の本棚の前で止まる。陽に灼けて色褪《いろあ》せた背表紙を指でたどりながら、そのなかの一冊を迷いなく抜き出した。

角がすり切れているその本は、刺青の絵柄をまとめた図鑑のようなものらしい。大鷹は腰を下ろして指を舐めながらページをめくり、ある場所を開いたまま岩楯のほうへ差し出した。古びた本の匂いが鼻を衝いてくる。

ページ全体に天女を象《かたど》った絵の刺青が写し出され、羽衣《はごろも》をなびかせた足許には「LET　ME　DIE」という英文が入っていた。

「LET　ME　DIE？　死なせてくれってか……」

岩楯が写真を見ながらつぶやくと、隣から覗き込んできた鰐川が口を開いた。

「むしろ、逝《い》かせてくれということじゃないでしょうか。つまり『イカせて』とかけている和製英語的な意味合いです。天女をセックスシンボルとしているんでしょう」

「なるほど、だてに若いわけじゃない。俺ぐらいの歳になると、そういう発想は枯れてなくなるわけだよ。今の言葉には、赤でアンダーラインを入れといてくれ」

岩楯がにやりと笑うと、鰐川はいささか顔を赤らめて咳払いをした。

大鷹が次にめくったページには、英文を絡めた絵柄が集められていた。ひとつの絵図に対し、必ず横文字が主張するようにでかでかと入っている。どことなく違和感を覚える構図は、遺体に残されていた刺青にも通じているような気がした。

様子を窺うように沈黙している大鷹の肩に、小賢《こざか》しそうな文鳥がまた舞い降りている。老人は鳥の背中を手の甲で撫でてから嗄れ声を出した。

「刑事さんは、そのあたりの絵図をどう見ますか？」

「どう見ると言うと？」

「率直な感想をお聞きしたくてね」

まるで試すような口ぶりだ。そこでピンときて、岩楯は苦笑いを漏らした。

「これが情報を出すかどうかの最終試験というわけですか？」

「はて、なんのことでしょう」

大鷹はとぼけた口調でそう言い、唇を突き出して文鳥とキスするような仕種をしている。岩楯は焦らされることに疲労を感じ、凝った首をまわしてから分厚い本に目を落とした。

「どことなくですけど、妙な感じがする絵柄ですよね。収まりが悪いというか、安っぽいというか」

「収まりねえ。たとえば？」

「ここに載ってる絵は、全部が古典的な柄行《がらゆ》きですよね。色調なんかを見ても、この壁に貼られてる日本の柄の横並びに見える。なのに、いきなり英文が混じってるのが奇妙ですよ。わざとミスマッチを狙ってるのかもしれないですけど」

すると大鷹は眠そうに見えていた目をぱっと開き、爛々と光らせた。

「あんたは警官のわりに、右脳が開眼《かいげん》しているらしいね」

「警官は、右脳商売みたいなとこがありますから」と岩楯はにべもなく返した。

「あんたが感じた通り、このページに載ってる絵図には構成もへったくれもない。古典柄の一部を適当に抜いて、英語とくっつけるなんておかしなことをやってるんですよ」

「意味は？」

「くだらん流行りですな」

大鷹は、ページの上のほうを指でこつこつと叩いた。そこには年号が載っている。

鰐川はすぐにそれをノートに書き写した。

「昭和五十年代の前半に、こういうおかしな彫りが流行ったんだ。和柄には必ず英語をくっつけるっていう、下品なものがね。しかも、寸法の小さい刺青が出まわるようになったのもこの年代からだよ」

「ホトケに彫られていたものに近い感じがします。腕に彫らせる意味は？」

「虚勢だろうねえ。腕に墨を入れるやつは、間違いなくそれを見せびらかしたがるものですよ。好んで袖無しの洋服を着たりしてね。ホトケさんは、妙に陽灼けしてなかったかい？」

確かに、一年を通して灼いているような褐色の肌をしていた。

岩楯は図鑑の絵柄に目を据えた。今の時代、腕に刺青を入れることはそう珍しくもないだろう。家出人捜索願を見ていても、身体特徴に腕の刺青というものがごまんとあった。補導した少女たちが語った「デス・トラディション」という言葉と意味合いが正しいなら、格好だけではなくこだわりをもっている通な人間ということになる。しかしこの仮説を口に出したとたん、大鷹は、こんな品のないものを彫るような輩《やから》に、こだわりなどない……とことさら強く断言した。前回訪問したときのよそよそしさは消えており、情報を出し惜しむ気はなくなったらしい。

大鷹は考え込んでいる岩楯から次の質問を待っているようだったが、すぐ出てこないことに業《ごう》を煮《に》やして口を開いた。

「警察が突き止めた刺青の蛍光インク。それはこの絵柄と同じ時期の特徴だよ。五十年代には、ほとんどが体に毒の蛍光で入れたもんだ」

「とても有意義な情報ではあるんですが、いかんせん、被害者の年齢が三十前後と思われるのでね。レトロ趣味だとすれば、かなりの完璧主義。インクまでわざわざ蛍光にしたってことだから」

そう言ったと同時に、大鷹はぴくりと反応した。

「何かご存じですか？」

「いや、今どきそんな彫りを入れるやつがいるとはねえ」

「大鷹さん、お願いしますよ。あなたの試験はぎりぎりでもパスしたんですから」

するど老人は、さも愉快そうに笑った。

「こういう『品のない』刺青は、彫り師が特別なんですか？」

「いや、何も変わらんよ。あの時代は背中に墨を背負った極道が、もう廃れはじめたころだ。ブランドもんを着て、垢抜《あかぬ》けたヤクザに変わっていったからね。そうなると彫り師は食っていけないから、細かい仕事を請け負うようになったわけです」

「なるほど。でもそれは昔の話でしょう？　今は？」

大鷹は核心に触れる前にふうっと息を吐き出し、文鳥をかごに戻してから言った。

「ホトケさんに墨を入れた人間は本当にわからない。だが、彫られた場所には心当たりがなくもないよ」

隣で鰐川がはっと息を飲んだのがわかった。老人は淡々と先を続けた。

「五十年代に流行ってあっという間に廃れた構図だが、定番みたいになって続いている場所がひとつだけある。刑事さんはスカジャンを知ってるかい？」

「横須賀《よこすか》発祥のあれですね」と岩楯は即答した。

「そうだ。あの上着に入れる刺繍《ししゅう》みたいな図柄が、なぜか横須賀にだけずっと残った。おそらく米軍基地の関係だろうね。軍人連中は和柄と英語を組み合わせたものに惹かれるみたいで、今でもあの辺りにはこの手の彫りを入れる店がかなりある。いわゆるどぶ板通りだよ」

岩楯が相棒を見ると、手が追いつかないほどの速さで大鷹の言葉を書き取ってい た。新しい切り口だ。四十五年以上も刺青にたずさわってきた彫り師の言葉には説得力がある。調べてみる価値はあるだろう。

「ありがとうございました。ご協力を感謝します」

「お礼なら痩せの鑑識官に言うことだね。それに、まだ横須賀が当たりと決まったわけじゃない。ハズしたらまたおいで」

まさか、また煙に巻くつもりではあるまいな。岩楯は注意深く大鷹の様子を窺ったけれども、今は警察への警戒心が薄らいでいることがはっきりとわかった。それぐらい、険のあった雰囲気が影を潜《ひそ》めていた。

# 第三章　シングルマザーの決意表明

## 1

月曜だというのに観光客とおぼしき車が多く、駅近くにあるコインパーキングは軒並み埋まっていた。仕方なく米軍基地の先にある三笠《みかさ》公園まで乗りつけ、二人の刑事はようやく車を降りた。

濃厚な潮の匂いが漂い、柔らかな陽射しが心地よく降り注いでいる。岩楯は凝り固まった背筋を伸ばして腕をぐるぐるとまわした。奥まった埠頭《ふとう》には自衛隊の護衛艦がつけられ、マニアらしき者たちが、あちこちで望遠レンズを向けているのが見えた。どうやら軍港巡りツアーというものがあるらしく、米軍のイージス艦を見学しようという謳《うた》い文句のポスターが大っぴらに貼り出されている。三笠栈橋《さんばし》には猿島《さるしま》へ渡る小型船が停泊し、カップルや子連れの家族が列をなして乗り込んでいた。

「観光地だな」

岩楯は辺りを見まわして言った。隙なく整備された洒落た台場湾岸エリアとは違い、思いつきで継ぎ足しながら開発したような雑さが横須賀にはある。それが妙な味になり、また魅力にもなっているようだった。

鰐川は飴玉をくわえたままタブレットを起動し、地図を表示して刺青関連の店を確認している。赤い線で示された道順を頭に入れて、二人は海沿いの道を歩きはじめた。

「どぶ板通りというのは、汐入《しおいり》駅へ行く手前ですね。もちろん名前は知っていましたけど、実際に行くのは初めてですよ。映画とか小説、ゲームなんかにもよく横須賀は登場しますから。埠頭は特にですけど」

「ほとんどがヤクザもんだ」

「まあ、ハードボイルドです。この町はそんな世界観が凝縮されている気がしますよ」

相棒は海風で乱れた薄い前髪を整え、清々しい面持ちをした。

「ところで主任は奥さんとこられたりするんですか？　初めてではないようですが」

予告なくそこへ話を振られ、岩楯は思わずむせ返った。

「禁煙も奥さんからの要望でしょう？　うちの課にもいるんですよ。家族から厳しく言われて煙草断ちしている同僚が。まあ、体にも家計にも悪いのは否定できませんからね」

「そうだな」

岩楯はひと言で終わらせた。いつもは人の内面を推し量ることに徹している鰐川だが、たまに子どものような無邪気さを発揮することがある。岩楯の実生活が、つつがなくうまくいっていると信じて疑わないのだ。独身の相棒には想像できないこともあるだろうが、こんなときこそ心理学をフル活用して空気を読めと思わないでもない。

妻は半月前に実家へ戻り、岩楯に無言の罰を受けさせることに決めたようだ。出ていく前も時間をかけて話し合ったけれども、他人とくらべて自分の幸せを計るという彼女の価値観が、結婚当初から何も変わっていないことを再確認させられただけだった。たかが仕事に左右される生活がうんざりだと語り、友人からよく海外旅行の土産物をもらうから立つ瀬がないと語り、自分よりも職務を優先する岩楯に我慢がならないと矢継ぎ早に語った。その言い分がわからなくはないだけに、理解を得ようとなんとか歩み寄ろうとした。禁煙もその意思表示のひとつだった。しかし妻は、岩楯が転職しさえすればすべてが丸く収まると思っている。いや、本気で思っているわけではなく、最後の賭けに出ているのかもしれなかった。もううんざりなのだろう。どちらに転んでも自分の負けは決まったようなものだ。

岩楯は頭を切り替えるように潮風を思い切り吸い込み、強引に本題へ押し戻した。

「例のマイナスドライバーの件な」

そう言うなり、鰐川は生真面目な顔で頷いた。

「片っ端から工場を潰していた班が、ついに有力な情報を掴んできましたね。左腕に刺青を入れた期間工の肥満男が、急に仕事にこなくなったという自動車部品工場。今朝になって、江戸川区の船堀《ふなぼり》が急浮上ですから驚きました」

鰐川は歩きながらファイルを取り出し、姿を消したというアルバイトの履歴書写真に目を据えた。下膨《しもぶく》れ気味の丸い顔にワックスで立たせた短い髪、両耳にはシルバーのピアスがぶら下がっている。太い唇をにやりと曲げて、不敵な笑みを浮かべていた。見るからにたちの悪そうな面構えだ。

「姿をくらましたのが十一月の六日だから、こいつがホトケならつじつまが合うってことになる」

「この男は素行が悪くて、ギャンブルと借金でよく問題を起こしていたらしいですからね。金銭トラブルで揉めた末に殺害される……というのはあり得る話だと思います」

「現に闇金《やみきん》にも手を出してたみたいだし、金貸し連中もタイミングよくトンズラしてると。わざわざ横須賀くんだりまでこなくても、近場で事件解決だわな」

岩楯は自嘲気味に笑った。もちろん、捜査本部はそこに重点を置くことになり、刺青関連への興味は一時棚上げになっている。周辺状況から、被害者の可能性が大きいと考えているのだろう。あとは行方不明の男の住居を捜索してＤＮＡ鑑定に持ち込めば、身元の特定は近日中には可能だった。

事は一気に動きはじめ、捜査員たちは俄然《がぜん》、活気づいていた。いかにも早期解決するルートのように見えている。けれども、岩楯の頭は納得を拒んでいた。何も、当初の自分の読みがはずれてがっかりきているわけではない。方々に散見するささやかな齟齬《そご》が、気になってどうしようもないのだ。

考えを巡らせながら、マンションが建ち並ぶ路地へ折れたとき、相棒は確信めいた口調できっぱりと言った。

「やはり、決め手はマイナスドライバーでしたね」

「そうだな」

「船堀の工場にも、遺留品とまったく同じ種類のものがあったらしいですから。これはさすがに当たりじゃないでしょうか。横須賀で刺青を入れたとも考えられますし、すべてが裏でつながっているかもしれません」

「ああ」

歩きながら気のない返事をしていると、鰐川が上司の顔色を窺うように歩調を緩めた。

「主任はあまり乗り気ではないようですが」

「まあな。いくらでもつじつまは合わせられるが、日数的に無理がある。赤堀が、夏バエの産卵できる日を限定しただろう。気象データから見ても、中州にホトケが打ち上げられたのは十一月六日だぞ」

「ええと確か……」と鰐川はノートを開いてメモした箇所を探し当てた。「違法菜園の浦和富美子さんが証言した、カラスが増えた件とも完全一致していましたね」

「ああ、そうだ。あのものすごい勢いのばあさんな。工場をトンズラした男は、五日の夕方六時ごろまで働いていた。これは裏が取れてるんだ。そのあとすぐに殺されて川に捨てられたにしても、損傷がちと激しすぎるぞ。発見は一週間後の十二日なんだ」

「そういえば、赤堀先生も最初からそれを指摘してましたよね。気温とウジの活動を考えれば、あそこまでひどいありさまにはならないと」

岩楯はあれこれと考えを巡らせながら頷いた。船堀は歳のいったエンジニアがほとんどの町工場だったこともあり、腕に彫られていたという刺青が、どういう絵柄だったかはっきり証言できないのも気に入らない。絡みついた蔦《つた》だと言う者、コブラのようなヘビだったと言う者、そうではなく鎖だと言い出す者までいる始末だが、総合すると細長い形状の何かということなのだろう。大鷹が断言した毛足のある図案とはほど遠いもので、きれいな色がついていたという証言は、堀之内が解析した色分解の結果とも異なっていた。つまり、今までひとつずつ積み上げてきた捜査の結果とは合致しない人物だ。

そしてもうひとつ。捜査本部の動きに、赤堀の推測がまったく加味されていない。

岩楯はため息混じりに言葉を出した。

「まあ、ヤサはわかってるわけだし、そのうち結果は届くだろう」

「朗報だといいですが」

鰐川は複雑な面持ちでそう言い、前方に見える看板を指差した。黒板型の看板には、ステンシルタトゥーという文字が黄色いチョークで書かれている。マンションの一室で営業しているらしく、二人の刑事はエレベーターに乗り込んだ。しかし、十分後には次の店へと無言のまま移動していた。店にいたのは刺青だらけの軽薄そうな若い男で、蛍光インクの知識すらもない彫り師とは言い難いレベルの人間だった。この界隈に根強く残る米軍向けの刺青を問うても、よくわからないと首をひねるばかり。しかし、ほかの店も同じようなものだった。ファッション性重視の今ふうの刺青が多く、何より商売以外にこれといったこだわりがない。

四軒連続で収穫はゼロ。頭の隅では微かに無駄足を意識しはじめていたけれども、二人から寄せられた「ナオミに訊いてみれば？」という情報には見るべきところがあるような気がした。日《ひ》ノ出町《でちょう》で店を出している古参らしい。

二人は車に舞い戻って隣町へ向かった。日ノ出町は昭和の歓楽街といった風情で、ひどく雑然として薄汚れていた。駅前にある塗装の剝げたストリップ劇場には、公安の営業停止ステッカーが貼りつけられている。まるで裏ぶれた町の象徴で、岩楯は笑いがこぼれてきた。カラオケスナックや古めかしい立ち呑み屋などが軒を連ねているが、これはこれである種の活気がある町と言えるだろう。

訊き込んだ住所へ向かうと、「ナオミの店」というそのままの店名を掲げた看板を見つけた。長屋のようにずらりとつながった呑み屋の一角にあり、その場所だけ白いハイビスカスの造花がうるさいほどちりばめられている。唐突で異様のひと言だ。近くのパーキングに車を入れて、岩楯と鰐川は店の前に立った。

「葬式の花輪か？」

「ハイビスカスですから、ハワイをイメージしていると思われます」

鰐川はスマートフォンで撮影しながら、だれが見てもわかることをおごそかに言う。埃っぽい花飾りをよけてドアを開けると、奥でチャイムが鳴らされた。息苦しいほど甘ったるい匂いの香が焚かれ、薄暗い店内をますます霞ませている。中も花だらけだ。

「スーツ姿の男が二人。セールス？　それともお役所の人？」

外観からは想像もできないほど奥行きがあり、その最果《さいは》てから低い声が聞こえてくる。天井からぶら下がるのれんのような造花を払いながら進むと、ブロンドの巻き髪をたらしたけばけばしい女が姿を現した。ハイビスカス柄のワンピースを着込んで、髪にも造花を挿《さ》している。危機感を覚えるほど盛られたつけ睫毛《まつげ》といい化粧といい、ひと昔前のギャルの装いだった。が、浅黒い肌は灼いているわけではない自前のものだ。ハーフなのだろう。自分よりも十は上かもしれない。

「急に訪ねてすみません。おっしゃる通り、役所の人間でして」

岩楯が軽口を叩いて手帳を提示すると、彼女は身分証の写真と当人を何度も見比べて確認をした。

「警察がなんの用？　危険ドラッグを売るのはもうやめたけど」

「それはよかった」

「不法滞在でもないし」

「何よりです。ちょっとお訊きしたいことがあるんですよ。あなたなら知っているかもしれない……と推薦した方が二人ほどおりまして」

ナオミは岩楯の背後に立つ鰐川に目をやってから、木彫りの民芸調の長椅子に「座ったら」と手を向けた。小型の電気ドリルに似た器具の掃除を再開し、先端にステンレスの留め具をはめ込んでいる。これが手軽に墨を入れるタトゥーマシンというものらしい。

「地元の方だとお聞きしましたが」

岩楯が腰かけながら質問をすると、彼女は重そうなつけ睫毛でしばたたいた。

「基地に駐在してた米兵の子。父親はだれかわかんないけど」

「ここで店を開いて長いんですか？」

「ううん。五年前までどぶ板にいたんだけど、ショバ代が高いからこっちに移ってきたの。あそこも観光地になっちゃって、家族連れなんかがくるようになったからね。もうおしまいだわ」

ナオミは真鍮《しんちゅう》の香炉の蓋を閉め、刺青を彫るための器具を棚にしまった。

「で、訊きたいことって何？」

「東京である事件が起きまして、刺青のことを調べているんです。かなり曖昧ではあるんですが」

隣に目配せをすると、鰐川は資料ファイルから堀之内が画像修整したプリントアウトを取り出した。ナオミは眉間《みけん》にシワを寄せて点描のような画像を見つめ、おもむろに電気スタンドのスイッチを入れた。

「それは、ある人間の腕に彫られていた刺青に修整をかけたものです。何かの絵柄の上に、英語のロゴが入っている」

「なんだかよくわかんないけど、警察がそう言うならそうなんでしょうね」

「ちなみに、日本的な柄と英語を組み合わせた構図が、横須賀近辺で多く見られるというのは事実ですかね。これは古典柄ばかりを手がける彫り師からの情報なんですが」

そう言うとナオミは、おもむろに伸び上がって棚から電話帳ほどもある分厚い本を取り出した。かなり使い込まれており、ページがめくれてばさばさに広がっている。彼女はそれを岩楯に手わたした。

「うちにくる客は、だいたいそっから柄を選ぶの。特にガイジンは古くさい絵柄が好み。まあ、いくつも彫るうちのひとつには、だいたい日本的な特徴を入れたがる。最近は漢字も流行ってるしね。東京の彫り師が言ったことは当たりよ。その構図は横須賀の特徴とも言えるわ」

図案集にある多くは、和柄と英字を組み合わせたものだった。

「ちなみに、今でも蛍光インクを使って彫ってるような店に心当たりは?」

「ひとつだけあるわよ」とナオミはいとも簡単に答えた。「ブラックライトタトゥーって呼ばれてて、UV波に反応して光る。クラブなんかで光ってかっこいいって一時期話題になったわね」

「その店はどこに?」

岩楯がいささか身を乗り出して尋ねると、ナオミは派手な巻き髪を触りながら愉快そうに笑った。

「彫り師が死んだから潰れた。ついこないだの話だけどね。ちなみに死因は大腸癌。御愁傷《ごしゅうしょう》さま。これは死んだ彫り師じゃなくて、あなたに言ったのよ」

ナオミは自分で言った言葉が気に入ったようで、いつまでもくすくすと笑っている。脇で相棒が「インクに関する重要人物、病死」と力なく書き留めていたが、岩楯は急《せ》くように先を続けた。

「その店以外はないわけですか？」

「ないわね、リスクがありすぎるから。だいたい、ブラックライトインクは発色がよくないの。暗闇ではいいけど、日中はボケた色でみっともないわけ。繊細な線も出せないから、ほとんどがロゴだけに蛍光を使うことになるし」

ナオミは修整された画像をちらりと見やった。

「それに、ブラックライトインクには、ポリメチルなんとかっていう固形物が入ってる。ほんの小さい樹脂だけど、これは人体有害物質よ。発癌性も言われてるし、皮膚炎とか腫瘍なんかの原因にもなる。潰れた店はね、これで何回も問題になってたの。確か、アレルギーを起こした人から訴えられてたんじゃないかな。ほら、アメリカ人ってすぐに訴えるからさ。すごく腕のいい人だったのに、道を間違えた感じだね」

「ちなみに、その店で刺青を入れた客を知る方法は？」

「ない」とナオミはにべもなく即答した。今度こそ、岩楯は行き止まりと事件の読み違えを考えざるを得なくなった。切れそうに細い線を手繰ってなんとかここまでたどり着いたけれども、肝心の図案がわからず、被害者の顔も不明なままでは本当にお手上げだ。

「ちなみに、『デス・トラディション』という言葉を知ってますかね」

香の煙を手で払い、岩楯はため息混じりに尋ねた。ナオミは目をぱちくりさせて大げさに首を傾げ、長いスカートの中で脚を組み替えた。

「刺青にこだわりのある者は、この言葉を好んで彫ると訊いたもので」

「何それ。初めて聞いたわ」

「いわゆる裏世界のロゴらしいですよ。ファッションで墨を入れる連中とは一線を画す、魂の叫びをこめた本気のタトゥー……というわけでね」

するとナオミはいきなり噴き出し、何度も手を打ち合わせてかすれた笑い声を上げた。その笑いは長々と尾を引き、マスカラを塗りたくった目に涙をにじませるほどだった。

「刑事さん。うちにくるまで、かなりの人数の彫り師をまわったのよね？」

「それはもう、気が遠くなるぐらい」

「刺青を入れてる連中からも話を訊いたんでしょ？」

それは別の捜査員が、マニアを中心に当たっていた。

「そのなかで、ひとりでも『デス・トラディション』とかいう言葉を知ってる人はいた？」

「それがなかなか出くわさなくて、こうやって困ってるわけですよ」

「初めにだれに聞いたか知らないけど、あなた方は完全に担《かつ》がれてるわ。うそっぱちを教えられたってわけ」

「うそっぱちですって？」

「そ。刑事って案外素直でかわいいのね」

この情報に関しては、もちろん「かもしれない」ということを強調して、同じ班の部下には裏を取る指示を出していた。しかし、この言葉があったがゆえに、無駄足の範囲が広がったのも事実だろう。情報が少なかったとはいえ、子どものガセネタに踊らされるとは不覚としか言いようがない。あのクソガキどもめ……。岩楯は、心のなかで盛大にののしり声を上げたが、家出少女は自分のなかに強烈な印象を残していた。彼女の語り口調や表情が、どこを取っても興味深いのだ。

鰐川は無表情に徹しているが、ふりだしに戻された悲哀のようなものがにじみ出して、いつもよりもしょぼくれて見える。その様子を満面の笑顔で眺めていたナオミが、電気スタンドの明かりを消して咳払いをした。

「お気の毒さま。大の男が落ち込んでる姿は興奮するわ。それが刑事だったらなおさらだけど」

「そう思う人間は多いでしょうよ」

「でも、わたしがすごくいいこと教えてあげるから安心なさい」

ナオミは劇的効果を狙うような間をあけて頬杖をついた。左手の指にいくつもはまっている派手な指輪は、すべて刺青なのだと今初めてわかった。

「あなた方が捜してる人間が、本当に横須賀界隈で刺青を入れたんなら……しかも蛍光なんて特殊なインクを使ってたんならね。必ずと言っていいほど寄る店がある。昔からあるバーなんだけどさ」

「なぜ『必ず寄る』と言い切れるんです？」

「こんなもんがあるから」

ナオミは、花柄の物入れからチラシのような紙を一枚抜いた。「ワンドリンク無料」と書かれたチケットがホチキスで留めてある。

「なるほど。互いに宣伝し合う商店組合みたいなものですかね」

「そうならいいんだけど、このバーのマスターが金に汚い男でね。ドリンク一杯分のチケットだってこっちに買わせてるんだから、まったく頭にくるのよ。助け合いの精神なんてこれっぽっちもないやつだからさ」

チラシを顔の前でぱたぱたと振り、ナオミは眉根を寄せて首を横に振った。

「でも、このバーは昔から米兵の溜まり場になってて、刺青店の紹介所みたいになってんの。軍の連中は、ほとんど百パーセントじゃないかって思うほどみんなタトゥーを入れてるからね。うちの新規客にドリンク券をわたしてバーを紹介する。逆にバーのマスターは、刺青マニアの連中に彫り師を紹介する」

「どう転んでも、バーの店主には損がないやり方ですね」

「そう、そう。そのうえ紹介料までとるんだから頭にくるわ。でも、悔しいけどマスターからの伝手《つて》でくる客がほとんどだから文句も言えないわけ。例の蛍光インクを使ってた店もこの『組合』に入ってたし、客は冷やかしでもバーに寄ってると思うわ。まあ、行けばわかる。刑事さんがほしい証拠がごまんとある店だからね」

含みをもたせて目配せし、ナオミは地図の載っているチラシを鰐川にわたした。曖昧さの残る言い方だし、ここにきて決定的な証拠が何も挙がらないのがもどかしい。しかし、刺青の線は突き詰めるべきだと本能が岩楯をせっついている。気になるところはすべて潰すべきだった。

世間話に花を咲かせそうなナオミに礼を述べて辞去《じきょ》し、二人の刑事はアコードに乗り込んだ。早速タトゥーバーの住所をナビに打ち込んでいる鰐川に、岩楯はきっぱりと告げた。

「東京へ戻るぞ」

「はい？　この呑み屋はどぶ板通りの裏手ですから、すぐに到着できますが」

「いや、今日はやめておく。苔《こけ》の妖精みたいな緑頭のガキがいたろ。俺らにガセネタを摑ませたヘビ舌のやつな。今すぐあの子どもに会いたいんだよ」

そう言うなり、相棒は小さい目を輝かせて助手席に向き直った。

「やっぱり、そこですよね！　あの少女は、画像解析のコピーを見せたとたんに、間違いなく何かに気づいた顔をしていた。これは、ぼくの行動メモを見ても明らかですから、すっかり信用してしまったんです。たぶん、もうひとりにたしなめられて、『デス・トラディション』なんて咄嗟にデタラメを言ったんじゃないでしょうか！」

「よし。それに気づけないようなら、メモ魔の称号なんて捨てちまえと言うところだったよ。そこが無駄足のスタート地点だからな。今、勢いで刺青バーなんかへ行っても、結局は手札不足で泣くことになる」

本部に少女の住所を問い合わせてからすぐに車を出した。帰りは鰐川と運転を交代して岩楯がハンドルを握り、横須賀から一時間半をかけて自宅のある墨田区《すみだ》押上《おしあげ》に到着する。玄関先に出てきた母親は、刑事の訪問に驚いて気の毒になるほどうろたえていた。娘は出かけているとつっかえながら言ったけれども、すぐ戻ると思うという言葉を信じて、そこからさらに二時間ほど車の中で張り込んだ。

相棒がコンビニで調達してきたおにぎりをたいらげ、傍《かたわ》らに見えるスカイツリーには目もくれずに、黙々と自宅周辺に視線を走らせた。時折り、無性にニコチンが恋しくなって赤堀直伝《じきでん》の乾燥アリに頼ったけれども、それに関して鰐川はもう何も言わないことに決めたらしい。仏のような慈《いつく》しみ深い笑みをつくり、微かに頷くだけだった。そして腕時計が三時半をまわったとき、住宅街の路地を曲がって緑の頭が歩いてくるのが見えた。

「ようやっと帰ってきやがった。まったく、手間のかかるガキだよ」

相棒が車を降りて裏道へ駆け込んだのを見届けてから、岩楯はドアを開けて外に出た。満面の笑みで私道の真ん中に仁王立ちしていると、それに気づいたピアスだらけの少女が「ひっ……」と息を呑んで逃げるような素振りを見せた。しかし、裏道を先まわりした鰐川が後方の路地から顔を出したのを見て取り、これ以上ないほどの仏頂面をつくって吐き捨てた。

「なんなの？　すごいキモイんだけど」

「ちゃんと家に帰ってるかどうか心配になってな。元気でやってるか？」

「大きなお世話」

小走りして脇をすり抜けようとした少女の腕を、岩楯はすかさず摑まえた。

「聞きたいことがあるんだが、ちょっと車に乗ってもらえると嬉しいね」

「ジョーダンでしょ」

「悪いがこっちは超真面目だ。拒否しないほうがいいぞ。いろいろありすぎて機嫌が悪いもんでな」

「はあ？　ふざけんなよ！」

彼女は怯えを吹き飛ばすかのように、腕を振り払おうと身震いした。

「こっちはあんたらに補導されたから、更生支援施設とかいうとこに通わされて、毎日、児相《じそう》のオヤジとつまんない話しなきゃなんないんだから！」

「児童相談所な、それは結構。これからの人生、すごく役に立つぞ」

「立つわけないだろ！　ゴーモンだっつーの！」

少女が押し殺した声で捲し立てているところへ、鰐川が戻ってきて後部座席のドアをさっと開けた。

「そんなに車がいやなら、きみの家でもいいぞ」

岩楯は、薄紅色のゼラニウムが花を咲かせている一軒家へ目を向けた。

「おまわりさんたちと三人で話すのが不安なら、お母さんにも入ってもらうか？　どっちでもいいから、きみが決めてくれ」

「ママは関係ない」と彼女は急に真顔になった。

「まあ、そうだな」

「またママを警察に呼び出すの？」

「いや」

目に見えて勢いがなくなった少女は、むっつりとして玄関先にあるプランターのゼラニウムを見つめた。その切ないような情けない表情から、家出したことを少しは気に病んでいること、そして母親に申し訳ないと思っていることがなんとなく垣間見えた。大人の男に嫌悪感をあらわにするということは、非行と反抗の原因は父親だろうか。

ふてくされて小さく舌打ちした少女は、しぶしぶ車に乗り込んで岩楯はその隣に収まった。鰐川が前のシートに座るやいなや、忙しなく緑色の髪に触れながら早口で言った。

「で、聞きたいことって何？」

「きみがいちばんわかってることだと思うがね。なんせ、まんまと警察をハメてくれたわけだし」

岩楯は足許にある鞄からファイルを出して、堀之内が修整をかけた画像を引き抜いた。

「これを見たとたんに、きみはすぐにピンときたんだろう？」

「まあね」と唇や耳のピアスを揺らして答えた彼女は、自信ありげにしっかりと目を合わせてきた。「でもその前に、一個だけ約束してほしい」

「可能なことならな」

「あたしが喋ったことを、ミコに言わないで。これは絶対に約束して」

「ミコってのは、きみ以上に気性の激しいお嬢さんのことかい？　死人みたいな化粧をしてた」

少女はこっくりと頷いた。

「警察に進んで協力するとか、バレたらマジでヤバイもん。すぐ仲間から外されるし、一生ヘタレのレッテルを貼られることになる。そんなの耐えらんない、ダサすぎる」

そんな程度の仲間なら付き合いをやめればいい。思わずそう言いそうになったけれども、岩楯はすんでのところで口をつぐんだ。少女には今の生活をせざるを得ない理由があり、身体改造が唯一のよりどころにもなっているのだろう。しかし、彼女には母親を気にする気持ちが残っている。今はそれがとても重要なことのように思えた。

「よし、その約束は守るが交換条件といこうじゃないか。きみはうそをつかない。知っていることを素直に話す。どうだ？」

紫色のカラーコンタクトを入れた目を見据えると、少女は受けた視線から目を逸らさずにわかったとつぶやいた。そして差し出された修整画像を手に取り、ロゴがあると思われる上部にゆっくりと指を這わせた。

「これは『デストラクション』。やっぱ間違いない」

「デストラクション？　だから、あのときデストラって口走ったのか」

「そうだよ。でも、ミコに睨まれてビビったってとこ。あの子はホントに気合い入ってるから、ウラギリモノには厳しいんだ」

彼女はとても素直に答えた。

「ほら、ここ見て」と少女は紙の右端を指差した。「くるっと巻いたみたいな線があるでしょ？　これ、いちばん最後の文字、『N』ね。それにここは、上のほうに特徴のある丸みがついてる。これさ、Dに見えるけど実は『T』なんだよね」

すらすらと説明する少女を、岩楯はちょっと待った、と止めに入った。

「まったく何も見えてこないんだが、その紫のコンタクトを入れると特殊な眼力でも備わるのか？」

すると彼女は、とても自然で歳《とし》相応な笑顔を見せた。

「あたしさ、将来レタリングデザインをやりたくて、今もいろんなフォントを作ったりしてんの」

「フォント？」

「英字書体だよ。毎日何時間もレタリングをやってるとさ、ちょっとの角度とか曲がり具合で、なんの文字でどの書体かがわかるようになるんだ。ショクギョウビョウってやつ。これはオールドイングリッシュの変形だと思う」

堀之内も、装飾のある文字だと語っていたことを思い出す。すかさず鰐川がタブレットで検索し、オールドイングリッシュという癖のある重厚な装飾文字を表示した。確かに、出だしのDとEはこれに近いような気がする。少女はタブレットの文字と画像修整のコピーを交互に指差し、わずかに残された装飾の部分から文字を当て込んでいった。

「これはS、これはR。ね？　デストラクションって読めるでしょ」

「そのスペルをノートに書いてもらえる？」

鰐川が帳面をわたすと、少女は「何これ、日記帳？」と怪訝な顔をしながらDESTRUCTIONという綴《つづ》りを、真ん中にでかでかと、しかも斜めに書き殴った。意味合いは破壊、大量殺人、絶滅といった物騒なものらしい。

「この書体を変形させてもう一回修整をかければ、欠けたとこにぴったり重なってくるはずだよ。そしたら、これで合ってるって証明になるじゃん」

「この文字を入れた者は気合いが入ってるっつう話は？」

「うそ」

「了解。しかし、きみはなんで……」と岩楯が質問を続けようとしたが、少女は水玉模様のネイルのつけられた手をさっと上げて遮ってきた。

「サークルのなかに、このロゴを入れてる人がいる。だから馴染みがあってピンときた。書体にも見覚えがあった。気づいた理由はこんなんでいい？」

「ああ、完璧だよ。きみは将来有望だな。これはお世辞じゃなくて本気の言葉だぞ」

岩楯が右手を差し出すと、少女はうっかりのせられて握手に応じ、ばつが悪そうに咳払いをしてごまかした。頭の回転が早く、自信をにじませる彼女の言葉を今度こそ信用してもいいだろう。刺青の文字がようやく判明した。

帰り際、鰐川が菓子類をひと握り少女にわたすと、「子どもじゃない」とぼやきながらも受け取って車を降りた。ヘビのような舌もこのときばかりは荒んで見えず、十七歳の可憐な少女の顔をしていると岩楯は思った。

## 2

茜《あかね》色の夕日が窓から射し込み、壁や棚や電気スタンドに貼りつけた付箋の影を長く伸ばしていた。赤堀は左手首の時計を見やり、キャスターつきの椅子をきしませて伸び上がった。午後四時過ぎ。この小屋がもっとも情緒にあふれて映える時間帯だ。

赤堀は、デスクワークで凝り固まった腰を叩きながら外に出た。紅葉も盛りをすぎた欅の大木が、風を受けてひっきりなしに黄色い葉を落としている。隣の樫の木に長く棲み着いていたムクドリたちは住処を変えたらしく、農学部の作業小屋の辺りからやかましいさえずりが聞こえていた。まあ、すぐに舞い戻ってくることになるだろう。あそこの学生は、ムクドリを追っ払う仕掛けを考えることに青春を燃やしている。

枯れ葉の匂いがする冷たい空気を吸い込んだとき、遠くのほうから甲高い声が聞こえてきた。忙しない息継ぎで、延々と喋り続けている舌足らずな声だ。にわかづくりの木戸を開けてひょいと顔を出すと、小さい子どもの手を引いている由美が、赤堀に気づいて深く頭を下げた。

「いらっしゃい。この場所はすぐにわかりました？」

「ええ、敷地のいちばん奥なので……」

九条の助手である由美は「法医昆虫学分室」と適当に書かれた表札に目を走らせ、なんとか褒めどころを見つけようと言葉を尽くしてきた。

「や、山小屋みたいでステキですね。ええと、静かだし、緑も多いし、東京じゃないみたいです。ここが赤堀先生のオフィスですか？」

「まあ、わたし専用の『悟り小屋』ってとこかな。ちゃんとしたラボは本校舎にあるからね」

赤堀はしゃがみ、由美の手を握っている男の子ににこりと笑いかけた。

「こんにちは。お名前を教えてくれる？　おばちゃんは、お母さんのお友達の赤堀涼子って言うんだ」

きれいな山吹色のジャンパーを着込んでいる幼児は、恥ずかしそうにもじもじして由美の後ろに隠れている。しかし次の瞬間、顔をぱっと輝かせて「ネコ！」と甲高い声を上げた。小屋の屋根に向けて、小さな人差し指をぴんと伸ばしている。欅の枝葉に隠れるような格好で、柄《がら》の悪いキジトラとサバトラがじっと下界の様子を窺ってい
た。

「よく見つけたねえ。あのネコたちは、ここに棲んでるんだよ」

「やねのうえにすんでるの？」

「うん、そう。このおっきい木に集まってくる鳥を捕まえるの。ほら、耳をすましてみて。遠くで鳥の声がするでしょ？」

赤堀が耳に手を当てると、幼児も隣にしゃがんで同じような格好をした。日暮れを前に、ムクドリたちのさえずりが最高潮を迎えている。男の子は真剣なまなざしでじっと聞き耳を立て、たどたどしく言った。

「ことりのこえがいっぱいきこえる」

「でしょ？　あのいっぱいの小鳥たちが、うちの木にもくるんだよ。そしてね……ネコが捕まえてむしゃむしゃ食べちゃうの！」

赤堀が幼児を捕まえて食べる真似をすると、きゃあきゃあと声を上げて笑いながら母親にまとわりついた。もう一度名前を問うと、「そら」と答えた。由美は終始困っ

たような顔で微笑み、しきりに赤い縁のメガネを押し上げている。

「あの、子どもを連れてきてしまってすみません。どうしても保育園の延長ができなくて」

「ああ、かまわないですよ。農学部とわたしが仕切ってるこのへんは、もう無法地帯だからね。そらくん、三歳ぐらい？」

「ええ。元気すぎて追いかけるのがたいへんで」

由美は、紙吹雪のように舞う落ち葉と戯れている息子を眺めた。赤堀と近い年齢だとは思うが、細面の顔には生活や仕事の疲れが色濃く浮かんでいる。どこかそわそわとして落ち着かず、いつも何かに怯えていた。

小屋周辺の外灯が、じりじりと音を立てて蒼白い明かりを点《とも》し、赤い太陽は校舎の向こう側に落ちて見えなくなった。

「中へどうぞ。たぶん、由美さんが気を失うぐらい散らかってると思うけど」

「いえ、そんな……」とつぶやいた彼女がそらに手招きをすると、幼児は「おそとにいる！」と強固な自己主張をした。なんとかなだめようとしている由美の肩を、赤堀はぽんと叩いた。

「そのままでいいよ。外も中も同じようなもんだからね」

そう言って小屋へ入り、木の丸椅子を二脚持って戸口に置いた。

「そらくんが見えるとこでお話ししましょうか。ちょっと暗いけど」

「すみません」

由美は謝ってばかりだった。赤堀が資料一式を持って戻ると、彼女は慌てたように鞄からファイルを出した。二人は至近距離で向かい合わせに座った。

「こないだ、九条先生をかんかんに怒らせちゃったから、由美さんにまでとばっちりがいってないか不安だったの。強引に通っちゃったしね」

「ああ、心配しないでください。わたしなら大丈夫ですから」

「それならよかった。もう一回行ってきちんと謝ろうと思ったんだけど、岩楯刑事が『もう顔を見せるな、どこかで鉢合わせしたら一瞬で隠れろ』って大騒ぎするもんだから、それもできなくてね」

「九条先生はすぐ忘れるタイプですから、そんなに気にしないでください」

死に際まで記憶していそうなタイプに見えるけれども、赤堀は由美の言葉を信じることにした。そらは枯れ葉が積もった地面でジャンプし、「ママ、見てて！」と言いながらくるくると動きまわっている。由美は愁《うれ》いを帯びた表情で息子を目で追い、ふうっとひと息ついて束ねたきれいな黒髪を後ろへ払った。

「あれから赤堀先生の言葉がずっと頭から離れなくて、法医学者として自分のこれからのことも考えたんです。わたしはシングルマザーだから、いろんな制約がある。実家は遠いし、いつもお迎えに遅れて保育園ではいやな顔をされるし、仕事も途中で抜けなきゃいけないから足手まといになっている。子どもが病気にかかれば、何日も休まなければならないしね。わたしがあの大学にいられるのも、そういう枠《わく》があるからなんですよ。『ひとりで子育てしながら健気《けなげ》に働く女性』の枠が……」

そこまでを一気に話したが、由美はうつむき加減でまた謝った。

「すみません、いきなりこんな愚痴を話して」

「謝らないでってて。由美さんは気を使いすぎじゃないのかな。それに、いろんなことを溜め込みすぎ。たまにはぱあっと本音を吐き出しちゃえば？　ここから半径数百メートル圏内には、わたしと由美さんとそらくんしかいないし、わたしには告げ口の心配がないからね。なんせ、九条先生への接近禁止命令が警視庁から直々に出されてんの。まいったよ」

由美はしばらくぽかんとしていたけれども、「接近禁止命令って、なんだかかっこいい感じですね。自立した女性みたいで」と不思議な解釈で納得したらしい。そして、そらを眺めながら苦しげな顔をした。

「職場の人たちが、わたしの待遇に苛々しているのがわかるんです。子どものためにも、田舎に帰ったらってよく言われるし」

「子どものためにねえ」

「大学にしてみれば、わたしみたいな訳《わけ》ありの人間を受け入れたほうが、助成金が下りるし雇用の面でも条件が満たせるんですよ。それに、あそこは女性が働きやすい職場だってイメージもつきますから。でも、わたしにとっては、誇りを捨てなきゃいけない場所になっている」

伏し目がちに語りはじめた由美は、とめどなく湧き出す言葉に翻弄されているようだった。数日前に会ったばかりの赤堀に警戒心はあるものの、堰《せき》を切ってしまった感情をどうすることもできないでいる。自分の使命の重さや信念のこと、息子のこれからのこと、職場の人間とペースが合わないこと、自分は人を苛立たせるつまらない人間だということ。胸の内は簡単にからっぽにはならなかったけれども、赤堀は真剣に由美の言葉に耳を傾けた。ずっと耐えて、すべてをひとりで背負ってきたのだろうと思う。立場的な弱みを過度に意識させるような環境と、由美の抱えている根深い劣等感。これらが人に対する恐怖心を煽っているのかもしれない。

そこへ、洗って乾かしておいたガラス瓶を持って、そらが興奮気味に駆けてきた。

差し出された瓶の中には、ダンゴムシが一匹だけ入っている。赤堀は足許の枯れ葉をかきわけて素早く手を動かし、もう三匹を瓶の中に入れてやった。今度は嬉々としてダンゴムシ探しを始めた幼児を見ながら、赤堀は口を開いた。

「これだけは言わせて。子どもがいるから肩身が狭くて小さくなってるなんて、そう仕向けてる連中を喜ばせるだけだね。それに由美さんは、つまらない人間じゃない。だいたい、誇りを捨てたんだったら、こんな仕事は冗談でも続けていけないって。いろんな意味でキツイわりには安月給だしさ。でも、使命感があるからこんなとこまできてくれた。でしょ？」

赤堀が上目遣いににやりと笑うと、由美もつられて口角を上げた。まだ少しだけ警戒心は残っているものの、緊張感はなくなっているように見えた。

そして由美は、一瞬のうちに生真面目な顔に戻した。手の甲でメガネを押し上げ、あごを引いてごくりと喉を鳴らした。

「正直言うと、赤堀先生に解剖所見のことを指摘されて驚きました。実は、わたしも同じような違和感をもっていたもので……」

「うん。電話をもらえて本当によかった。解剖に立ち会った由美さんの意見はぜひ聞きたかったからね」

「すごく迷ったんです。九条先生はベテランですし、もちろんですが見当違いのことを言っているわけではない。トータルな結論としたら、そこへ行き着くのは妥当なんですよ。ただ、ちょっと無視できない要素があるのは事実で」

由美はファイルを開き、被害者の喉を切開したときの写真を赤堀に見せた。剝き出しになった気道に沿って貼られている矢印型のシールが、外灯に照らされて蒼く光っている。

「まず、被害者の甲状軟骨の左上角に、出血をともなった骨折の痕が見られます。ここですね。でも、舌骨は折れていない。歪みやひびもなくて、まったくきれいな状態です。第三、四頸椎《けいつい》は前面が離開《りかい》している」

そう説明しながらページをめくり、今度は瞼を器具で開いた写真を指差した。

「左右の眼球とも溢血点が現れて、上下瞼の裏側に出血斑も認められる。ここ、わかりますか？」

「うん。この、紫に膨れ上がってる血管のとこね」

「そうです。そして、頭部全体が真っ赤に腫れ上がっている。これらは全部、首を絞められたときの典型的な所見で、だれが見ても疑う余地はないと言えるんです」

赤堀はメモをとりながら聞き、時折り、ダンゴムシ探しに熱中しているそらに目をやって気を配った。由美はてきぱきと要点をまとめながら説明し、今さっきまでの気弱さなど微塵《みじん》も感じさせなかった。

由美は再びページをめくり、遺体が発見された現場写真に目を落とした。赤堀が実際に目の当たりにした光景だ。

「剖検後の部内会議でも、絞殺を疑問視する者はいませんでした」

「でも、由美さんは引っかかった」

「……はい。わたしがまだ学生のとき、ちょっと変わった遺体の解剖に立ち会ったことがあるんです。それが今回の被害者の特徴によく似ていたもので」

「特徴が似ていた？」

「まずはこれを見てください」

鞄からもうひとつのファイルを出した由美は、急くように一枚の写真を引き抜いた。

「そのときのものではないんですが、オランダでおこなわれたある解剖の報告書です。あれから、いろいろと検索をかけて見つけました」

写真には、テトラポッドが連なる浜辺に突っ伏し、砂に半分ほど埋まっている遺体が白黒で写し出されている。ぶよぶよに膨らんだ肥満体型の遺体だ。

「今回、荒川で発見された被害者のＢＭＩ値は三十を超えています」

「ＢＭＩっていうと、体格指数ね」

赤堀は書き留めながら確認すると、由美は大きく首を縦に振った。

「このレベルの肥満体型になると、首を絞められなくても、目に溢血点や出血斑が出ることが稀にある。わたしが学生のとき立ち会った遺体にも、この特徴が出ていました。太った女性で、際立った外傷はなく死因は溺死《できし》でした」

顔を上げた赤堀は、いささか頬を上気させている由美とぱったり目が合った。

「そして、このオランダの写真です。赤堀先生、ここをよく見てください。少しだけ見えている首から上の部分です。髪の間から頬が見えますよね？」

赤堀はじっと見つめ、すぐに小屋から電気スタンドを持って写真を照らした。確かに突っ伏してはいるが、顔を横に向けているせいでわずかに頬のラインが見えている。そして、明らかに首から上が腫れ上がっているのがわかった。

「この遺体は絞殺なの？」

「それが違うんです。この遺体も溺死なんですよ」

「ちょっと待って！」と赤堀は興奮気味に腕を上げた。「溺死なのに、なんで絞殺とまったく同じ所見なの？　首から上だけが変色するほど腫れるなんて、まさに首を絞められましたって言ってるようなもんでしょう？」

「この遺体も高度の肥満体なんですよ。体全体が砂に埋まって圧迫されていたせいで、体幹には死斑が出ていません。ただ、頭が体よりも少しだけ低い位置にあったことで、頭部に一斉に血が下がって顔が真っ赤に腫れ上がった。そして、死後に溢血点も出たと思われるんです」

「じゃあ、肥満体型、溺死、死後に体が埋まって頭が低い位置で固定……っていう三つの条件がそろったとき、絞殺と同じ見た目になるっていうことなの？」

由美はこくりと頷いた。

「ただ、この条件をクリアしている例がほとんどない。ということは、どれかひとつでも欠ければ成り立たないほど、微妙な均衡で存在していると思うんです。でも、わたしが絞殺ではないかもしれないと思う理由はこれだけじゃない」

ダンゴムシ探しに飽きたそらが、欅の木のうろを見つけて驚いた声を上げているのに気づき、赤堀は懐中電灯を点けてから小さな手に握らせた。すると幼児は嬉しそうに懐中電灯を抱え、穴の中を照らしたり夜空へ光を向けたりしながら、けたけたと笑っている。凄惨な遺体写真と無邪気さとのギャップに複雑な気持ちになったけれども、由美は、ありがとう、と微笑んですぐに本題へ戻した。

「今回の遺体の外側は、虫や動物に食べられた以外のダメージはほとんどありません。右側頭部の切り傷ぐらいです」

「その切り口に、カマキリのカマらしきものと毛虫の棘が入り込んでいたと」

「ええ、そうです。微物の特定はできましたか？」

「ううん、まだなんだけど、状況を考えれば考えるほど、カマキリと毛虫が絡んでくるとは思えないんだよねえ。まあ、ホントにそうなら、通りすがりのアンラッキーな子たちが巻き込まれたってことになるよ」

なるほど、と由美は、ずり下がったメガネを定位置に戻した。

「被害者の外表に目立った傷はありませんが、体内には比較的大きな損傷があります。肋骨の骨折とか、さっきも言いましたけど、第三、四頸椎の前面が離開していることですね。出血がごくわずかなので、死亡直後に生じたものと九条も結論づけています」

「つまり、死んだ直後に、何か硬いものにぶつかった？　たとえば、倒れて床に打ちつけられたとか」

「九条の見解はそうです。頭部の切り傷と皮下出血が、殺害直後の状況を表していると。本当に、隙なく筋が通っていて反論の余地がない」

「よし、わかった。じゃあ、由美さんの反論を聞かせてもらおうか」

赤堀が身振りを交えながら言うと、由美は噴き出して笑った。

「脊柱《せきちゅう》の骨折とか離開は、交通事故、転落、プールなどでの飛び込み、スポーツなかで起こることがほとんどです。遺体には皮下出血があるので、頭からぶつかったときに強く曲がって離開が起きたと考えられる。頭の傷を見る限り、デコボコしたところに打ちつけられてはいない。比較的たいらな場所だと推定されます。甲状軟骨の骨折は、このときに起きたんじゃないかと思うんですよ。首を絞められた頸部の圧迫ではなく、ぶつかった衝撃でです。現に、舌骨は折れていません」

赤堀はメモをとっては読み返すことを繰り返しているうちに、ひとつの答えがあぶり出されてきた。右の気管支だけにコケシガムシが大量に入っていたことも、胃の中にイソテングダニが入っていたことも、すべてはひとつの事実を指しているのだろう。被害者はやはり、大量に水を飲んでいるのだ。九条の言う、水流が体内に入ったのとは違う。

「被害者は溺死した。しかも、水深が浅いところに頭から飛び込んで、底に激突して死んだ。そうだよね？」

由美に目をやると、彼女は険しい面持ちで小さく頷いた。

「飛び降りた地点から水面までの高さと、水面から水底までの深さが、損傷に大きな影響をおよぼします。現に、頭蓋骨骨折とか内臓損傷は認められない。だから、頭に作用した力は弱いと考えられますね。過去の報告や被害者の傷から、このへんを割り出してみたんです」

そう言って由美は、使い込まれたスウェードの手帳をぱらぱらとめくった。

「赤堀先生の予測の通り、水面までの距離が短い場所から、水深の浅い場所へ頭から飛び込んだと思われます」

由美は勢いよく手帳のページを破って赤堀に差し出してきた。そこには、水面までの距離が二メートル以内で、水深が一メートル以内の場所と記されている。赤堀はその数値をじっと見つめ、顔を上げずに言葉を送り出した。

「ひとつ聞いていい？」

「はい」

「被害者が自殺した可能性もあるよね。事故の可能性も」

顔を上げると、由美は薄い唇を真一文字に引き結び、目を逸らさずに合わせてきた。否定も肯定もしなかったけれども、鼻の頭に汗をにじませる彼女の心の内が手に取るようにわかった。さすがにこれは、個人的意見だからと軽々しく口に出せる問題ではなかったのだろう。すでに殺人事件として警察が動き出し、数十人体制で捜査がおこなわれているのだ。たとえ由美の読みが正しかったとしても、絞殺だとジャッジした九条の面目が丸潰れになることは必至だし、警察はいもしない犯人を追っていることになる……。助手という立場で、しかも子育て特別雇用を後ろめたく感じている立場では、口をつぐんでいようと考えるのもわからなくはなかった。

「ややこしいなあ」

赤堀は思わずそうつぶやいたけれども、すぐに頭を切り替えた。前に進むことをいちばんに考えなければならない。

「ともかく、自殺の可能性があるからといって、他殺ではないとも言い切れない。どっちつかずの状況には変わらないけどね」

「そう思います。あの、こんなこと赤堀先生にお願いするのは筋違いなんですが、ええと、協力していただけないでしょうか？」

由美はちらちらと赤堀の顔色を窺った。自分に失望してはいないか、面倒だと感じていないかどうかを確かめようとしている。が、すぐに首を小さく横に振って、今までの自分とは決別したい意志を立ち昇らせた。

「わたしは九条にこれを説明します。もう少し説得力のある資料を用意して、なんとか再検屍を提案したい。立場的に厳しくなるけど、保身ばかり考えるのはいい加減疲れました。わたしは法医学者です。これを放置するぐらいなら、死んだほうがまし」

「死んじゃ駄目だって」と赤堀ははっと笑った。「オーケー。わたしは信頼できる人間にだけ、このことを話す。解剖学と昆虫学、そして警察捜査の三方向から真相を探ろう。筋違いも何も、真っ当な協力体制だと思うよ」

由美は脱力したように笑い、「話してよかった、本当によかった」と目を潤ませた。

それから二人を正門まで送っていき、赤堀は小屋へ引き返しながら岩楯の登録番号を押して携帯電話を耳に当てた。

3

横須賀のどぶ板通りは、ナオミの言う通り、明るく開けた観光地と化していた。テレビで紹介されました、という飲食店の貼り紙がやけに多い。しかし、人出の多い通りから一本入っただけで、さっきまでのにぎやかさがかき消えた。英語表記の不動産屋や塗装が半端に見える雑居ビルが並び、どこか別の国を歩いているような気分にさせられる。それらに挟まれるような格好で、教えられたバーがあった。埃をかぶったネオン管の看板がかけられ、細くて急な階段が暗い地底へと伸びていた。

「準備中です」

鰐川が周囲の写真を撮りながら、地下のドアにかけられているプレートに目を細めた。岩楯は寸詰まりの階段を下り、突き当たりにある格子ガラスのドアに顔を近づけた。照明が落とされた店内は真っ暗だが、カウンターの奥からわずかに明かりが漏れている。ブロンズのレバー式ノブを引いたが鍵がかけられ、ドアは開かなかった。

階段を下りてきた鰐川に目配せをすると、すぐにナオミからもらったチラシを見ながらスマートフォンで電話をかけた。短い言葉を交わして通話を終了したのと同時に、入り口にある外灯がぱっと点される。

カウンターの奥から姿を現したのは、白いあごひげを長く伸ばした小太りの老人だった。赤いニット帽とそろいらしい、同じ色のカーディガンを羽織っている。守銭奴《しゅせんど》の呼び声も高い人物は、クリスマスのイベントには引っ張りだこになりそうな風貌だ。究極の仏頂面を笑顔に変えられればの話だが。

岩楯がドア越しに手帳を提示すると、老人は首に下げていた丸メガネをかけて、じっくりと見分してから大仰《おおぎょう》に鍵を開けた。

「警察に目をつけられるようなことはやってないよ」

いささかそわそわとした店主は、刑事訪問の意味を思い巡らせているようだった。後ろ暗いことがひとつや二つではなさそうだが、今は刺青関連に集中することにした。

「急に訪ねてすみません。ナオミさんにこの場所を訊いたもので」

「ナオミ？　まだ生きてるのかい？」

「お元気そうでしたよ」

「それは何より」

店主は後ろの鰐川にも目を走らせ、もう一度、岩楯の頭から足先までを視線で往復した。もう八十に手が届く年齢だろう。乾いた肌には深いシワがいく筋も刻まれ、色素の薄い瞳からは、何かを値踏みするような狡猾《こうかつ》さがにじみ出している。もの静かではあるが、あまり気持ちのいい人間ではない。

店主はどうぞと言ってドアを開き、壁にあるスイッチを押した。オレンジがかった照明が店内を照らし出したとき、後ろで相棒が「これは……」と声を出して語尾をかき消した。

二十平米そこその店内の壁には、隙間もないほどポラロイド写真が貼りつけられている。いや、隙間がないというより、折り重なるようにして乱雑に画鋲《がびょう》で留められていた。すさまじい枚数としか言いようがない。さまざまな人種がひしめき、みな刺青を見せびらかすようなポーズを取って笑っている。店の照明はブラックライトに切り替えられるようで、刺青が浮き上がるように発光しているものも多いではないか。

ナオミの言葉の意味がようやくわかった。確かに、警察のほしい情報がごまんとある。

「しかしすごい数ですね、驚きましたよ。二万、いや三万枚ぐらいはありますか」

岩楯が口を開くと、店主は酒の並んだバーカウンターへ引っ込みながら言った。

「数えたことがないからわからんね。客が勝手に貼っていくもんだから」

「この店を始めてからどのぐらい経つんです？」

「長いねえ。もうすぐ五十年になるよ。まあ、初めから『刺青バー』なんてやってたわけじゃないからね。若い女を何人も置いてアメさんを呼び込んでたんだが、なんせ人件費がかかってしょうがない。で、刺青に目をつけたってわけだ」

店主はグラスに水を注いで一気に飲み干した。

「アメさんは刺青が大好きで、見せびらかすのも好きときてる。なんせ、ヒーローになりたい目立ちたがりばっかりだからね。軍人とか警官はそんなやつの集まりだろ？」

「わたしは未だにヒーローにはなれませんがね」

「あんたはどっちかと言ったら悪役だ。ヒーロー向きじゃないよ」

老人はにべもなく返してきた。

「まあ、ここには軍人目当てに女も集まるし、アメリカかぶれの若い連中もくる。だから、長いこと店を開けてられるって寸法だよ」

サンタクロース張りのおおらかな見た目とは裏腹に、鼻が利くしたたかな商売人だ。早速、岩楯は事の経緯をざっと説明し、被害者の風体と刺青のロゴに見覚えがないかどうかを質問した。しかし店主は、ほとんど考えもせずにあっさりと答えた。

「知らないねえ。だいたい、俺は刺青が好きでこんな店をやってるわけじゃない。単なるなりゆき、儲《もう》けの手段だよ。人に興味もないから、客同士の話に交ざることもない」

「だったとしても、常連客ぐらいはわかるでしょう？」

「顔はね。だがそのなかに、残念ながら日本人の巨漢は入ってないよ」

「わかりました、質問を変えます。この店にくる客のほとんどは、自慢の刺青を写真に撮って壁なり天井なりに貼っていく。これは間違いないですか？」

「ああ、間違いない。客が勝手に撮っていくから」

店主は、年代物のピンボールマシンのほうへあごをしゃくった。ガラス張りのゲーム機の上に、使い込まれたポラロイドカメラが置いてある。一枚三百円という立て札とともに。

「まあ、あれだ。あんたらも刺青を入れた行方知れずを捜すんなら、訊き込みなんて割に合わないことはやめて、写真を確認するのが近道だろうね。うちの店にきた客なら、必ず写真を残してるんだから、まずそこを当たるのが筋ってもんだ」

「ごもっとも」と岩楯は苦笑し、四方から迫ってくるような写真の層に目を向けた。

「申し訳ないですが、この写真を回収させてもらえますか？　署のほうで検分してから、できるだけ早く戻せるようにしますので」

「それは無理だねえ」

老人は金無垢《きんむく》の丸メガネを外し、ここぞというタイミングを見計らったように嬉々として答えた。

「店の目玉を全部引き揚げられたら、こっちは商売にならないからね。そのぶんの補償をしてくれるって言うなら、考えてみないこともない。ああ、補償って言っても、おたくらが勝手に決めた金額じゃないよ。一日の売り上げと同額で日数ぶん、あとは慰謝料としてプラスアルファ」

「慰謝料？　んなもん、何について発生してるんですか」

「俺は毎日店を開けるのが生き甲斐でね。それを急に奪われたら、確実に寿命が縮むよ。それでなくても先が短い年寄りなんだ。そのぶんの慰謝料だよ。真っ当な要求だろ？」

老人はしたり顔で白いひげを撫でて、うすら笑いを浮かべている。面倒なことに、ナオミが語っていた以上の守銭奴らしい。損得勘定にかける熱い情熱が伝わってくるほどだった。

「では、店の中での検分ならどうです？　開店前の時間に写真を確認して、また元通りに貼りつける。警官が店内の空気を吸う慰謝料なんかは勘弁してもらいたいですが」

「令状は？　それがないと役人はなんにもできないはずだろう」

「お望みなら適当になんとかしますよ」

なんであれ、公務員と名のつく者をとことんまで手こずらせたいと見える。岩楯はどっと疲れが押し寄せた。

「ところで、この店の風俗営業許可は大丈夫ですか？　貼られてある写真のなかに、楽しそうに踊ってる客が何人もいるようなのでね」

岩楯は、ミラーボールの下で情熱的に絡み合う男女の写真へ目を向けた。

「深夜酒類営業届だけでは、ダンスしてはいけない法律が日本にはありまして」

「なんだって？　最近になって法が変わったはずだろう？」

「いえいえ、今まさに審議の真っ最中でしてね。おそらく、この店の営業形態だと何も変わらないと思いますよ。それに、摘発はいつだって突然ですからね。みなさん、我々が行くと冷や汗を流して驚かれるんです」

岩楯がさわやかに笑うと、老人は力みながら舌打ちをした。

「いったいいつの時代の法律なんだよ。天保《てんぽう》の改革か？　まったく、踊りを禁止してだれが得をするんだか。どうせ、庶民から金をまき上げるためにつくった法律だろ」

ぶつぶつと文句をたれる店主を尻目に、鰐川が、岩楯の切り返しに満足したような顔で頷きかけてきた。

とにかく、金を払わない限りは回収させないと頑として言い張る老人から、店での検分許可だけはなんとか取りつけた。そしてすぐに、班の部下に横須賀まできてほしい旨の連絡を入れた。

先に昼食を済ませることにした二人は、刺青バーから程近い寂れたカレー屋に入った。出される料理に何かを足さないと気が済まない性分の鰐川は、ココナツとバター多めという奇妙な注文をする。

「それにしても、今になって自殺か事故の可能性が浮上か……」

相棒は、今日何度目かになる言葉を再び口にした。

南湾岸署からここまでの道すがら、赤堀から電話があった内容を鰐川にも伝えていた。相棒は黙って聞いてはいられないほどうろたえ、パーキングに車を駐めて、内容を書き留めることに専念したほどだ。無理もない。自分も昨日、赤堀の爆弾発言を聞かされたときには、一瞬のうちに血の気が引く思いを味わったのだから。

「九条先生はどうされるんでしょうか」

「そう簡単に認めるわけがない。あの先生はいけ好かない人間だが、ベテランには違いないからな。一介の助手が検屍結果を覆しにかかるなんてのは前代未聞だし、こないだの赤堀の件もあるから、ただでは済まないだろう。しかも、もし再検屍なんてことになれば、別の解剖医にまわることになる。俺が警官になってから、そんな案件に出くわしたことは一回もないぞ」

「とんでもなく大事《おおごと》ですよね。九条先生にしたら屈辱でもあるし、今後の信用にもかかわります。しかし、三つの条件が重なったときに、溺死が絞殺と同じ所見になるなんて初めて聞きましたよ」

鰐川は鞄からノートを出して、書き留めた内容に目を通した。

「赤堀先生が指摘した、気管支の右側に大量の虫が入っていたことにもつながるし、ちょっと無視はできないように思います」

「だが、絞殺の可能性がなくなったわけじゃない。溺死だとする根拠が、過去にあった数例の報告だけだ。しかもごく稀な例だとなると、証明するのは至難の業だな。赤堀は挑むつもりでいるらしいが」

岩楯は、文字で埋め尽くされている鰐川帳を視界に入れながら、今後訪れるであろう事態に頭を巡らせた。間違いなく、九条はこの悶着を警察に挙げてはこない。指摘を受けた疑問点を黙殺するとは思えないが、医師としてのプライドを最優先させるだろう。よほどのことがない限り、内々で慎重に処理しようとするはずだった。つまり、由美を辞職に追い込んで厄介事の火種を揉み消すと思われる。

すると、じっと岩楯の様子を窺っていた鰐川がノートを閉じながら口を開いた。

「岩楯主任は、溺死の件について懐疑的のように見えるんですが」

「それについては専門外だ。判断のしようがない。俺が首を突っ込んだところで、話がでかくなるだけなんでね」

「でも赤堀先生は、三位一体だと言っていたんですよね？　もしかして、助けが必要なことを伝えようとしてるんじゃないでしょうか。警察と司法解剖の現場から板挟みになって、身動きが取れなくなっているとか」

神妙な顔で語る相棒に、岩楯は手をひと振りした。

「いいか、鰐川。悪いがそのプロファイルははずしてる。絞殺も溺死も自殺も、この際、俺らには関係ないんだよ。まずは中州に打ち上げられた男の身元を特定することだ。そこがわかれば、おのずと死因も見えてくる。赤堀が言った三位一体ってのはそれだよ。警察は警察のやり方で、赤堀は赤堀のやり方で、解剖補佐は彼女のやり方で真相を突き詰めるってことだ。情報を共有してな」

「そうも取れますけど……」

「だいたい、考えてみろ。赤堀が本気で助けてほしいと思ってるなら、真正面からやかましいぐらい大騒ぎするんだよ。あの女が乙女心を察してほしくて、まわりくどいことを言うわけないだろ」

斜め上を見て何かを思い浮かべたらしい鰐川は、妙に納得顔をした。おおかた、ヘルメットをかぶって自転車で爆走している赤堀の姿でも想像したのだろう。しおらしさとは無縁の女だ。

それから二人の刑事は、運ばれてきた個性的な味のカレーをたいらげ、再び刺青バーへと舞い戻った。店主は謝礼の有無をしきりに気にしていたけれども、鰐川が「善意でご協力をお願いします」と根気よく説得しているうちに、ようやく警察は金にはならないと諦めたようだった。

腕時計に目を落とすと、正午を少しまわっている。岩楯と鰐川は、まず目に見える写真を先に確認することにした。ポラロイドの余白には必ず日付けと名前が入れられ、被写体の刺青の位置は、ざっと見ただけでも左上腕部がやたらと多い。女性が少ないこともあって、一見して省ける写真がそれほどないと思い知らされた。

あまりの数に思わず身震いが起きたけれども、岩楯はジャケットを脱いで椅子へ放り、ネクタイを緩めてワイシャツの袖をまくり上げた。これをやる時間と労力に気を揉んでいても始まらない。勢い込んで取りかかりはしたものの、気合いを持続できたのは三十分といったところで、早くも音を上げたい気分に襲われていた。貼り方が密集して無秩序なために、同じ写真を何度も目で追う羽目になっている。ほとんど同じような絵面が続いているせいか、焦点が揺らいで平衡感覚までおかしくなりはじめていた。几帳面な鰐川でさえ同じような凡ミスを連発し、そのたびに小さくののしり声を上げている。

「済んだ写真を外していくか……」

錆びついた画鋲を引き抜いたところで、さらに手間がかかることを悟って岩楯は頭を抱えたくなった。古くなったポラロイドの印画紙が重なり合ってべったりとくっつき、無理に剝がそうとすると画像にも影響が出てしまう。しかも店主は刑事たちの背後に陣取り、写真の破損は金に換算すると言わんばかりに、ぎらぎらと目を光らせていた。

「被害者は本当にこのなかにいるんでしょうか……」

作業効率が上がらない焦りに耐え切れず、鰐川がついにその言葉を口にした。

「安心しろ、ホトケはここにいる」

岩楯はそっけない返事をしたが、何も心にもないことを言っているわけではない。刺青のインクや針穴などの状態から、被害者が腕に墨を入れた時期が最近ではないことがわかっている。店の常連ではないなら、この写真の層のどこかに埋もれているのだろう。被害者がこの店を訪れたという確証はないのが、岩楯にはわかっていた。自分たちが手に入れた情報のすべてが、この場所を指している。

黙々と検分を続けているとき、表から人の話し声が聞こえて顔を上げた。大きなジュラルミンケースを抱えた一課四係の直属の部下が、「お疲れさまです」と言いながら颯爽と入ってくる。今ふうの二枚目で警視庁きっての洒落者でもあるが、女にだらしない軽薄さが今日も全身からにじみ出していた。もの言いたげな顔をして、まっすぐに岩楯のもとへやってくる。

「主任、自分はちょっとあの人は無理っす。まさか、今後も行動をともにするなんてことにはなりませんよね？」

「いきなりなんの話だよ」

岩楯が怪訝な声を出すと、二人の男が脚立《きゃたつ》を抱えて戸口から入ってきた。同じ班に属する所轄署の捜査員だ。会釈をして急に呼び出した旨を詫びているとき、さらにもうひとりが身を屈めながら入店してきた。ブルーの作業着を着込んで大荷物を引きずっている堀之内だった。長身の鑑識官は店内を見まわすなり、帽子のつばを撥ね上げて喚声を上げた。

「これはすごい！　見事な物件としか言いようがありませんね！　マスター、あなたがこれを手がけたんですか？　時の流れすら感じさせる、ハイクオリティな造形じゃないですか！　もはやアートの域ですよ！」

堀之内は仏頂面の店主を絶賛し、さらに早口でわけのわからない御託《ごたく》を並べ立てていった。岩楯の隣では、部下が深いため息を吐き出した。

「申し訳ないっすけど、自分は巡査部長と接点を見出せませんよ」

「警官同士つう接点があるだろう」

「いや主任、そうじゃなくて。ぶっちゃけると、ジャンルが違いすぎて仲よくはなれないって話です。一緒に仕事するのはかなりキツイ」

「よし。じゃあ、今から猿島へ渡って、二人でキャンプファイヤーでもやってくるか？　すぐに仲よくなれるぞ」

岩楯がぴしゃりと返すと、部下は恨めしげな顔で長めの髪をかき上げた。有能ではあるが、人に対する許容範囲が極端に狭い若者だ。こんなときこそ、いつもの適当なノリを発揮すればいいだろうと思う。

それから岩楯は、訊き込んだ内容を四人の捜査員に説明した。

「とりあえず、左腕に刺青のある男をピックアップしたい。ロゴの始まりがDとEのものな。肥満体じゃなくても当てはまる写真は全部だ」

「了解」とは言いつつも南湾岸署のベテラン刑事二人は、百パーセント無駄骨になることを承知しているような、踏ん切りの悪い面持ちをしていた。船堀の町工場から失踪した男を本命と見ているのだろう。

「写真同士がくっついてるから、慎重に剝がす必要がある。それと、店の開店時間の七時までに、元通りにしてくれとマスターからのご要望だ。写真の持ち帰りは不可」

「二、三日通うことになるかもしれんな……」

南湾岸署の捜査員の語尾にかぶせるように、岩楯の後ろから別の声が上がった。

「いえ、いえ。今日じゅうに終わらせてみせますよ。ざっと見る限り、四時間半以内といったとこですね。要は、写真が一枚一枚見られればいいので」

壁の写真を検分しながら喋っていた堀之内が、振り返っておもむろにスポーツバッグからビニールシートを取り出した。

「岩楯主任、これを広げて床に敷いてください。鰐川くんはこれ」

小さい洗濯バサミがずらりと下がった長い紐《ひも》を取り出した。

「椅子か何かを利用して、横方向に紐を張ってください。バッグの中にまだ洗濯バサミ紐はたくさん入ってますので、あるだけやっちゃいましょう。それとマスター」

看守のようにカウンターから目を光らせている店主に、堀之内はいきなり話を振った。

「お湯をいただきたいのですよ。ああ、ぼくが沸《わ》かしますから、手間はご心配なさらずに。あと、お湯を入れるできるだけ大きい入れ物もお借りしたいのです」

「お湯と入れ物？　いったい何を始める気だよ」

店主は怪訝な声を出したけれども、てきぱきと指示を出す奇妙な鑑識の男に、少なからず興味を覚えているようだった。カウンターの奥へ引っ込み、毒づきながらも使い古された金ダライを持ってくる。堀之内は「これは極上のタライ!」と叫んで指を弾き、手際よく湯を用意してシートの上に置いた。

「さあ、準備オーケーですね。では、説明します。ここに貼られている写真は、長く重なっていたために湿気と埃でくっついてしまっています。写真の表面にはゼラチン質の保護膜があるので、それが原因なんですよ。銀塩写真ではよくやりますが、二十五度程度のぬるま湯に浸ければ修復が可能。ただし、これはインスタント写真なんで、スピードが要求されるわけです」

堀之内は喋りながら壁から写真を外し、四枚がくっつき合っているものをいきなりタライの湯にくぐらせた。隙間にも水分をわたらせながら、素早く剝がしていく。そしてばらばらに離れた写真を洗濯バサミに留めて吊るし、裏側の水気をキッチンペーパーでぬぐってからドライヤーの風を当てた。見れば、写真の画像が流れてもいなければ、変質もしていない。驚くほどきれいに修復されていた。

「作業工程はこんな感じです。ぼくが剝がし屋をやりますんで、吊るし屋と乾かし屋はみなさんにお願いします。くれぐれも写真の表面には触らないようにしてくださいね」

「よし、わかった。写真は年代が新しい順に手前から吊るしていってくれ。そのなかで条件に合うものを抜き出していけばいいからな」

岩楯がつけ足し、六人は一斉に作業に入った。鰐川は脚立を使って天井付近の写真を外し、堀之内が次々と湯に浸けて剝がしにかかる。店主は紐に吊るされた写真を眺めたり、数十年ぶりに壁が見えたと喜んだりして、「なんでも屋みたいな仕事をやって、警官ってのはいくらぐらい稼ぐんだい？」としつこいぐらいに問うてきた。

途方もなく時間がかかると踏んでいたけれども、堀之内の言葉通り、夕方の五時前には二万を超える写真をすべて外し終えていた。店内にいく筋も渡っている紐に、ずらりと写真が吊るされているさまは圧巻だ。古い写真は画が消えかけているものもあったが、保存状態のわりにはおおむね良好だった。そして、目当ての条件に合うものが七十八枚。

岩楯は、明らかに外国人とわかるものを避けながら、バーカウンターの上に写真を並べていった。二十九枚までに絞り込む。被写体はみな左腕を見せ、刺青を前面に出して得意げな顔をしていた。ロゴはすべてDから始まっているものだ。捜査員たちも周りに集まり、並べられた写真に視線を走らせた。

「で、どう見ても六十以上だと思われる者も省く」と端から順繰りに九人ほど選んで除外する。「次。注釈の年代が古すぎるやつも邪魔だな」

トランプの手札のようにそれらを流すと、四枚の写真が手許に残った。どれも三十未満に見える若い男で、左上腕部に大鷹が予想した通りの刺青が入っている。古典的な和柄と英語が混ざったミスマッチな図案だ。

岩楯は、さらにそのなかの二枚を取り上げた。ロゴはデストラクション、絵柄は黒と青と白のみで描かれた牙《きば》を剝き出すオオカミだった。

二枚の写真は同一人物で、脂肪のたっぷりとのった丸顔をてかてかと光らせている。肉に埋もれているような目は細く、親指を立てて楽しそうに笑っていた。もう一枚は、テンガロンハットをかぶったひげ面の男と肩を組んで収まっている。日付けは去年の十二月と、七年前の六月。余白には「マサキ」というサインが入っていた。

隣では鰐川が、震える息を細く吐き出した。

「ついに見つけましたよ……ふわふわの毛並みにデストラクション。方々から訊き込んだ情報の通りだ！　ガイ者は間違いなく横須賀にいたんです！」

そしてスマートフォンを出して、勢い込んで何かを探しはじめた。

「一緒に写っているカウボーイみたいな男。ほかの写真にも何度か登場していますね！」

「本当かよ」

「はい。いろんな客と妙に親しげなので、気になって写真を撮っておいたんですよ」

鰐川は見つけた画像を表示して、スマートフォンをカウンターに置いた。確かに、テンガロンハットをかぶった男がほかの客とも絡みながら写っている。五十の坂は越えていそうだが、真っ黒に陽灼けして生気がみなぎるような風貌をしていた。

岩楯はマサキの写真を取り上げ、カウンターのなかにいる店主に差し出した。

「この太った男に見覚えは？　去年の暮れにも来店してるんですよ」

老人は丸メガネをかけて写真にじっと見入り、白いひげを撫でながら首を傾げた。

「マサキねえ……。まったく覚えてないな」

「じゃあ、隣にいるカウボーイに見覚えは？　常連みたいですが」

「ああ、そいつはロディだよ」

「ロディ？　基地の外国人ですか？」

首を左右に振りながら、店主は写真を返してよこした。

「クリント・イーストウッドに憧れてるイカれた日本人だよ。だからアメさんにはロディって呼ばれてる。とにかくひどいアメリカかぶれの男で、うらにもしょっちゅう顔を出すんだ。市内の佐原《さはら》で釣具屋をやってるよ。店の名前も『イーストウッド』ときてる」

鰐川がすかさず地図検索をして、釣具屋の住所と電話番号を瞬く間に突き止めた。あとは、このカウボーイが刺青の男を覚えていれば身元の確認までいけるだろう。

そのとき、堀之内が乾いた写真を洗濯バサミから外しはじめたのを見て、店主が老人とは思えぬ速さでカウンターから飛び出していった。

「待った、待った！　写真はそのままでいいから、あんたらはもう引き揚げたらどうだい？　東京からわざわざきたんだから、ずいぶん疲れただろうねえ。これ以上、刑事をこき使ったらバチが当たるよ」

過剰な笑顔で猫撫で声を出している店主を見て、岩楯はピンときた。

「なるほど、何か新しい商売でも思いつきましたか」

図星だったらしい店主は、ひげを触りながらそわそわと身じろぎをした。

「ま、まあ、昔の懐かしい写真が見たいって客は今までも多かったからね。外す手間を考えて断ってたけど、これなら一挙両得ってもんだよ。あんたらはほしい情報が手に入った。うちは写真をネタに新しい客を呼べる。雑誌とか新聞に取材してもらえば、いい宣伝になるねえ。懐かしさを求める年寄りも新規で呼べそうだよ」

何が一挙両得だ。岩楯は業突《ごうつ》く張《ば》りの老人を見て鼻白《はなじろ》んだ。が、結果的に捜査線上に立ちこめていた霧を払ってくれたのも事実で、その点は感謝せねばなるまい。店主の申し出を飲んでマサキの写真を譲り受け、刑事たちは刺青バーから撤収した。

「彼のことはほとんど何も知らないんだよなあ」

黒いフェルトのテンガロンハットをかぶったロディと名乗る男は、もみあげからあごまでつながっている白髪混じりのひげをゆっくりと撫でた。ブロンズ色に陽灼けした顔は、潮風に曝《さら》されて風化した鉄を思わせる。シワだらけなのになぜかさほどに老いを感じさせず、絶妙のバランスで渋みのある風貌をつくりあげていた。

刺青バーからの帰りに立ち寄った小さな釣具店は、ちょうど店じまいの準備を始めているところだった。店主は表ではためいていた星条旗をなかに引き入れ、軒先にある釣りエサ用の冷蔵庫に鍵をかけている。

「正直なところ、刑事さんがくるまで彼のことは完全に忘れてたからね。マサキが本名なのかもわからないし、どこに住んでるのかもわからないし」

「何も知らない人物と、肩を組んで写真を撮ったと？」

岩楯が尋ねると彼は作業する手を止め、右側の口角だけを上げてにやりと笑った。

「日本人の感覚から言えば、男同士が肩を組むなんて滅多にないから無理もないか。

暑苦しい運動部か大親友以外はやらないイメージなんでしょう？　だけど、大国アメリカは違う。単なる挨拶ですよ。ハグもキスも気の利いたジョークも、そんなに深い意味はない。でも、相手の人間性を推し量る大切な材料にはなるね」

そう言ってロディは鰐川に向けて拳を差し出し、おまえもここに拳を当ててこいと笑いながら鬱陶《うっとう》しい要求をした。それを相棒が黙殺したのを見て、岩楯は疲れが吹き飛ぶほど清々しい気持ちになった。店主は咳払いをしてごまかし、テンガロンハットのつばを人差し指で押し上げた。

「俺はどぶ板界隈に長く通ってるけど、あそこのバーがいちばん基地の連中が集まるんだよ。趣味の合うアメリカ人と、イーストウッドの作品について語り合ったりさ。ちなみに刑事さんは、ダーティハリーぐらいは観ました？」

「まあ、彼の映画を」

「やっぱりそうだ！」

ロディは興奮気味に手を叩き、軸足に体重をかけてくるりと器用にターンした。

「キャラハンに憧れて刑事になったくちですか。いかにも手段を選ばないって感じの面構えだもんなあ。まさかとは思うけど、S&W《スミスアンドウエッソン》に44マグナムなんて装塡《そうてん》してないでしょうね！」

釣具屋は劇中の決め台詞を次々と挙げはじめ、ホルスターから銃を抜いて引き金をしぼるまでを忠実に再現した。なかなかおもしろい見世物だったが、放っておけば一晩じゅうでも喋りそうな勢いを感じ、岩楯は慌てて口を挟んだ。

「さっきの件ですが、あなたは刺青バーで何枚も写真に写っていますよね」

「記念みたいなもんだよ、米兵との交流を形に残したいもんで」

「でも、去年の十二月には、アメリカ人ではないマサキとの記録も残した」

「なんというか、まあ、勢いだな。初対面だけど妙に盛り上がって、次の日店にきてリールを買ってってくれたんだ。うちでいちばん高いリールだよ」

彼は型押し革のウェスタンブーツを響かせながらレジまで歩き、鍵つきのガラスケースを開けた。中からコバルトブルーをした液晶モニターつきのリールを取り出した。

「形はこれに近いね。超音波センサーがついたフカセ釣りにはもってこいのリールだよ。ちなみに日本製。釣り具はどこの国でも日本製がいちばんだと言われるから」

「金額は？」と鰐川が問うと、ロディは十五万と即答した。「高額ですね。もしかして、クレジット決済ですか？」

「いや、それが現金払い。俺も驚いたよ」

彼は芝居がかった仕種で首をすくめ、商品をケースの上に置いた。

「やけにはぶりがいい印象だったよ。なんせ、札束をマネークリップとかいうもので留めてるんだから。あんなの、マフィア映画でしか見ない代物でしょう。ブランド物らしい純銀のアクセサリーもじゃらじゃらつけててね」

「青年実業家というやつでしょうか」

岩楯はポラロイド写真に目をやった。裸の女がプリントされたTシャツに装身具を着け、贅肉《ぜいにく》だらけの脚をジーンズにむりやりねじ込んでいる。金まわりがよいにせよ、地道な仕事で成功を収めているような雰囲気には見えない。ロディも写真をじっと見つめた。

「青年実業家っていう感じでもないな。なんというか、ヤンキー気質というかね。こう言っちゃなんだけど、お世辞にも大物には見えないんだな。そう見せようとしてたけど軽くって、それはもうべらべらとよく喋る」

「中身がないと」

「まあ、そうかもね。いや、でもな……」と彼はあごに手を当てて考え込んだ。「ワインとかブランデーとか、輸入物の酒にやたらと詳しくてね。有名なワイナリーに行ったことがあるって言ってたよ。料理とか食材の話もすごかった。近いうちに船を買う話もしてたなあ。まあ、うそくさいと思って聞いてたけど、知識は間違いなくあるよ。中身がないわけじゃない。何を聞いてもすぐ答えられるぐらいだったからね、産地も値段も年代も」

　鰐川は頷きながらロディの言葉を書き取っている。岩楯は、彼の様子を注意深く観察しながら話の内容を吟味した。常軌を逸したアメリカかぶれとはいえ、男の言葉からは過度な誇張が感じられなかった。マサキを名乗る人物には、高価な装飾品を身につけ、たかがリールにぽんと十五万を出せるだけの収入源がある。しかも高級食材や酒に通じていて、船まで買う予定だったと言う。

　一方で、荒川に打ち上げられた男はどうだ。所持品は、ナイロン製のズボンと使い込まれたドライバー、それに薄汚れた軍手のみではないか。どれも安物ばかりで、はぶりのよさを窺えるものなどは皆無だった。むしろ、ぎりぎりの生活をしていた苦悩が仄《ほの》見えるほどだろう。

　岩楯は頭を整理しながら、壁際にずらりと並んだ釣《つ》り竿《ざお》にチェーンロックをかけている店主に質問を続けた。

「彼はどこに住んでいるか話しませんでしたか？　勤め先でもかまいませんが」

「家はこの近辺だとは言ってたね。仕事は個人事業のマリンコンサルタント」

「マリンコンサル？　聞き慣れない職業だな」

「詳しくは聞かなかったけど、契約店に何かを卸すようなことは言ってたな。ゆくゆくは、ヨーロッパで修業した料理人を引き抜いて、飲食店をやってもいいなんて大見得切ってたしね。話がでかすぎてついていけないとは思ったけど、まあ、彼の夢なのかもしれないよ」

　ますますマサキという人物がわからなくなった。体型や刺青から遺体はマサキだろうと確信しているが、何かを仲介するコンサルティング会社の人間が、マイナスドライバーを一本だけ持って荒川に打ち上げられた意味がわからない。しかも欧州で修業した料理人だって？　はったりにしてもやけに現実的な話しぶりだった。想像していた人物像ともまったく嚙み合わない。が、もしかして、この齟齬にこそ重大な意味があるとは考えられないだろうか。高価な身ぐるみを剝がされ、わざとみすぼらしい整備工に仕立て上げられたのでは？

　岩楯は方向を変えて店主に問うた。

「十五万もするリールを買ったということは、釣りを趣味にしているわけですよね。いつも行っている釣りスポットなんかを喋りませんでしたか？」

「いやあ、どこで釣ってるとか、そういう話はしなかったよ。でもまあ、あのリールを買ったんだから、防波堤なんかじゃなくて沖釣りでもやってるんだろうね。釣り具に関しては、そこそこ知識がある印象だったし」

「なるほど。では、あなたから見て、何かおかしいと感じたところはありませんでしたか？　どんな細かいことでもかまいませんよ」

そうだな……と仕事の手を止めて腕組みしたロディは、シャツの胸に留めつけてある星形の保安官バッジにたびたび触れた。そして肩を組んでマサキと写っているポラロイドを見つめ、彫りの深い顔を上げた。

「おかしいと言えば、獲物《えもの》について何も聞かなかったことだな」

「というと？」

「竿とかリールを買う客は、だいたい、どんな獲物を狙えるかを最初に聞きたがるものなんだよ。過去に釣った獲物の自慢とかね。だが、彼は一切何も言わなかった。十五万もするリールを買ったのに、さすがにおかしなやつだと思ったよ」

故意に隠しているのか、それとも、金持ちのステイタスとして興味は薄いが釣りを選んでいるだけなのか。根拠はないが、岩楯は前者のような気がしていた。すべてにおいて曖昧な情報しか挙がらないのは、マサキが意識して語らなかったからだろう。他殺にしろ自殺にしろ、ある種の警戒心をもって人と接していた様子が窺える。

「ちなみに、マサキは刺青バーへひとりできていたんですか？」

引き揚げ時を鰐川に合図しながら尋ねると、ロディは顔の前で手をひと振りした。

「いや、二人できてたよ。なんだかマサキの手下って感じだったな」

「手下？　部下ではなく？」

「そう。グラスが空くとドリンクを取りにいかされたり、コートをハンガーにかけたりさ。マサキは、毎週のように遊ぶ大の親友だって紹介したけど、そんな健全な関係には見えなかったね。愛想笑いばっかりでほとんど何も喋らないんだよ。バーには場違いで、自分でもそれをわかってるみたいでそわそわして、ちょっと気の毒な感じだった。隅っこで小さくなってさ。なんでマサキと付き合ってるんだろうと思ったから覚えてる」

「年齢なんかは？」

「うーん、二十代かなあ。いや、三十代かな。今のやつらは見た目が若いから」

「その友人は写真を撮りましたか？」

岩楯は矢継ぎ早に質問をしたけれども、店主はあっさりと首を横に振った。

「写真が大嫌いだと言ってたよ」

鰐川が友人の詳しい人相を訊いたが、刺青を入れていたわけでもなく、記憶に残るような特徴は何もなかったらしい。話の筋から考えれば、仕事か釣り仲間といったところだろうか。妙にマサキにへりくだっていたのは、雇われているか、金銭的な格差が関係しているからとも考えられる。しかし、毎週のように連れ立っていた親友のわりには、急に連絡が途絶えたであろう今も沈黙を守っているのはなぜなのか。岩楯は、これを頭の隅に書き留めた。

4

翌日も雲ひとつない快晴が続いていた。川縁は強い風が吹きつけているけれども、日中はまだ冷たさが心地よく感じられる陽気をかろうじて保っている。工場のジャンパーを羽織った工員が、土手やベンチに腰かけて、弁当を食べたりうたた寝している姿があちこちで目についた。実にのどかだ。岩楯は、川の流れに反射する陽の光に目を細めた。

たった八日前にこの近辺で水死体が発見されたというのに、人々から忌《い》まわしき記憶がすっかり消え失せているように見える。事件の風化は早い。何気ない日常を目の当たりにすると、自分の仕事が満足にできていないようなもどかしさが込み上げてくるから困る。

警視庁支給の作業着を着込んでいる岩楯と鰐川は、荒川に沿った歩行者優先道路を歩いていた。

「なんの『調査』が始まるんでしょうか」

鰐川が前のめりになって強風に向かいながら口を開いた。

「おまえさんだって、もうじゅうぶんにわかってるはずだろ」

「普通ではないということぐらいなら」

「そういうことだ。トンボ一匹見つけるために、底なし沼へ笑いながら駆け込むような女だからな。虫の死骸を舐めて味で死因を突き止めたり、仕事以前の問題なんだよ。あの先生の言うところの調査は、一般人にとっちゃ生き残るための過酷なサバイバル訓練。当人にとっては純粋な楽しみだ」

岩楯は、過去のとんでもない「調査」をひとつひとつ思い返しながら言った。四十年という人生経験をもってしても、理解の範囲を軽く飛び越えていくのが赤堀という人間だ。世の中の広さをしみじみ実感させてくれる女でもあるけれども、ついていくには常識という回路を切っておく必要がある。

指定された場所に向かっているとき、風に混じって馬鹿笑いの声が流れてきた。やかましい雑踏のなかで一瞬でも耳に入れれば、何者か聞きわけることができる自信が岩楯にはあった。少し先の土手の下には、チェックのマフラーでほっかむりをした赤堀と、目の醒めるような黄色いつなぎを着た大吉がじゃれ合っていた。背中にでかでかと「大吉昆虫コンサルタント」の社名とイラストが入っている。

岩楯は二人を見流したが、すぐに素早く二度見した。

赤堀はゆうに三メートルはありそうな篠竹《しのだけ》らしき棒を何本も手に持ち、大振りのリュックサックには捕虫網が斜めに挿し込まれている。さらに四角い道具箱を首に下げ、篠竹を釣り竿のようにぶんぶんと振りまわしていた。極めつきは長靴と一体化したような見たこともない地下足袋《じかたび》。出《い》で立ちがいつも以上に不審者ではないか。赤堀が振りまわす竹がたびたび大吉のすぐそばをかすめ、マッシュルームカットを振り乱している後輩は「危ないですって！　やめてくださいよ！」と大騒ぎをしていた。

「なんなんだよ、あの装備は」

「新しいアイテムですね、戦闘力が高そうです」

鰐川は胸ポケットからスマートフォンを取り出し、ズーム機能を駆使して昆虫学者を寄りで撮影している。土手の下では赤堀が二人の刑事に気づき、手招きをしながら大声で名前を呼んでいた。

「見てみろ。偉いさんから呼び出されたってのに、あの笑顔だよ」

岩楯はぼそりとつぶやき、手を挙げて応えながら枯れ草だらけの土手を駆け下りた。いつまでもやかましい赤堀のほうへ近づくと、大吉がなぜか神妙な面持ちで深々と頭を下げてくる。あいかわらずずんぐりとした小太りで、ひと目見たら忘れようがない濃厚な顔立ちをしていた。

「お久しぶりです。またお二人にお会いできるなんて光栄ですよ。このたびは、先輩が多大なご迷惑をおかけしたようで」

「どうしたんだ、いったい」

「権威ある法医学教授をかんかんに怒らせたそうじゃないですか。まあ、こんな状態ですから、まともな人間なら怒ると思うんですよ。それは本当によくわかります」

大吉は首を横に振って、どこかの戦闘部族のような格好をした赤堀に目を向けた。

「ただ、度胸と情熱、法医昆虫学の知識だけは日本でいちばん確かな人間ですから、なんとか警視庁と契約打ち切りなんてことにならないようにお願いしたいと思いまして」

「今んとこそれはない。つうか、きみが気に病む必要はないだろう」

「ホントだよ。うちの学生とか教授も、何かっていえばわたしのことをいろんな人に謝ってるんだよね。九条先生の件は確かにわたしが悪かったけど、ほかになんかやったっけ。ねえ、ワニさん」

三人の男たちは、篠竹を槍のように立てている赤堀を無言のまま見つめた。自覚がないことほどおそろしいものはない。が、身内のようにかばいたい気持ちにさせられるのも、彼女の人となりのなせる業なのだろう。

「ところで、始める前に一個だけ聞いておきたい。その足袋長靴は特注か？　さっきから気になってしょうがないんだが」

「ああ、これ？」と赤堀は、足を前に伸ばして奇妙なポーズを取った。「これは『田植え足袋』っていう、ゴム長と足袋を一体化させた農業業界の最新モデルなんだよ。泥をしっかりと摑んで水にも強い。しかも千五百円。信じられる？　日本の技術にはホントに驚かされるよ、なんかオシャレだしね」

「確かに個性的です」

鰐川が頷きながら田植え足袋を接写しているのを見て、岩楯はさっさと話を変えた。

「まあ、あれだ。大吉くんも今回はたいへんだったな。なんせ遺体の第一発見者だ」

「いえ、いえ。ハエを頼りに、先輩がほとんどひとりで見つけたんですよ。野生動物なみの見事な嗅覚でした」

大吉はいささか誇らしげに胸を張った。

「あのとき、ぼくは音響トラップでですね……」と身振りを交えて状況説明を始めた後輩を、赤堀はにべもなく遮った。

「さ、無駄話はこのぐらいにして始めるよ」

大吉は恨めしそうな視線を赤堀に送った。

「これをみんな持ってね。農学部からこっそり切ってきたの」

赤堀は有無を言わさず、三メートルはありそうな篠竹をそれぞれに一本ずつ手わたしていった。よく見れば、赤と青のテープが二ヵ所に貼りつけられている。

「まず、この赤いテープ。これは端っこからちょうど一メートルのとこについてます。で、青は二メートルのとこ。由美さんが過去データから細かく割り出してくれたんだけど、被害者の男性が絞殺ではなく溺死なら、水面までの距離が二メートル以内で、水深が一メートル以内の場所で頭から落ちた可能性がある」

「おい、おい。まさかこれで、転落場所を探す気か？　荒川河川敷を測ってまわるつもりじゃないだろうな」

「岩楯刑事、正解」と赤堀がぱんと手をひとつ叩いた。「とは言っても、被害者はどこから流されてきたのかわからない。荒川か、中川か、それとも隅田川なのか」

「とんでもなく上流から流されてきたかもしれんだろ」

「もちろん。それと海も忘れずに」

赤堀はにんまりと笑った。篠竹を小脇に抱え、鰐川はノートに顔を近づけて無言のままペンを動かしている。赤堀は風を味わうように大きく息を吸い込み、ふうっと細く吐き出した。

「警察は今、被害者の身元を特定することに集中している。そうだよね？」

「ああ。手許にある情報だけでは、場所を割り出す道筋をつけようがない。まずは身元。妥当な動きだよ」

「うん。だからわたしは、場所から探っていこうと思うわけ。警察と同じことをやっててもしょうがないから」

「で、やみくもに竹槍を川に突っ込んで測量してまわろうってか。江戸時代の物好きと同じ発想だぞ。十七年間、測量の旅に出て日本地図をつくった変人がいたろ」

「伊能忠敬《いのうただたか》です」と鰐川が律儀に間《あい》の手を入れた。

「ともかくな、この提案は原始的で大雑把《おおざつぱ》すぎる。全部が予測の域を超えていないものに、時間と労力は割《さ》けないんだよ。こっちも付き合ってられるほど暇じゃない」

岩楯が情け容赦なく言うと、赤堀は少しだけ驚いたような顔で口をつぐんだ。マフラーでほっかむりしたままうつむいて、吹きさらしのなか、田植え足袋の足先に目を落としている。鰐川が「もっとほかに言い方があるでしょう」と読み取れる非難の目を向けてきたけれども、赤堀は肩を震わせて低く不気味な笑い声を漏らしたかと思えば、垂れ気味の瞳をぎらつかせながら顔を撥ね上げた。

「気色《きしょく》わるっ」と大吉が一歩退いた。

「岩楯警部補、法医昆虫学は根拠を示してなんぼの学問なんだよ。人から訊いただけの情報を頼りに、わたしが動くとでも思ってんの？」

「今がそうだろ」

「違うって、わかってないなあ。原始的は別にいいけど、大雑把っていう概念はこの分野にはない。いつも思ってたんだけど、憎たらしい岩楯刑事をコスタリカのジャングルの真ん中に置き去りにしてやりたいよ、まったく」

鼻息荒く捲し立てた赤堀は、リュックを下ろして中からファイルを取り出した。ばさばさと乱暴にめくって、プリントアウトされた画像を岩楯に突きつけてくる。それはシャーレの中のウジだった。同じような絵面がいくつも並んでいるけれども、付箋に書き込まれた数値がすべて違っている。

「遺体に産みつけられた卵が、約四十時間かかって孵化した。これは覚えてるよね？」

「もちろんだとも」

「塩が孵化と成長スピードに影響してるのは間違いないから、ホオグロの幼虫を使って実験をしたわけ。組織を濃度の違う塩水に浸けて、この子たちに食べさせる。そして羽化したハエに産卵させて、卵が孵る時間を見るの」

赤堀は書類をめくって数字がずらりと並んだページを開いた。

「もう少し詰めてから捜査会議に提出しようと思ってるんだけど、遺体が発見された中州付近の塩分濃度は〇・四パーセントだった。水を採って調べた結果、日によってばらつきがあるけどそれほど変わらなかったの。で、これ」

彼女はページを戻ってウジの写真を指差した。

「汽水化された水に十二時間浸けた肉を食べたウジは、二十六時間で孵化してる。通常は最大でも二十四時間以内に卵が孵るから、まあ、そんなに驚くような結果ではない」

「だが、遺体から孵ったウジとは大幅に違うわけだな？」

岩楯が書類を見ながらつぶやくと、赤堀はこっくりと頷いた。

「これと同じ実験を、塩分濃度を少しずつ変えながらやってみたの。それでわかったのは、濃度が三・五パーセントのとき、遺体から孵化した子と同じ経路をたどるってこと。孵化にかかった時間はおよそ四十時間だよ」

「塩分濃度が三・五パーセントの水とは？」

「もちろん、東京湾の海水なんだけどね」

赤堀は即答した。

「荒川と中川の上流域は、〇・〇五パーセント程度の塩分しかない。まあ、淡水だね。つまり、捜査本部が言うように、遺体が上流から流されてきたなら、中州付近の〇・四パーセント未満の塩水にしか浸かってなかったことになるんだよ。なのに、なんで遺体に産みつけられた卵は孵化に四十時間もかかったのか」

「もっと塩気が多い、海から入ってきたからか……」

「それしかない。この子たちが教えてくれた結果が証明なんだよ」

赤堀は真っ向から目を合わせて断言した。

「ついでに、遺体が溺死だってこともね。気管支から出た二百十六匹のコケシガムシは、被害者が海水と一緒に海藻を飲み込んだことを意味してる。この子たちは、単独で水のなかを浮遊しない」

鰐川はいつの間にかしゃがんでおり、鞄を台にして猛烈な勢いでノートに文字を書きつけている。この結果を見せられれば、さすがに捜査本部も素通りすることはできなくなるだろう。赤堀が情にほだされ、由美の肩をもとうとしているのではないのか……という些細《ささい》な引っかかりもまったくの杞憂《きゆう》だった。彼女はそんな次元で物事を判断するような甘い人間ではない。とうにわかっていたことだが、あらためて赤堀の負けん気を見せつけられ、岩楯は笑うしかなかった。

「わかった。先生は正しい、俺の負けだ。手足のようにこき使ってくれ」

「よし。なら、ジャングルで生き延びる技をメールしといてあげる」

「結局、コスタリカに置き去りにされんのかよ」

赤堀はあごを上げて小生意気に笑った。すぐにリュックから地図を取り出して広げ、風で飛ばされないように四隅に石を置いた。

「まず、今わたしたちは遺体発見現場よりも四百メートル下流にいる。こっから上流は捜索範囲から外して問題なし」

「かなり広範囲が外れることになりますが」と鰐川が顔を上げて確認した。

「もうばっさり切り捨てていくよ。学生とか大吉に頼んで川のあちこちから水を採ってきてもらったんだけど、濃度が実験結果と合致するのはこっから下流だけだからね」

赤堀は緑色のマーカーで荒川を分断する線を引いた。彼女が割り出した場所は、捜査本部が重点を置いている一帯とは、ものの見事に正反対を指していた。荒川の河口付近から葛西、そして浦安《うらやす》に抜けた先の大海原へと続いている。

「ちなみに、房総《ぼうそう》半島はもう調べたけど、この竹竿に一致するような場所は見つからなかったよ」

「調べたって、どうやって？」

「東京湾の内房まで、海沿いをサイクリングしながら見に行ってきたの。水面まで二メートル以内で、水深が一メートル以内ね。調べてみてわかったけど、この条件に合う場所は滅多にないよ。まず、水深一メートル以内ってのがない。しかも、底がたいらじゃないと駄目だし、防波堤に柵があったり工場があったりするから、水際までいけないとこがほとんどなんだよね」

いとも簡単に語っているが、距離にして三百キロ以上は確実にあるだろう。鰐川と大吉が、そろってスマートフォンの距離計測画面を凝視しながら言葉を失っていた。

「まあ結論から言うと、海沿いを全部調べるのはさすがに無理だわ。びっくりするぐらいに広いんだ、これが」

「今ごろ気づいたのかよ」と岩楯は呆れ返って首を横に振った。

「とにかくね、荒川の河口までをまず潰す。捜査本部が何かと有力だと思ってる荒川沿いは、この一件に無関係だってことをそろそろわからせるよ」

「なんだって？　ホトケがいた場所を探すわけじゃないってことか？」

「初めに言っちゃって悪いけど、これから調査する川沿いには条件に合う場所なんてないはず。気管支から出たコケシガムシの量から考えると、近場ではあり得ない」

まったく逆の発想というわけだ。河川を捜査から外すための調査。本部に真っ向から喧嘩を売るつもりらしい。なかなかおもしろいかもしれない。岩楯は含み笑いを漏らした。

「じゃあ、始めるよ。ワニさんと大吉は車で向こう岸へ移動してね。国際郵便局の前からスタート。虫の調査も同時進行するから、そっち側は大吉、頼んだよ」

「おまかせください」と大吉は腰に手を当てて胸を張ったが、岩楯はすぐに疑問を口にした。

「そういや、科研からの微物はどうなった？　カマが入ってたやつ」

「うん。砂みたいに細かいから、今分析の真っ最中。だから、中州近辺の虫を再調査しようと思ってね。いったいカマキリと毛虫はどこからやってきたのか。いや、本当にカマキリと毛虫は存在していたのか……」

赤堀は意味のわからないことをぶつぶつとつぶやきながら、宙に視線をさまよわせて語尾をかき消した。

今回の事件は単純なように見えていたが、実は複雑に入り組んでいることを岩楯もわかりつつあった。手がかりを追ってもあっさりと立ち消え、真相に近づいている実感があまりにも薄い。そこにきて殺人か自殺か事故か、根本となる足場すらもぐらついている始末だ。唯一、初めから真実を語っているのは、赤堀が率いている虫だけということになる。

それから鰐川と大吉は、篠竹を持って地図上に示した場所へ向かった。岩楯は赤堀と下流へ移動し、斜めに敷かれたコンクリートブロックを伝って土手を降りた。遺体の発見現場とは違い、荒川の河口付近は整備されて雑草もきれいに刈り取られている。海からの強烈な潮風が吹きつけるたび、二人とも風に背を向けてやりすごした。

岩楯は川縁に近づいて下を覗き込んだ。枯れ草やコンビニ袋などのゴミが岸に沿って溜まり、水はゆるゆると海へ向けて流れている。真下へ篠竹をかざすと、青いテープがかろうじて足許に見える位置を示していた。水面までほぼ二メートル。そのまま水の中に先端を沈めていったけれども、どこまでも深く潜るだけで底には当たらなかった。数メートルほど横にずれて同じことをしても、結果はほとんど変わらない。

「深いな……」と岩楯はだれにともなくつぶやいた。

「これでもこの辺りは浅いんだよ。二メートルを切るところもあるからね」

大荷物の赤堀が横に並んだ。

「魚群探知機で水深を測ろうと思ったんだけど、ここは自然保全区域があちこちにあって船が出せないの。しかも、深さを知りたいのは岸際だから探知が難しい」

「だから原始的な竹槍に落ち着いたわけか」

「まあね……」と言い終わらないうちに、赤堀は背中に挿してある捕虫網を勢いよく引き抜いた。「ほっ！」というおかしな声とともに、岩楯の鼻先ぎりぎりを網がかすめ、空を斬りながら地面に押し伏せられている。仰《の》け反《ぞ》って避けた拍子《ひょうし》に川へ転がり落ちそうになり、岩楯は慌てて赤堀のリュックサックを鷲掴みした。

「いきなり何やってんだよ、落とす気か！」

「ごめん、ごめん。目測を大幅に間違えちゃった」

赤堀は頭をかきながら笑ってごまかし、網の中から小さな虫をつまみ出している。危険きわまりない女だ。彼女がつまんでいるのは、腹に黄色い斑点がある見慣れたタイプの虫だった。

「ミツバチか？」

「似てるけどこれはナミハナアブね。とは言っても、アブじゃなくてハエの仲間なんだけど」

赤堀は首から下げているケースを開けてガラス瓶を取り出し、ハナアブを中に入れた。

「この子は生活排水が大好物で、汚い水の中から生まれてくるんだよ。でも、冬でも花を咲かせてくれる優秀な送粉者でもある」

そう話しながらもぶんぶんと網を振りまわし、岩楯にはまるで見えない虫を次々と捕まえていった。そのほとんどがハナアブとユスリカ、たまにアキアカネやシジミチョウなどが入る程度で、これらが事件の何かにつながるということはないらしい。にもかかわらず、一帯の生態系を把握するための調査には妥協を許さなかった。草むらがあれば迷わず入っていって、巨大なジョロウグモやコガネグモを手掴みで捕えている。見るに堪えない光景だ。さらに、水際でのたくっていたオレンジ色のヘビを嬉々として捕まえ、リュックの中に入れたのを岩楯は見逃さなかった。

「ちょっと待て。今何やった」

「え？　何って、ヘビをしまっただけだよ」

「いや、なんでヘビをしまうんだよ」

　赤堀は訝しげな面持ちでリュックを下ろし、ファスナーを開けてさっきのヘビを引きずり出した。ゆうに一メートル以上はあるだろう。頭が三角形で幅広く、大きな黄色い目の中にある瞳孔が細く縦に伸びている。赤堀に押さえられた口から鋭い牙が見えて、岩楯は思わず後ずさった。

「なんだよ、そいつは！　どう見てもコブラだろ！」

「違うって。ナンヨウオオガシラ」

　赤堀はヘビの首根っこを摑んだままゆらゆらと揺すった。

「インドネシアとかオーストラリアに棲む子なんだけど、ペットとして輸入した結果がこれだよ。特定外来生物指定。死ぬほどの毒じゃないけど、子どもが嚙まれたら危ないからね。見つけたら連れて帰んないと」

　にこにこと笑う赤堀の足許に置かれたリュックサックから、似たようなヘビが何匹も這い出してきたのを見て岩楯は飛びすさった。いつの間にこんなに捕獲したのだろうか。絵面はともかくやっていることは真っ当だし、いつもながら自然や生き物に対する敬意をおおいに感じる。しかし、だからといって手放しで褒められる境地にはまだ達していない。大暴れしている毒ヘビどもをまたリュックに押し込んでいる赤堀を、岩楯は無言のまま見守った。

それから二人は虫とりと篠竹計測を黙々と続け、首都高と京葉線の下を通過して臨海球技場までやってきた。目の前は東京湾、右手には南湾岸署エリア、テトラポッドが並ぶ左のずっと先には浦安がある。岩楯と赤堀は防波堤の際に立ち尽くし、しばし湾内を行き交うコンテナ船を眺めて疲労感に身をまかせた。

「ほらね。目当ての場所は見つかんなかったでしょ？」

「ああ」

「ちょっとは期待してたの？」

「いや」

「じゃあ元気出しなって。『無駄足が仕事の九割以上』。岩楯刑事がいつも言ってるじゃん。海に向かって一緒に叫んでみる？」

岩楯は込み上げる笑いを嚙み殺した。赤堀なりに気を遣っているらしいが、ずっと燻っていた気持ちがふっ切れたことを感謝したいぐらいだった。荒川には固執しないほうがいい。目を向ける場所はほかにある。

二人は同時にポケットに手を突っ込み、同じ小瓶を取り出した。コルクの蓋を抜いて、乾燥アリの刺激臭を胸いっぱいに吸い込んだ。アリへの抵抗感はもはやなく、これなくしてはニコチン断ちができないとさえ思えるようになっている。岩楯は赤堀に目配せして、きた道を引き返した。

「カマキリについてはどう考えてるんだ？」

岩楯は歩きながら訊いた。

「十一月の半ばぐらいまでは普通に活動してるから、時期的なおかしさはない。粉々になった欠片の色素斑点を見る限り、コカマキリの可能性がある。これは科研がよこした分析報告ね。ただ……」

赤堀はマフラーのほっかむりを外し、何かに腹を立てているような面持ちで首を傾げた。

「頭部の切り傷だけに、それがついてたのが気にかかる。なんせ一匹じゃないからね。毛虫のほうも、別の研究者に意見を求めてるんだよ。だけど、かなり難航中。ちょっと時間がかかるかもしれない」

これについては赤堀にまかせるほかない。

電話で連絡を取り合いながら鰐川グループに合流したときには、陽がずいぶん西に傾いていた。江東区側にある砂町《すなまち》運河は期待のもてるポイントだったらしいが、水深が条件に合わなかったとしきりに大吉がぼやいている。結局、赤堀の読みは正しかった。荒川からの派生区域には被害者が転落した痕跡がない。

協力してくれた大吉は、次の仕事場へ向かうために颯爽と去っていった。その後、赤堀を先頭にしてチンドン屋のように河川敷を歩いているとき、岩楯は前方に見える見事な違法菜園に目を留めた。

「ちょっとばあさんの顔を拝んでいこう」

「浦和富美子さんですね。何か気になることでも？」

鰐川が、中指でメガネを押し上げながら言った。

「調書の件で署へ出頭を頼んだんだが、未だになしのつぶてだ。それに、どうも挙動がおかしい。おまえさんは感じなかったか？」

「確かに、異常な警戒心は感じました。でもそれは、河川敷を不法占拠しているからでしょう。常にやましい気持ちを抱えているんだろうし」

「そんなしおらしいばあさんには見えないがね」

岩楯は、菜園へ続く踏み固められた道をたどって土手を下りた。赤堀は枯れ草をなぎ倒しながら横滑りし、鰐川はヤギが杭につながれていることを確認してから、慎重な足取りで後ろについてくる。畑はもぬけの殻《から》でだれの姿も見当たらない。しかし、いつものようにススキの奥からは湯気が立ち昇り、食欲をそそる豚汁のような匂いが漂っていた。

「あの奥が本拠地なんだろうな。年中、あそこにこもって何をやってんのか」

赤堀が富美子の名前を呼ぼうとしているのを手を上げて止め、岩楯は風化したような簾をはぐって謎の住処へ足を踏み入れた。両脇から枯れススキや葦《あし》が生い繁り、人ひとりが通れるだけの細いトンネルがつくられている。好奇心が刺激されているのは鰐川も同じようで、顔には無意識の薄笑いが浮かんでいた。ずいぶんと奥行きがあることに驚いたが、突き当たりにかけられているもう一枚の簾をはぐってさらに驚かされた。

そこにはぽかんとした空間が広がり、廃材やトタンなどを使った屋台のような小屋がつくられていた。ドラム缶のストーブには火が入り、その上では大鍋がぐつぐつと煮立っている。件《くだん》の富美子のほかに、奥の川岸では三人の老人が腰かけていた。みな驚いて声も出せないといった風情で、ただただ突然の侵入者を凝視しているだけだ。

互いに見つめ合う時間がしばらく続いたけれども、富美子ははっと我に返り、二重あごをぐっと引いて岩楯たちを睨みつけてきた。

「いったいなんの真似だ、こんなとこまで勝手に入ってきやがって……」

「いや、勝手はあなたも同じでしょうよ」

岩楯は、ことのほか整備されている空間をぐるりと見やった。トタン屋根には「コップ酒三百円、豚汁百円、甘酒百二十円」などと書かれたメニューがいくつも並んでおり、丸椅子に腰かけている老人たちは、みな酔ったように顔を赤く染めていた。しかも川縁を木枠で塞《せ》き止め、簡易釣り堀のようなものまでつくられている始末だ。丁寧に、一方から水が抜けるような設計で小さな水車がまわっている。三人の老人はみなバツが悪そうな顔で釣り糸をたらしているが、ススキが壁となって向こう岸からは完全に死角となっていた。

「いやあ、なかなか計算された秘密基地だな。なんかこう、わくわくしますよ」

規則に厳しい鰐川は、口の端を震わせながら渋面をしているが、赤堀は目を輝かせてくるくると落ち着きなく見てまわっている。富美子が、カラスの飛来日を即答できた理由がようやくわかった。

岩楯は、折りたたみ式テーブルに投げ出されているメモ帳に目をやった。老人たちが注文したものがメモされ、日付けや天気などに混じって、二、三行の日記のような記述がある。今日の日付けの下には、あの日から、カラスが中州に居座るようになった……と何気ないひと言が綴られていた。

「浦和さんは秘密の釣り堀の女将《おかみ》というわけですね。ちょっとした商売もしていると」

「商売じゃない。寂しい年寄りに楽しみを提供してんのさ」

「まあ、そうだとしても、さすがにこれは見逃せない規模だなあ。酒も提供してるわけだし」

「何にも使ってない、ただ遊ばせておくだけの土地だろ。ここにアタシらがいたって、だれも見てないし知らないで生活してるじゃないか。人に迷惑かけてる連中は腐るほど大勢いるってのに、なんだって役所とかおまわりは、年寄りばっかり目の仇《かたき》にするんだよ」

　富美子は割烹着の裾をぎゅっと握り締めている。小さな目を真っ赤に充血させて、怒りとも悲しみともつかない感情を爆発させていた。

　身勝手な言い分なのはわかっているけれども、彼女らのささやかな楽しみを理解できないわけではなかった。過剰とも思えた怒りは、話し相手を求めてここへ集まってくる仲間を守ろうとしていたからかもしれない。何より、自分の親よりも歳のいった老人を、違法とはいえ事務的に追い立てるのは岩楯の趣味ではなかった。

　いったいどうしたもんか。盛大にため息をついて空を仰いだとき、赤堀が釣りをしている老人の脇にしゃがみ込むのが見えた。地面に突き刺してある黄色いものを、おもむろに引き抜いている。岩楯がはっと息を飲むのと同時に、背後で鰐川がよろめいたのがわかった。それは、見慣れてしまった割柄ドライバーだった。

「おじいちゃん、これ、何に使ってるの？」

赤堀はにっこりと微笑み、しゃがんだまま着膨れした老人に問いかけた。とまどったように目を泳がせていた老人は、赤堀と岩楯を交互に見ながらもごもごと口を動かした。

「貝を取るのに使うんだよ」

「貝？　貝の口を開けるのに使うの？」

「違う」

顔の前で手を振りながら立ち上がった老人は、釣り堀を間仕切っている板の端を指差した。

「ここいらには海の水が流れ込んでるから、おかしな貝が大繁殖するんだよ。放っておいたら、二日も経たないうちに水路を塞いじまう勢いだ。だから、こいつでこそいで川へ捨ててんのさ」

赤堀は田植え足袋のままザバザバと水に入り、仕切り板に貼りついている貝をむしり取った。カタツムリのような巻いた形をしている。赤堀は裏返しながら観察し、陸の上に戻ってきた。

「たぶん、カノコガイの仲間だと思う。すごく増える貝だよ」

岩楯は頷き、老人に質問を続けた。

「あなたはなぜこのドライバーを使ってたんですか？」

「なんでって……」

「貝を剝がすだけなら、ナイフだって木べらだって、道具はいろいろとあるはずですが」

「そんなもんは常識だからだよ」

質問の意味を理解できない老人に代わり、奥に座っている大柄の男が口を挟んだ。

「漁師上がりのやつは、なんでか割柄ドライバーを使うもんさ。現にこの俺がそうだ。六十四まで遠洋船に乗ってたかんね。そこらじゅうに貝がついて手に負えないほどでな、それを片っ端からこそいでいくんだよ。いろんな道具が売られてっけど、こいつがいちばん手に馴染む。年中、ポケットに入れておいた七つ道具のひとつってわけだ」

腕にオオカミの刺青を入れたマサキは、釣りを趣味にしていた。いや、趣味かどうかはわからないが、ある程度の知識があったことは確かだろう。ドライバーの使い道は整備などではなく、この老人が語っているものに近いとすれば、当初から引っかかっていたことにも説明がつくではないか。貝を剝がすには、ドライバーがたった一本だけあればよかったのだ。

じわじわと、刺青バーに一緒にきていたという友人が思い浮かんできた。マサキにあごで使われ、笑うだけでほとんど何も話さなかったという男。そして、赤堀が初めから指摘していることは正しかった。すべては海から始まっている。

# 第四章　水底の毛虫たち

## 1

赤堀は頭に取りつけたライトを点けて、埃っぽい天井裏を照らし出した。土のいなくなったクモの巣が綿菓子状になってそこらじゅうにへばりつき、隙間風を受けてふわふわと揺れている。クモの巣を適当に払いながら四つん這いで奥まで進み、一本の太い柱をまじまじと見つめた。浮き出す年輪に沿うような格好で、小さな穴がいくつも開いている。ピンセットを軽く押しつけただけで柱の表面がぼろぼろと崩れ、透いた木の隙間にはびっしりと半透明の白い虫がうごめいていた。よし、当たり。赤堀はつぶやいた。

木くずと一緒に虫をガラス瓶に入れて蓋をし、光の漏れる一角まで再び這いずっていった。ヘッドライトを消して下へ伸びる梯子《はしご》に足をかけるなり、待ちかねていた者たちが一斉に顔を上げる。たたみ敷きの六畳間には六人の人間が窮屈そうに立ち尽くし、クモの巣だらけの赤堀が滑るように下りてくるさまを目で追った。

「赤堀さん、どうでしたか？」

ハンカチで額の汗をぬぐっている太鼓腹の弁護士が、早速口を開いた。隣では、四十代後半であろう夫婦が赤堀にすがりつくような目を向けている。その背後で、がたいのいいスーツ姿の不動産屋二人が腕組みして口を結び、戸口には今にも文句を言い出しそうな面持ちの大吉が突っ立っていた。実にバラエティに富んだ顔ぶれだ。

赤堀は、口許に拳を当てて咳払いをひとつしてから声を上げた。

「ええと、まずは時系列をあらためて整理しませんか？　みなさんの見解を統一するためにもね」

「またですか？」

不動産屋はこれみよがしのうんざり顔をしたけれども、弁護士はもっともだと大きく頷いてからファイルを素早く開いた。

「では、わたしから説明させていただきます。こちらの水野《みずの》さんご夫婦が、今年の八月にこの中古一戸建ての家を購入しました」

弁護士が夫婦に手を向けると、二人は疲れ切った様子で赤堀に会釈をした。

「えー、築三十五年の物件ということもあり、水野さんは入居前に安全調査を不動産管理会社を通して依頼。耐震や強度、その他、物理的瑕疵《かし》がないかどうかの調査です。一階を改築して飲食店を開くために、ネズミや害虫などの調査も同時期におこなわれました」

弁護士は書類をめくり、タオル地のハンカチで再び汗をぬぐった。

「不動産管理会社は害虫駆除業者に調査を依頼し、屋根から縁の下にいたるまで、すべての箇所をチェックして問題はないと回答。えー、それから売買契約がおこなわれ、九月一日に入居されたというわけです」

「なるほど」と赤堀は不安気な夫婦ににこりと笑いかけた。

「えー、十月に入ってからですが、二階の寝室の窓際に、細かい木のくずが落ちているのに気がついた。掃除しても翌日にはまた落ちていることが続いたために、水野さんは、もしかして家がシロアリに侵されているのではないかと思われました。不動産管理会社にその旨を訴えたところ、同じ害虫駆除業者による再調査を勧められた。しかし、高額な調査料を提示されたために不信感を抱かれたわけです」

親指を舐めて書類をめくり、弁護士は淡々と説明を続けた。

「えー、水野さんは、役所から委託を受けている業者なら信用できると考え、そちらにおられる大吉昆虫コンサルタントさんに調査を依頼」と弁護士はちらりと戸口のほうを見やった。「代表取締役で昆虫生態学博士でもある辻岡さんが調査した結果、シロアリの被害がかなり進行している瑕疵物件だと断定されたわけです」

「それで、不動産業者と水野さんが見解の相違でぶつかっている。というわけですね？」

「はい、そうです。わたしは水野さんから相談をお受けしまして、訴訟に向けての準備を始めている。辻岡さんからのご紹介で、法医昆虫学博士の赤堀さんの見解も証拠として提出してはどうかと」

「ちょっと待ってもらえますかね」

弁護士の言葉にかぶせるように、不動産屋のひとりが不遜《ふそん》な声を上げた。

「我々がまるで、害虫被害を隠して売りつけた悪徳業者のような言いようですけど、いったいこれはなんですか？　だいたい、なぜこの場に立ち会わなければならないんです？　こうなった以上、我々も再度調査をして事態を収拾したいとお伝えしたはずですよ」

むっつりと黙り込んでいるもうひとりが腕時計に目を落とし、もうこんなに時間が経っているのか、とさも驚いたような演技をした。

「そういうことですので、失礼させていただきます」

「ああ、ちょっと待ってください。立ち会いをお願いしたのはわたしなんですよ。お互いに今後の時間とお金を無駄にしないためには、これがいちばんいいかなと思いまして」

赤堀はシャツのポケットから、今しがた採取したシロアリの入った小瓶を取り出した。

「天井裏から確かにシロアリが見つかりました」

「だから、この物件の調査報告書にすべてが明記されていますよ」

「ええ、拝見させていただきました。床下を中心に、建物の基礎をかなり綿密に調査されたみたいですね。それから家の中全体も」

「そういうことです。何も杜撰《ずさん》な調査をしたわけではない。だいたい、うちの業者が入ったのは七月の末ですよ？　それから二ヵ月以上が経っているわけですから、調査後に虫が湧いた可能性が高くはないですか？　飲食店を開業されたんだから、そりゃあいろんな害虫だって入りますよ。生ものも扱っているわけですし」

「そんな不衛生な環境にはしていません」

水野氏は心外だとばかりに口を挟んだ。

「まあ、ゴキブリとかハエが発生したなら、契約後のことだと言われても仕方がない。でも、シロアリはそうもいかないんですよ」

大吉に目配せをすると、スポーツバッグの中から透明のプラスチック容器を取り出した。蓋を開けて赤堀に差し出してくる。

「大吉コンサルが持ってきたサンプルは、地下シロアリです。で、わたしが天井裏から採取したのはヤマトシロアリ」

赤堀は小瓶とケースをみなに見せた。

「この種は翅《は》アリのように飛んできて家に棲み着く厄介な害虫です。水野さん宅に巣食っているのは、乾燥した木を食べるこのタイプのシロアリなので、残念ながら縁の下にはいないんですよ。報告書を見る限り、害虫駆除業者が調査したのは、地中から基礎に入り込む地下シロアリが中心ですね。天井裏も調べてるのに、なぜこっちが見つからなかったのかは謎ですが」

不動産屋はため息を吐き出し、ばかばかしいといった具合に首を左右に振った。

「あなたは論点がズレていますよ。今はシロアリの種類なんて関係ないでしょう？調査が済んだあとに、虫が入ったかどうかが争点になるんだから」

「その通り」と赤堀はぽんと手を叩いた。「まずね、ヤマトシロアリが飛ぶ時期は四月から五月のみ。この子たちはすぐに翅《はね》が抜け落ちるから、年中飛んで住処を探しまわっているわけではない。それに……」

赤堀はシロアリのサンプルを大吉にわたしながら続けた。

「シロアリの女王は卵をそれほど産まないんだなあ。しかも、卵が孵るのに一ヵ月かかって、さらに幼虫が成虫になるまで数ヵ月はかかる。この成育期間を全部通しても、一匹のエサは鉛筆の三分の一でもおつりがくるぐらいですよ」

水野の妻が目を丸くした。

「そんなに少ないんですか？」

「はい。シロアリが目に見える被害を発生させるには、何年もかかるんですよ。だから、こっからは大吉コンサルの報告書通りということです。天井裏の柱を見る限り、水野さんが越してくる何年も前から、シロアリがいたことは疑問の余地がありませんね」

水野夫妻はぱっと顔を弾けさせて喜び、不動産屋の二人は眉間に深いシワを刻んだ。

「専門知識をこねくりまわして煙に巻くやり方だな」

「あれ？　知りませんでした？　学者ってそういう人間の集まりなんですよ。なんなら、ほかの昆虫学者も連れてきましょうか、五人でも十人でも。この家についての見解は間違いなく一致するはずだからね。そちらは負け戦《いくさ》が確実ですけど、もっと悪質な事実も露呈するってこともお忘れなく」

「なんだって？」

「ここの前の住人も、シロアリの被害については知っていたはずですよね。このレベルだと、いくらなんでも申告があったはず。あなた方が依頼した害虫駆除業者も、もちろん天井裏の被害を見つけている。なのに、仲介のあなた方は水野さんに告知せずに契約を結ばせた。先生、これはどういうことになるんですかね」

赤堀が振り返って弁護士に問いかけると、憤懣《ふんまん》やるかたない面持ちの彼は不動産屋をじろじろと見ながら口を開いた。

「告知義務違反どころか、詐欺《さぎ》行為に等しいですな」

「……ということなので、あとは先生と話を進めてくださいね。次は法廷で会うことになりますけど」

たかが害虫駆除業者と馬鹿にしていた不動産屋の顔から余裕の色が消えていた。次の策でも模索しているのだろうが、大吉が絶対に許さないだろう。この手の人の弱みにつけ込む悪党が何よりも嫌いな男だ。逃げ道をきっちりと塞ぐに違いない。

弁護士と不動産屋が出ていったあと、赤堀は笑顔を取り戻した水野夫妻とハイタッチをした。大吉はあいかわらず不機嫌な顔のまま、のろのろとハイタッチに応じている。

「どうしたの？　どっか痛い？」

赤堀が大きな顔を覗き込むと、大吉はため息混じりに口を開いた。

「初めに調査した害虫駆除業者は連中とグルですよ」

「だろうね」と赤堀は同意した。

「今までも同じような手口で荒稼ぎしてきたはずです。一般人が知らないのをいいことに、よくもまあ、適当なことを」

「だから害虫ヒーローの大吉が必要なんだよ」

「なんですか、そのややこしいヒーローは」

「今回はどんな手で悪党を成敗《せいばい》するのか、期待してるからさ。もうちょっと泳がせる戦法？　それとも瞬殺しちゃう？」

大吉はしばし口をつぐみ、あごに指を当てて窓の外をじっと見た。

「害虫ヒーローか……。なんかキャッチコピーにできそうだな。害虫とヒーロー、対極にあるものの融合ですよ。案外、ゆるキャラよりもインパクトありだな。よし、会社のサイトに載っけてみるか」

今後の会社のあり方を熱心に思案しはじめた後輩を置いて、赤堀は水野夫妻と一階の店に降りてスニーカーを履いた。カウンターと座敷席が二つあるだけの小さな和食の店だが、白木を基調とした無国籍の小洒落《こじゃれ》た内装だった。ススキやツユクサ、ツワブキなど、川原で摘んできたような野草が、ビードロガラスの花瓶に品よくいけられている。

「赤堀さん、今日は本当にありがとうございました」

いかにも人のよさそうな水野夫妻は深々と頭を下げた。

「実はほとんど諦めかけていたんですけど、光が見えてきましたよ。必死の思いで出せた店なんで、泣き寝入りするのが耐えられなかった」

「最後に大吉コンサルを選んだのがさすがですよ。彼は得体の知れない見た目だけど、仕事はだれよりも確かで、とにかく異常なほどしつこいですからね」

「それ褒め言葉になってません」

後ろから大吉がのっそりとやってきた。ようやく気分が上向きになったようで、夫妻とがっちり握手を交わしている。

「とにかく、全部ぼくにおまかせください。今回の件はきっちり始末をつけますんで」

水野の妻が感きわまって涙をにじませ、本当によかったと何度も繰り返した。

さて、自分の役目はここまでだ。さっさと引き揚げて仕事の続きにかからなければならない。日々事件の検証にこれだけ忙殺されているのに、一向に前進している気がしなかった。科研から寄せられた微物の正体が未だに摑めない。簡単に特定できるもののように見えるのに、自信をもって言えることがほとんどないのはなぜなのか……。これは、赤堀にとって驚くべきことだった。自分の専門領域のなかで、予測すらつけられないというのは初めてだ。

ふがいなさを感じると同時に、沸々《ふつふつ》と負けん気も膨らんでくる。ここまで手こずることになるとは、敵もなかなかではないか。赤堀は勢いよくリュックを担いで、大吉に帰るねと目配せで伝えた。水野夫妻に挨拶をして戸口へ向かっているとき、調理場のシンクの隅に置かれているビニール袋に目が留まった。下ごしらえを済ませたあとの生ゴミらしく、野菜くずや魚のうろこなどが詰め込まれている。袋の口から何かの触角のようなものが覗いているのに気づき、赤堀はぴたりと立ち止まった。

「水野さん、あのゴミの中身はなんですか？」

赤堀は振り返ってシンクのほうを指差した。「はい？」と店主は首を傾げ、厨房のなかを覗き込む。質問の意味を考えるようにまた赤堀に目を向け、横にいる妻を見た。

「ああ、途中でみなさんがいらっしゃったもんで、ゴミをそのままにしていました。いつもこんなことはしていませんから、害虫の発生はないですよ。これは本当です」

「ええ、それはもう承知していますよ。さっきのこととは別に、ちょっとゴミの中身が気になったもので」

店主は不思議そうな顔で厨房へ入り、袋の口を開けた。

「中身と言っても、ただのゴミですよ。ダイコンとレンコンの皮と、シイタケのいしづき、出汁を取ったあとのカツオブシとコンブ、ええと、ぬか、あとは葉もの野菜の根と魚類ですね」

「魚？　具体的には？」

「ええと、サバにアオリイカ、イトヨリダイ、アカエビ……。こんなところです」

赤堀はカウンターをまわって厨房へ入り、袋の口から覗いていた触角を摘んで持ち上げた。エビの第一触角と内肢《ないし》だろうか。鼻先がつくぐらい顔を近づけ、それらの構造をつぶさに観察した。科研からの微物は粉々に割れて原形をとどめていないうえに小さく、砂とこすれ合ってひどく摩耗してしまっている。しかも複数の種が混じっていて、部位の特定すらもできていなかった。が、これに似た箇所がなかっただろうか。

赤堀はポケットからルーペを出して、エビの内肢にある突起をさまざまな角度から検分していった。関節の根本からは二本の棘状のものが伸びている。それに、上皮に運動性のない細かい毛状物。指先で触れながら感覚で確認した結果、わずかに似ているけれどもやっぱり違うというところに落ち着いた。自分の研究室にあるものは、軟《なん》甲綱《こうこう》に属する生き物にそっくりだがどこかが違うのだ。ましてや、形状が似ているとはいえ、カマキリのはずがないことも初めからわかっていた……。

赤堀の全身に勢いよく血が巡りはじめ、胸がどきどきと高鳴ってきた。甲殻類ではないという結果が出ていたために、自分はすべてを蚊帳の外に置いて昆虫綱に固執していた。構造が完全に虫のものだったからというのもあるが、いちばんの問題は、慎重になりすぎて遠巻きに見ていたことかもしれない。失敗をおそれすぎだ。今こそ、いつもの自分のやり方でいくべきではないだろうか。

赤堀が大口を開けてははっと笑うと、隣で様子を窺っていた店主が目に見えるほどびくりと体を震わせた。

「水野さん、このゴミをもらってもいいですか？　いや、ぜひともください」

「ええ？　ゴミを？　ちょっと……ええと、どういうことなのかな」

店主がとまどっていると、大吉がすかさず口を挟んだ。

「ああ、この人はいつもこんなふうなんで、気にしないでください。なんだか知らないけど、生ゴミがすごく気に入ったんですよ。もらっちゃってもいいですか？」

「ええ、まあ、かまいませんけど……」

赤堀はいつもの癖でリュックに入れようとしたけれども、大吉に「ストップ、ストップ！」と止められた。「ちょっと先輩、何やってんですか。ヘビとかワニガメをリュックに入れて持ち帰るのも理解できないけど、生ゴミはもっと駄目でしょうよ」

「ああ、そうか。資料が濡れちゃうもんね」

「いや、そういう問題じゃなくて」

大吉は水野の妻に新しいビニール袋をもらい、ゴミを入れて封をした。早く帰って検証したくてたまらない。赤堀は体についたクモの巣をなびかせながらみなに手を振り、店先に駐めておいた自転車に飛び乗った。

## 2

「岩楯主任、たいへんですよ」

鰐川が押し殺した声を出しながら会議室に入ってきた。岩楯は書いていた報告書から顔を上げた。若草《わかくさ》色のネクタイを緩め、ひときわ気難しい面持ちのままはす向かいに腰を下ろしている。ポケットから飴玉を取り出し、急くように口へ放り込んだ。忙しないのはいつものことだが、新たな厄介事の臭いがしているではないか。

「気が滅入るようなネタならもう間に合ってる」

岩楯は先手を打って言い、報告書に目を戻しながら続けた。

「なんせ、マサキは想像上の人間だと上から切り捨てられたばっかりだからな。どうやら、手柄ほしさに焦った俺がでっち上げた妄想らしい。横須賀なんかで遊んでないで、素直に船堀界隈を当たれとのお達しだ」

「なら、お偉方も前言撤回するしかなさそうですよ」

そう返した鰐川は、周りを気にするように声を低くした。

「ガイ者だと有力視されていた船堀の期間工ですけど、今さっき、ひょっこりとアパートに戻ってきたらしいです」

「なんだって？」

岩楯は書類から顔を撥ね上げた。

「ガサ入れが済んで、周辺の地取りに当たっていた捜査員が発見したそうです。今、任意同行でこっちに向かっていますが、どうやら借金取りから逃げまわっていたらしいですね。本人に間違いないとのことですよ」

「それはそれは、無事で何よりじゃないか」

岩楯は意地悪くにやりと笑った。

「闇金の連中に沈められた線には、密かに期待してたんだがね。しかし、今日にもDNAの結果が出るってときに、つくづく間の悪いやつだ。おまえなんで生きてんだって詰め寄られるな」

「本部にとっては悲報ですけど、ぼくたちには朗報でもありますね。今、追っている線は間違っていないとますます確信しました」

「ああ。荒川で揚がったのはマサキだ。それ以外にはない」

鰐川はメガネを押し上げ、冷静な印象を与える三白眼をきらりと光らせた。

これで捜査本部いち押しの線は消えた。けれども、それとマサキへ焦点が向けられるのとは別問題だった。本部が岩楯の読みに乗り切れない理由は、とにかくすべてが当て推量で確証がないことに尽きる。が、いよいよ赤堀が出した実験結果を加味して、捜査範囲を広げることになるだろう。東京湾よりも、荒川の上流域に限定する根拠がなくなったと言える。

岩楯は机にペンを転がして腕組みし、ここからどう進んでいくべきかを考えた。犯人像にまったく迫れないどころか遺体の身元も未だに不明で、しかも裏では他殺以外の可能性も浮上している。果敢にも由美は九条に再検屍の必要性を訴えたらしいが、医師は岩楯の予測を裏切らない行動を取っていた。内部での処理、そして助手を厄介払いする算段だ。たとえ岩楯が死因に疑問を投げかけたところで、今の持ち札では九条の結論を覆すことなどできないだろう。

パソコンのキーを流れるように打ち込んでいる、相棒の意見が聞いてみたくなった。

「今まで挙がってる情報から考えて、おまえさんはマサキはどんな人間だと分析する？」

岩楯が問うと、鰐川はメガネの上から目を合わせてメモを入力したファイルを起ち上げた。スクロールしながら読み返し、しばらく考えてから口を開いた。

「刺青師の大鷹氏も指摘していましたが、とにかく自己顕示欲が強いタイプでしょうね。しかも粗暴な強さに憧れている節がある。子どもじみた感性を引きずっているように思えます」

「なんせ、刺青が牙を剝いた一匹狼だからな」

「はい。横須賀という土地で、軍のアメリカ人に好まれている刺青を腕に彫るというあたり、パターン化された『男らしさ』というものを過剰に意識していたんじゃないでしょうか。目に見える強さ、荒々しさ、器の大きさ、財力、権力、豪快さ。クレジットカードを使わない現金主義なのもそれを表しているように思えます。裏を返せば、強さに対する根深いコンプレックスがある。過去に大恥をかかされたような経験があるのかもしれません。軟弱な男と思われることを何より嫌う反面、こらえ性がない、あるいは続かない人間だったんじゃないでしょうか」

「なんでそう思う？」

相棒はパソコンのモニターを凝視してから、岩楯に視線を移した。

「マサキが思い描く『強い男性像』からは、かけ離れた肥満体型だから……というのがおもな理由ですね。彼の思考からすれば、もちろん、人を威圧できるような筋肉隆々の肉体を求めたはずなんですよ。見せるために一匹狼を腕に彫ったわけですから。でも、そこは完全に放棄している」

「筋トレ挫折、ストイックさがないわけか」

「そう見えますね。だからこそ、ほかで補塡《ほてん》していたと考えられます。たとえば十五万もするリールを予告なくぽんと買ってみたり、ワインに精通している話をしたり、船を買うと言ってみたり。彼の場合、トータルで男らしさの水準をクリアしていればいいんでしょう。いや、よくはないですが、よしとしてしまう甘い性格ですよ。そして、おそらく未婚です。女性の影がまったく見えません。このあたりもコンプレックスに通じていそうですね」

岩楯は、鰐川のプロファイルに耳を傾けた。吟味するまでもなく、ほぼ同じ意見だと言っていい。だからこそ、腑に落ちないことがあった。

「おまえさんの見立てはいい線いってる。だとすれば、そんなやつが自殺なんかするのかどうか」

「しないですね」と鰐川は即答した。「自殺からはほど遠い人物像です」

「だよな。じゃあ、なんで死んだんだ？」

相棒はしばらく口をつぐみ、捜査ファイルからマサキの写真を出して、詰問でもするようにじっと目を据えた。

「釣りが趣味なら、転落事故の可能性もあると思います」

「ここでようやく、解剖補佐の言う絞殺じゃないって結論とプロファイルが一致する。だが、転落したにしても事故じゃなく殺しだ」

岩楯が断言すると、鰐川は理由を問うように目を細めた。

「おまえさんのプロファイルからすれば、マサキは見当違いの男気をひけらかすような見栄っ張りだ。人目があるところでは、いつ何時も気を抜かなかったのは想像がつくんだよ。だいたい、この写真を見てみろ」

ポラロイドのマサキを、岩楯は指先でとんとんと叩いた。

「ありったけの装身具を着けてきたって感じだぞ。きっと、ポケットにはクリップで留めた札束でも入ってるんだろう。個人の小さい釣具屋で高額な買い物をしたのも、ロディのおやじが横須賀界隈で顔利きだってことを知ってるからだ。自分のデカさを、人づてにでもひけらかしたいのさ。そんなやつが、水死体で揚がったときに身につけていたのはなんだ?」

「量販店で売られている千円もしない安物のズボンでした。時計もアクセサリーも一切なしです」

「釣りをしてたにしても、全身をばっちりキメてるはずだろ？　じゃなきゃ、十五万のリールが引き立たない」

鰐川は素早く所持品の写真のページをめくった。頭のなかを高速で整理しているのか、ぶつぶつと何事かをつぶやいている。さらに推測の触手を奥深くまで伸ばしていったようで、見えてきた結論をぽつぽつと言葉にした。

「……何か汚れるような作業をしていたなら、使い捨て感覚で安物のズボンでもいいと考えるかもしれない。だから当然、高価な時計や装身具は外していた」

「そこなんだよ」

岩楯は頷いた。

「人目につかないところで、やつはなんかの汚れ仕事をやっていたと思うわけだ。マリンコンサルだかなんだか知らないが、船を買おうと思うほど羽振りがいいわりには、仕事の内容が不明瞭。本当に何かの卸し業だとすれば、果たしてそこまで稼げるのかどうかもわからない。しかも、自己顕示欲の塊みたいなやつなのに、自分の日常生活は妙に隠し立てしている。胡散臭い限りだろ？」

「マリンコンサルで検索しても、それらしいサイトやブログ、ＳＮＳなんかもヒットしませんでした。人物像と照らし合わせれば、大々的にやっていてもおかしくはないはずなんですけどね」

「マリンコンサルで登記もなし。まあ、正式な社名は別にあるか、全部がうそっぱちって可能性もあるが」

鰐川は岩楯の言葉をノートに書き留め、それを何度か読み返してからうなり声を上げた。

「確かに、ひとつずつ潰していくと、怪しげなところが見えてきますね。でも、だからと言って、事故ではなく殺人だと言うまでの根拠はないように思いますが」

「根拠は、さっきおまえさんがプロファイルしただろうよ。マサキはこらえ性がなくて減量すら続かない自堕落な男なんだろ？　そんなやつが孤独に耐えながらドライバーを一本だけ持って、黙々と汚れ仕事で金を稼ぐとは思えない」

「なるほど！　そうとも言えますすね！」

鰐川はバシンと手を叩いたが、はっとして周りを見やり、再び声を落とした。

「仲間がいたほうが人物像的にもつじつまが合う！　いや、仲間じゃないな。マサキが主導権を握れるような手下じゃないでしょうか？」

岩楯はにやりと笑った。ここで出てくるのが、刺青バーで一緒にいた使い走りの優男《やさおとこ》だろう。おそらくマサキは、公にできないような仕事で荒稼ぎをしている。そこかしこから違法性の臭いがぷんぷんとしていた。片棒を担いでいる男は、金銭的な理由で使われているのか、純粋にマサキを慕っているのか、それとも何か弱みでも握られているのか……。

「ざっと考えて、今まで出た情報から『妄想』できるのはこんなとこだよ。でもまあ、もしマサキがそのへんでひょっこり見つかれば、俺の意見は一切なかったことにする準備はできてるがね」

岩楯は伸び上がって肩をまわし、関節をぼきぼきと鳴らした。海を望む会議室の窓の外はいつの間にか真っ暗で、コンテナ船や水上バス、そして海岸線の街灯の明かりが瞬きながら揺れている。しばらくぼうっと眺めてみたが、ロマンチックだと騒がれるような情緒は何ひとつも感じなかった。自嘲して腕時計に目を落とせば、午後七時前を指している。岩楯は残っていた報告書を一気に書き上げ、すでにすべてを終わらせてメモをまとめている鰐川に声をかけた。

「今日は祝日のうえに花の土曜だぞ。しかも明日は非番だが、恋人と待ち合わせでもしてるのかい？」

「恋人はいません……と何度言えばわかっていただけるんですか」

モニターから目を離さずに、鰐川はことさらぴしゃりと返してきた。

「出会いは突然だからな。今さっき、そこらへんでだれかと恋に落ちたかもしれんわけだ」

「そういう衝動的な恋愛は燃え尽きるのも早いんですよ。お互いの理解を深めながら、焦ることなく進むのが理想ですから」

「理想と幻想は紙一重。まあ、がんばれ」

岩楯は捜査資料を机に叩いてそろえ、力まかせにファイルへ綴じ込んだ。

「ところで、赤堀から誤字脱字だらけの迷惑メールが何通も入ってな。今日、これから呑もうってそれはそれはしつこいわけだよ」

「行きましょう。場所はどこです？」

鰐川はなぜか嬉しさを気取られないように、そそくさとノートパソコンを閉じている。まるで姉になついている弟だ。どんなにひどい仕打ちをされても、赤堀への好意は変わらないようだった。


資料一式を鞄に突っ込んでステンカラーコートを羽織り、報告書を提出してから南湾岸署の外に出た。寒さに震えながら最寄り駅へ足早に向かい、ゆりかもめとりんかい線、そして京葉線を乗り継いで、三十分足らずで潮見《しおみ》駅に到着した。赤堀は「駅から三本右に入って細い路地を抜けたところ」という大雑把な説明しかよこさなかったが、鰐川がスマートフォンを活用して難なく「和食処　水野」を見つけ出した。

「どっからこの店を見つけてきたんだよ」

岩楯は薄暗い通りに目をすがめた。完全なる住宅街で、中ほどにある古ぼけた民家の一階が店になっているらしい。無垢材のドアを引いて顔を出すと、人のよさそうな店主の声が響いて、食欲をそそる濃厚な出汁の匂いが鼻孔を刺激した。

手狭な店だが人気があるらしく、席はすべて客で埋まっている。すぐにいちばん奥まったところにある座敷で、赤堀が手を振りながら声を上げた。いくつものピンで無造作に前髪を留めつけ、つるりとした広い額を晒《さら》している。二人の刑事は、奥へいって座敷に上がり込んだ。

「職務ご苦労！　ずいぶん早かったね」

赤堀は敬礼をして生ビールを三つ注文した。すぐに運ばれてきたジョッキで乾杯をし、三人は喉を鳴らして一気に半分まで飲み干した。赤堀は最高とかうますぎるとか言って騒ぎ、枝豆が食べたくなった心理分析をしろと鰐川に迫っていた。

「それにしても、こんな場所をどうやって見つけたんだ？　あんたの大学からも家からも遠いだろ」と岩楯は、さらにビールを呷《あお》っている赤堀に問うた。

「水野さんとはシロアリ仲間なわけ。わたしが生き証人になるんだけどね」

赤堀は昨日に起きた不動産屋シロアリ詐欺論争を、身振りを交えながら早口で説明した。本当に彼女の仕事は想像を超える。小鉢に箸《はし》をつけながらそう思ったとき、赤堀の手が絆創膏《ばんそうこう》だらけなのに気がついた。まくり上げている袖の下へ、赤く腫れ上がった傷がいくつもつながっている。鰐川はすでに気づいていたようで、メガネを押し上げながら赤堀の手をちらちらと盗み見ていた。

「手の怪我はどうしたんですか？　かなりひどそうですね。まさか、シロアリ対決で負傷したとか」

「ああ、違う違う。わたし独自のやり方で検証実験をしたら、こんなことになったの」

「独自のやり方……というと？」

「謎の物質を素手で摑んでみるっていう古典的な実験だよ」

「死骸を舐めるのと同レベルの自殺行為だろ」

岩楯はすぐに切り返した。

「科学に頼り切った分析は、時として真実を隠しちゃうからね。今回がまさにそれだったから、なんとしてでも突破口を開きたかったんだよ」

「つうことは、カマキリから何かを摑んだのかい？」

「そういうこと」

赤堀はあごを上げて不敵な笑みを浮かべた。急な誘いには何かあると思ってはいたが、どうやらじっとしていられないほどの大事らしい。赤堀はジョッキを空にしてふうっと息をつき、テーブルの上で傷だらけの手を組んだ。

「科研からの微物をいろんな角度から調べてたんだけど、いまいち有力な情報が挙がらなかったの。特に、半透明で二ミリぐらいの細かい棘ね。見た目はまさに毛虫の毒針毛。ああ、アルコール入っちゃったけど、結果報告してもいい？」

「もちろんですよ、ぜひ聞かせてください」

鰐川はメガネの奥の目を輝かせ、すぐに帳面をスタンバイした。赤堀はリュックサックをごそごそと探り、中からファイルを取り出している。抜き出した書類には数値や化学記号などがびっしりと記され、複雑に入り組んだ構造式にはぐるぐると赤丸がつけられていた。

「科研の分析では、炭素が鎖状につながった分子の神経伝達物質が検出されていた。有機化合物アルカロイド、つまりは天然毒だね」

「さっぱりわからんが、それが毛虫の毒ってわけか」

「そう。チャドクガの毒針毛にそっくりだから、とにかくドクガ属を調べ倒したの。

年に二回、十月にも発生する種だし遺体についていたとしてもおかしくはない。なのに、ぜんぜん答えが見つかんなくて頭を抱えちゃってね」

「で、それを打開するために、毒針とわかってるもんをわざわざ鷲摑みしてみたと」

「まあね」

赤堀は軽く答えている。腕にある水疱やみみず腫れのひどさは尋常ではなかった。常軌を逸しているとしか言いようがない。

「あのなあ、先生。あんたの熱意はだれよりも知ってるが、何かあってからでは遅いんだ。アルカロイドとかいうもんが致死量だったらどうするつもりだよ」

「もちろん、死ぬような毒じゃないってことを確認したうえでだよ」

「そういう問題じゃない」

岩楯はむっつりと言い、ジョッキの底に残っていたビールを飲み干した。

赤堀には無鉄砲を通り越して不用意なところがありすぎる。その行動のほとんどが、少しでも事件解決に貢献するため、延《ひ》いては法医昆虫学を確立させるためという重責を背負っているせいなのもわかってはいた。暗に契約打ち切りを盾《たて》にされ、つねに結果を求められているのもわかる。もちろん、予測もつかない膨大な知識で危機回避はしているのだろうが、赤堀が無茶をしてでも立ち上がろうとする姿を、見ていられない心情になることが岩楯にはよくあるのだった。

みなのグラスが空いているのを見て、岩楯は身振りでビールを追加してから本題に戻した。

「で、覚悟を決めて毒を浴びての感想は？」

「ホントにもう、跳び上がるほど痛かった」

アホな答えとしか言いようがない。岩楯は呆れ返って顔をこすり上げた。

「かゆみを伴う痛みがしつこく続く症状で、蕁麻疹《じんましん》にそっくりなドクガとは違っていた。こっちはまるでやけどしたみたいな見た目だからね。それで、自分の血液を詳しい分析にかけたら、ガンマアミノ酪酸《らくさん》を分子内にもつことがわかったの。で、今朝、やっと張本人を突き止めたよ」

赤堀は、紙いっぱいに印刷された生き物をテーブルの上にぽんと置いた。毛虫とヤスデとヒルとナマコを掛け合わせたような、なんとも気色の悪い見た目だった。全身が薄桃色で両脇が長い毛に覆われ、所々に黒い剛毛が混じっている。くねらせている胴体には茶色っぽい縞模様と、目玉そっくりの斑点が並んでいた。拒否反応を抑えながらじっと見入ったけれども、これがなんなのかがわからない。いや、わかりたくもない類《たぐい》の生き物だ。

「なんだよ、こいつは。酒がまずくなるどころの見た目じゃない。褒めどころだってひとつもないだろ」

「そんなことないって。しなやかなボディとダイナミックな色彩と模様。個性の塊みたいな子だと思う」

「どう見ても間違えた個性ですよ……」

鰐川も唇の端を震わせていたが、すぐ何かに気づいたように顔を写真に近づけた。

「いや、ちょっと待ってくださいよ。この下に書かれてる縮尺の数値は合ってるんですか？」

「うん、合ってるよ」と赤堀は笑顔で頷いた。

「笑ってる場合じゃない。こっから換算すると、体長が十五センチ以上で胴体が五センチは確実にある大物なんだぞ。いったい、こいつはどこで生きてるんだ。まさか、荒川で増えてるんじゃないだろうな」

「増えてないって。この子は多毛綱《たもうこう》の虫、ゴカイの仲間でウミケムシっていう肉食の海洋生物なんだよ」

「これだからぼくは海がおそろしいんですよ」

鰐川は身震いをしながらメガネを中指で上げた。

「泳ぎが苦手っていうのもありますけど、未知の生物が多すぎるでしょう。生息域は？」

「沖縄から本州にかけての海なら、わりとどこにでもいるね。水深は五から百メートルで順応性がある。釣り糸とか漁の網にもよく引っかかって毛を逆立ててるから、素手でさわると毒を注入されるってわけ。でもまあ、普段は海底の砂の中にいて、夜にエサを探して泳ぐ保守的でのんびりした子だよ」

「のんびり？　アグレッシブすぎます」と鰐川は文句を言いながらも、ノートにウミケムシの生態を書き留めた。

岩楯は赤堀の説明を耳に入れながら考えた。これは、マサキが海を漂流してきたことの駄目押しになるだろう。生息域から場所までは特定できそうにないが、塩水実験と傷口に付着していた微物から、もう赤堀の説を否定する者はいないと思われた。

そのとき、黒いエプロンを着けた線の細い妻がビールと料理を運んできた。ウミケムシの写真に一瞬ぎょっとしたようだったが、落ち着いた仕種でそっと脇に避け、大皿をテーブルの上に置いた。なんと、尾頭《おかしら》つきの立派な鯛だった。

「これ、わたしたちからの気持ちです。赤堀さんと辻岡さんには本当に感謝しているんですよ。弁護士の先生からも電話があって、もう心配いらないだろうということで」

「よかった。細かいことは大吉にまかせておけば問題ありませんから。ありがとうございます、こんなすごいタイをいただいちゃって」

二人の刑事もにこやかに礼を述べると、妻は召し上がってくださいと言いながらカウンターのなかへ引っ込んだ。すると赤堀はいきなり鯛の口へ人差し指を突っ込み、中を覗いて目を輝かせた。かと思えば、がばっと顔を上げて岩楯に過剰な笑みを向けてくる。経験上、ろくでもないことが起こる予兆なのがはっきりとわかった。

「海の中は陸地とは別世界だからね。ホント、不思議すぎて嬉しくなっちゃうよ」

赤堀は、鯛の口の中から乳白色の何かをむりやり引きずり出している。それを見たとたん、岩楯と鰐川はつい立てにぶつかりそうなほど身を引いた。

「このタイは大当たり！　二人ともツイてるね、ウオノエが入ってた」

「それは……」と言いかけた鰐川が、むせ返って咳き込んだ。三センチ以上はありそうな真っ白い甲虫が魚の口の中で蒸し上がり、ぞっくりと生えた太い手脚を縮めて丸まっている。赤堀はそれを愛おしそうに掌に載せて、二人のほうへ差し出してきた。

「はい。ラッキーが続くように、これをあげるね」

「いるかよ」

岩楯は思わず声を上げたが、ほかの客が振り返ったのを見て押し殺した声色に変えた。

「いったいなんだ、いつ魚の口にそんなでかい虫が入ったんだ」

「これは等脚目《とうきやくもく》に属するウオノエっていう寄生虫。タイとかアジの口の中に入って舌にくっついちゃうの。で、体液を吸って舌を腐らせて、今度は魚が食べたエサを横取りして楽に生きる。宿主《しゆくしゆ》が死ぬとよそへ移るから、口の中にとどまってたこのタイは鮮度抜群ってことだよ。よかったね」

「いいわけあるか。だいたい、なんでタイもそんなもんを口の中に棲まわせてんだ？　メリットがひとつもない」

鰐川は、喉仏を上下させながらひどく眉根を寄せている。

「いかにして生を勝ち取るか、自然界はそれがすべて」と赤堀は相棒の小皿にウオノエを載せた。「さあ、ワニさん。これは捜査の一環だよ。ぱくっと食べちゃって」

「ちょっと待ってくださいよ！　これの何が捜査の一環なんですか！」

「今回の事件にすごくかかわりがあるんだよ」

赤堀は急に真剣な面持ちに変えて断言した。

「わたしが科研の微物から見つけたのは、ウミケムシだけじゃないからね。こっからが本番だよ。被害者がいた場所まで、わたしが連れてってあげる。必ずだよ、約束する」

　赤堀はあごを引いてじっと目を合わせてきた。確実な証拠を掴んだときの負けん気の強い顔だ。よし。岩楯は怯える相棒に言った。

「鰐川、男を見せろ」

「な、なんでですか！　というか、前にもこんな場面がありましたよね！　だいたい寄生虫を食べたらまずいでしょう！　人体に有害ですよ！」

「何言ってんの。ウオノエは珍味なんだよ。カラスミ、このわた、酒盗《しゅとう》、あん肝《きも》。このへんとおんなじジャンルで、しかもおいしいんだからね。ほら、口開けなって」

　赤堀は乳白色の虫を指でつまみ、わさび醤油につけてから鰐川の口へもっていった。丸い目を爛々と光らせて、実に悪魔的な笑みを浮かべている。今日を境に、魚を食べるときには必ず口の中を覗く、といういやな習慣が二人の刑事に刷り込まれたのは言うまでもない。

　岩楯が無関係に徹してビールを呷っていると、赤堀のしつこさに音を上げた相棒がついに寄生虫を口に入れた。今にも吐きそうだと言わんばかりの顔で、ついにはウオノエを噛み砕いている。ばりばりという歯ごたえが岩楯にも伝わって、無意識に奥歯を噛み締めた。赤堀に味の感想を急かされた鰐川は、大量のビールで寄生虫を流し込んで、一気に十は老け込んだような蒼白い顔を上げた。

「ものすごくむかむかします。今すぐ、催眠で記憶を消してもらいたいぐらいですよ。味だけに集中すれば、エビ……いやシャコのほうが近いでしょうか」

すると赤堀がバシンと手を叩き、厨房にいる店主に「例のものをお願いします！」と声を張り上げた。すぐに運ばれてきたのは、ボイルされて花のように盛りつけられたシャコだった。

「ウオノエは、シャコそっくりの味なんだよ。で、科研がカマキリじゃないかってわたしに送ってきたのは、なんとシャコの表皮だったわけ。第二顎脚《がっきゃく》と大顎、それに尾《び》節《せつ》の棘がいくつも入っていた。ばらばらに小さく砕かれてたから、カマキリに見えなくもなかったんだよ」

「いくらなんでも、カマキリとシャコを間違えるか？」

岩楯は皿の上のシャコを見つめた。

「英名でシャコはマンティス・シュリンプ。直訳するとカマキリエビ。ほんの小さい欠片だったら、間違えてもおかしくない構造ではあるね。でも、なかなかその証拠が挙がってこなかったんだよ」

そう言いながら赤堀は、ファイルの中からごそごそともう一枚の写真を取り出した。茶色と黄色の縞模様のある、エビに似た生き物が写し出されている。カマ状になった鋭い前脚が突き出された、いかにも凶暴な見た目をしていた。

「鋭い顎脚とノコギリ状の棘、それに力強い瞬発力。うかつに指を出したら骨折するぐらいのパワーがあるからね。獲物の仕留め方は、おもに撲殺《ぼくさつ》。この種は粉砕《ふんさい》攻撃型なの。カンブリア紀から生きてる喧嘩っ早い子だよ」

「いやな生き物だな」

「例の微物には日本で馴染みのあるシャコも混じってたけど、口脚目《こうきゃくもく》のトラフシャコっていう種がほとんどだったんだよ」と赤堀は、写真をとんと指先で叩いた。「ロブスターぐらいの大きさがある豪快な子なの」

「トラフシャコ……初めて聞きました。それが被害者の傷口に付着していたと?」

鰐川がノートを片手に問うと、赤堀はこっくりと頷いた。

「この種はインド洋、ハワイ、オーストラリアなんかの亜熱帯に分布してて、日本では紀伊半島から南の海に生息域が限定されている。でもね、最近の環境変化を考えれば、もっと北上しててもおかしくはないと思う」

赤堀が伸び上がって厨房に目配せをすると、黒いバンダナを頭に巻いた穏やかそうな男が、「なんでしょう?」とタオルで手をぬぐいながらやってきた。

「さっき出してくださったボイルシャコは、日本産ですか?」

「いえ、これはフィリピン産ですよ。日本では今シャコが激減していましてね」

「大型のトラフシャコも?」

「ああ、そっちはもともと数が少ないですね。南のほうでは売られているらしいですけど、こっちの市場ではまず見かけません」

鰐川はタブレットを起ち上げて、紀伊半島付近の漁港を検索した。いくらなんでも、こんな場所から東京湾を経て荒川へ流れ着くのは無理があるだろう。

岩楯はシャコの写真と地図を目で往復し、釣具屋の男が言った言葉を反芻《はんすう》した。マサキはマリンコンサルタントを名乗り、何かを卸して大金を稼いでいた。もしこのトラフシャコというものが絡んでいるのであれば、話の筋が通るのではないだろうか。

腕組みして写真を見据え、岩楯は素朴な疑問を水野にぶつけた。

「ちなみに、この大型のシャコを出す店は高級料亭とか高級寿司屋とか、時価で値決めをする類の場所なんですかね。一度も見たことがないんですが、いわゆる上流階級専門の食材ですか?」

水野は、おもしろい解釈ですね、と口許をほころばせながら言った。

「日本料理とか寿司に使われるのはもっぱら江戸前のほうで、トラフは見たことがないなあ。なんせ大きすぎますよ。わたしは一度も使ったことがないし、市場に出てるのも見たことはないですね」

「ということは、食材では使わない?」

「うーん。断言はできませんが、そういう話は聞いたことがありません。それに、市場に出ないものを仕入れる手段はほとんどありませんから」

岩楯が手を止めてしまったことを詫びて礼を言うと、水野はかまいませんと笑ってカウンターの裏側へ戻った。三人はぬるくなってしまったビールに口をつけ、互いに意味ありげな目配せを送り合った。そして運ばれてきた料理に箸をつけ、繊細な味付けを堪能しながらも、それぞれに頭を回転させていた。赤堀が突き止めた証拠はかなり重要な位置にある。それにしてもマサキは、食材にもならないシャコがいる場所で、いったい何をやっていた?

「先生はどう考えてるんだ?」

さっきから、鯛の身を一心不乱に外している赤堀に話を振った。彼女はちらりと岩楯を見やり、手を動かしながら思うところを口にした。

「由美さんが割り出した条件に合う場所で被害者が頭から転落したとして、あれだけの量のシャコが傷口につくのかどうかが疑問だね」

「量というと？」

「粉々になったトラフの表皮は、一匹や二匹ぶんじゃない。顎脚の欠片だけを見ても、八匹前後に相当する数があったからね。普通のシャコのものも少しだけ混じってた。今朝からずっと考えてるんだけど、そんなことになるシチュエーションがぜんぜん浮かんでこないの」

「それに加えて、ウミケムシの大量の毒針もありますよ」

鰐川がノートを見ながら言った。

「そういうこと。しかも溺死、そして荒川まで漂流だからね。かなりピンポイントな条件がそろったんだけど、まだ全部をつなげるには何かが足りないんだな。まずはトラフの生息域を割り出す必要があると思う」

「わかりました。赤堀先生、ひとつ聞いてもいいですか？」と鰐川が彼女の答えを待たずに先を続けた。「ぼくがウオノエを食べた意味はいったいなんなんでしょう」

相棒はゲテモノを食わされた意味を見出そうと必死だ。今のところ、事件に絡んでいるような節はまったくないと気づいたのだろう。赤堀は身をほぐした鯛をテーブルの真ん中に置いて、鰐川を見てにっこりと微笑んだ。

「自分が思う限界点は限界じゃない。余裕で超えられるハードルを置いて、無意識に保険をかけてるだけなんだよ。でも、ワニさんはさっきそれを取っぱらった。道に障害物は何もない。もう自由だよ」

相棒はぴたりと動きを止めて宙に目をさまよわせ、次の瞬間にはノートに赤堀の言葉を一気に書きつけた。精神のステージがどうとか騒いでいるが、まるで見当違いなのはだれよりも岩楯が承知している。

「鰐川、簡単にだまされるな。ただ虫を食わせたかっただけだ」

「そうでしょうか。言葉に深さと重みが感じられます。確かに、心が解放されたような清々しさがありますし」

そんなはずがないだろう。赤堀はすでに話題を変え、農学部との縄張り争いとその戦術を熱く語りはじめている。忙しない喋りを耳に入れながらビールを呑み、岩楯はおぼろげに見えはじめた事件の輪郭を無意識にたどりはじめた。

## 3

潮の匂いが心地いい。船着き場には柔らかな太陽が降り注ぎ、赤堀の背中をじんわりと温めていた。錆だらけの係留柱に腰かけ、複雑に乱反射する穏やかな海をぼうっと眺めた。どこからともなくトンビの鳴き声と、微かな船の汽笛が聞こえてくる。実にのどかだ。時間の流れを肌で感じられるのは久しぶりかもしれない。

赤堀は、頭の中にある仕事関連の部屋の扉を片っ端から閉めていった。しばらく無に浸ろうとしたとき、腹の中からウシガエルの鳴き声のような音がした。

「おなかすいた」

赤堀がだれにともなくつぶやくと、隣で地面にあぐらをかいていた大吉が人あくびをしながら伸び上がった。

「ちょっと早いけど、お昼にしましょうか。それにしても、ここはロケーションがいまいちですよ。もっとこう、地形を活かした設計にすればよかったのに」

大吉はぐるりと周りを見わたした。

横浜にある峰《みね》漁港は、コの字型の船だまりがある小さな港だった。みな漁に出ているせいか、係留されている小型底曳《そこび》き船も少なく閑散とした印象だ。奥には長屋のように仕切られた番小屋が建ち並び、漁師がウキやプラスチックケースなどの商売道具をしまっておく倉庫になっているらしい。その前に座り込んで網を補修している漁師や、ねずみ色の塩ビ管にドリルで穴を開けている者が目についた。アナゴの筒漁《つつりょう》に使う道具だろう。思った通り老人ばかりで、物悲しくなるほど活気がなかった。

「どうせなら、寂れた漁村の情緒がもっとほしいとこですよ。コンクリートで四方八方を固めすぎじゃないですか」

大吉はあいかわらず港の設計に文句をつけている。

「なんだかんだ言っても、ここは大都会横浜だからね。大手の工場が密集する場所でもあるし、こんな小さい漁港が残ってるのが逆にすごいよ」

「そこにいるのは、時代に取り残された年老いた漁師ばかり……。なんだか、浦島太郎《うらしまたろう》みたいですよね」

大吉が節をつけて言いながら、脇に置いたビニール袋に手を突っ込んだ。今さっき買ってきたハンバーガーを取り出して赤堀にわたし、自分も包み紙を開いて早速大口を開けている。が、今にもかぶりつこうとしたその瞬間、黒い影が頭の上から落ちてきて、ハンバーガーをすさまじい速さで持ち去った。「うわっ！」と声を張り上げた大吉は反射的に頭を手で押さえ、驚愕した面持ちのまま上空へ目をやった。

「トンビはさすがだね」

赤堀は、ハンバーガーを鷲掴みして上昇気流に乗る猛禽類《もうきんるい》に目を細めた。

「わたしらがここに座った瞬間から、完全に狙いをつけてたよ。知らなかった？」

「いや、知ってたんなら教えてくださいよ！　あの鉤爪《かぎづめ》で目でもくり抜かれたらどうするんですか！」

「標的はハンバーガー。あんたの目玉はあの子の好みじゃないって」

大吉は過剰に上空を警戒し、ジャンパーのファスナーを開けて懐にハンバーガーの袋をしまい込んでいる。次なる獲物を狙って頭の上を旋回しているトンビに毒づき、背中を丸めて一気に口へ詰め込んだ。

赤堀も包み紙を開こうとしたとき、沖のほうから一艘《そう》の漁船が港に入ってくるのが見えた。白い船体の側面には「栄昇丸《えいしようまる》」という名前が荒々しく書かれ、船首からは赤銅《しやくどう》色をしたシワだらけの顔が覗いている。

「大吉、行くよ」

赤堀がハンバーガーを大吉に戻して立ち上がると、後輩は慌てて口の中のものをジュースで流し込んだ。小型の底曳き船は流れるような動きで左側の奥へ脇腹を寄せている。係留場所はD－3。二人は小走りして港をまわり込み、下船してビットにロープをくりつけている老漁師に声をかけた。

「こんにちは、いちばんのりですね」

タオルをハチマキのように頭に巻いた老人はちらりと赤堀たちを見やり、すぐに振り返って周りへ目を走らせた。どうやら、別の人間に声をかけたと思っているらしい。

「栄昇丸の船長さんですか？　やっぱ船はかっこいいなあ」

「だれだ、あんたら」

老漁師は酒灼《さかや》けしたような嗄れ声を出した。船の重油の臭いが鼻を衝《つ》き、そこに濃密な磯《いそ》の香りや魚の生臭さも入り混じっている。彼は節くれた手でロープを器用に結んで、腰を叩きながら上体を起こした。

「今日はシャコの試験獲りの日なんですよね？　さっき、そこの支所の方に聞いたんですよ。ホントは禁漁中だっていうのに、ナイスタイミングで嬉しくなっちゃうな」

「水産試験場の連中か？」

老人は怪訝な声色で赤堀を見つめ、すぐに大吉へ視線を移して、中央アジア由来の濃い顔立ちを時間をかけて観察した。少しだけ右側に曲がっているあごが、面長の顔になんともいえない愛嬌をもたらしている。七十はとうに過ぎているだろう。引き結んだへの字口はいかにも偏屈そうだが、海を知り尽くしているであろう茶色の瞳には、ものに動じない強さがみなぎっていた。

赤堀はポケットからごそごそと名刺を取り出した。

「水産とは関係ないんですよ。ぜひお話を伺いたいんです」

老人は目をしばたたいて名刺の細かい文字を読もうとしていたけれども、「見えん」と言ってすぐに顔を上げた。船上から声が上がるのを聞いて、上着のポケットに無造作に入れる。

「試験場の連中だとしても、話してる暇はねえよ。時間が勝負なもんでな」

老漁師は赤堀を押し退《の》けるように進み、壊れかけのリヤカーを引っぱって船の脇に着けた。

「暇になる時間まで待ちますよ」

「そんな時間はねえって。今日は忙しいんだ」

「じゃあ、船長さんのお名前だけでも教えてください」

赤堀が笑顔のまま食い下がると、老人は心底面倒くさそうに振り返った。

「見ず知らずの人間に名乗る筋合いなんてねえんだよ。あんたはもしかして新聞屋か？　禁漁になったときもしつこくつきまとって、さんざんデタラメを書きやがって」

「新聞屋ではないけど、まあ、取材と言えなくもないかな。ちなみに、峰漁港の組長さんも今日は漁に出てるって聞いたんですよ。名前はええと……」

赤堀はリュックサックから手帳を出して、書き留めたメモを確認した。

「ああ、西牧邦夫《にしまきくにお》さんだ。もうすぐ戻ってくるんですかね？　組長なら取材のオーケーがもらえます？」

「組長じゃねえ、組合長だ」

吐き捨てるように言い、老人はこれみよがしにため息をついた。

「俺がその組合長だよ」

「ホントに？　こっちもナイスタイミング！」と赤堀はバシンと膝をひとつ叩いた。「わたしがずっと待ってたのは西牧組長さんなんですよ。じゃあ、あらためて取材の申し込みをします。漁のことについて教えてください」

「断る」

老漁師は取りつく島もない。そのとき、漁船からひとりの青年が飛び降りて、梯子のような運搬用ローラーを陸地と船の間に渡した。船上に残った二人がプラスチックのケースをローラーに滑らせ、下では西牧と青年が受け取った獲物をリヤカーに積み込んでいく。

当然、農村と一緒で漁師も老齢化の波に呑まれていると思っていたが、意外にも西牧以外はみな若手だ。船の上の二人は三十代の初めぐらいで、西牧に「奥から積み込め！」と怒鳴られている青年は、まだ二十歳そこそこぐらいに見えた。老人に叱られるたびに首をすくめ、文句を言いたげに口を尖らせている。

水揚げされたシャコやその他の獲物はリヤカーに載せられ、倉庫の前に横づけされている軽トラックまで運ばれていった。赤堀は忙しなく動きまわっている西牧の後ろについてまわりながら、再び声をかけた。

「西牧船長さん、このシャコ、どこへ持っていくんですか？　市場？　組合？　直売所？　もうこのまま売りに出しちゃうの？」

「下処理《したしより》だよ」

「どこで？　水産工場？　どっかの作業場？」

「やかましいって」

老人は赤堀を追っ払うように手をひと振りした。

「そんなことはそこの事務所で聞いてこい、邪魔だ」

「作業を見ながらお話を聞きたいもんで。下処理を見学してもいいですか？　ご迷惑はかけませんから、お願いします」

「すでに迷惑なんだよ、ハエみてえにまとわりつきやがって。いったいなんなんだ、あんたは。新聞屋に苦情を入れるぞ」

「いちおうは取材だけど、わたしは新聞屋じゃないんですよ。ハエの伝道師、昆虫学者です！」

赤堀が笑顔のまま敬礼をすると、老人はくるりと振り返って目を合わせてきた。

「わけわからん。ハエ専門が漁師になんの用だよ」

「シャコのことが知りたいんですよ、生態とか出荷にいたるまでの工程とか。だから、ついていってもいいですか？　シャコを求めて東京からきたんです。なんせ、関東では峰漁港がいちばん有名ですからね。通称『小峰』でしたっけ」

「東京からきただと？」と老人は語尾を上げ、ますます赤堀の素性《すじょう》を探るようにじろじろと見まわした。「疫病神《やくびょうがみ》だな。俺が断ったら、あんたはほかの連中にしつこくつきまとうつもりか？」

「どうしても手ぶらじゃ帰れないもんで、迷惑を承知で全力でいかせてもらいます」

西牧は赤堀としばし睨み合う格好になった。排斥《はいせき》と威圧が半端ではないが、今までもこうやって小さな漁村を守ってきたのだろうと思う。よそ者はだれであれ受け入れない強固な共同体だ。赤堀の後ろで大吉がおろおろしているのがわかったけれども、怯《ひる》まずに不機嫌な西牧の充血した目を見つめ続けた。すると後ろから「積み終わり！」という船員の声が上がった。老人はリヤカーへ目をやって口の中で何かをつぶやき、何度も小さく舌打ちをしている。

「トラックを追いかけられるんなら取材を考えてやる。見失ったらそれまでだ、すぐに帰れ」

「了解！」

赤堀は踵を返し、大吉の袖を引っぱって少し離れた駐車場まで猛ダッシュした。走るのが大嫌いな後輩はぜいぜいと息を上げ、百メートルもいかないうちにもう無理ですとギブアップを表明している。赤堀は走りながら大吉の尻ポケットに手を突っ込んでキーを抜き取り、ワンボックスの運転席に滑り込んでエンジンをかけた。前を見ると、西牧を乗せたトラックが峰事務所の前を通り過ぎようとしている。

「大吉！　何やってんの！　置いてくよ！」

「ちょ、ちょっと待ってくださいよ……」

後輩はやっとのことで車に手をかけ、汗みずくで助手席に乗り込んだ。同時にサイドブレーキを引き下ろしてギアを変え、赤堀はアクセルを踏み込んだ。漁港を出て左折した軽トラックは、もう見えなくなっている。大吉は息を整えるように深呼吸を繰り返し、シートベルトを着けて車の窓を細く開けた。

「まったく、毎度のことながら先輩のしつこさには感服しますよ」

大吉はペットボトルの水をひと口飲んだ。

「荒くれ者の漁師でもおかまいなしなんですから。ぼくは争いが嫌いだから気が気じゃないっていうのに。それにあの人、とんでもなくこわそうじゃないですか」

「そう？　若い船員を見る目はすごく優しそうだったよ」

「どこが！　さんざん怒鳴り散らしてたじゃないですか。ああ、もう。もっとやさしそうな漁師から話を訊きましょうよ。いざこざは勘弁してください」

「何言ってんの。組長狙いでいくからね」

大吉は深いため息をつき、袋から冷たくなったハンバーガーを出して、ステアリングを切っている赤堀の口に近づけた。それにかぶりつきながら前方に目をやり、四台前に白い軽トラックが走っているのを見つけて追尾を開始した。大吉はまるで動物にエサを与える飼育員のように、ハンバーガーとジュースを交互に赤堀の口へ押し込んで、食べ終わったゴミを後部座席に片付けた。

「次の信号を左に入りましたよ」

「うん、オーケー」

頷きながら車線を変更し、ウィンカーを出して舗装《ほそう》されていない小径《こみち》へワンボックスの鼻先を突っ込んだ。道が背の高いブロック塀に挟まれているのを見て、「こすんないでくださいよ！」と大吉が声を上ずらせて素早く左右のサイドミラーを確認した。年季の入った民家がせせこましく密集し、塀に囲まれた庭先には漁網や目の粗い麻布のようなものが干されている。この一画が漁師のコミュニティなのだろう。どの家にも、漁に使うらしい道具が積み上げられていた。

赤堀は左右の民家に目を走らせながら、のろのろと車を進ませた。どうやらトラックはどこかの家に入ってしまったようだ。一周まわって再び同じ道に戻り、農道のような細い砂利道へ接触ぎりぎりで右折する。「運転を替わります！　ぜひ替わってください！」と大吉が金切り声を上げたとき、その頭越しに目当ての車を見つけた。

赤堀は急ブレーキを踏んで一気にバックした。苔《こけ》むした石垣の奥。赤瓦葺《あかがわらぶ》きの立派な屋敷の前に、白い軽トラックが横づけされている。入《い》り母屋《もや》のかなり大きな造りで、二世帯住宅に建て増ししたと思われる真新しい建物が、細長く奥へと伸びていた。重厚な鬼瓦といい玄関の無垢柱といい、漁業が隆盛だった過去が窺えるシャコ御殿だった。

屋敷の奥からもくもくと湯気が上がっている。石の門柱に気をつけながら敷地内に乗り入れ、車を降りて勝手口を回り込んだ。すぐ先には作業場があり、開け放たれた窓から三角巾をつけた女が動きまわっている姿が見えた。西牧に怒鳴られていた青年が入り口から顔を覗かせ、赤堀たちを見つけて無邪気な笑顔で手招きをした。

「ああ、よかった。ここで合ってたね。きみは住み込みで働いてるの？」

「住み込みっつうか、船長の孫だから。それよりハエ学者ってホント？『疫病神の東京もん』とも言ってたけど」

青年は好奇心のにじむ顔を赤堀と大吉に向けてきた。二十歳は越えているだろうが、近くで見れば人見知りしない子どものような幼い印象だ。いや、人恋しさが全身から立ち昇っていると言ったほうが合っているだろうか。西牧とは対照的で、人に対する警戒心がまるでない。こぢんまりとまとまった童顔だが、さすがに体格はがっちりとした漁師のものだった。

「ハエ学者はホント。疫病神も二割、いや三割ぐらいはホントかな。虫が好きなの？」と赤堀は陽灼けした顔を覗き込んだ。

「どっちか言ったら苦手。フナムシとか冗談じゃねえし。なんかいきなりじいちゃんとバトルになってたから、すげえと思ってさ」

彼はおもしろそうに言って目を輝かせた。

「しかもぜんぜん負けてねえから、ぶっ飛ばされたらどうしようかと思ってたんだよ。じいちゃんは手が早いし」

「ああ、それは大丈夫。いざとなったら、年寄り相手でも容赦しないことに決めてるからさ」

「いや、何とんでもないことを堂々と……」

大吉が口を挟むと彼は噴き出して笑い、ホントに疫病神じゃん、と手を打ち鳴らした。人なつこくて、今どき珍しいぐらい純粋なのが手に取るようにわかる青年だ。勇《ゆう》斗《と》と名乗った陽気な彼に案内され、赤堀と大吉は建物へ足を踏み入れた。

ここは魚介類の加工場のようだった。窓際にある竈《かまど》では大鍋でぐらぐらと湯が沸《わ》かされ、年配の女性が塩らしきものを振り入れている。さっき水揚げされたシャコは早くも茹《ゆ》でられており、湯の中で赤く染まった殻がくるくると躍っていた。

家族操業というところだろう。赤堀は作業している六人を順繰りに見ていった。西牧の伴侶《はんりょ》と思われる老婆と嫁らしいふくよかな女性が鍋につき添い、さっき船上で作業していた疲れた印象の男たちがステンレスの台に水を流していた。とてもよく似ていて兄弟と思われるが、この仕事にあまりやりがいを感じていないように見える。勇斗は赤堀の視線に気づいて、「住み込み」と二人の男を指差した。

西牧は作業場の真ん中に仁王立ちして、「あと三分！」とかすれた声で指示を飛ばしている。赤堀が老人に近づくと、大鍋から目を離さずに口を開いた。

「で、やってることを説明すればさっさと帰るのか？」

「まあ、そういうことになりますね」

老人の警戒心はことのほか強く、油断ならないとばかりに身構えている。再び赤堀の正体を見極めるように視線を這わせてから鍋のほうへあごをしゃくった。

「シャコってのは、生きたまま茹でないと殻が剝けなくなって味が落ちる」

「なるほど。だから急いでたわけか」

「そうだ。きれいな赤色と脂の白を浮き出させる茹で方は、小峰でしかできないのさ」

西牧は湯気で曇った壁掛け時計を見つめて先を続けた。

「シャコは検量しないまま漁師が自宅に持ち帰る。で、加工まで一気にやって組合の集荷場へ搬入するってわけだ」

頷きながらノートに走り書きをしていると、老漁師が「揚げろ！」といきなり濁声《だみごえ》を張り上げ、赤堀はびっくりしてペンを落としそうになった。住み込み作業員だという二人が軍手をして鍋の取手を摑み、内側に備えつけられたザルを勢いよく持ち上げている。もうもうと湯気が立っているシャコを、ステンレスの台へ豪快にばらまいた。食欲をそそる匂いが作業場いっぱいに広がって、赤堀の腹がまたぐうと音を出した。

「すごい迫力ですねえ」

感嘆の声を漏らしている横では、熱湯の飛沫《しぶき》が降りかかった大吉が後ろへ飛びすさっている。すぐ作業台を取り囲むように家族が集まり、ゴム手袋を着けて素早く頭を外しにかかった。その速さたるや、目で追うのすら難しいぐらいだ。使い込まれたハサミを大胆に使い、脇腹の殻を切り裂いて瞬く間にきれいな剝き身にしていく。さらに複雑なひねりを加え、カマキリの脚のような第二顎脚を器用に外していった。遺体の頭についていた部位だ。赤堀は、剝がされた殻の山にじっと目を据えた。

ああいったゴミのなかに頭から落ちれば、傷口にも殻がめり込むことになるだろう。しかし、ここにあるシャコは茹でられている。マサキの頭に付着していたのは「生の状態」のものだった。

「茹でる前に殻を剝くことはあるんですか？」

赤堀が問うと、西牧はすぐに首を横に振った。

「シャコは鮮度の足が早い。寄生虫もいるって話だし、生食は滅多にねえな。やる場合は生きたまま冷凍して半解凍で殻を剝く。まあ、小峰ではやらん」

「よそでは？」

「ない。わざわざ鮮度と味を落とす意味がないだろ」

やはり、調べてきた結果と同じということか……。いったいマサキはどこで生きたシャコと接触したのだろうか。西牧はさらに続けた。

「シャコのツメを取る技術がねえから、よそではシャコ漁は成り立たない。ツメ取りは特殊で手間がかかるんだ。教えたからってすぐにできるわけじゃねえし、ぽっと出のやつにはやらせねえしな」

そう言って、西牧はまた孫の勇斗を小突いて叱りつけた。今話していたツメ取りに手間取り、手を滑らせてはハサミを何度も台に落としている。見るからに不器用そうだが、教えられたひとつひとつを声に出して確認しながら真剣にツメを外していた。あまりにもまっすぐな姿に、赤堀は胸を打たれるほどだった。彼はこの仕事に愛情をもっているのだろう。もちろん、祖父もそれを承知したうえで厳しく接している。

祖父と孫の心のやり取りを見つめながら、赤堀は次の質問をした。

「江戸前シャコの代名詞と言えば小峰ですけど、ほかの産地はどこなんですか？」

「福岡の行橋《ゆくはし》と宮城の石巻《いしのまき》、それに小樽《おたる》。ほかにもあるが、まともな技術で出荷できんのはそこぐらいだと俺は思う。まあ、関東はここだけだ。手間ばっかりで金にならんし、シャコも減ってるしで廃業する漁師は多いからな」

「シャコ漁は水揚げと加工がセットなわけだもんね。確かに手間だなあ……」

赤堀はあごに指を当てて考え込んだ。被害者の傷に付着していた微物はトラフシャコが圧倒的に多かったけれども、今茹で上げられた種類のシャコもわずかに混じっていた。国産シャコの水揚げがあまりないとすれば、被害者がいた場所が絞り込めるのではないだろうか。遺体が東京湾を経て荒川に流れ着く可能性があるのは、シャコが揚がるここ、峰漁港近辺しかあり得ないということになる。漂流による損傷の少なさから見ても、関東以外からきたとは考えられない。

殻剝き作業にじっと見入っている赤堀に気づいた西牧は、さっきと同じくはっきりとわかる警戒を声に含ませた。

「ハエ専門家とか言ったが、あんたはシャコの加工なんかを探ってどうする気だ？」

「探るというか、シャコの周辺状況が知りたいわけでして」

「まさかとは思うが、抜き打ち調査か？　寄生虫だの害虫だの、保健所みてえに重箱の隅を突っつきにきたんじゃねえだろうな。あんたらの車の脇腹に、害虫駆除とか書いてあっただろ。なんだか知らねえが、さっきからずっとガイジンがくっついてきてるしよ」

「いえいえ、ぼくは日本人ですよ。こう見えても群馬生まれの群馬育ちですから」

大吉は慣れた調子でいつもの説明をした。赤堀は猜疑心と排他的な感情をちっとも隠さない老人に、にこりと笑いかけた。

「彼は害虫駆除会社の社長なんですけど、それとは関係ないんですよ。車を出してもらっただけ。実は、これから海へ潜ろうと思ってまして」

「なんだって？　海に潜る？　今十一月だぞ」

「まあ、必要があれば大雪が降ってても潜りますよ。どうしてもウミケムシに用があるもんで」

するとと西牧は、ようやく合点がいったような脱力した顔をした。

「なんだよ、そういうことか。そっちを先に言えって。あの外道《げどう》も昆虫学者の守備範囲なのか？」

「外道？」

「ああ。網にも釣り針にもしょっちゅうかかりやがって、取るのに何回刺されたかわかりゃしねえや。駆除でもやってくれんのか？　最近増えて困ってんだよ」

「シャコと一緒に揚がると？」

「邪魔なほどな」

海底にわんさと溜まっているウミケムシを思い浮かべ、赤堀の胸は高鳴った。すぐに地図を広げて、シャコ漁をする正確な位置を西牧に聞いた。けれども、漁師はしばらく何も答えずに殻剝き作業を見守り、ぼそりと口を開いた。

「漁場まで連れてってやってもいいぞ」

「見返りは？」と赤堀が間髪を容れずに切り返すと、老人は欠けた前歯を見せながら、いささか気恥ずかしそうに笑った。ここへきて初めて見せた笑みは、孫の勇斗によく似た実に人なつこいものだった。

「小娘に見返りを求めるほど落ちぶれちゃいねえさ。死ぬほど冷たい海に潜って騒ぐのを見物したくなっただけだ」

「大騒ぎならまかせて。期待を裏切らない自信があるから」

西牧はにやりと片方の口角を上げ、「あとはおまえらで全部やっておいてくれ。ぬかるんじゃねえぞ」とみなに言いわたした。潔いほど横柄な亭主関白ぶりだが、家族はどこか微笑ましげに老人の言葉を聞き流している。過酷な漁で生き抜いてきた家長を心底信頼している……そんなところだろうか。赤堀と大吉がおじゃましましたと頭を下げると、叱られ通しだった勇斗が変わらぬ笑顔で手を振った。

4

漁港には隙間もないほど船が係留され、さっきとは見違えるほど人出が多かった。エサにありつこうとするカモメやトンビもうるさいほど集まり、わくわくするような活気がみなぎっている。西牧に続いてシャコ漁から戻った漁師たちが、それぞれの自宅にある加工場へと獲物を運び出しているらしい。しかも、若者の姿がやけに目についた。木箱を抱えて走っているなかには、金色に髪を染めたまだ十代後半ぐらいの少年も交じっているではないか。

「漁師は年寄りしかいなくて瀕死《ひんし》だと思ってたけど」

「なんだよ、その言い種《ぐさ》は」

「いや、だって、やけに若い船員が多いからさ」

西牧は忙しなく行き交う漁師たちに目をくれた。

「なんとか法人とかいう団体と組んで、ここでは若手を受け入れてんだよ。社会不適合者とか言われる、いわゆるヤンキーとかひきこもりみてえな厄介な連中だ」

そう言いながら、シワだらけの顔に愁《うれ》いのようなものをにじませた。思いきり眉根を寄せ、腕組みをして作業する青年たちを目で追っている。

「まったく、更生施設じゃあるまいし俺は最後まで反対だったんだ。ここに置くってことは、そいつらの人生を引き受けるのと一緒だからな。半端なことはできねえだろ？　漁師の後継者問題も解消されるなんてぬかしてたが、そんな簡単な話じゃねえ」

「組長はまだ反対なの？」

西牧は歩みを再開して「いや」と小さく首を振った。「ここに置いてみて、やつらにはとっかかりが必要なことはわかった。やり直すチャンスをくれてやるのは、思ったほど悪くない。うちで預かってる二人の兄弟も、世間知らずで人間嫌いのでくのぼうで、完全なる落伍者だ。どうしようもないぐらいに使えねえ。だが、俺を頼ってる」

「だから見捨てることはしないと」

「それが責任ってもんだろう。港の連中が望んだことでもある」

そう言ってから西牧は、深いため息を吐き出した。

「身内のことをうっかり喋っちまった。どこの馬の骨ともわからんハエ学者によ。今のは忘れてくれ」

この老人には深い不安と葛藤が仄見えるけれども、自分なりの筋を通そうと一生懸命だ。おおらかというわけではないのに、妙な安心感があるのも不思議だった。この手のめんどくさい人間はわりと好きだ。飾らない言葉が率直で心地よい。

「組長はかっこいいね」

赤堀が思ったままを告げると、西牧は「組合長だ」と訂正しながら、照れ隠しに眉間に深々とシワを刻んだ。

それから赤堀と大吉はウェットスーツに着替え、栄昇丸に乗り込んだ。

年季の入った船の全長は十二、三メートルほどだろうか。遠目から見たよりも広く感じた。小型底曳き船の中ほどにはクレーンのついた網を巻き上げるローラーがあり、水を吸ってねずみ色になったロープが幾重にも絡みついている。シャコは水揚げからが時間との勝負ということを物語るように、デッキには使い込まれた木箱や鉤状の道具、ホースやウキなどが足の踏み場もないほど投げ出されていた。とにかく、シャコ以外の始末はすべて後まわしといった風情《ふぜい》である。

「そこらのもんに触るなよ」

無造作に言って小さな操舵《そうだ》室に入った西牧は、煙草をくわえながら錆の浮いたスロットルを動かし、奥まった細長い港を抜けて東京湾へ船を進ませた。力強いエンジンの振動が腹の底に伝わり、船を追いかけて低く飛ぶカモメの鳴き声と混じってやかましいほどだ。西牧はまぶしそうに目を細めて八景島《はっけいじま》を迂回し、ぽつぽつと浮かんでいる釣り船や遊覧船を避けながら沖合へ出た。

「湾が埋め立てられるまでは、一帯が絶好のシャコの漁場だったんだ。岩場がちょうど海をかきまわす役目をしてな、アジとかサバなんかもしょっちゅうまわってくるいい場所だったよ」

西牧はくわえた煙草を揺らしながら、物憂げに喋った。

「だが、埠頭の埋め立て工事が始まってから、周りの漁場はこっぴどく荒らされた。潮通しが悪くなって海がよどんだんだ。シャコとかカレイが消えて、小峰の水揚げは半分にまで減ったからな」

「沿岸漁業は陸地の形に左右されるからね」

赤堀が口を挟むと、老漁師は小刻みに何度も頷いた。

「漁には問題ないと言ってた学者と役人が、慌ててヒラメだのエビだのの稚魚《ちぎょ》を放ったが、そんなもんで増えるほど海は甘いもんじゃねえ。コンクリで固めた岸がずっと続く東京湾は、浅瀬がねえから稚魚なんか育たねえのさ。学者なんてのは、頭でっかちで現場を知らん馬鹿の集まりだ」

「確かに、そういう学者もいる」

西牧の非難を受け入れ、赤堀は頷いた。ぴちぴちのウェットスーツに身を包んだ大吉は、窮屈そうに首許をひっぱりながらむっつりと漁師の言葉に聞き入っている。都市開発、生態系の崩壊、絶滅への進行という後輩がいちばん心を痛める類の話だった。

「とにかくシャコはものすごい勢いで減って、そっから禁漁なんてやっても遅くてな。何年か漁を休んでも消えた資源はそう簡単に回復なんてしない。今も様子を見ながら試験獲りをやったが、おそらく今回も、漁に出た船全部の獲物を合わせて、千枚いくかいかないかだろうな。そりゃ廃業したくもなる」

「でも、組長のとこには後継者がいるじゃない。勇斗くん、すごく一生懸命で感動しちゃった。なんかかわいいし」

赤堀が言うと、西牧は手をひと振りして首を横に振った。

「あいつはへらへらしてばっかかで要領が悪い。あとからきた住み込みの二人にまで先を越されてな。だれでも取れるような漁業無線の試験にも落ちて、こっちは呆れ返ってんだ。なんせ、二十一にもなって頭が足りねえから」

ぶつぶつと勇斗のふがいなさをこぼしている西牧だが、顔は完全に孫をかばう祖父のものだ。彼を何より大事に思っていることぐらいは、深く詮索しなくてもすぐにわかった。

沖のほうではカモメが一ヵ所に集まり、海面をかすめるように何度も急下降と急上昇を繰り返している。西牧はフィルターに届きそうなほど短くなった煙草を、錆びた空き缶の中へ放った。そして無線のスイッチを入れ、「鳥山《とりやま》だ」とマイクに向かって言うと、正確な方角らしき数値をつけ足した。

「鳥山?」

「ああ」と老人はカモメの群れにあごをしゃくった。「あの下にいんのがイワシだ。一昨日《おととい》ぐらいから、昼も夜も湾の色が変わるほどイワシがまわってきてんだよ。その下には大物がいる。魚探《ぎょたん》にかける価値はあるぞ」

「へえ。獲物の幅が広いなあ」

さらにしばらく進んだところで、西牧は二本のレバーを操作して船を減速させた。凪いだ海の真ん中でエンジンを止める。

「ここらが底曳き漁場の端だが、いったいどうするつもりなんだか」

錨《いかり》を下ろし、老人は赤堀と大吉に目を走らせた。

「普通はな、網を入れてこっから東へ二キロぐらい曳きまわしてから巻き上げるわけだよ。まあ、あんたらは潜るだけだから関係ねえが、この辺りの棚は三十メートルだぞ」

「ああ、それはご心配なく」

赤堀はずっしりと重いウェイトベルトを腰に巻きながら言った。

「なんと、大吉コンサルの社長は、ダイブマスターの資格をもってるんだから」

「なんだそれ」

西牧は興味なさそうに言い、ポケットから曲がった煙草を出して火を点けた。

「DM《ダイブマスター》はプロ入門の資格。四十メートル以内なら問題なく潜れるの」

「プロ？　そんな丸っこい体型でも資格が取れんのか」

装備を確認している大吉を眺めながら、西牧は鼻の穴から盛大に煙を噴き出した。

「ほら、水の中では小太りだろうがなんだろうが関係ないからね。むしろ、浮力を打ち消すのに役立つよ」

「デブは浮かぶだろ」とにべもなく返した西牧を、大吉は恨めしげに見やった。

「で、わたしはアドバンスの免許もちだから、同じく水深は問題ないんだよ」

赤堀は浮力を補正するためのジャケットにタンクを留めつけた。高圧空気減圧機であるレギュレーターをタコ脚のような中圧ホースにつないで、ジャケットのホースにそれぞれを素早くつなぐ。ゲージメーターを下へ向けてバルブを少し開くと、シュッと空気の出る音がした。よし、問題ない。バルブを全開にして遊びを調節し、口にくわえて酸素が送られるかどうかを確認する。

「ゲージ残圧は？」

すでにセッティングを終わらせている大吉が、赤堀の装備を覗き込んできた。

「二百十だよ」

「問題ないですね。予備の空気も確認しておいてくださいよ。それが通ってなくて肝を冷やしたことがあるんですから。あとはつなぎ目からの空気漏れも」

「オーケー」

赤堀は再度くまなくチェックした。水の中で急に息ができなくなり、必死に予備の酸素を手探りしたことを思い出すと、無意識に呼吸が速くなった。あんなひどい体験は二度とごめんだった。海の中ではいつもの勘がまったく働かない。だれよりもそれを理解している大吉は、すべての機材に目を通して細部まで念入りに確認をした。

二人を眺めながら煙草を揉み消した西牧は、頭に巻いていたタオルを外して首にかけた。

「で、俺は何をやればいいんだ？」

「船長はここで待機をお願いします。四、五十分ぐらいで戻りますので、アンカーは下げておいてください。あと、上がるときの縄梯子と介助をお願いできればと」

大吉は、仕事とダイビングのことになると見違えるようにてきぱきと行動する。どんなに忙しくても、月に一度は潜らないと気が済まない潜水マニアだった。西牧は火の点いていない煙草を弄びながら、右手を挙げて了解の意を伝えてきた。

二人はグローブやダイビングバッグを身につけ、右足首にナイフを装着する。マスクを着けて、大吉と互いにタンクの装着を手伝った。ずっしりと重い米俵《こめだわら》でもおぶっているような感覚だ。普段よりも、三十キロ以上は体重が増えていることになる。

「じゃあ、組長、ちょっといってきます！」

赤堀が重装備で手を振ると、老漁師は椅子にもたれて笑みを浮かべた。

「五十分過ぎても上がってこなかったら、こいつで捜してやるよ。で、網を投げて曳いてやる」

老人はスロットルの脇にある魚群探知機をぽんと叩いた。赤堀は足ヒレを着けながらはっと笑って大吉に合図を送り、船尾の台に上った。海面はことのほか穏やかで、さざ波が輝きながら揺れている。赤堀は、片足を一歩前に踏み出すような格好で海に落下した。そのままざぶんと頭まで浸かり、浮き上がって水面に顔を出す。ウェットスーツに水がじわじわと染み込んでくるにつれ、立て続けに何回も身震いが起きた。思っていた以上に水温が低いではないか。船から少し離れてスーツの隙間の水が温まるのをじっと待っているとき、派手な飛沫を上げて大吉が飛び込んだ。マッシュルームカットの髪が頭にぴたりと貼りついて、くどいぐらい大きな目をぎょろぎょろと動かしている。

「……河童」

赤堀が笑いをこらえてつぶやくと、大吉はコンパスを確認しながら口を開いた。

「涼子先輩、水中で馬鹿笑いして死にそうになるのは勘弁してくださいよ。アドバンスのライセンスをもってるのに、なんでそう陸上と同じ行動なんですか」

「大丈夫だって、大昔のことはもう忘れてよ。今日はぴしっと決めるからさ」

「自分の身体能力を過信しないこと。いいですか？　水の中では、ほんのちょっとのことが命取りになるんですからね。いつもの思考回路も変えてください」

「了解」

赤堀はダイバーズウォッチのベゼルの0を分針に合わせ、潜降スタート時間をセットした。水の冷たさに体がだんだんと慣れはじめている。マウスピースを口にくわえ、船のへりから顔を出して見下ろしている西牧に手を振った。大吉に親指を立てて合図を送り、二人はゆっくりと立った姿勢のまま潜降を開始した。

髪の毛一本一本の隙間にまで水が入り込んで、痛いほどの冷たさが全身に広がっていく。赤堀は排気ボタンを押すのをやめ、大きく息を吐き出して肺の中をからっぽにした。数秒後には体がすっと沈みはじめる。両脚を開き気味にして抵抗をつくると、水底へゆっくりと引き込まれていった。

自分の呼吸音が耳の奥でやかましく鳴りはじめ、赤堀は鼻をつまんで耳抜きをした。五メートルを境に水温がさらに下がり、水は濁《にご》っていて数メートル先もわからないほどだ。二人はライトを点けてそのまま潜降を続け、時折り目の前を横切るシロギスらしき魚を目で追いながら、こまめに耳抜きをして圧力を一定に保った。

ライトを振って合図をよこした大吉が、Vの字に指を立てている。水深二十メートルを超えたようだ。ここが分岐点で、体にかかる圧がかなりのものになってくる。見えない力でのきつい締めつけが起こり、ぼこぼこという水の音と自分の苦しげな呼吸音しか聞こえなくなった。

ライトを下へ向けると、底の砂地がぼんやりと見えてきた。海藻も珊瑚《さんご》も何もない、潮の流れが滞《とどこお》っている無彩色の闇だ。赤堀は大吉に合図して足ヒレを動かし、上体を下げて頭から海底へ近づいた。ダイバーズウォッチを確認し、給気ボタンを何回か押して底近くを腹這いになりながら移動した。

小石がそこらじゅうに転がり、小さなエビや小魚がちらほらと動いている。砂と同化していたカレイが光に驚き、踵を返すようにさっと逃げていった。赤堀は、大吉の場所と降りてきた位置を意識しながら周囲を泳いで状況を把握しにかかる。水深三十メートルの世界は、平坦な砂地がかなりの広さで続いているそっけないものだった。濁っていて見通しが悪い。漁の直後だからか、ほとんどなんの生き物も見当たらなかった。

さらに移動を続けようとしたとき、カンカンという鈍い金属音が聞こえて体勢を変えた。大吉がナイフでタンクを叩いて、あまり遠くへ行くなと手を動かして合図を送っているのがかろうじて見える。赤堀はオーケーと腕で大きく丸をつくって伝え、バッグのポケットから木べらを取り出して砂に突っ込んだ。どこまでもずぶずぶと入っていくぐらい、海底の砂は柔らかい。周囲にライトを這わせると、砂からちょこんと頭を出している生き物を見つけた。

赤堀は木べらを使って眠っているウミケムシを引きずり出した。ごめんね、とマウスピースをくわえたまま声を出し、毒針を広げようかどうしようか迷っている寝ぼけたウミケムシを摑んでネットに入れる。

そのとき、大吉が急に目の前に現れてびくりと驚かされた。後輩は遠くをしきりに指差し、赤堀の腕を叩いて激しくまばたきをしている。ライトに照らされた場所へ目を凝らすと、砂の中から顔だけを出しているウミケムシが、こちらをじっと見ているのがわかった。すさまじいほどの数で、群れを成す虫などさんざん見慣れている赤堀でさえ、全身が粟立《あわだ》つような光景だった。

大吉は親指を上に向けて何度も上下させている。

――ここから離れたほうがいい。

もごもごとそう言っているのがわかったけれども、赤堀はちょっと待ってと両手を後輩の前へ掲げた。ウミケムシは夜行性の生き物で、砂から出ても活発に泳いで攻撃してくるような気性ではない。もう少しだけ調べさせてと伝え、中性浮力の維持に努めた。

よどんで色もないここは、荒れ果てた墓場のように不気味だった。周りがすっかり見通せないために閉塞感が半端ではなく、ちょっとしたことでパニックに陥りそうになる。赤堀は落ち着くことを自身に言い聞かせていたけれども、流れてきた海藻が体に触れるたびに慌て、正体を見極めずにはいられなかった。

周囲を警戒している大吉の前を泳ぎ、大繁殖しているウミケムシたちのすぐ上を移動した。距離にして四百メートルほど進むと、たいらだった砂地が一旦途切れ、急にぽっかりと口を開けた闇に行き当たった。かなりの深さがある亀裂だ。底のはうから細かい気泡が立ち昇っている。ガスか何かが湧いているのだろうか。泡をたどって斜面にゆっくり光を這わせていくと、スポットライトのような丸い光源の中で、微かに動いているものを見つけて動きを止めた。砂の中から、白い触角と異常に発達した褐色の複眼を突き出す生き物がいる。トラフシャコだ。まるで、攻撃のときを静かに待っている潜水艇のようだった。

胸がどきどきと高鳴り、それがホースを通じて耳にまで届けられている。やっぱりここにトラフシャコはいた。生息域が北上しているという予測は当たりだ。

赤堀は大吉に目配せをして、巣穴のほうへ静かに近づいた。見れば、ごろごろと石が転がる斜面のあちこちから、大きな複眼が飛び出しているではないか。底曳きの網をかわすかのように、この一ヵ所だけに相当な数が生息していた。天敵となる人の目にも留まらず、エサとなるウミケムシもてあますほどいる絶好の場所だろう。マサキはここを知っている。赤堀は直観的にそう思った。

木べらを出してそっと砂の中へ入れた瞬間、トラフシャコはひと呼吸の間もなく攻撃を仕掛けてきた。あごの下にある鋭いツメを目にも止まらぬ速さで繰り出し、木べらをバシンと弾いてくる。いや、弾くなんて生やさしいものではなく、竹刀《しない》で思い切り小手《こて》を浴びたぐらいの衝撃が赤堀の手に伝わった。しかも攻撃は一回ではなかった。立て続けに激しい連打をくらい、木べらを取り落としそうになるまで追い込まれてしまう。大吉がライトの柄で押さえつけようとしたけれども、するりとかわして砂に潜ろうとしていた。

おそろしく手強い。興奮気味に大吉と顔を見合わせた。赤堀は無性に嬉しくなって砂に深く手を突っ込み、力まかせにトラフシャコを引き上げた。二十センチ以上はある大物だ。あたりの水が砂と泥でもうもうと濁ったが、隣で待ちかまえていた大吉は、捕虫網を振るう要領で水に浮いた敵をネットに入れることに成功した。二人は四気圧ほどがかかっている海底でのろのろとハイタッチし、もう一匹を捕えて浮上の準備にかかった。どうしても、生きたまま連れて帰る必要がある。

右手を上に上げ、左手にインフレーターを持って排気の準備をした。遠くにある水面を見ながら足ヒレを大きく動かすと、大吉が「急がないで」とこもった声を出した。浮上のスピードが速すぎてはいけない。太陽光が届くぐらいまできたとき、ようやく雁字《がんじ》搦《がら》めの鎖が外されたような解放感にほっとした。

水面間際で大吉が三百六十度くるりと器用に回転し、船やボートが近づいていないかどうかに耳をそばだてている。オーケーの合図を待ってから、二人は同時に水面にざばっと顔を出した。自分がどこにいるのかわからなくなってきょろきょろ辺りを見まわすと、船がかなり遠くのほうに浮かんでいるのを見つけた。赤堀は浮力を確保し、レギュレーターからシュノーケルに交換した。

「激しいシャコバトルだったね！　なかなかの使い手だよ！」

「気性が荒すぎますって。指がもっていかれるかと思った。それに、あの場所はいやな感じですよ。なんですか、あのウミケムシどもの大群は」

二人は途切れ途切れで会話した。数百メートルほど離れたところに係留している栄昇丸のもとへ、重い体を引きずるように泳いでいった。

「西牧船長！」

赤堀が大声を上げると、焦げたコッペパンのような面長の顔が操舵室からひょっこりと現れた。老漁師は船尾に縄梯子をかけて下ろしている。足ヒレを外して梯子に足をかけると、今まで重さを感じなかった機材が押し潰すような勢いで肩にのしかかってきた。赤堀は渾身《こんしん》の力を振り絞って梯子を一歩一歩上っていき、最後は西牧がタンクを留めているベルトを摑んで力強く引き揚げてくれた。

「ありがとうございます。あー、重かった」

　赤堀は足ヒレを放ってジャケットを脱ぎ、犬のように頭をぶるぶると振って髪の水気を吹き飛ばした。一刻も早くウェットスーツを脱ぎ捨てて暖まりたい心境だったが、のんびり休んでいる暇はない。西牧が大吉に手を貸しているのを横目に、スポーツバッグの中からプラスチックのケースを出して海底から採ってきた砂を入れた。紐《ひも》つきのバケツで海水を汲み上げ、大暴れするトラフシャコの攻撃をかわしながら、なんとか容器に移すことができた。ウミケムシは酸素を入れたビニール袋に入れる。

「で、外道以外にもなんか獲ったのか？」

　西牧はケースを覗き込んだ。

「これ、漁で獲れることはある？」

「ああ、なんだよトラか。そいつは売り物になんねえからな。雑魚《ざこ》だ」

「底曳き網にはかなりかかるの？」

「いや」と西牧は首を振った。「たまに数匹かかるときもあるが、こいつが大量に揚がるなんてことはねえな。自分とこで加工処理ができねえし、売るにしても数匹では話にならんから」

　シロアリ仲間の水野が言ったことは正しく、やはり市場には出ない獲物らしい。しかも、あんなにわんさかいるのに西牧はその存在すら把握していない。マサキはここで何をやっていた？　赤堀は、彼が峰漁港へきたことを前提に考えた。いったいどこであの致命傷を負ったのだろうか。由美が推測したような水深一メートルという場所には、シャコもウミケムシも生息していないというのに。

「トラフシャコは、こっから北のほうでも揚がるの？」

赤堀が尋ねると、老漁師はすぐに否を伝えてきた。

「ここが北限だな。つうか、揚がった獲物はなんであれ記録されるんだが、そこには載ったためしがない。湾内ではここにしかいないってことなんだろう。なんせ、江戸前シャコと同じような場所に棲むやつだし」

「なるほど。ちなみに西牧さんだったら、トラフシャコが大量に獲れたらどうする？　リリースはなしで」

「なんでそんなこと聞くんだよ」

またいつもの警戒心が顔を覗かせている。赤堀は努めて心を開くようにした。

「ウミケムシと一緒に調べたくてね。これだけ大きいシャコなのに、捨てるのはもったいないとも思うしさ」

「いくら大漁だったとしても、欲しがるもんがいねえんじゃ結局は捨てるしかないわな……」

そう言いながら語尾を濁した西牧は、遊覧船が小さく見える八景島のほうへ目をやりながら腕組みをした。

「いや、待てよ。そういやずっと前、網にかかったトラを譲ったことがあったな。いや、トラがかかったら電話くれって言ってきた連中がいたんだ」

西牧の言葉に、赤堀は顔を撥ね上げた。

「トラフを指定したの？　なんで？」

「あすこだよ」と西牧は港のある方角へあごをしゃくった。「水族館のやつらがどうしても展示したいっつう話で、わりと高値で買ってってたんだ」

赤堀は勢い込んで頷いた。自分は食材にこだわっていたが、そういうルートもあるわけか。さらに質問を続けた。

「最後にもう一個。マイナスドライバーを西牧さんなら何に使う？」

なんの話だと訝しげな面持ちをしたけれども、今度は過剰反応はしなかった。クレーンの巻き上げローラーの脇に縛りつけられている空き缶から、黒い柄のドライバーを抜き出している。被害者が持っていたものと同じ、割柄という種類のものだった。

「ドライバーはネジをまわすのに使うんだぞ。知ってるか？　ネジ山に当てて押しながらまわすんだ」

老人は意地悪そうな顔で軽口を叩いた。

「でも、あんたはそれが聞きたいわけじゃねえらしい」

「さすが冴えてる」

「つうと、これか？」

西牧はアナゴの筒漁に使っていたらしい壊れたパイプを箱から出して、そこにこびりついている小さな貝をドライバーでこそぎ落とした。

「組長、ナイス！」

赤堀は満面の笑みを浮かべ、西牧のごつごつした手を握った。進んでいる道は間違っていない。もしかしてマサキは漁師ではないのか？　それとも、漁師と行動をともにしていたから、似たような癖が染みついていたとは考えられないだろうか……。

「帰るぞ」という西牧の声にはっとし、赤堀はトラフシャコの入ったケースの蓋を閉めた。エンジンがうなりを上げた瞬間、老漁師は錨を巻き上げた。

5

壇上に座っている上司たちの顔色はどこかすぐれず、さっきから手許の資料を押し黙ったまま目で追っている。鑑識課の捜査員がホワイトボードに貼られた写真を指示棒で叩き、マイクを口許に近づけた。

「横須賀のバーから回収されたポラロイド写真の人物。『マサキ』と名乗っていますが、この男の左上腕部にある刺青と、遺体に残されていた痕跡を重ねたのがこれです」

捜査員は引き延ばされた画像コピーを再びぽんと叩いた。

「遺体の刺青痕で比較的濃く残っていたのが、文字のDとE、そして目のように並んでいた黒い丸が二つだけ。そこが合うように重ねて画像修整をかけた結果、図案の天地と幅、それに薄く残っていた毛並みのような線が写真と一致することがわかりました」

岩楯は手許の書類に目を落とした。三枚目の写真には方眼のマス目が重ねられ、オオカミの眼の位置とロゴを囲むように案内線が引かれていた。誤差もそれほどなく、図案は一致と見ていいだろう。この解析をするために、堀之内が刺青にかかりきりになっていたのを知っている。写真を参考にした等倍の図案も書き起こし、資料に加えるほどの熱の入れようだった。

「写真の劣化があるために色を解析することはできませんでしたが、黒と青と白の三色で構成されているという、当初の分析にも当てはまっていますね。このことから、横須賀にいた『マサキ』が、ガイ者と同一だと思われます」

鑑識捜査員がきっぱりそう言い切ると、進行役の係長が無言のまま頷いた。横須賀を完全に蚊帳の外に置いていた捜査員たちはざわつき、資料をめくる音が会議室にさざ波のように広がっている。

身元不明の遺体が荒川で発見されてから、すでに十四日が経過した。被害者だと有力視されていた期間工の生存が確認されたこともあって、当然、本部は根底から捜査の見直しを迫られている状況だ。刺青の一致でマサキ捜索に人員が割かれることにはなるだろうが、どうも踏ん切りの悪い空気が流れていると感じていた。が、それもわからないではない。岩楯は、詰問でもするようにマサキの写真にじっと目を据えた。

被害者が横須賀で写真に収められたとはいっても、生活圏がその近辺だという証明にはならない。それに、荒川の上流から流されてきたという考えが、今もって根強いのも事実だった。これは、所持品のドライバーから「整備工」に着目している者が多いせいだろう。無数にある川沿いの町工場へもつなげやすく、貝がらを剝ぎ取るなどという馴染みのない用途よりもはるかに筋が通るというわけだ。塩水の濃度を変えた実験結果も赤堀からまだ出されてはおらず、海を漂流してきた線は棚に上げられたままだった。

　隣に座る鰐川は鞄から新しいノートを出して、いつもの調子でペンを滑らせている。記念すべき、No.1800だ。最初がいくつだったのかも忘れたが、優に百冊は増えているはずだった。もはや驚くこともなく資料へ目を戻したとき、会議室のドアが遠慮がちにノックされた。

　戸口から制服を着た女性捜査員が顔を出し、そばにいた係長に何かを伝えている。するとすぐに、大荷物を背負った赤堀が場違いなほどの笑顔で入ってきた。

「すみません、今日は出席の予定に入ってなかったんですけど、早いうちに話したほうがいいと思いまして」

　赤堀の後ろから、恐縮したように背中を丸めた大男が入室してくる。真っ白いぴちぴちのTシャツからは筋肉の盛り上がった腕が伸び、あまりにも首が太いために顔が漫画のように小さく見えた。人工的な体格をもつこの男には見覚えがあった。赤堀の講義に出ていた法医昆虫学科の学生だろう。黒いナイロンのバッグを抱え、終始うつむき加減で長机の上に荷物をそっと置いている。

「サンキュー、マモル。下で待っててくれる？」

　マモルと呼ばれた男は伏し目がちに小さく頷き、警官たちの威圧にはもう耐えられないと言わんばかりに、そそくさと会議室を去っていった。一方で、張りつめた空気をものともしない赤堀が、リュックサックを下ろして資料を取り出した。岩楯と鰐川に意味ありげな目配せを送ってから、ナイロンバッグのファスナーを開ける。

「何かわかったのかい？」

署長が机に肘をついて身を乗り出すと、赤堀は「はい」とことのほか明るい返事をした。岩楯にも事前連絡が入らなかったということは、何かを摑んでいても立ってもいられなくなったというところだろうか。いささか不安でもあるが、核心的なネタなのは間違いなさそうである。

赤堀は持参した地図をばさばさと広げ、ホワイトボードに貼られている資料の上から、つま先立ちになってマグネットで留めつけた。それは東京湾近辺が抜き出されたもので、横浜港の先に赤い丸印がつけられている。彼女はふうっとひと息をついて、机に両手をついてみなに向き直った。

「この間の報告書ではさらっと流しちゃったんですが、被害者の頭部の切り傷には、シャコの表皮とウミケムシという多毛綱の虫の毒針毛がついていた。これです」

赤堀はチェックのシャツの袖をまくり上げ、腕にびっしりと走るやけど痕のような傷を見せた。先日よりもだいぶ薄くなってはいるけれども、まだまだみみず腫れが残っている。

「ウミケムシの毒針に刺されるとこんなふうになるんですが、遺体には刺された形跡がなかったんですよ。つまり、被害者がこの子と接触したときには、すでに死亡していたと思われる」

「まず、ウミケムシとはなんだろうか。報告書にも詳しい説明はなかったが」

一課長が抑揚なく話を遮った。

「そうくると思って、今日はここへ連れてきましたよ。紹介します、この子が時の虫であるウミケムシです！」

みなが訝しげな顔をしたとき、赤堀はナイロンバッグから透明のプラスチックボトルを取り出した。呑み屋で写真を見せられた気色の悪いまだら模様の生き物が、ホルマリン浸けにされて不気味に揺らめいている。実物は写真とは比較にならないほどひどい見た目で、ゴーヤかと思うほどの異様な大きさだった。見たくもないものを不意打ちで見せられた非難のため息が、部屋のあちこちで漏らされている。

「ほら、この脇にごっそりと太い毛が脚みたいに生えてるでしょ？　ここにさらに細かい毒針がついててこすると毒が注入されるから、みんなくれぐれも気をつけるように」

赤堀はボトルを高々と上げ、さらには「はい、後ろまでまわしてね」と言って前列の捜査員に迷惑な指示を出した。そして、同じボトルに入れられた別の生き物を取り出している。

「で、こっちがトラフシャコ。この子たちは、昨日わたしが獲ってきたんですよ」

獲ってきた？　一課長が眉間にシワを寄せながら繰り返すと、赤堀は赤丸のついた地図に手を向けた。

「横浜の金沢区《かなざわ》にある峰漁港。八景島のすぐそばですが、江戸前シャコはここで水揚げされるものが最高級なんです」

「ガイ者にもついていたものだな？」

「そうです。ほんの小さい欠片ですけどね。つまり、ウミケムシ、トラフシャコ、そしてお馴染みのシャコ、の三つが関係している場所に被害者がかかわっている。しかも峰漁港近辺には、遺体の気管支から発見された、コケシガムシとホソアヤギヌという海藻も生息しています。イソテングダニもね」

「遺体から出た微物はすべてそろっているということか……」と署長は難しい面持ちをした。「しかし、それらがよそで生息している可能性もあるんじゃないかね？」

「確かにそうですね。でも、海以外にはあり得ないということは理解してください。

塩水実験の結果もあとから配りますが、荒川ではなく海です」

赤堀はことさら強調した。

「それに、東京湾以外から流されてきたとすれば、遺体の損傷はあんなものでは済まないはずなんですよ。過去に打ち上げられた遺体と比較しても明らかです。これについては、九条先生も同じ見解でしたよね。漂流期間は長期にはおよんでいないという検屍報告書の言葉通りで」

「かなり損傷を受けたように見えるんだけどね」

署長が遺体写真を再確認して腕組みするなり、赤堀は待ってましたとばかりにナイロンバッグへ手を突っ込んだ。今度はさらに大きめのボトルを取り出し、二個を机に並べて置いた。これもホルマリン浸けらしいが、中には赤黒い肉片らしきものが浮かんでいる。それを見た鰐川は小さくうめき声を漏らし、まわってきたウミケムシを見もせずに後ろへ素早く送った。

「これはブタの脇腹の組織です。ひとつは昨日の夜から実験を開始したんですが、一方がトラフシャコによる蚕食痕、そしてもう一方がウジによるものです。これ、どっちがどっちか区別できる人はいますか？」

岩楯は、身を乗り出してホルマリン浸けを凝視した。小さく円形にえぐられたような痕がおびただしく並び、深く、そして広範囲にわたっている。素早く現場写真を出して見ると、遺体の肩から背中にかけての傷痕によく似ていた。

「先生、ひと晩でこの状態になったのか？」

岩楯が問うと、赤堀は嬉しそうに頷いた。

「右側のこれが、トラフシャコがたったひと晩で食べた痕です。で、損傷の少ない左のこっち。これはホオグロとオオクロバエのウジが七日間かけて食べたもの。なんと、シャコが食べた痕はウジのものと見分けがつかないほどそっくりなんですよ。ウジの成長スピードと遺体の損傷度合いが食い違っていたのは、こういうわけだったんです」

「つまり、傷のほとんどが中州に打ち上げられる前にできていたと？」

「そういうこと」

赤堀は地図に青いマーカーで星印を書いた。八景島の沖合だ。

「ここはシャコの漁場だけど、今は禁漁中で底曳きは試験的にしかおこなわれていません。ここから四百メートルぐらい離れた海底に、トラフシャコがわんさか暮らしてるのを見つけました。もちろん、ウミケムシもいやってぐらい埋まってたし」

そう喋りながら、峰漁港からまっすぐ沖合へ向かって線を引いた。

「第一種漁港と船だまりを含めた東京湾にある港。そこの組合に聞いてまわったんですけど、過去にトラフシャコが揚がったことがあるのは、峰漁港だけということがわかりました。おそらく、トラフの北限がこの地点だと思われますね。海洋生物学者にも意見を仰いでいます。被害者がどこから流されたのか……。わたしのところに挙がってきた物証は、迷いなく峰漁港を指してるんですよ」

赤堀は地図を指差しながら断言した。岩楯はその地点をじっと見つめた。マサキは横須賀近辺に住んでいることを匂わせており、それが漁港の近くということもあり得なくはない。マリンコンサルを名乗っているのだから、海に関連する仕事なのはもう間違いがないだろう。が、しかし、だからと言って、なぜシャコの欠片なんかを体につけて流されてきたのか。

どう答えを出していいのかわからない空気が流れるなか、一課長が根本的な質問をした。

「海に潜ってこの生き物を獲ってきたと言ったが、肝心の水深は？」

「約三十メートルですよ」

「なるほど。じゃあ、こういうことなのかね」と上司はホルマリン浸けの肉片に目を向けた。「先生が言わんとしてるのは、ガイ者も同じ三十メートルもある海域へ沈められて、シャコどもに喰い荒らされた。そして短期間を漂流して荒川の中州に流れ着く。いくらなんでも無茶すぎないか？　だいたい、ひと晩でそれだけの損傷になるわけだよな」

「そうですね」

「本当にシャコの生息場所に落ちたとすれば、あっという間に骨にされるのは想像できるんだが、違うかね？」

「その通り。だからこそ、そこからまたいろんなことがわかるんですよ」

赤堀はこわいもの知らずな笑みを浮かべた。

「被害者がシャコの餌食になっていたのは、ほんの数時間というところでしょうね。しかも、海中ではない」

「海中じゃない？」

「そうです。海の中にももちろん生態系というものがありますから、捕食するのはシャコだけではない。でも、被害者の傷を見ると、ほとんどがシャコとウジ、カラスによるもので、そのほかはほとんどないんですよ。これは、漂流していた期間がごく短いことも意味するし、もっと別のことも意味している」

赤堀は、岩楯に同意を求める意味合いの視線を投げてきた。死因の件に今から踏み込むぞ、と澄んだ丸い目が語っている。ようやく、絞殺ではない証拠が出そろったらしい。みなの方向性を合わせる絶妙のタイミングとしか言いようがないではないか。岩楯がにやりと笑うと、赤堀もそれに応えてにっと口角を上げた。

「被害者はシャコを密漁していたと思われる。そして、獲物を入れておく大型の水槽とかプールに転落した。そして底か段差に頭を強打して溺死した。で、水槽に入っていたシャコに喰い荒らされた。わたしがすべての物証を当たって出した最終結論がこれです」

「待て、待て」と一課長が体を浮かせ気味にして声を出した。「何を言い出すかと思えば、水槽で溺死だって？　検屍報告書は読んだのか？」

「もちろん。でも、被害者は絞殺されたのではない。気管支で見つかったコケシガムシは、水を吸い込まない限りあれほど大量には入らないんですよ」

「水から揚げられたホトケは、漂流物が肺や気管支に入り込むことはよくある。たとえ吸い込まなくてもだ」

「そうですが、この虫は海中に散らばって浮遊しているわけではない。海辺に棲む陸上の昆虫です。流れ着いた海藻なんかを食べますが、おそらく満ち潮のときに流されたんでしょう。三十センチぐらいの海藻につく数は最高でも百二十四前後。でも、遺体の体内から見つかったのは二百十六匹です。こんな量が海藻のまま自然に体内に入るわけがない。右気管支だけに極端な量が入ったのも、生きていた証拠になると思われます。もがいて水を大量に飲んだから、角度が左よりも急な右の気管支に入ったんですよ」

今さら死因を覆されてあっけに取られている捜査員たちを見まわし、赤堀は壇上の上司たちに向き直った。

「初めは事故や自殺の線も疑ってましたけど、やっと殺人に間違いがないとわかりました。水槽か何かに落ちて溺死した被害者をしばらく放置して、さらに海へ遺棄した者がいる。おそらく、一緒にシャコを獲っていた密漁仲間ですよ」

赤堀が、由美から示された解剖所見の齟齬をざっと説明すると、会議室はちょっとした騒ぎになった。それはそうだろう。赤堀の話は筋が通り、遺留品のマイナスドライバーの用途にもしっかりとつながっている。警察と解剖医は、見慣れた遺体の所見から絞殺であると決めつけて疑わず、しかも海から荒川に流れ込む可能性は前例がないと黙殺した。ドライバーにいたっては工具としての使い方にしか目を向けずに、だれもが考えつくような範囲でぐだぐだと動いていたことになる。

しかし……岩楯は腕組みをして、資料を見返している捜査員たちを眺めた。マサキが手下と組んで漁場を荒らしていた、いわゆる密漁の線はどこまでが可能だろうか。シャコは禁漁中で保護されている資源だ。海上保安庁や漁師同士の厳しい監視の目をかいくぐり、やすやすと密漁する抜け道が見当たらない。しかも、大金を稼ぎ出せるほどとなると、組織的でなければそう簡単に成り立つとは思えなかった。

ざわつきが治まらない会議室の中ほどで、メモをとり終えた鰐川が悟ったような顔で声を出した。

「なかなか孵らなかったハエの卵だけが、塩の存在を知っていた。それに赤堀先生がいち早く気づいたんです。海が関係していることなんて、当初からわかっていたんですよ。今の捜査陣には、完全に確証バイアスの心理が働いたと思っています。事実を軽視して、自分たちに都合のいい形で思考を固めてしまった。それを考えれば、本当に虫の体液を輸血できる日もくるような気がしてきました」

「あの先生と同じ次元で動く連中ばっかりだったら、解決するものもしないんだよ。そのための特別捜査員だ。警官はやり方を変える必要がないのさ。ただ真剣に聞く耳をもつ。それはぜひともやるべきだが」

鰐川は少し考える間を置き、「そうとも言えますね」と妙に納得したような面持ちでつぶやいた。ここからは自分たちが動く番だろう。赤堀が新しい道筋をつけたとはいえ、被害者も被疑者もまだ何もわかっていないに等しい。上がどう判断するかはわからないが、再検屍の可能性も現実味を帯びてきた。

するとと赤堀が、ウミケムシのボトルを回収しながら声を上げた。

「ああ、もうひとつ言うのを忘れてた。網にかかったトラフシャコを買いに、峰漁港の漁師さんのとこへ水族館の飼育員がいったらしいですよ。最近じゃないみたいだけど」

「その生き物は展示もされるというわけかね」と署長が老眼鏡を外しながら疲労感をにじませた。

「そのようですね。受け皿的には、水族館のほかに熱帯魚なんかを売ってるペットショップも入るかもしれません」

鰐川は素早く書き取り、早速タブレットで検索を始めている。上司たちは声を落としながら難しい顔で何事かを話し合い、捜査員もここ数十分で明らかになった事実に浮き足立っていた。赤堀は大荷物をまとめて岩楯の隣にちんまりと腰かけ、つるりとした顔で覗き込んできた。

「マサキの後ろ姿が見えてきた？」

「残像だけな」

「よし。じゃあ今度は、岩楯刑事に犯人のところまで連れてってもらうからね」

苦笑いを漏らすなり、赤堀が場違いな馬鹿笑いを繰り出した。岩楯は慌てて昆虫学者の口を手で塞いだ。

# 第五章　O型の幸運

## 1

　蛍光管が蒼白い光を放ち、ヒーターが発する熱と湿気で汗ばむほどだ。岩楯はネクタイを緩めて上着のボタンを外した。ぼこぼこというエアポンプの発する音が心地よく、極彩色《ごくさいしき》の小魚たちが方向を変えるたび、つい目で追いかけてしまう。どうやら、自分が思っている以上に疲れているらしい。熱帯魚に興味などなかったというのに、何軒かの店をまわるうちに「究極の癒し」というポスターの意味がわかりつつあった。

　横須賀でいちばん大きな熱帯魚専門店は、書架のようにずらりと並べられた水槽が見る者を圧倒していた。店先には流木や水草、岩などを使った大型のアクアリウムが展示され、自然のひとコマを見事に切り抜いている。四十の坂を越えたぐらいの女性店主は、刑事の訪問に興味津々といった具合に店のなかを案内してまわり、人好きする笑みを浮かべていちばん上の段へ手を向けた。

「刑事さんがおっしゃったトラフシャコはこれです。久しぶりに入荷したんですよ」

水槽の中では見慣れてしまった縞模様の大振りのシャコが、二匹ほど砂の上を這いずっていた。

「インドネシア便です。柄もはっきりして発色もいいから、サイトにアップしたらすぐに売れちゃいそうですよ」

「このトラフシャコという種類は、愛好家の間では人気なんですか？」

「んー、そこそこですかね。いちばん人気があるのはこっちです」

店主は二つ先の水槽を指差した。目玉がぎょろりと上に突き出た虹色にも見える派手な生き物が、テラコッタのトンネルの中からじっとこちらを見つめている。何本も伸びている赤いひげが、祝儀《しゅうぎ》の水引《みずひき》細工にそっくりだ。

「台湾便のモンハナシャコです。色が美しいし華《はな》がありますから、ファンはとても多いですよ」

「なるほど。お話を聞いた限り、この店の魚はほとんどが輸入物ということですけど、国産は入れないんですか？」

「まあ、日本は熱帯魚自体が少ないですしねえ」

「ですよね」と岩楯は店主のおどけた様子に笑いを漏らした。「たとえばですが、このトラフシャコが近くの港で揚がったとすれば、買い取りはされますかね。業者が持ち込んできた場合も含めて」

彼女は首をひねり、尖ったあごに指先を当てた。

「うーん……。それはないかなあ。やっぱり心配なのは病気とか寄生虫なので、出どころがはっきりしているものでないと店には置けませんね。病気の魚が一匹入っただけで、水槽内が全滅というのはよくある話なので」

結局はそういうことなのだろう。どこのだれとも知らない人間が飛び込みで営業をかけても、生き物ならなおさら売れるわけがない。商売は何をするにも保証が必要だろうし、しかも仕入れルートというものが重要になってくる。新規で参入するとなると、よほどのコネか目玉になる何かが必要なのではないかと思われた。

「ちなみに、この男をご存知ないですか？」

岩楯は、自慢の刺青を見せびらかしているマサキの写真を取り出した。受け取った店主はなんとか役に立とうと記憶を手繰ってはいたものの、しばらくしてから申し訳なさそうにわからないと首を横に振った。

協力的だったこの店も空振りらしい。観賞魚というジャンルに集中して掘り下げているにもかかわらず、男の気配が毛ほども感じられないのが問題だった。直観的な手応えすらもない。いったい、マサキはトラフシャコの何に関係しているのか。そして、どんな方法で大金を稼ぎ出していたのだろうか……。

あたりまえのようにそう考えてから、岩楯は苛々して小さく舌打ちをした。そもそも、本当に大儲けをしていたのかすらもわからないではないか。すぐそこに答えが転がっているような気はしている。しかし、材料はそろっているのにばらばらで、それらをつなぎ合わせる決定的なパーツが未だに見つけられなかった。

引き揚げ時を鰐川に合図し、岩楯はもうひとつだけ店主に質問をした。

「水槽の大きさというのは、だいたい決まってるんですか？」

「そうですね。規格はいろいろですが、一般的には深さが四十五センチ以内のものが売れ筋ですよ。企業からの注文だと、六十センチというものもありますが」

「深さが一メートルなんていうのは？」

一メートルですか？　語尾を上げた店主は、いささか目を丸くした。

「そこまでいくと、もう水族館のレベルだと思いますよ。特注です。掃除とか成育環境を整えるだけでも、個人ではちょっと難しいですね。手間とお金がかかりすぎて」

やはり、水槽の線も落ち着く先はどこも同じだ。一メートルというサイズは観賞魚業界の常識からは外れているし、何より、この数値だけに囚《とら》われすぎては本筋を見失う可能性さえあった。岩楯は、あくまでも計算上だと自身に釘を刺した。それ以上でも以下でもない。

二人の刑事は最後までにこやかな彼女に礼を言って、薄暗くて幻想的な店を後にした。駐車場のアコードに乗り込むなり、鰐川はノートをチェックして次の訊き込み先をナビに入力する。しかし、岩楯と同じく考えを絞り切れていないようで、どこか焦れた様子でぱたんとノートを閉じた。

「なんとなくですが、マサキから遠ざかっているような気がします」

相棒は中指でメガネを押し上げ、乱れた前髪を整えてから飴玉を口に入れた。

「八景島の水族館が峰漁業組合に電話を入れたのは、『甲殻類フェア』に展示する予定のシャコが死んでしまったから、とりあえず聞いてみたという程度のことでした。しかも、トラフシャコに限定していたわけではない。要するに、数さえそろえば江戸前シャコでもなんでもよかったんですよ」

「そうだな」

岩楯は乾燥アリの蓋を開けて、中身の臭いを吸い込んだ。もはや無意識になりつつあった。あれほど恋しかった煙草を思い出す回数が激減していることを、素直に認めなければなるまい。大事な小瓶をポケットへしまいながら、岩楯は口を開いた。

「リストに挙がってる熱帯魚屋はもう打ち止めでいい」

「横浜も含めてまだ四軒ほど残っていますが」

「行っても無駄だ。今の店もそうだが、トラフシャコの価格帯が安すぎるんだよ。一匹、二千円前後で売られてる原価が、どの店も売値の五分の一だぞ」

「しかも、国産ということにはなんの価値もないですからね」

「ああ。だいたい、小魚と違ってしょっちゅう売れるもんでもないし、大量にストックしておく類の生き物でもない。せいぜい二匹ぐらいを店に置いて、売れるか死ぬかしたらまた仕入れるってとこだろう。どう考えても、シャコだけで大儲けすんのは無理だな。密漁のリスクを踏んでまでやる仕事じゃない」

岩楯は腕組みをし、助手席のシートにだらしなくもたれかかった。水族館の大型水槽だけを見れば、由美が割り出した高さにぴたりと合致する。けれども、なぜそこにマサキがいたのか……という筋がどうしても通せなかった。

「鰐川、市場へやってくれ」

「横浜市中央卸売市場ですか？」

「ああ、まずはそこ。で、次は築地《つきじ》だな」

鰐川は場所を検索してすぐにナビに入力した。が、どことなく腑に落ちないような面持ちをしている。

「漁協によると、トラフシャコは食材として価値があるものではない、ということでしたよね。呑み屋の店主も言っていたように、市場に出されるものではない。南のほうで郷土料理的なものに使われる以外、食材としての知名度はゼロに等しい」

相棒はノートを確認し、念を押すような口調で言った。

「市場で情報が得られるでしょうか」

「わからんな。だが、俺が密漁者だとすれば、まず初めにやるのは獲物が確実に売れるかどうかを判断することだ。とんでもない労力をかけて危ない橋を渡るんだ。金になるかがいちばん肝心だろ？」

「それはそうです。売れる保証のないものを盗《と》るわけはないですから」

「単純に考えれば、いちばん確実なのは江戸前のシャコ。こいつは今や高級品で、しかも禁漁続きで品薄ときてる。すぐにでも売り先が見つけられそうなのは、どう考えてもこっちなんだよ」

鰐川は神妙な顔をして何度も頷いた。

「密漁だと薄々勘づいても、手を出してくる買い手は必ずいるはずだと思うね。だが、マサキはわざわざトラフシャコなんていう馴染みのない獲物を選んだ」

「ですが、江戸前シャコの殻も、少量ですが微物としては挙がっています。そっちをメインに盗っていたとは考えられませんか？　トラフのほうこそたまたま入ってしまった、という線です」

相棒は至極もっともな指摘をしたけれども、岩楯はゆっくりとかぶりを振った。

「いいか？　江戸前シャコの漁場は完璧に守られてる。長々と禁漁してまで資源回復に取り組んでるんだからな。漁師と組合が厳しく監視してるに決まってるし、それをかいくぐって密漁なんかできるわけがない」

「確かに、状況としてはそうなんですよ。だから、本当に密漁なんかやっていたのか、という根本的な疑問がもち上がるわけで」

「俺もそれは考えたが、あの先生が言うように、密漁まがいのことはやってるような気がする。それもトラフシャコ限定でだ。でなけりゃ、あんな妙なもんを大量に頭にくっつけて死んだりはしない。俺は、漁師がグルじゃないかと思ってるよ」

鰐川ははっとして横を向いた。到底、納得できないというような面持ちをしている。

「赤堀が潜った場所は、船がなけりゃ行きようがない。漁場を突っ切ったとしても怪しまれないのは漁船だけだ」

「待ってくださいよ、漁師がグルだなんてあり得ますか？　彼らには保障された漁業権というものがあるんですよ？　トラフシャコは禁漁されてないんだし、獲りたければ普通に漁をすればいいだけでしょう。わざわざ密漁者の片棒を担《かつ》ぐなんて……」

そこまで言って、鰐川は急に口をつぐんだ。

「まさか、マサキ自体が漁師だとか」

「そこなんだよ。どうもこいつの素性が浮かんでこない」

岩楯はため息を吐き出した。鰐川が拒否反応を示すのはもっともで、漁師が密漁に手を染める理由がないのだ。組合を通さずに売買できる権利も彼らにはあるのだから、堂々と個人で商売だってできるだろう。だいたい、漁師が十五万もするリールを買ってまで釣りを趣味にするとも思えなかった。が、漁に精通している者がかかわれば、解決できる疑問点がいくつもあることを無視できないと感じている。

それに……岩楯は捜査資料のファイルに指を打ちつけた。ここにきて、マサキがワインや食材にやたらと詳しかった、という証言がたびたび頭の隅をかすめるようになっていた。一般人が知らないような、何か特殊な事情に通じていたという線はどうだろうか。

「まあ、船を出してるやつがいるのは確かだな。トラフシャコを高値で買いたい客を見つけたのが先か、繁殖場所を見つけてから客を探してきたのか。おそらく、江戸前よりもずっと高くさばけるルートがあるんだろう」

「水族館や熱帯魚関連も望み薄だし、食材としてのトラフシャコの情報もほとんど挙がってこない。いったい、マサキは何者なんでしょうか」

鰐川は眉間にシワを寄せながら、忙しなくボールペンの先を出し入れした。未だに核心の周りを遠巻きにまわっているだけ、そういうことだ。

「市場へ行くのは、単なる情報収集でしかない。漁協が出してきたきっちりした回答じゃなくて、実際の現場の声が聞きたいね」

それから横浜横須賀道路へ乗り入れ、すいている東海道と第一京浜を経て中央市場入り口へ右折する。表示にしたがって水産棟へ車を走らせると、五階建ての白っぽい建物が見えてきた。エンジンをうならせた大型トラックが何台も横づけされ、ドライアイスの煙がもうもうと上がる荷台に段ボール箱が次々と積み込まれている。魚の生臭さと埠頭からの湿った潮風が入り混じり、一帯の空気を重くよどませていた。

二人の刑事は車を降りて、まっすぐに市場へと足を踏み入れた。せりが終わって閑散としているかと思ったけれども、やけに人出が多くてにぎやかだ。仲卸業者を含めた作業員が、魚をさばいて一般に販売しているらしい。市場内にある飲食店も盛況で、魚介をふんだんに盛ったどんぶり屋には長い行列ができていた。

岩楯は、襟許から入り込む冷気に身震いしながら、陳列されている海産物を見てまわった。足許にずらりと並べられている発泡スチロールには、大小さまざまな魚が入れられ、氷に載せられた切り身なども豊富にそろっていた。客は小売りや飲食店関係者がほとんどなのだろう。みな慣れた調子で値段の交渉をしている。

二人は水浸しの通路を進み、騒々しい人波をかわして、エビやカニなどが中心に売られている区画で歩調を緩めた。タライの水の中では活きエビが跳ね、冷凍ものらしいボイルシャコを詰めた箱も氷の上にいくつか並んでいる。

岩楯は、店先で客を呼び込んでいる男に近づいた。ゴム引きのエプロンを着けて、手を打ち鳴らしながら早口で魚介の名前を連呼している。三十代後半ぐらいの背の低いずんぐりした男は、二人に気づいて細く剃られた眉を器用に動かした。

「こんなとこでスーツ姿ってことは、衛生検査所の人ですよね」

「いえ、水産とは関係ないもので」

岩楯が内ポケットから手帳を提示すると、男は小さい目をいっぱいに開いてうめき声を上げ、さらには周りをきょろきょろと見まわした。

「ちょっと、マジでこんなとこまでくるんですか！　今週中には振り込むつもりなんですよ。いや、出頭が先か。青切符の裏に書いてあるとこへ行けばいいんですよね？」

どうやら、違反金の未払い者らしい。男は上目遣いでおもねるように笑い、頭をかきながら再び周りへ目を走らせた。

「この通り、仕事が忙しくてなかなか抜けられないんです。だいたい、駐禁が鬼みたいに厳しすぎますって。ああ、いや、違反したこっちが悪いんですけどね。ともかく、逃げる気なんてありませんから、ちょっと今日は勘弁してもらえませんか」

「勘弁できそうにはないですが、納入はぜひ期日までにお願いしますよ。我々は別件できたんです。この男に見覚えはありますかね」

いきなり写真を見せられ、男は厄介事はごめんだとばかりに警戒の色をにじませた。

「『マサキ』という名を名乗って、左腕にはオオカミの刺青がある肥満体型です。じゃらじゃらとアクセサリーなんかをつけているかもしれません。釣りが趣味でね」

仲卸業者の男は眉間にシワを寄せ、写真に顔を近づけてじっくりと見分した。マサキねえ……とつぶやきながら、さらに見入っている。

「見覚えはないし、名前もわからないなあ。どっかの業者ですか？」

「そのへんも不明なんですよ」

岩楯は写真をしまい、砕いた氷の上に並んでいる海産物へ目をやった。

「ちなみに、ここでトラフシャコというものは売りに出たことはありますか？」

「トラフ？　縞模様のデカいやつですか？」

「そうです。三十センチぐらいにはなるそうで」

「そいつは市場には出ないなあ。この近辺で水揚げされた話も聞かないし、ここには持ち込まれないいんじゃないかな。俺は食ったことないけど、大味だって話は聞いたことあるな」

男は陳列棚に手をついて伸び上がり、隣の区画でホースをバケツに突っ込んでいる年寄りに声をかけた。派手に飛沫を立てながら、力まかせにタワシでこすり上げている。

「なあ、ヨシさん。トラフが本場に出ることなんてあるか？」

「ねえな」

側溝《そっこう》に濁り水をぶちまけた老人が、こちらを見もしないで即答する。細い水路の水がたちまちあふれ、岩楯たちのほうへ流れてきて二人は飛びすさった。

「マサキっつう腕に刺青入れたデブの男は知ってる？」

「知らん」

「トラフは相模湾じゃ揚《あ》がんないよね？」

男が隣を覗き込んで質問を続けていると、老人はようやく中腰だった体を起こして顔を向けてきた。すすけた緑色のキャップをかぶり、袖に鉤裂《かぎざ》きのあるよれよれのジャンパーを引っかけている。深酒した翌日のように浅黒い顔がむくんでおり、目は真っ赤に充血していた。

老人は洟《はな》をすすり上げ、ベルトに通してあるタオルで濡れた手をぬぐった。

「トラは峰でも揚がるぞ。相模湾どころか、今じゃ東京湾にまで進出してるだろ。江戸前は絶滅寸前だってのに、どうしょもねえな」

現在の湾の状況を的確に把握しているようだ。岩楯は老人に会釈をし、手帳を掲げた。目をしばたたいて身分証の写真に焦点を合わせた彼は、刑事二人に視線を戻して四角いつばのキャップをかぶり直した。

「なんか起きたのかい？」

「ええ。ちょっと人を捜してるのと、トラフシャコについての情報がほしくてですね」

マサキの写真を手に取った老人は、すぐに首を横に振って返してよこした。

「トラの何が知りたいんだ？」

「大儲けできる方法なんかを」

すると老人は銀歯を見せてにやりと笑い、岩楯の顔をじろじろと眺めまわした。

「そんな方法があるなら俺がやってるよ。トラは茹でると味もそっけもなくなって、しかも水っぽいんだ。デカすぎるしな。ああいうのは、日本人の感覚には合わん。この国は食に繊細さを求める。舌の肥えた人間が多いってこった」

「よく言うよ」

後ろから甲高い声がして、岩楯は振り返った。黒いニット帽をかぶった若い女が、にやにやしながら老人を見つめている。隣の男と同じゴム引きのエプロンを着け、三つ編みにした茶色の髪を指先で弄んでいた。

「ヨシさんに繊細さなんてわかんの？」

「そりゃあ、わかるとも。ロブスターなんてもんと一緒だ。デカいだけでスポンジ食ってんのと同じだぞ」

「やっぱわかってないんじゃん」

女は天井を仰いでけらけらと笑った。三十そこそこぐらいだろう。化粧気はないのに、つけ睫毛だけはしっかりとつけてアイラインを太く引いている。まるでキューピー人形を太らせたような見た目だった。どうやら隣の男の妻らしく、「こちらは刑事さんだよ」と耳打ちされて驚いた顔をした。

「え？　警察の人？　マジで？　じゃあ、あれ、なんとかしてもらったら」

「違反切符の件なら、なんともしようがないですよ。残念ながら」

岩楯が先手を打って言うと、彼女はまた転がるような笑い声を上げた。

「ジョーダンだって。警察は一般市民からお金取るのが仕事だもんね」

「いや、違いますけど」

「だから、ジョーダン！」

女はすかさず手の甲で岩楯の胸を叩き、けらけらと笑ってノリのいいツッコミを入れた。明るいのは結構なことだが、いささか疲れるタイプの明るさである。気持ちの余裕がなくなりつつあるときは特にだ。

彼女は二人の刑事を交互に見やり、長い三つ編みの髪を指に巻きつけた。

「刑事さんはトラフシャコを調べてるんだよね。しかも、大儲けできる方法を」

「そういうことですよ」

「ふうん。じゃあ、わたしがひとつ蘊蓄《うんちく》を教えてあげる。好んでシャコを食べるのは、世界中で日本人とイタリア人ぐらいなんだよ。まあ、ゲテモノ趣味ってやつ」

「それは初耳ですよ」

「でしょ。でも、向こうは生では食べないし、煮込みとか冷製仕立てとかスープとかソテーとか、塩茹でばっかの日本よりも食べ方のバリエーションが広いわけ。素材があっさりしてるぶん、凝った調理に合うってことなんだよね。いくらでもおいしくできる食材だと思うよ」

するとが、「うちのは調理師と栄養士の資格をもってるんですよ」と誇らしげに口を挟んだ。

「フグ調理師免許ももってるよ。本場のイベントでさばいたりするから」

「それはすごいですね。で、トラフシャコですけど」

岩楯は急いで話を戻した。今までにない情報には、きらりと光る何かがあった。久しぶりにいい兆候ではないだろうか。鰐川もそう感じたようで、ノートを開いてペンを高速で走らせた。

「イタリア料理では馴染みがある食材なんですか？」

「そう、そう。馴染みというより、オマールに匹敵する高級食材だよ。ああ、これはちょっと大げさすぎるか」

「高級？」

「うん。イタリアンのコースでは前菜にもメインにも使われる。北イタリアが多いかもしれないな。日本ではどうだかわかんないけど、まあ、セレブがいくようなバカ高い店では、どっかから空輸してるかもしれないよ」

岩楯の心臓がひときわ大きな音を立てた。マサキは釣具屋の店主に、ヨーロッパで修業した料理人を引き抜いて飲食店の経営をやってもいいようなことを吹聴していた。情報の端々から虚勢だろうと踏んでいたけれども、もしかしてマサキは、トラフシャコの価値を見越してイタリア料理業界への直売をもくろんでいたのではないか？

岩楯は頭をフル回転させながら質問を続けた。

「それほどの高級食材だとすれば、市場に出ない理由がわかりませんね」

「万人向きじゃねえからな、数だってそれほど揚がらねえし」と老人が話を引き継いだ。「欲しがってる店が本当にあるんなら、そこと直接契約でもして売り買いしたほうがいい獲物だよ。市場を通す利点がない」

となると、マサキは飲食店とすでに契約していたとも考えられる。しかも複数だとすれば、割りのいい商売が可能だろう。地元の漁師は雑魚だとして興味を示さず、組合を通して市場にも流れない。何より、トラフシャコが大繁殖している事実をだれも知らないのだ。水面下をこっそりと動けば、完全に独占できるではないか。

興奮をにじませる鰐川に目配せしたとき、何かをじっと考えていたらしい調理師の女が、三つ編みをくるくると指に巻きつけながら金属的な高い声を出した。

「そういや前に、トラフの話をしてた人がいたね」

「前、いつですか？」と鰐川が黙っていられずに身を乗り出した。

「一年、いや、もっと前かな。シャコが完全禁漁で市場に出なくなったときだから。確か釣り客って話だったけど」

「釣り客……」

鰐川は語尾を飲み込み、岩楯は「この男じゃないですか？」と急いで写真を手わたした。彼女は時間をかけて見まわしてから、そばかすの散った顔をぱっと上げた。

「似てるような気もするけど、自信ないな。こんなに太ってなかったと思うし、タトゥーを見た覚えもない。三、四人ぐらいできてたと思う。そこの食堂で食べて帰るって言ってたけど、刑事さんと似たようなこと聞いてきたの。トラフシャコは市場に出ないのかって。でも、海外では高級食材だってことを知ってるみたいだったよ」

「ほかには？」

「そうだね……」と彼女は一点をじっと見て考え、ぽつぽつと言葉を送り出した。「ああ、あと、魚に合うワインがどうのこうの言ってたな。まるでなんかの講義みたいだった、専門用語ばっかで難しくてさ。ただでさえ、ワインの名前って長くてわけわかんないじゃん」

食材や酒に詳しく、トラフシャコ限定で質問をしている。流れからいってもマサキの可能性が高い。

「どこから来たとか、どこで釣りをしたとか、具体的なことは言ってませんでしたかね？」

「ああ、峰漁港だよ。そこの釣り船をよく使ってるって言ってた。確実に釣れるポイントに連れてってくれるらしいよ」

岩楯の心拍数はさらに上がった。ようやくここで峰漁港が挙がってきた。もし、船釣りをしていて、たまたま赤堀と同じ生息域を見つけたのだとしたら……。反射的にそう考えたけれども、魚群探知機には反応せず、三十メートルも潜って初めて発見できる類の生き物だ。偶然に見つけるのは無理があるし、海域的にも釣り船は入れないだろう。しかし、見逃している抜け道があるとしたらどうだ。地元の人間が思いもしないようなルートがあるのかもしれない。

鰐川を見やって行くぞと合図をしたとき、老人が水道の蛇口を開け、仕事を再開しながらひとり言のようにつぶやいた。

「まあ、今はなりふりかまってられる時代じゃねえからな。底曳きの漁師も、釣り船がなけりゃ生計なんて立たんだろう。どこも生き残り競争はたいへんだ」

「ちょっと待った！　漁師が釣り船を出してるんですか？」

「そうだよ。近場でやる底曳き漁は時間がだいたい決まってるから、空き時間に客を乗せて船を出すのはよくある話だ」

「漁船を出すんですか？」

「ああ、そうだ」

今度こそ彼らに礼を述べ、二人はすぐに踵を返した。

2

昼下がりの峰漁港は、実にのんびりとしたたたずまいだった。早朝から午前中にかけてで漁は終わっているらしく、港には白い小型船が隙間もないほど係留されている。見るからに漁師らしい赤黒く陽灼けした年寄りが数人、談笑しながら仕掛けを直していた。

岩楯と鰐川は、港の入り口にある組合事務所へ足を向けた。受付と書かれた薄暗い部屋の中では、小柄な二人の老婆がお茶を飲みながら夢中で喋り興じている。事務机の上には菓子やタッパーに入れられた佃煮などが無造作に広げられ、すでに長い時間を居座っているのがひと目でわかった。

小窓から顔を出して声をかけると、藤色のスカーフを頭に巻いた老婆が、腰を叩きながらよちよちとやってきた。八十はとうに過ぎているだろう。

「すみませんが、組合長はいらっしゃいますか?」

老婆は派手なヒョウ柄のエプロンのポケットを探り、老眼鏡をかけて岩楯が出した手帳を長々と見つめた。

「またおまわりさんかい。今朝も別の人が二人で来てったよ。刺青入れた太っちょの写真を見せられてな」

同じ班の者たちだろう。この漁場には、密漁できるような穴が見当たらないことも報告が入っていた。

「何度もすみませんね。別件でお訊きしたいことがありまして」

「なんだか物騒だね。事件なのかい？」

「尋ね人ですよ」

「でも、なんかの事件があったから捜してんだろう？　逃亡犯か？」

そこへ、奥に座っていた痩せこけた老婆も立ち上がって話に入ってきた。

「あんた、わかり切ったことを聞きなさんな。こんな寂れた港に警察が出入りするなんて、今まで一回だってないんだから」

「それもそうだ。おまわりさん、さぞかし重大事件なんだろうねえ」

「始まりは東京だって話じゃないか。もしかして、テレビのニュースでもやってんのかい？」

二人の老婆は矢継ぎ早に言葉を浴びせてきた。強烈な陽射しに曝されてできたシワだらけの顔が、好奇心で光り輝いて見えるほどだった。平凡な日常に落とされる刺激は、なんであれ摑んで保管しておきたいと見える。

するとスカーフを頭に巻いた老婆が、急に生真面目な面持ちで咳払いをした。

「これだけは言っておくよ。ここにいる若い衆は関係ないからな。いわくつきの人間がいるからあんたらが峰に目をつけたってんなら、それはお門違《かどちが》いだ。みんなすごくがんばってる子らばっかりだよ」

「ええ。我々も色眼鏡《いろめがね》では見ていませんから」

老婆たちの鬼気迫るような視線を、岩楯はやんわりとかわした。赤堀が組合長から得た情報を調べた結果、この漁港で二十三人のよそ者が働いていることがわかっている。社会に馴染めない若者がほとんどだが、今のところは引っかかる何かが挙がっているる様子はなかった。老婆たちの反応を見るに、身内のように受け入れて後継者を育てているのだろう。

「ええと、おばあさんたちは峰漁港の組合員なんですか」

「そうだよ。組合ったって、地元の漁師でまわしてるだけだからね。わたしらは持ちまわりで電話番をしてるんだ」

岩楯は話を蒸し返されないうちに、壁にかけられているネームプレートを素早く指差した。

「ということは、組合長の西牧邦夫さんはこの事務所にはおられない？」

「ああ、いない。組合長は家のほうじゃないのかね。ええっと……」

スカーフを巻いた老婆が、引き出しを開けて漁港の見取り図を取り出した。船着き場と倉庫には番号が振られ、その脇に船名と所有者の名字が記されている。老婆は節くれた根っこのような指で番号をたどり、西側の一角で指を止めた。

「デーの三番だよ、栄昇丸が組合長の船な。そこにいなければ家だと思う」

老婆は、おっきい信号を左に入って小松酒屋の細いとこをまた左に入って……とまわりくどくてややこしい道順の説明をしたけれども、鰐川はノートにメモしながら簡易的な地図まで書き起こしていた。日にどれほどの文字を送り出しても、頭の中はすっかり整頓ができているらしい。

二人の刑事は、老婆たちによってトコブシの佃煮を口に押し込まれ、もそもそとそれを食べながら組合事務所の外に出た。港をまわり込んで倉庫と船を確認したが、どちらにも人影はない。すぐアコードに乗り込み、相棒が得意とする細く入り組んだ私道を進んで立派な屋敷に車を乗り入れた。

「昔ははぶりがよかったんでしょうね」

鰐川が赤錆《あかさび》色をした瓦を見上げながら素直な感想を口にした。確かに、使われている建材は、素人目からしてもかなり上等だということぐらいはわかる。玄関の柱などは木のこぶをそのまま活かした造りで、黒光りするような独特のツヤがあった。成金の生臭さが漂い出す一歩手前でとどまっている……そんな印象だ。

岩楯は車を降りて、白い軽トラックが横づけされている屋敷へと向かった。広い庭の一角には漁に使われる道具が積み上げられ、饐《す》えたような磯の臭いをまき散らしている。むせ返りながら奥まった離れのほうを覗き込んだとき、物干竿《ものほしざお》にかけられている網の裏からふくよかな女がひょっこりと現れた。三人ははたと動きを止め、しばし見つめ合うという間の抜けた格好になった。

「すみません、勝手に入ってしまって。組合事務所のほうで西牧さんの住所を聞いてきたんですよ」

いつまでもきょとんとしている女に、岩楯は近づいて手帳を提示した。四十の後半ぐらいだろうか。ウサギの絵が描かれた割烹着を着て、男物らしい大きすぎるサンダルを素足につっかけている。シミだらけの丸顔を手帳に近づけたが、警察とわかったとたんに瞳の奥が引き締まった。

「まさか、父に何かあったんですか？」

「父？　あなたは西牧組合長さんの娘さんですか？」

「そうです。父に何か？」

よほど思い当たることがあるのだろう。小柄だがかなり横幅のあるがたいで、ぐいぐいと岩楯に詰め寄ってくる。漁師の娘らしく鋭い印象だ。落ち着いてくださいとなだめるように言い、手帳を胸ポケットに戻した。

「組合長さんにお話を伺いたいだけですよ。何か心配事でも？」

「何かを起こしたわけじゃないんですね？　怪我をしたとか」

「ええ、違います」

岩楯の言葉にうそがないことを見て取り、ようやく彼女はほっと表情を緩めた。

「すみません、びっくりしちゃって。警察がくるときは厄介事って決まってるから。父は昔から喧嘩っぱやくて、よくいざこざに首を突っ込んで怪我することがあるんですよ。歳を取ってもぜんぜん変わらなくてね。お昼に出て行ったきりだから、また何かあったんじゃないかと思って」

「どこへ行かれたんですか？」

「金沢文庫《かなざわぶんこ》の駅ですよ。その先にあるホームセンターだと思います。あそこへ行くと長いから、まだしばらく帰ってこないんじゃないかな。父に何か用ですか？」

岩楯たちの訪問に驚いたということは、彼女は午前中に訪れた捜査員には会っていないのだろう。ファイルから写真を取り出し、見るからに気の強そうな彼女に手わたした。

「この男を捜しているんですよ。見覚えはありませんか？」

「ああ、昌樹《まさき》くん」

いきなりその名前を告げられ、岩楯は息が止まりそうになった。鰐川が地面にペンを落とした音が耳に入る。

「かなり前の写真みたい。今はもうちょっとだけ細いし、ここまで柄も悪くないですよ」

「ご存知なんですか？」

「ええ。常連さんだから」

「なんのです？」と勢い込むと、彼女はいささか身を引くように後ずさった。

「釣りですよ。うちは釣り船もやってるんです。昌樹くんはもう三年ぐらい通ってくれてでね。本当にお得意さまなんです。彼がどうかしたんですか？」

やはりマサキは峰漁港に出入りしていた。岩楯は立て続けに質問をした。

「釣り船の操縦は組合長がするんでしょうか」

「いいえ。父は漁以外には船で出たがらないから、釣り船は住み込みの子たちが出してるんですよ。うちで若い子を二人預かって漁師修業をしてるもので、そっちのほうはまかせっきりでね」

そこまでを喋ってふいに黙り、彼女は岩楯と鰐川の顔を順繰りに見つめた。

「何かよくないことですか？」

「いいことではありません」

岩楯が言い切ると、彼女は身構えるように両肩を上げた。

「釣り船を出すのは昼間だけですか？　夜釣りなんかは？」

「ええ、うちは夜も出してます。スミイカとかカレイの大物が狙えるのでね」

これか……岩楯はようやく納得した。小型底曳き船は、位置情報などで航路を管理されてはいない。いわば、自由に海を行き来できる漁船だった。まさか見習い漁師が友人たちと馴れ合い、密漁に加担している？

「二人の住み込みは今どこに？」

「部屋にいると思うけど……」

今すぐ呼んでほしいという意味合いの視線を投げると、彼女は不安気な様子で踵を返した。玄関を開け、階段の上に向けて声を張り上げる。

「健太《けんた》くん！　そこにいるの？　将太《しょうた》くんもいるならちょっと降りてきてくれる？」

かなりの広さがある三和土《たたき》には年季の入った黒い敷石が配され、その正面に無垢材の透かし階段が伸びている。忙しないテレビの音が二階から漏れ聞こえているが、そこに言い合いのような低い声も混じっていた。二人の刑事が聞き耳を立てていることに気づいた家主は、深いため息をついてわずかに眉根を寄せた。

「まったく、また喧嘩。ここ最近、しょっちゅうでやんなっちゃう……」

辟易《へきえき》しているのは間違いなさそうだが、少しだけ体面を気にしているようでもある。今度は強めに二階へ向けて声を上げた。しばらくするとテレビの音がぷつりと止《や》んで、踏み板をきしませながら背格好のよく似た二人の男が降りてきた。起き抜けのように不機嫌そうで覇気がなく、疲労を溜め込んだどす黒い顔色をしているところまでそっくりだ。二人とも三十前後に見えるけれども、若さの輝きみたいなものが感じられず、年齢不詳でいささか不気味に映った。

「この子たちが住み込みで働いてくれてるんです。こっちが兄の水森《みずもり》健太くんで、こっちが弟の将太くんね」

彼女が手を向けながら紹介すると、兄弟は素早く目配せをして「だれ？」という無言のやり取りを交わした。丸みを帯びた幼い顔立ちの将太は、岩楯と目が合うなり愛想笑いのようなものを浮かべている。

「昌樹くんのことで訊きたいことがあるんだって。こちらは刑事さんだよ」

ひどくもっさりした印象の水森兄弟は、あごを突き出すようにして頭を下げた。刑事と聞いても驚く素振りこそ見せないが、隠せないほどの緊張感は確かにある。

この兄弟に人が殺せるだろうか……岩楯は不躾《ぶしつけ》なほど長い間をあけて、あからさまな観察をした。弟の将太がおもねるような笑みを貼りつけているのは、無意味にへらへらとして物事をやり過ごすことが癖になっているからかもしれない。一方で兄の健太は、顔に残るニキビ痕にたびたび触れながら全身で人見知りを表明している。二人が人との距離感に苦労していることははっきりとわかったけれども、そればかりが際立ってほかは窺い知れなかった。

「突然で悪いね」と岩楯は努めてにこやかに切り出した。「ほかの警官とはもう話したのかい？」

「いえ、話してませんけど」

「そうか。実は、マサキという人物を捜しているんだが、きみらが出す釣り船を使っているのはこの男で間違いないか？」

写真を顔の前に掲げると、水森兄弟はまばたきもしないでじっと見つめ、すぐにこっくりと頷いた。よし、マサキの通った道を間違いなく捕えている。岩楯は、有無を言わさない口調で二人に告げた。

「この男の住所や仕事なんかを今すぐ教えてもらいたい。知ってることを全部頼むよ」

「はあ。名刺があったかもしれないので探してきます」

兄の健太が踵を返そうとしたとき、家主の女が不思議そうな声を出した。

「刑事さん、本人から聞くのでは駄目なんですか？　今、釣りに出てますけど」

「なんだって？」と岩楯と鰐川は顔を撥ね上げた。

「今日も予約が入ってたわよね？」

太り気味の彼女が健太に問いかけると、あばた面《づら》の男はどこか気の抜けたような調子で首を縦に振った。

「昌樹くんは、いつも三ヵ月先ぐらいまで予約を入れてくれるんですよ。本当に釣りが好きな人だから」

「で、今も海に出ていると？」

岩楯はかぶせるように早口で尋ねた。彼女は小刻みに頷いて、下駄箱の脇にかけられている紐の通されたノートを取り上げた。表紙には「釣り船台帳」と書かれたシールが貼られ、通し番号らしき数字が振られている。彼女はてきぱきとページをめくって、手書きカレンダーの箇所を開いた。指差された場所には十一月二十八日の日付けが入り、四人の名前が書き込まれている。二人の刑事は、「藤村《ふじむら》昌樹さま」という文字を穴が開くほどじっと見つめた。

「昌樹くんは、月に三回ぐらいのペースでうちの船を使ってくれてるんです。今日は乗り合いでひとりですね。たまにお友達も連れてきてくれるの。いつもは夜が多いんだけど、今月はずっと午前予約ですよ」と説明し、彼女は水森兄弟のほうへ顔を向けた。「朝は弱いから無理って言ってたのに、なんで急に変えたのかな」

「さあ」と健太が抑揚なく答えている。

「まあそれはいいけど、昌樹くんはなんか言ってなかった？　なんで警察に追われてんの？　厄介事はやだからね」

「知らないですよ。いつものあの軽い調子のままだったし」

「将太くんは聞いてる？」

「聞いてない」と弟もぶんぶんと首を横に振っている。

「お友達は聞いてると思う？　ほら、こないだも船で……」

「ちょっと待った、ストップ！」

岩楯は手を上げて三人の会話を遮り、頭をなんとか整理しながら再び写真を目の前にかざした。

「藤村昌樹は、本当にこの男で間違いないですか？」

考える間もなく、みな一斉に頷きを返してくる。岩楯は振り返り、不安に支配されている鰐川と真正面から目を合わせた。

いったいどういうことだ。荒川で揚がった水死体がマサキじゃないだって？　刺青の解析もほぼ一致したではないか！　シャコから摑んだルートもこの場所につながっていたはずだ。それなのに、なぜこんな事態に陥っている？

岩楯はマサキにたどり着いた経緯を逆まわしにしていき、何とかして見落とした地点を探り出そうとした。しかし、考えれば考えるほど不明瞭としか言いようがなかった。唯一の頼りであった刺青も、大枠の一致という程度で正確な答えではない。マイナスドライバーにいたっては、状況から使い方の特殊性に着目しただけだった。すべてにおいて決定打ではなかったという事実を、ここにきて思い知らされる羽目になるとは……。

思い込みで本筋を見失っていたのは、本部ではなく自分のほうだったのか？　信じられない失態だった。岩楯はこめかみを指で押し、きりきりと痛みはじめた胃のあたりを手でさすった。

「とにかく、その昌樹くんの住所やなんかはわかりますかね？」

わかりますよ、と即答した彼女は、住所録らしいもう一冊のノートをめくって中ほどを指し示した。岩楯はノートを受け取り、懐から携帯電話を出して書かれている番号を押した。一回の呼び出しもないまま、電波の届かない場所にいる旨のアナウンスが流れ、すぐ留守番電話に切り替わる。隣では鰐川が、住所を素早く書き留めた。

「釣り客は今どこにいるんです？」

「八景島の横に岩場のポイントがあって、みんなそこで釣ってますよ。海の上は電波が不安定だから、ケータイはつながりにくいかもしれないですね」

なるほど、とつぶやいて岩楯は片手で顔をこすり上げた。

マサキは生きていた。情報のすべてが合致しているにもかかわらず、中州に打ち上げられた遺体とはまったくの別人だった。岩楯は、押し寄せる無力感をなんとか押しのけようと下腹に力をこめた。と同時に、兄の健太が遠慮がちな低い声を出した。

「あの、船を出しましょうか？」

健太は古そうな柱時計をのろのろと見上げた。

「本当は四時ごろ迎えに行く予定なんですけど、なんだか急ぎみたいなので」

「そうだな……。じゃあ、悪いが船を出してもらえるか？　顔を見て、二、三、質問したらすぐに引き返すよ」

健太は微かに頷いたけれども、すぐ弟の将太と顔を見合わせて、ことさら濃い疲労をにじませた。本当に生気がない連中だが、日々のきつい労働に精根尽き果てているのかもしれなかった。しかも突然訪ねてきた警官に協力させられるなど、とばっちり以外の何ものでもない。

水森兄弟は、大仰にジャンパーを羽織ってスニーカーに足を突っ込んだ。それから二人をアコードに乗せて港へ向かい、すっかり人気《ひとけ》のなくなった船着き場を突っ切って栄昇丸へ向かう。岩楯と鰐川は、口数の少ない、妙な緊張感を抱かせる水森兄弟とともに船に乗り込んだ。

岩楯は船のへりに手をかけ、惚《ほう》けたように空を見つめた。雲ひとつない空は真っ青に晴れわたり、トンビやカモメの鳴き声がいかにも映える清々しさだ。そんな景観とは裏腹に、刑事二人はどんよりと沈んでいた。マサキ生存の報告で、再び捜査は覆《くつがえ》されて混乱するだろう。完全にふりだしに戻される。たびたび相棒のため息が漏れ聞こえてきたが、岩楯とて盛大にののしりたい気持ちは同じだった。

船のエンジン音が腹の底に響き、栄昇丸は船着き場を離れて港を出た。沖の潮風は予想以上に冷たく、反射で目がくらむほどの太陽のぬくもりまで吹き飛ばしていた。岩楯は車の後部座席に放ってあるコートを思い出し、持ってこなかったことを心の中で毒づいた。とことんツキに見放されていると感じ、陸地とは違う寒さがことさら身に沁《し》みた。

鰐川と二人で身震いを繰り返している前方では、スロットルを操作する健太の横に弟の将太がぴたりとくっつき、さっきからこそこそと何事かを喋り通しだ。いや、喋るというより、もはや声を押し殺した喧嘩に近かった。人付き合いが極端に苦手そうだとはいえ、どうもさっきから挙動が気にかかる連中だ。遊覧船を先に行かせるためにスピードを落とした水森兄弟のもとへ、岩楯は後ろから近づいた。

「もう長いこと兄弟喧嘩をやってるんだって？」

弟のほうが激しく反応し、肩がびくりと動いている。すぐにさっきも見た曖昧な笑みを向けてきた。

「いえ、別に……」

「つらい仕事のことで揉めてるとか」

将太は怯えと薄笑いを浮かべて視線を逸らしたけれども、兄の健太はうつろな目をまっすぐに合わせてきた。飛び出した喉仏をごくりと上下させている。

「実は、刑事さんに黙っていてもらいたいことがあって……」

「黙っててもらいたい？」

健太はスロットルを前に倒してスピードを上げた。

「一般人が釣りをできる範囲は決まってるんですけど、なんていうか、その、仲のいい友達だから特別な場所に案内してるんです」

「まさか、漁場じゃないだろうな」

「いえ、違います。八景島の岩場はよその船からも客がいくから、大物が狙いづらくなるんですよ。もっと沖合に小さい岩礁があって、そこは釣りが禁止されてるけどイシダイなんかがヒットするいい場所で」

「じゃあ、きみらは禁止区域に友人を案内していると」

二人は踏ん切りの悪い目配せをして小さく頷いた。

「今みたいに海が凪いでれば、なんの問題もないんです。ただ、荒れると少し危険な場所なので」

「そりゃそうだろう。そんなとこに置き去りにして、もしなんかあったらどうする気だよ」

「すみません。でも、天気が変わったらすぐに迎えに行けるから大丈夫だと思ったんです。でも、これが組合にバレたら大事《おおごと》だし、しかも居候《いそうろう》してる西牧家は組合長をやってるから取り返しがつかないことになりそうで……。なんとか内緒にしてもらえないですか？」

「そういう問題じゃないだろう」

ずっと黙っていた鰐川が、広い額を全開にしながら健太を睨めつけた。

「きみは無責任すぎる。客の命を預かってるのと一緒なんだぞ？　大物が釣れるとか海が荒れてなければ大丈夫とか、判断がまるで子どもだ。しかもケータイだって入らない」

相棒は幼いころにプールで溺れて以来、水に恐怖心を抱いていると聞いている。健太と同じぐらいの年齢ということもあり、憤りもひとしおなのだろう。まあ、温厚な鰐川ですら、だれかを叱り飛ばさなければやっていられない心境ということだ。弟は尋常ではないほどうろたえて目を潤ませ、兄はすみませんと蒼白い顔でひたすら謝っていた。

「ともかく、釣り人を回収すんのが先だ。まったく、黙っててもらいたいじゃないだろ。とんでもない危険行為だぞ」

健太は額の汗をぬぐいながら再度すみませんとつぶやき、八景島を迂回《うかい》した。前方にいくつもの赤いブイが浮かんでいるのが見える。この辺りが仕掛けを沈めている漁場らしかった。漁船は一艘も見当たらず、栄昇丸を追いかけてきたカモメだけがやかましいわめき声を上げていた。

それにしても忌々《いまいま》しいほど風が冷たい。小刻みに足踏みして体に血を巡らせているとき、左前方に真っ黒い岩場が見えてきた。岩場というより小振りの岩山のようで、尖った先端には何羽もの海鳥が羽を休めている。

「あそこの裏側でやってるんです」

健太はスピードを落とし、慣れた舵取りで岩礁をまわり込む。岩に波が当たるたびに飛沫が高くまで上がり、船が揺さぶられて上下に揺れた。この程度の岩があるだけで、ずいぶんと海流が乱れるものだ。

船のへりに摑まってバランスを取っているとき、再び大きく揺れて足許の床が何度もがたんと音を立てた。よくよく見れば、網を巻き上げる小型クレーンの後方、デッキの踏み板の上に嵌《は》め込み式の取手のようなものがいくつも並んでいる。どうやら跳ね上げ扉になっているようで、波に乗り上げるたびにガタガタと浮き上がって音を立てていた。

床下収納のようなものだろうか。岩楯は船のへりに摑まりながら片手を伸ばし、緑青のこびりついた取手を少し上げてみた。真っ暗で何も見えないが、かなり奥行きがありそうな空間が広がっている。邪魔なロープの束を足で避けて扉をさらに引き上げたとき、陽の光が床下に射し込んで岩楯は息を飲み込んだ。

これは生け簀《いす》か？　水揚げした魚を入れておく水槽のようなものだった。下に溜まっている水の中には細かい鱗のようなものが散らばり、ゴミや海藻などが汚らしく浮かんでいる。ずっと奥のほうまで続いているそれは、解剖補佐の由美が割り出した数値に収まるサイズのものではないか。

いやな予感に苛《さいな》まれ、心拍数が上がるのを感じながら岩楯は水に浮かぶゴミを凝視した。いや、ゴミではない。目のような模様が連なっている、半分潰れたウミケムシの死骸だった。

なぜこんなところですべての条件が重なってくる……。岩楯は懐の銃を意識しながら携帯電話を出したけれども、不安定な海流に煽られてよろめき、船のへりに両手で摑まった。

「うわっ！」

思わず声を張り上げたその刹那《せつな》、足許をすくわれるような感覚に陥り、信じられない光景を目にしていた。さかさまになった船の側面と青空。自分は頭から海へ落ちていた。

何が起きたのか、まったくわからなかった。しかし、次の瞬間には、ひどい衝撃が岩楯を襲った。顔を殴り飛ばされたような痛みと、全身を突き刺すような冷たさ。それから、水に叩きつけられたときの鼓膜が破れるほどのすさまじい音だ。完全に平衡感覚を失い、口と鼻の中には大量の水が入り込んでくる。岩楯はもがきながらも目を開け、空が透けている水面を見つけてがばっと顔を出した。

水を吐き出し、空気を求めてあえいだ。思い切り吸い込んだ海水が気管に入り、息ができない苦しみと胸の痛みで目の前が白くなる。岩楯は激しく咳き込みながらもなんとか息を吸い込み、必死に周りへ目を走らせた。数メートル先に脚が見える。鰐川も落ちたのか！　パニックで上下がわからなくなって暴れ、今にも沈みそうになっていた。岩楯は革靴を脱ぎ捨てて泳ぎ、鰐川の胸ぐらを摑んで水面に顔を引きずり出した。

「鰐川、落ち着け！　摑んでてやるから暴れんなよ！　ちゃんと息を吸え！　いいか？　とにかく顔を上げて呼吸しろ」

鰐川ががむしゃらにしがみついてこようとするたび、岩楯は必死にその手を振り払った。ここでパニックを起こした相棒に体重を預けられれば、二人とも溺《おぼ》れる。水は痛みを感じるほど冷たく、瞬く間に体の自由を阻んできた。

「鰐川、いいか。騒げば沈むんだ。とにかく落ち着け。おまえを離さないから安心しろ」

水の上に顔だけ出しながら、岩楯はなんとか喋った。鰐川はむせながらもぜいぜいと呼吸して、かすかに相づちを打っている。見上げれば巨大とも思える漁船では、二人の男が顔を出してこちらを見下ろしていた。弟のほうは何かをわめきながら泣きじやくり、兄はどす黒い顔をまっすぐ岩楯に向けている。悪意というよりもおそれ一色だった。

「おい！」

岩楯は二人に向けて声を上げた。しかし兄弟はさっと顔を背け、それっきり自分たちのほうを見ようとはしない。互いの腕を摑んで怒鳴り合いを始めた。

「健にい！　こんなのすぐにバレるって！　港でも別の警官が訊き込みをやってんだぞ！　今日の午前中にも来ただろ！　刑事が二人もいなくなったら、すぐにバレるって！　もうやめよう、今ならなんとかなるから！」

「もうどうにもならない……逃げる時間を稼ぐんだ」

「逃げられるわけないだろ！　無理だって！　お、俺はもうやだよ！　組合のばあさんは、俺らの船が出るのを見てるんだ！　この刑事の車だって港に残ってんだぞ！　おばさんだって刑事が訪ねてきたことを証言する！　証拠だらけでごまかせないのに、健にいは何がやりてえんだよ！」

「お、俺は逃げたいだけだ。もう自由になりたいだけなんだ、閉じ込められんのはごめんなんだ！　これ以上、人生を棒に振ってたまるかよ！」

水に落ちた衝撃で、こもったような音しか聞こえなくなっている。再び船の上に向けて怒鳴り声を上げたけれども、二人は刑事たちを見向きもしなかった。

落ち着くことを自分に繰り返し言い聞かせるにつれ、岩楯は少しずつ事態が飲み込めてきた。自分たちは脚を抱え上げられて海に落とされたのか？　完全にだまされていたのか？　そうだ、やはりマサキはもう生きてはいないのだろう。水森兄弟が手にかけたのだ。稚拙《ちせつ》なうそにあっさりとのせられて、こんな沖まで連れてこられたとは……。

わめきながら揉み合いになっている兄弟は岩楯の視界から消え、すぐに船が動き出した。方向転換をして去るのかと思えば、尖った舳先《へさき》を岩楯たちのほうへ向けて迫ってくるではないか。

「くそ！」

岩楯は海水と一緒に吐き捨て、蒼白になっている鰐川の胸許を摑みながら叫んだ。

「潜るぞ！　息を思い切り吸い込め！」

相棒の返事を待たずに岩楯は勢いよく水に潜り、暴れる鰐川も力ずくで沈めた。すぐそばまでスクリューが接近して泡立ち、岩礁に当たった波が複雑な海流をつくって押し寄せる。まるでだれかが脚を摑んでいるかのように水の中へ引きずられ、まったく自由が利かなくなった。流れがあまりにも速く、鰐川を摑んでいることだけで精一杯だった。

3

D－3の倉庫の前では、西牧が背中を丸めてどっかりとあぐらをかいている。暗緑色の網の山に囲まれながら、テグスを輪っかにしてもう一方の輪の中へ通し、慣れた手つきで黙々と補修をしていた。まるでひとりあやとりだ。うつむいて縮こまっている姿が寒さを耐え忍んでいるようにも見え、なんともいえずわびしげだった。

「おーい、組長！」

赤堀は手を振りながら声を張り上げた。西牧は黒くて細長い顔を上げ、こちらに目をすがめてから、少しの親しみと戸惑いを混ぜたような表情をつくっている。機嫌がよくないことはひと目でわかったけれども、どこか上の空で血気《けっき》がない。赤堀は無造作に広げられている網を、荷物を抱えながらぴょんと飛び越えた。

「また来ちゃった」

「なんの用だ。それに、おれは組合長で組長じゃねえ」

「組長のがゴロがいいんだけどなあ」

赤堀は、ずらりと漁船が並ぶ船着き場をきょろきょろと見まわした。

「栄昇丸がないね。こんな時間に漁に出てるの？」

「釣り客を迎えにいったんだ。島で釣って、帰り際に小一時間ぐらいそこいらをまわって釣ってくる。で、あんたはまた何しに来た？」

西牧は、寝不足だとはっきりわかる不健康そうな顔を向けてきた。赤堀は、リュックサックを下ろして西牧の隣にぺたんと座った。老漁師からは、煙草と太陽と染みついた魚の臭いがしていた。

「ちょっとお願いというかなんというか、予約も電話もしなくてなんなんですけど、仕事の関係上、どうしても今日中にある数字が必要になりまして」

「なんだよ、まどろっこしい。こないだのずうずうしさはどこいったんだ」

赤堀はそっけない老人の顔を覗き込み、にっと笑って背筋を伸ばした。

「じゃあ、ずうずうしくお願いします。トラフシャコがいた地点の正確な水深が知りたいの。もう一回あの場所までいって、魚探でちょこっと見てもらえないかなあと」

「見返りは？」

西牧はテグスを引っぱりながらにべもなく言った。赤堀は手が千切れそうなほど重かった紙袋を持ち上げ、老人の脇によっこらしょとつぶやいて置いた。

「そうくると思って、貢《みつ》ぎ物を持ってきましたよ。白河《しらかわ》から取り寄せたにごり酒なんだけど、これがとんでもなくおいしいんだ。もちろん、組長もイケるくちだよね？」

西牧は袋から出された木箱のラベルを、ずいぶんと時間をかけてまじまじと見つめた。

「二升《しょう》もか。こりゃ上等な酒だな」

「組長と会えたのも何かの縁だし、あそこへ連れてってもらえたから目の前は開けたし、どうしてもお礼したいと思ってね。もちろん、船代はお支払いしますよ。それで……どんな具合かな？」

「何が」

「貢ぎ物でちょっとは元気出た？　組長から気弱な年寄りオーラが出てたから心配してるんだけど」

ほんの少しだけ笑みのこぼれた老人を見て赤堀もつられたけれども、先日よりも格段に勢いがなかった。あらためて「よろしくお願いします」と頭を下げると、西牧は手をひと振りして紺色のキャップを深くかぶり直した。

傾いた陽が海を黄金《こがね》色に染め、空を旋回するトンビたちに帰巣《きそう》の時を伝えている。日暮れ間近の海辺はいろいろな匂いで満ちていた。風で急激に冷やされていくコンクリートの匂い、排気ガスと重油の匂い、どこからともなく流れてくる煮魚のような夕《ゆう》餉《げ》の匂い。とりわけて目立っているのは空気に溶け込む冬の匂いだろう。赤堀は膝を抱え込んで座り、鼻をひくつかせながら彩度の低いセピアの景色を感慨深く眺めた。

捜査員の多くは横須賀近辺に散っており、マサキの居所を割り出すのに本気だ。そしてついに、本部から九条医師へ死因の疑問がまわされたようで、由美の立場がますます悪くなっていることを彼女からのメールで知った。なんとか、よい方向にもう一歩を踏み出したい。自分にできることは、ほかに何があるだろうか。

赤堀は、うなりを上げて吹きつけた海風にぶるっと身を震わせた。

「何今のものすごい風。こないだ潜ったときよりずっと寒いよ」

「十一月ももうすぐ終わりだ。冬の海は一日ごとに厳しさが増すんだよ、日が暮れてからは特にな。ダイビングだかなんだか知らんが、死にたくなけりゃ海を舐めないことだ」

「了解ですよ」と赤堀はこっくりと頷いた。

晴れわたっていた空には見る間に灰色の雲がかかり、風に流されながら太陽をたびたび遮っている。それだけで、気温が五度ぐらい下がったような気がして体じゅうが強張った。ナイロンジャンパーの袖を上げて時計に目を落とすと、すでに四時近くになっている。

「いやに遅いな」

赤堀の仕種に気づいた西牧が、テグスを引っぱりながらかすれた声を出した。

「帰り際に大物がかかって奮闘してるとか」

「なくはない」

「勇斗くんも行ってるの？」

「いや」と西牧は首をまわして肩を揉み、直し終えたぶんの網をどさりと放った。上着の裾《すそ》から覗いている着古されて伸び切ったセーターを見て、赤堀は切ないようななんともいえない気持ちになった。

「あいつは作業場で仕掛け作りの真っ最中、いわゆる居残りってやつだ。不器用だから、人一倍時間がかかって困る。まだ覚えることが山ほどあるってのに」

顔を上気させて一生懸命に手を動かしている姿が浮かび、赤堀はふふっと笑った。

「彼は、簡単に音を上げたりしないように見えるね」

「今んとこはな。あいつは手が遅くて頭も悪いが、だれよりも真面目だ。どんな手間も惜しまないし、文句は言っても最後までやり遂げようとする。だが、そういうやつが世の中で評価されないのはわかり切ったことだろ？　手柄はみんな、要領のいいやつにもってかれちまうのさ」

「でも、組長は最高に評価してるじゃん」

そんなわけあるか、と言って西牧は鼻を鳴らした。

「おじいちゃんが真剣に見ててくれるのを知ってるから、勇斗くんもがんばれるんだと思うけどね」

西牧はまた憎まれ口を叩こうとしたけれども、結局は出しかけた言葉を飲み込んで網の山を物憂《ものう》げに見つめた。初めて会ったときにも感じた根深い苦渋のようなものが、今日はいちだんと濃く全身からにじみ出している。老人は冷たい潮風を浴びながら、細いため息をついて再びぼそぼそと喋りはじめた。

「勇斗は出戻りの娘がつくったできそこないだ。いつまでも甘ったれで世間知らずの子どもだよ。だから、なんとか俺がいるうちに、独り立ちできる道筋をつけなけりゃならんとは思ってる。こっちはもうそれほど時間がねえから」

「そんなことないでしょ」

「いや、持ち時間は限られてる。俺が急にいなくなったら、あいつは今みたいにがんばろうって気になれんのか。この先ちゃんとやっていけんのかね……」

これ以上ないほどのしかめっ面をつくりながら、老人は毒々しい色合いの夕日と一体化している。まるで死期を悟っているかのような静けさだ。赤堀は無言のまま次の言葉を待っていたけれども、西牧はそれっきり口を開かなかった。何度も顔をこすり上げているさまが、勢いで話してしまったことを後悔しているようでもある。彼の心配のほとんどが孫で占められており、粗野な言動でも深い愛情の影は隠せるものではない。それだけに、赤堀は心残りのような物言いをする老人に不安を覚えずにはいられなかった。簡単に「大丈夫」などと言えるような隙がない。

そのとき西牧がぴくりと反応し、耳をそばだてるような格好でよろめきながら立ち上がった。見れば、港の向こうから、カモメを引き連れた一艘の白い漁船が水を切りながらまっすぐに近づいてくる。

「ようやっと帰ってきたか」

西牧は網の山を抱えて倉庫のほうへ放り、船着き場へ歩きはじめた。低いエンジン音を響かせながら港に入ってきた栄昇丸は、スピードを緩めて係留場所に舳先を突っ込んだ。スロットルを握っているのは住み込みで働いている男で、先日と同じくむっつりと無表情を決め込んでいる。西牧は下ろされたロープをビットに結び、階段を渡して足場をつくった。釣り客は六十過ぎぐらいの身なりのいい男たち三人だ。浮かない顔色からして、どうやら成果はさんざんだったらしい。

「毎度どうも。今日はダメだったのかい？」

西牧はひょこひょこと歩いて客に獲物を見せてもらっている。その横をすり抜けて船を降りてきた漁師見習いのひとりが、目や鼻を真っ赤に腫らしているのを見て赤堀は面食らった。今さっきまで泣いていたことがありありとわかったが、喧嘩でもしたのだろうか。しかし、いい大人が客の前で泣きながら喧嘩？　足早に歩き去る青年を目で追っていると、西牧が濁声《だみごえ》を上げて呼び止めた。

「健太に将太、ちょっと待て。帰ってきた早々で悪いが、もう一回船を出してくれ」

「……なんでですか？」

「漁場の少し先を見に行く。すぐに済むから頼むよ。いつものことだが、俺は漁以外は舵《かじ》を取りたくねえんだ」

二人は顔を見合わせながら立ち止まり、じれったくなるほどもたもたして西牧に急かされている。先日も思ったことだが、複雑な事情があるにしても、なぜ過酷な漁師の道を歩んでいるのかがわからない二人だった。少しだけ背の高いほうが兄の健太だろうか。小首を傾げて兄弟を目で追っていると、西牧が赤堀の肩をぽんと叩いた。

「そら、行くぞ。さっさとしねえと日が暮れちまう」

「ああ、了解！」

　赤堀が船に飛び乗るなり、がたいのいい二人は訝しげな様子でこちらを盗み見た。どうも、摑みどころがなくて難しそうな男たちだ。健太がエンジンをかけると、弟の将太が口ごもりながらかすれた声を出した。

「ど、どこ行くんですか？」

「このハエの専門家が漁場の先の棚を知りてえんだと。行って帰ってくるだけだ」

「なんで棚を？」

「ああ、仕事でどうしても報告書にまとめなきゃいけなくてね。しかも今日中だから、わたしも焦ってるの。疲れてるとこすみません」

　兄弟はたびたび互いの顔を見ては、無言のまま何かを伝え合っている。もしかして、対人恐怖の気があるのかもしれない。雑談を続けようかと思ったけれどもやめ、赤堀は、彼らが気疲れしてしまわないように少しだけ距離を置くことにした。

　陽がずいぶんと傾いて海ににじみはじめ、今にも湾の向こう側へ溶け落ちそうになっている。どこからともなくやってきたカモメたちが、再び船にぴったりとついて海へ繰り出していた。時折り、波に乗り上げた船体が上下に大きく揺れる。客もまばらな遊覧船とすれ違うのと同時に、八景島にある遊園地が一斉にぱっと明かりを点した。

それにしても、海の上は陸地とは比較にならないほどの寒さだった。身を切るような風が四方から容赦なく吹きつけて、体温をあっという間に奪い去っていく。赤堀はジャンパーのファスナーをあごの下まで引き上げ、リュックから出したマフラーをぐるぐると巻いてできる限り潮風を遮った。

手をこすり合わせながらライトアップされたジェットコースターを眺めていると き、何かを踏んづけて足許に目を落とした。貝がらかと思ったけれども、よく見れば小さな透明のガラス片だった。すぐ脇の溝にも欠片が散らばり、黒い海砂もばら撒かれている。赤堀は視線を海に戻したけれども、わずかな引っかかりを覚えてもう一度床を見下ろした。そして急いでしゃがみ、溝に人差し指をこすりつけた。

黒いものは海砂じゃない。クロクサアリだ。素早く周りを見れば、無数のアリの死骸が溝に溜まった水に浮かんでいるではないか。なぜこんなところにいる……。

赤堀はジャンパーのポケットから携帯電話を出して、登録されている岩楯の番号を押した。三回の呼び出しのち、電波が届かない旨のメッセージが流れてくる。すぐに終了して鰐川の番号を押したけれども、同じ音声が流れて心臓が激しく波打った。

赤堀はがばっと立ち上がり、船尾でロープを巻き取っている老人のもとへ走っていった。

「西牧さん、この船に刑事が乗ったの？」

「刑事？」

「そう。岩楯刑事と鰐川刑事」

「なんだよ急に」とことさら険しい面持ちに変え、ロープから手を離して立ち上がった。「あんたはおまわりと知り合いなのか？」

探るような声色に変えた西牧の質問には答えず、赤堀はさっと踵を返して、小さな操舵室にいる兄弟のところへいった。

「ねえ、今日船に二人の刑事を乗せた？」

唐突に声をかけると、健太はスロットルを握りながら、すぐに「いや」と顔も向けずに首を横に振った。そんなはずはない。これは赤堀が瓶詰《びんづ》めにしたクロクサアリだ。そんなものを持っているのは、世界中探しても自分と岩楯だけではないか。

二人の刑事はこの船に乗った。間違いなく乗った。なのに、なぜみんなそれを否定する……。赤堀は黙々と船を操作する健太の真横に立ちはだかった。

「ねえ、隠さないで答えてよ。二人を乗せたんでしょう？　どこへ連れてったの？」

「だから、乗せてないって」

健太は横目で赤堀を見やった。兄弟からは、尋常ではないほどの緊張感が伝わってくる。赤堀は、上背のあるニキビ面の男から片時も目を離さなかった。

「調べればすぐわかることなんだから、時間を無駄にしないで」

「いったいなんの話だよ」

「この船に乗せた二人の刑事の話だよ」

赤堀は一歩も引かずに詰め寄ったけれども、いやなことが頭をかすめて首筋の産毛《うぶげ》がちりちりと逆立った。

「……まさかあんたたちは、マサキが死んだことにかかわってるの？」

無表情だった健太の唇がわずかに歪んだのを見て、赤堀は一瞬のうちにすべてを理解した。岩楯たちは、みなが見逃していた何かに気づいたに違いない。そしてここへたどり着き、栄昇丸に乗る必要があった。いったい二人に何が起きた？　赤堀は最悪の予感に支配され、胸が苦しくなってはあはあと息を上げた。違う。岩楯と鰐川が、なんの抵抗もせずにやられるはずはない。どんなときでも周りに気を配る二人が、警戒を怠るわけがなかった。ならなぜ、はっきりとした気配だけを残して消えている？

健太の腕を摑んでむりやりこちらを向かせ、赤堀は低い声を絞り出した。

「お願いだから、本当のことを教えて。これ以上、罪を重ねるんじゃないよ」

ほんの数秒の睨み合いが、何時間にも感じられた。健太の横では将太が口を押さえてぶるぶると震え、それはすぐに嗚咽《おえつ》へと変わった。

それから数分後には漁場に到着し、健太は無言のままエンジンを落とした。ただならぬ空気を察知した西牧が、「おまえら、さっきから何やってる」と怪訝そうな声を出しながら歩いてくる。そして弟の将太が泣きじゃくっているのを見やり、ひゅっと息を吸い込んでむせ返った。陽灼けした顔がたちまち土気色に変わり、かさついてひび割れた唇を半開きにしている。西牧の恐怖心が伝染した赤堀は、胸が張り裂けそうになった。老人は知っている。ここで何が起きたのか、完全に見当をつけている顔をしていた。

辺りはもう薄暗く、あと数十分で太陽が完全に沈んでしまうだろう。赤堀はスロットルの前で押し黙っている健太を突き飛ばし、涙と鼻水で顔を汚している将太の胸ぐらを摑んだ。

「どこにいるの？　あの二人はどこ？」

「……お、俺は止めたんだ。こんなのはもういやだった。ど、どうすればいいんだよ。も、もう、何もわかんねえよ。俺は……」

「何をやったの？」

赤堀の心臓は暴走を続け、喉がからからになって咳が込み上げた。顔を真っ赤にしてしゃくり上げる将太はまったく要領を得ず、ますます幼児のように激しく泣き叫んでいるだけだ。赤堀は唇を嚙み締め、将太の頰を思い切りひっぱたいた。

「泣くんじゃない！　わたしを見て！　こっちを見るの！　人の命がかかってるんだよ！」

「だって、お、俺はどうすればいいんだよ……」と将太はうわ言のように繰り返している。

「あんたのことはあとで一緒に考える！　だから、今は起きたことを全部話しなさい！」

そばに立ち尽くしている西牧からは生気が消えていた。言葉も出せず、揉み合う二人を呆然と見つめることしかできなくなっている老人に、赤堀は怒りを覚えずにはいられなかった。時間がない、言い争いや自失は時間の無駄だ。

じっとしてはいられないほどの焦りをなんとか抑え込んだ赤堀は、将太と目を合わせて真剣に同じ詰問をした。しばらくすると激しくしゃくり上げてつっかえながらも、彼は数時間前に起きたことを話しはじめた。そして、二人の刑事を海へ突き落としたと語った瞬間、今まで惚けていた西牧がかっと目を開いて、兄の健太を力まかせに殴り飛ばした。

「な、なんでだ！　お、おまえ！　なんで！」

椅子にぶつかりながら倒れ込んだ健太は頭を抱え、ぶつぶつと何かをつぶやいて硬く目を閉じている。卑怯にも、すべてを遮断して自分の世界に逃げ込もうとしていた。西牧は「おまえってやつは！」と震える怒声を上げながら肩口を摑み、むりやり立たせてまた殴りつけた。許容を超えた恐怖に支配されている将太は、波打つようにがたがたと震えて海へ向かって嘔吐した。

4

どうしよう、どうすればいい……。

赤堀は吸い込んだ息がうまく吐き出せなくなり、肺の奥に鈍い痛みが走った。岩楯と鰐川が一時間半も前に海へ落とされた。ライフベストも何も持たず、助けを呼ぶ手段さえないまま想像を絶する冷たい水の中へ突き落とされた。今の時期なら、入水して二時間が限界の境目だろう。三日前、この場所に潜った自分が水中の厳しさをだれよりもわかっていた。しかももうすぐ日が暮れる。それがどれほど絶望的なことか、赤堀は考えたくもなかった。

激しく震える手で携帯電話の番号を押そうとしたけれども、目が滑ってまともに数字を捉えられない。そのうえ頭がめちゃくちゃに混乱し、いったい何を押せばいいのかもわからなくなった。

「に、西牧さん」

老人は、半分泣いているような顔で兄弟を怒鳴り続けている。

「西牧さん！」

赤堀は老人の袖を摑んでむりやりこちらを向かせ、叫びにも近い声を張り上げた。

「は、早く救援を！　番号がわからない！　この場所がわからないよ！」

老人は咳き込みながら我に返り、赤堀から携帯電話をひったくって一一八を押した。健太を操舵室の外へ突き飛ばし、海上保安庁に正確な場所を伝える。さらに、無線と電話で漁師仲間に応援の要請をした。おもむろにエンジンをかけて方向転換をした老漁師は、全速力で迷わず沖へ向けて走り出す。

「何やってるの！　いったいどこへ！」

赤堀は、強風とエンジン音にかき消されないほどの大声を上げた。すでに太陽は海の向こうに姿を消して、うすぼんやりと辺りを霞《かす》ませているだけになった。栄昇丸は搭載しているありったけのライトを点けて、灰色の海を切り裂くようにどんどんスピードを上げた。

「……俺は、おまわりが落とされた場所を知ってる」

「なんで！」

「もともとは俺が教えたからだ」

赤堀は言葉を失った。

「あんたがおまわりの一派だったとはな。世の中っつうのは、つくづく悪いことができないようになってるもんだ。終わりは突然にくる。そんなことはわかってた、とうの前からわかってたんだ……」

険しい顔の西牧はひしゃげた煙草の箱をポケットから出して、一本をくわえてライターを近づけた。炎は何度も風に吹き消され、ひどく震える手で覆ってようやく火を点ける。

「あんたが追ってたのは海の虫でもトラでもない。藤村昌樹なのか？」

赤堀は頷くこともできずに西牧をただただ見つめた。

「昌樹とかいうろくでなしが、そこの馬鹿な二人をそそのかしたんだ。シャコの漁場を荒そうと企《たくら》んだのよ。漁師とか組合っつうのは、漁に出る船の時間やら水揚げを互いに厳しく監視する。これは、昔からの決まりみてえなもんでな。よそ者を追い出すような閉鎖的な集落と変わらねえ」

老人は鼻から煙を噴き出し、くわえた煙草を揺らしてつっかえながら先を続けた。

「だ、だが、客を乗っける釣り船にはだれも注意を払わねえ。まさか漁師が、素人に密漁まがいのことをさせるわけがねえだろう？　そこに目をつけたのが昌樹ってやつだ。スミイカ漁の時期を避けて夜釣りで船を出せば、悠々と荒らせるって寸法だ。漁師側の情報も筒抜けで、そのうえ釣り船は底曳き船とくる。もう、やりたい放題だ」

赤堀は、オレンジ色に光って動く煙草の先を見つめた。あまりにも気が急いていて、西牧の話が半分も頭に入ってはこなかった。

「シャコを曳いて売りさばいてたが、あんまりにもしょっちゅう獲るもんだから、このままではバレるって将太が騒ぎ出したのさ。あの通り、中身は子どものまんまだ」

大の男がわんわんと泣きじゃくっている異様な光景を一瞥《いちべつ》し、西牧は最後にひと吸いをしてから、まだ長さのある煙草を海へ放り投げた。いつの間にか闇が辺り一面を覆っている。たった今捨てられた吸い止《さ》しさえも探せないほどで、すべてから見放されたような気がして吐き気が込み上げた。赤堀は無意識に、何度も腕時計に目を落とした。

「密漁のことで健太が昌樹と揉み合いになって、この船の底にある生け簀に落ちたんだ」

　赤堀は、クレーンの後ろに広がるデッキへ反射的に目を向けた。そうだ、漁船には必ず生け簀がついている。なぜ今の今まで、そこに気づけなかったのだろうか。獲物を水揚げして生け簀に入れたあと、マサキはその上に頭から転落したのだ。衝撃で潰れたシャコやウミケムシにまみれ、水草と一緒にコケシガムシを吸い込んで、ほんの浅い水の中で溺れ死んだ。

「殺す気なんてなかっただろう。ただ、あの二人にはあまりにも度胸がなかった。現実を見ようとしなかった。助けることもしないで、次の日にどうしよう死んでる……なんて俺に泣きついてきやがって」

「すぐに通報すればよかった。事故だったなら、なおさら隠す必要がない」

「守るためにやったんだ」

　そのひと言には、老人の生き様のすべてがこめられていた。みなを束ねる組合長としての面目、この小さな漁港と漁師たちと、何よりも懸命に漁師の道を歩んでいるたったひとりの孫のためだ。誇りを伝えていたはずの見習いに裏切られた事実を、西牧は受け入れられないでいる。どうしようもなく短絡的すぎる決断に、赤堀はさらなる怒りと切なさが込み上げた。あれほど心配している勇斗の未来を潰しかねないのに、なぜ最悪を選んだ？　なぜ犯罪行為で何かを守れると錯覚した？　なぜ健太と将太を罪と向き合わせなかった？　なぜ身内も同然の漁師たちに打ち明けなかった？　いったいなぜ……。いくらでもあったはずの回避の道を、西牧があえて無視したことが許せない。

老人は、非難を隠さない赤堀と目を合わせることを避けていた。咳き込んで唾を吐き出し、のろのろと話を再開した。

「健太と将太がここにきたばっかのころは、活き活きとして漁師の仕事を楽しんでた。やつらも意外だったみたいだが、海が自分を変えたと言ってたよ。それを聞いて、俺は訳ありの人間を預かるのも悪くないと思ったんだ。俺ら漁師たちが、苦しんでる人間の心を開くのにひと役買ったんだからな。だが、あいつらは昌樹に会って変わった。あの男は、生きるすべを必死に見つけようとしてた人間の人生をめちゃくちゃにしたのさ」

老人はうつろなまなざしをまっすぐ前に向け、あいかわらず夜の海を見つめ続けた。

「俺は、いつおまわりがやってくんのかビクビクしてたんだ。夜も満足に眠れなくなったし、空き時間はなるべく港を離れるなんて情けねえことをやってた。なのに、発覚の走りがあんただったとはな……」

西牧は、苦しげに咳払いをしてまた唾を吐き出した。健太と将太の兄弟は、なすすべもなく操舵室の脇でうずくまっている。その姿は怯え切った無害な子どもそのもので、二人の刑事を海に突き落としたなど信じられなかった。

「俺はやつの死体を海に捨てた。何十年も漁師なんてやってるとな、潮の流れが手に取るようにわかる。海が読めるんだ。流れの隙間にすっぽりと入っちまったとき、とんでもない場所へ引っぱり込まれる」

赤堀は、発作を起こす寸前のように小刻みに震えていた。寒くてたまらず、さっきから歯がカチカチと音を立てている。また腕時計に顔を近づけ、ライトを点けて長針を凝視した。漁場を出てからすでに十分以上が経過している。老人がエンジンを緩めると、闇が広がる前方に黒い岩山がぼうっと浮かび上がっているのがなんとか目視できた。激しく波が打ちつけるたび、白い飛沫と泡が辺りに飛び散っている。西牧は荒ぶりはじめた波に船を立てながら、岩礁の周りを照らすようにゆっくりとまわった。

「ここは地図にも載らない岩場だ。今まで、ぶち当たって坐礁《ざしょう》した船も多い。潮の流れが入り組んでて速いから、落ちたら最後、二度と揚がってはこれねえ場所なんだ。大昔からそう言われてる」

赤堀は咄嗟に船から身を乗り出して、辺りを素早く見まわした。必死に目を凝らしてみても、闇に飲み込まれた海を照らし出せる範囲はあまりにも狭い。

「岩楯刑事！」

力いっぱいの叫びも、海のさざめきに吸い込まれて響くことさえしない。いったい、どこにいる、どこへ流されている？　波間は墨でも流し込んだように真っ黒で、まったく何も見えないではないか。赤堀は振り返って西牧の上着を摑み、ぐらぐらと揺さぶった。

「どこを捜せばいいの！　ねえ、西牧さん！　海が読めるんでしょ！　教えてよ！　時間がない！　西牧さんもさっき言ったでしょ！　冬の海を舐めるなって！　日暮れはずっと厳しさが増すって！　お願い、西牧さん！　よく考えて！」

「こればっかりは、俺でも見当がつかないんだよ。ここまでだ、悪いな……」

絞り出された言葉が頭の中で歪みながら反響し、赤堀はよろめいて船のへりに摑まった。あの二人が死んでしまう。こんなに急に、こんなにあっけなく？　うそだ、そんなわけはない。必死にそう思おうとしたけれども、この寒さはあまりにも不利だ。十一月の身を切るような水に浸かっている時点で、そう長くもつわけがなかった。

そのとき、強烈なサーチライトを点けた船が警笛を鳴らしながら近づいてくるのが見えた。海上保安庁だった。港の方角に並んでいるいくつもの光の粒も、闇のなかでかろうじて捕えることができる。救援に駆けつけてきた漁師たちの小型船だろう。老人は覚悟を決めたように、巡視艇の乗組員に事態を伝えていたが、マサキの死体遺棄を告白しようとした彼の腕を赤堀はぎゅっと強く摑んだ。今はまだ言わないで……視線を合わせて無言のまま訴えた。西牧がいなければ、この状況で二人を見つけ出すことの難易度がさらに上がる。巡視船より捜索ヘリより、海で生きてきた男の勘が必要だ。どんな手を使っても、今は拘束させるわけにはいかない。

慌ただしい周りの動きを努めて遮断した。寒さと焦燥に翻弄《ほんろう》されながらも胸に手を当て、「落ち着け。騒ぐな。考えろ」と赤堀は繰り返しつぶやいた。マサキはこの場所に捨てられ、荒川の中州に流れ着いている。落ちれば海底に沈んで上がってこられないわけではない。

「西牧さん、ここにマサキを落としたのはいつ？」

まるで病床に就いた老人のように、目が落ち窪んで血の気が失せている。しかし、赤堀の問いの重要性を察知し、西牧は必死に頭を働かせていた。

「十一月四日の夜中だ」

赤堀は震えが止まらない自身を叱咤《しった》し、深呼吸をして目を閉じた。中州に打ち上げられていたマサキに意識を集中する。虫たちが自分に伝えてきたことを思い出せ。遺体は十一月六日に流れ着いたと、彼らは身をもって教えてくれたではないか。この場所からたった小一日で、およそ四十キロも離れた荒川まで流されたのだ。潮は速い。ならば、岩楯と鰐川はもうこの海域にはいない。

「西牧さん、横浜港のほうへやって」

赤堀は顔を撥ね上げ、緊張で棒立ちになっている老人にきっぱりと告げた。潮は複雑に混じり合い、常に同じ方向へ流れるとは限らない。水深によってもがらりと変わる。マサキが漂流したときの天候もおおいに関係するだろう。しかし、ひとつひとつを調べて裏を取っている時間などなかった。同じルートをたどろう。虫の言葉を信じよう。今、自分にできるのはそれだけだ。

赤堀は、海上保安庁の職員に捜査関係者だと明かした。そして、ここから漂流した水死体がたどった経緯を伝え、捜索範囲を東京湾全域に広げてほしいと必死に訴えた。南湾岸署に捜査本部がある旨も告げて、漁師たちには反対側の横須賀方面へ出てくれるように頼む。なんとか、広範囲に散らばった船に発見されることを赤堀は祈った。ぎゅっと口を結んで決意のようなものを見せている西牧は、エンジンをうならせ、栄昇丸を半回転させて横浜港方面へスピードを上げた。

赤堀は、寒さでかじかんだ手で、ずっしりと重いイカ釣り用の四角い集魚灯《しゅうぎょとう》を抱え上げた。船首に立って針路を照らし出そうとしたけれども、闇が深くて数メートル先すらも見通せない。夜の海がこれほど暗いなど、今まで意識したことがあっただろうか。視界が利くのはライトが当たっている円の中だけで、そこから外れたとたんに重い闇に飲み込まれてしまう。左側の湾には工場の明かりが連なり、岸に沿って車のヘッドライトもちかちかと瞬いているのが見えた。岩楯と鰐川はどれだけ体力がもつだろうか。みるみる体温が低下して、手脚も満足に動かせないに違いない。そのうえ、流れも速いというのに。

赤堀は腕の時計に目を落とした。もうすぐ五時になる。刻一刻と下がっていく生存確率を一切無視し、海を照らしながら少しの気配も見逃さないかまえを取った。無線の甲高い呼び出し音が鳴るたび、めまいを覚えるほど心拍数が撥ね上がる。操舵室から、雑音まみれの声が流れてきた。男物の革靴が見つかったと、だれかが騒々しくわめいている。

「海に落ちれば、靴なんて脱ぐに決まってる……」

吹きつける冷たい海風が目に沁みて、こぼれた涙を赤堀はジャンパーの袖でごしごしとこすった。

遠くに見える光の帯は、アクアラインだろうか。後ろが明るくなったような気がして振り返ると、健太と将太も集魚灯を持って左右の水面に光を這わせていた。兄弟のトレードマークだった覇気のなさがうそのように消え、こわいぐらい真剣に波間を凝視している。赤堀は下唇を噛んで目を逸らした。後悔の念に突き動かされている彼らを、長く見てはいられなかった。止めどなく湧き出してくる怒りの感情を、今はどうやっても抑えられそうにない。

ほかの捜索船からなんの情報もないまま、栄昇丸は本牧《ほんもく》埠頭の沖合にさしかかった。自分を含めて、ここにいる四人にいったい何ができるのだろう。船の周り、せいぜい三メートル程度を照らすことしかできていないではないか。

落ち着きなく時計の針を確認するのと同時に、しばらく姿を消していたカモメが照明の前をさっと横切った。それを合図に何羽も寄ってきて、船と同じスピードで真横につけてくる。漁のおこぼれを期待しているのだろうが、照らし出す目の前を鬱陶しく遮られ、赤堀は苛々して声を荒らげた。

「どいてよ！　ここにエサなんてないんだから！」

みなの焦りを嘲笑うかのように、カモメはけたたましく鳴きながらしつこくついてまわる。腕を振りまわして追い払っているとき、辺りがぼんやりと明るくなったような気がして、赤堀は反射的に空を仰いだ。捜索ヘリか？　いや、違う。分厚い雲の切れ間から、白い月が地上に光を届けている。弦がやや膨らみはじめた半月が、漆黒の海を柔らかく照らし出していた。赤堀は重いライトを下ろして、首にかけていた双眼鏡を急いで目に当てた。

ことのほか月が明るい。闇に閉ざされた夜の海では、繊細なさざ波の動きもはっきりと見えるほどだった。今、一瞬でも二人の影が視界に入れば間違いなく見つけられる。赤堀は祈るような気持ちでゆっくりと視線をずらしていき、ある一点でぴたりと動きを止めた。双眼鏡で見てもかなり遠くに、灰色っぽい靄のようなものが渦巻いているのが見える。謎の塊は、水面をかすめるように形状を変えながらゆらゆらと揺れていた。まるで亡霊ではないか。いったいあれはなんだ？

赤堀は双眼鏡を下ろし、再び重量のある集魚灯を上げようとした。しかし、寒さで強張った腕の筋肉がぶるぶると震え、方向が定められずによろめいた。舌打ちしてももう一度上げようとしたとき、後ろから伸びてきた手が照明を支えて前方に向けた。泣き通しの将太だった。目が塞がりそうなほど真っ赤に腫れ上がり、涙の痕で顔が黒く薄汚れている。保身でもなく、許しを乞うような素振りでもない。ただただ岩楯たちの無事を願っているのがはっきりとわかり、赤堀の胸の内がさまざまな感情でないまぜになった。

　気持ちのもっていき場がないまま双眼鏡を持ち上げ、赤堀は黒い靄が見えた辺りを再び凝視した。やっぱり何かが動いている。じっと見つめて五感を研ぎ澄ましにかかったけれども、やかましい船のエンジン音に阻まれて意識が集中できなかった。

「西牧さん！　エンジンを止めて！」

　赤堀は振り返って声を上げた。

「なんでだよ！」とすぐに怒鳴り返される。赤堀は船首から飛び降りて操舵室へ走り、いきなりセルから鍵を引き抜いた。栄昇丸はがくんとつんのめるように停止し、船上の四人は転びそうなほど揺さぶられた。

「馬鹿！　何やってんだ！　危ねえだろ！」

　赤堀は怒鳴る西牧の腕を摑み、「静かに」とぴしゃりと言った。エンジン音の止んだ海の上は不気味なほど静まり返り、遠くの汽笛や車の走る音までが風で流されてくる。赤堀は全神経を耳に集中してそばだてた。波が弾ける音に混じって、甲高い悲鳴のようないやな響きが微かに聞こえているではないか。再び双眼鏡を覗いて漂う靄のようなものを確認し、西牧にわたして前方を指差した。

「組長、沖合二時の方向を見て。灰色の何かが海面にいるでしょう。月に照らされてるの」

西牧は双眼鏡を目に押し当て、赤堀が指す方向へ身を乗り出した。

「ああ、確かに見える。こっから一キロぐらいはあるな」

「もしかして人影じゃない？　声みたいなのも聞こえるんだよ」

赤堀が勢い込んだが、老人はしばらくしてから双眼鏡を外して顔を横に振った。

「あれは鳥山だ。人じゃねえ。カモメどもの鳴き声だよ」

「鳥山……」

「そうだ。今日もイワシがまわってる」

赤堀は崩れ落ちそうなほど絶望した。いったいどうしたらいいのか、まるっきり考えがまとまらない。しかし西牧は何かを思い巡らすようにじっと動きを止め、もう一度双眼鏡で鳥山のほうを見つめた。

「こんな真っ暗いなかで、鳥どもがイワシの群れを見つけたのか……」

赤堀はのろのろと顔を上げた。そうだ、どうやって場所を特定したのだろうか。それに、今さっきまで船につきまとっていたカモメも一斉に姿を消している。

「鳥どもの動きがおかしいぞ。なんかある」

西牧は言い終わらないうちにエンジンをかけた。腹に響く振動が、弱っていた気力を奮い立たせてくれる。赤堀は再び船首へ走り込んで前方を指差した。

「将太！　もっと向こう、もう少し右側にライトを向けて！」

「み、右側？」

「このままっすぐ！　動かさないで！」

ぴんと指を向けた方角へ、将太は照明を向けて固定した。そこへ健太もやってきて、同じポイントに光を重ねた。赤堀は船首から身を乗り出して双眼鏡をかまえ、沖合に漂う影をなんとか捕えようとした。栄昇丸はぐんぐんスピードを上げ、オイルの焦げるような臭いが辺りに漂いはじめている。灰色の靄がカモメの群れだと認識できるまで近づいたとき、別のものも目に飛び込んで息が止まりそうになった。頭だ。かろうじて水面に出されている二つの顔が、鳥山の下で苦しげに浮き沈みを繰り返していた。

「いた！　見つけた！」

赤堀は声が嗄《か》れそうなほど思い切り叫んだ。

「組長！　見つけた！　このまままっすぐ前進！　急いで！」

「し、信じられねえ！　ほ、本当かよ！　本当に見つけやがった！　本当に！　こ、この真っ暗い海で！　くそ！」

老人は声を裏返して叫び、頭に巻いていたタオルをむしり取ってこぼれ落ちる涙をごしごしとこすった。赤堀の隣では将太がしゃくり上げて泣きはじめ、健太もうつむいて肩を震わせていた。西牧は顔をこすりながらスロットルを思い切り倒した。二人の刑事は何度も波をかぶっては水に沈み、また必死に顔を出すことを繰り返している。

「岩楯刑事！　ワニさん！　もう少し！　あと少しだけがんばって！　組長！　もっと速くして！　遅いよ！」

「無茶言うな！　これが最高速度だ！」

すぐに怒鳴り返され、西牧は遭難者を発見したと無線に向かってかすれ声を張り上げた。二人は助かる、もう少しだ。赤堀はジャンパーとスニーカーを脱ぎ捨て、光の円の中に刑事たちが入ったと同時に海へ飛び込んだ。冷たさはほとんど感じない。ザバザバと水をかいて泳ぎ、船から投げられた浮き輪を二人のほうへ押しやった。

「よくがんばったね！　本当によくやった！　ほら、早くこれに掴まって！」

二人とも唇の色もなく真っ青で、特に鰐川の意識がはっきりしていないように見えた。低体温状態だろう。赤堀は鰐川に浮き輪をかぶせ、西牧に引っぱり上げてと声を上げた。岩楯を支えながらもうひとつの浮き輪に掴まったとき、歯の根が合わなくなったかたことの言葉が聞こえてきた。

「さ、最高だ。きっと、み、見つけられるのはあんたぐらいだと思ってたんだよ。なんせ、し、自然界を仕切ってんだろ？」

「まあね」

赤堀が笑うと、岩楯も強張った笑みで応えてきた。

5

「ところで、リフレッシュ休暇は満喫したかい？」

岩楯は、さっきから黙々と報告書に取り組んでいる鰐川に声をかけた。黒縁の角張ったメガネを新調して髪を短くした相棒は、ようやく年相応のはつらつとした外観を手に入れたように見える。まるで守りから攻めに転じた印象だ。ここ数日間で価値観ががらりと変わったといったところだろうか。会議室は二人の貸し切り状態で、窓から入る暖かな陽射しを浴びて、岩楯はさっきからあくびを嚙み殺していた。

鰐川はリターンキーを弾いてから顔を上げ、都会的に見える新しいメガネを中指で押し上げた。

「事件のことが気になって、休暇中なのにむしろ疲れました」

「つくづく真面目だ」

「そんなことありませんよ。主任も同じだったとお見受けしますが」

「いいや、今さっきまで仕事のことなんかきれいさっぱり忘れてたよ。だいたい、東京湾を漂流して溺れ死ぬ一歩手前だったってのに、たった四日しか休みがとれないんだからな。さすがに耳を疑ったぞ」

鰐川は含み笑いを漏らしながら書類をめくった。

「それにしてもマサキ、いや『藤村昌樹』の素性には驚きました。短絡的なヤンキーに属する人間、しかも、定職には就かずに行き当たりばったりに生きるタイプだとプロファイルしましたが、まったくはずしていましたから。むしろ正反対じゃないでしょうか」

相棒は本気で悔《くや》しそうに眉根を寄せた。

「三十三歳の元大手商社マンですよ。横柄《おうへい》で部下からの信望はなかったようですが、だれもが認めるやり手で成績は常にトップクラス。とにかくまめで、取り引き先からの信頼は絶大です。独立するために今年の四月に退職」

「プロファイルははずしてないんだよ。素地は虚栄心の強いチンピラだ。しかも、粗暴な男らしさに憧れている。ある程度の社会的地位がありながら、犯罪に手を染めることに躊躇《ちゅうちょ》がないんだからな」

岩楯は、昌樹についての訊き込みの内容に目を走らせた。

「商社で、この男は食品輸入関連の部署にいた。おそらく、トラフシャコがイタリア料理で使われることは、仕事を通じて知ってたんだろうな。会社では扱ってなかったが」

三十三の若さで課長職に就き、人一倍の野心と営業力を武器に競争相手を出し抜いていた。昌樹の素性がまったくといって摑めなかった理由も、経歴を見てすぐに納得したものだ。駆け引きに長《た》けた完全秘密主義者、周りを固めて手柄を独占する商社独自のやり方が骨身に染みついている。

「『MF・アクアコンサルタント』で登記済み。マリンコンサルではヒットしないわけだよ。商社時代と同じ高級食材輸入の仲介。ワインにキャビア、トリュフにフォアグラにチーズに、徹底した小ロット対応で大手にはできないルートを開拓したと」

「でも、現状はかなり厳しかったようですね」と鰐川はすぐに切り返した。

「だろうな。客からの信用を勝ち取れたのも、大手商社の後ろ盾があってこそだ。独立しても同じように相手にしてもらえると思ってたんなら、甘すぎる考えだよ。あっという間に掌を返されて終わりだ」

「だったとしても、そこから密漁へ行き着く理由がわかりませんよ。あまりにも馬鹿げています」

「そうか？　おまえさんが言ってた場当たり的人間像にぴったりだろ」

岩楯は報告書を読み返した。もともと昌樹が峰漁港へ出向いたのは、シャコの卸し仲介を独占させてほしいという無茶な交渉をするためだ。知名度の高い「小峰」というブランドを売りに、組合や市場を通さない新しい商売展開をもくろんだようだが、もちろん、古くからの漁師たちに相手にされるわけがない。栄昇丸の釣り船を頻繁に利用していたのも、組合長に媚《こ》びを売る意味と情報収集のためだろう。歳の近い見習いの漁師を取り込んで、次世代の自由な漁業なる壮大な構想を吹聴していた。あまりにも世間知らずな健太と将太の兄弟は、この話を真に受けて乗り気だったと思われる。そしてシャコの漁場へ侵入し、トラフシャコを見つけた。

「料理人を引き抜いて、飲食産業に進出する計画も実際にあったんだからな。トラフシャコの山を掘り当てたときは目からウロコだったんだろう。食材知識をフル活用して、売り先の高級店を確保していった。密漁の獲物を使った店はいいとばっちりだが、仲間に漁師がいるんだから疑うわけがない。組合を通さないで販売してるっていう名目づくりは完全に成功だな」

「仕切り役はマサキ、そして漁師見習いの水森兄弟が手下です」

鰐川は、はあっと大きなため息をついた。

「今年いっぱいまで釣り船の予約を入れていたマサキが、急に姿を見せなくなるのはまずいと思ったんでしょうね。水森兄弟は客がいなくても船を出して、顧客管理をしている西牧の娘に、マサキが予約通り来ていると思わせていた。少しずつ回数を減らして疎遠にするつもりだったんでしょうが、ぼくたちが行った日も予約が入っていたのは彼らにとって誤算ですよ。当然、家主はマサキが来ていると証言するし、警官は帰りを待つわけで」

「だから刑事も始末するしかないっていう、とんでもない方向へ突き進んだわけだよ。考えられない暴挙だわな」

とはいえ、あの局面での昌樹が釣りをしているという言葉は、強烈な偽情報だったことを否定はしない。まるで疑いもせず、完全に信じ込んでしまったのだから。

鰐川は神妙な面持ちで先を続けた。

「船の生け簀に転落したマサキを助けずに放置したため死亡。なんというか、ぼくたちも海に突き落とされて死ぬ思いをしましたけど、あの水森兄弟の過去を知ったら複雑な心境になりましたよ」

「兄弟して極度の人間不信、人とのかかわりを徹底的に拒絶してほぼ二十年」

岩楯は、報告書の一部を口に出して読み上げた。

「健太と将太は極端に内向きな性格で、小学校にもほとんど通学してなかったらしいからな。話し相手は兄弟だけで、家族にも反抗してろくすっぽ喋らないときてる」

「幼いころに、何か致命的な出来事があったんだと思います。根が深いですね。なんとか高校卒業の資格は取ったみたいですが、これから先の人生に夢も希望ももてる状況ではなかった。人と接することを極端におそれていますから」

しかし、そこへ手を差し伸べたのが西牧だった。偏屈を絵に描いたような老人だが、自分を頼ってくる者とは真正面から向き合い、決して見放すことはしなかった。だからこそ、岩楯は遺棄に加担したことが腹立たしくてならない。罪を償《つぐな》わせて出直しをさせる方法があったはずだろう。なのに、老人はそれを選ぶことができなかった。罪の意識に苛まれて苦しみ、水森兄弟を連れての出頭を決めていたとはいえ、家族や漁師仲間に軽蔑されることをおそれて二の足を踏んでいたようだ。実際は、それで揺らぐような信頼関係ではなかったというのに。

「基本的にマサキは、上の立場でいられる者としか付き合わない。退職も名目は独立ですが、使われることに耐えられないんですよ。素直な性格の将太を刺青バーへ連れていったり、今まで体験したこともないような場所へ案内して、すごいやつだと思わせていた節があります。下に見ている人間が、驚いたり感心したり喜んだりする姿を見物するのが好きなんでしょう。そこに自分の価値を見出していた。被害者をどうこう言いたくはないですが、理解できませんね」

鰐川の憤慨する言葉を耳に入れながら、岩楯は資料ファイルをぱたんと閉じた。水森兄弟を手なずけるのに一年半をかけ、密漁に一年半を費やした足掛け三年の悪事だ。

家宅捜索された横須賀にある昌樹のマンションは、二千数百万の現金が束になってクローゼットの奥に隠されていた。ことのほか暮らしは質素だったようだが、要は、金と権力しか信用できない寂しい男だったのだろう。あの頑《かたくな》な兄弟の心を開けたのも、対人関係に問題がある二人の感情に揺さぶりをかけていたからだった。

だれよりも信頼できる親友、家族よりも近い存在、運命をともにできる仲間……。昌樹が歯の浮くようなしらじらしい台詞《せりふ》を、日常的に水森兄弟に語っていたという調書のくだりを読んで、岩楯は書類を叩きつけたくなったものだ。が、ひょっとして、昌樹自身もそういう存在を無意識に求めていたのかもしれないとは思う。金よりも信用できる血の通った人間をだ。

急に陽射しが鬱陶しくなってカーテンをざっと閉めたとき、鰐川が目を細めて動作を逐一《ちくいち》追っているのに気づいて悪寒《おかん》が走った。なぜ、それほど愛情に満ちた優しげな目を向けているのだろうか。

「なんだよ」

「岩楯主任、ぼくに勇気を与えてくれてありがとうございました」

この手の空気は苦手だ。椅子を引いて、鰐川からいささか距離を取った。

「海に落とされたとき、ずっと励ましてくれましたよね。しかも、掴んだ手を絶対に離さなかった」

「恋人同士みたいな台詞を吐くな。ぞっとする」

「『大丈夫だ。おまえならやれる。必ず助かるから心配するな』。こういう言葉があったからこそ、あの状況でも絶望することがなかったんだと思います。実際、助かると信じていました。岩楯主任と命がけで闘った数時間は一生忘れません」

「あんな最悪の目に遭ったら、だれだって一生忘れられないんだよ。とにかく、おまえさんは泳ぎを練習しろ。満足に浮かべもしないって、いったいどうやって警官に受かったんだ?」

もっとも、岩楯もひとりでは助からなかっただろうと思う。泳げない鰐川を支えなければならないという義務感が、自分をも支えていただけだ。

そのとき、会議室の前の扉が勢いよくがらりと開けられた。刑事二人がびくりと体を震わせたのと、紺色のパーカーをかぶった女が弾むように入ってきたのは同時だった。赤堀はいつもと寸分違わぬ格好で、南湾岸署に我が物顔で出入りするようになっているらしい。

「やっぱここだったんだ。退院おめでとう！」

「ひと晩で病院から叩き出されたんだが」

「ああ、そうか。二人ともやたらと頑丈だからね。ワニさんも大丈夫？」

するとと相棒は立ち上がり、赤堀の手をがっちりと握った。

「赤堀先生、本当にどうもありがとうございました。あのときはお礼も言えなくて」

「いいよ、そんなの。元気ならばそれがいちばん」

赤堀は派手な音を立てて椅子を引きずってきて、岩楯たちの向かい側に腰を下ろした。

「ずっと聞きたいと思ってたんですよ。ぼくと主任があの場所を漂流しているのが、どうしてわかったんですか？　なんせ、ヘリが出る前ですからね」

「わかんなかったよ。ただの勘が当たっただけ。でも、正確な位置はカモメと岩楯刑事に教えてもらったの」

　鰐川が説明を促すようにすかさずノートを広げると、赤堀が岩楯を見てあごを上げ、実に小生意気な面持ちをした。

「漁船が海へ出ると、エサを求めて寄ってくる習性がカモメにはある。昼も夜も関係なく、そう刷り込まれてるからね。わたしが乗ってた栄昇丸にも集まってきてたの。それに岩楯刑事は気づいたんだよね？」

「主任が？」と鰐川は隣をちらりと見やった。

「あのとき岩楯刑事は栄昇丸を見つけて、手を振ったり水を叩いたりしてなんとか気づいてもらおうとした。大型の魚は音に反応して寄ってくる習性がある。あの辺りは大量のイワシがまわってたから、捕食者の出現でパニックになって海面まで上がってきた。で、わたしが乗った船にくっついてきたカモメが、エサを察知して一斉に移動した。それを月明かりでわたしが見つけたっていう完璧な生態系ロジック！　この生物ルート、合ってる？」

　赤堀はフードを脱いで岩楯の顔を覗き込んできた。

「合ってるも何も、そんな理屈があったなんて今初めて知ったぞ。俺はイワシもカモメも眼中にないからな。とにかく気づいてもらおうとして騒いだだけだ。生死の境で、生態系なんか考えられるわけないだろ」

「ということは、あのとき二人は、完全に自然界を味方につけたんだよ。すべての生き物たちが一丸となって生かそうとした……」

赤堀は生真面目な顔をして、「奇跡の証明は生物学的に可能か否か……」などとつぶやきながら、背負ったままだったリュックサックをようやく下ろした。そして中身をごそごそとあさり、お年玉袋のようなものを「はい」と二人に差し出してくる。そこには「快気祝」とかろうじて読める文字がマーカーで殴り書きされているが、快気祝は復活したこちら側が出すものだろう。いつものことながら、この手の常識が一切ない女だった。

袋を覗き込むと、中には見慣れてしまった小瓶が入っていた。乾燥アリがびっしりと詰め込まれている。

「これはもう幸運のアイテムになったから、二人ともいつも持ち歩いたほうがいいよ。どんなときでも守ってくれるように、量も倍にしといたからね」

岩楯はコルクの蓋を外し、当然のように中身の臭いをひと嗅ぎした。刺激的で脳天が痺れるような臭いがやけに懐かしく感じられた。

「これで禁煙がうまくいってんだから、先生の言うアリマテラピーも捨てたもんじゃない。今のうちに特許を取っておいたほうがいいぞ」

「アリマテラピー？」

「ああ、あんたが研究してる最中だって言ったろ？　禁煙の効果が抜群だって」

赤堀はきょとんとして、不思議そうに小首を傾げた。

「そんなこと言ったっけ。クロクサアリって、なんかカメムシみたいで癖になる臭いじゃん。わたしは結構好きだけど、ものすごく不評なんだよね。それに、アリには禁煙の効果なんてないよ」

岩楯はすぐさま小瓶を袋の中へ放り込んだ。考えればおかしな話だとだれもがわかっただろう。赤堀の与太話《よたばなし》を真に受け、ことあるごとに吸い込んでいた自分を思い返すと哀れにすらなってくる。ニコチンの禁断症状を弄びやがって……。

しかし、鰐川はなぜか訳知り顔をして岩楯に頷きかけてきた。

「これこそまさに精神療法ですよ。暗示というのは、時として薬よりも効きますからね」

「慰めになってないんだよ。今までどれだけアリの臭いを嗅いできたと思ってんだ。次からはひと瓶二万円って言われても、俺はたぶん払ったぞ。完全に詐欺師かヤクの売人の手口だ」

「赤堀先生は、これを理解したうえで主任に提案したんですよね？　そうじゃないかと思っていたんです。猜疑心の強い岩楯主任に対して、実にすばらしい暗示への誘導でした。カウンセラーでもなかなかああはできません」

「誘導？　やってないよ」

この女の言葉には、今後細心の注意を払おうと心の底から思う。鰐川は咳払いをし、慌てて話題を変えた。

「ところで、解剖補佐の石黒由美さんですが、過去の事例と比較検証した報告書を正式に提出したらしいですよ。これに関しては、九条先生も納得しているそうです」

「ああ、そうそう。九条先生は、今回の検屍結果は自分の誤りだったって由美さんに頭を下げたんだよ。軽率な判断だったたってね」

赤堀はポケットから携帯電話を出して操作し、モニターをこちらに向けてきた。そこには、見違えるほど明るい表情をした解剖補佐が、幼児と寄り添いながら写っている画像があった。

「九条先生から、わたしにも電話がかかってきたんだよ。申し訳なかったたって」

「先生にもか？　なかなか潔いな」

「うん。ものすごく見直した。プロフェッショナルだね、最高にかっこいいよ」

赤堀は立ち上がってカーテンを勢いよくはぐり、窓をがらがらと全開にした。冷たい海風が白いカーテンを帆のように膨らませ、机の上にあった書類が何枚か舞い上がりそうになっている。彼女はネコそっくりの動きで背中を反らせて伸び上がり、明日も晴れだよ、と無邪気な笑みを向けてきた。

赤堀は、拘置所にいる健太と将太への面会を申し入れているらしい。なんでも、彼らの今後を一緒に考えると約束したからだそうで、署長に真剣に頼み込んでいると聞いていた。虫や生き物だけではなく、人間相手でもまっすぐにぶつかってくる女だ。とうの昔にわかっていたことだが、今はその気概をことのほか気持ちよく感じていた。

「そういや、虫がO型って話もうそっぱちか？」

「それはホントかもよ」

あからさまに探るような視線を送ると、彼女は意味ありげな含み笑いを漏らした。

自分はもう煙草がやめられるだろう。そして、さまざまな現実とも向き合えるはずだ。赤堀が夜の海に飛び込むのを見たとき、岩楯はそれを確信していた。

○主な参考文献

「死体につく虫が犯人を告げる」マディソン・リー・ゴフ　著、垂水雄二　訳（草思社）
「虫屋のよろこび」ジーン・アダムズ　編、小西正泰　監訳（平凡社）
「昆虫――驚異の微小脳」水波誠　著（中公新書）
「虫たちの生き残り戦略」安富和男　著（中公新書）
「ホホグロオビキンバエ幼虫が寒冷期に死体を蚕食していた事例」三枝聖、松政正俊、八島洋一、藤田さちこ、新津ひさえ、高宮正隆、青木康博　著（岩手医科大学教養教育センター生物学科、岩手医科大学医学部法医学講座）
「溺死事例において左右両肺各葉から検出された珪藻数の比較検討」吾郷一利、吾郷美保子、林敬人、小片守　著（鹿児島大学大学院医歯学総合研究科社会・行動医学講座法医学分野）
「頸部圧迫後の海岸遺棄が疑われた1剖検例」的場光太郎、寺沢浩一（北海道大学大学院医学研究科社会医療管理学講座法医学分野）
「解剖実習マニュアル」長戸康和　著（日本医事新報社）
「現場の捜査実務」捜査実務研究会　編著（立花書房）

「現場警察官のための　死体の取扱い」捜査実務研究会　編著（立花書房）
「江戸前鮨　仕入覚え書き」長山一夫　著（ハースト婦人画報社）

# 解説

佳多山大地（ミステリー評論家）

**「だめ！　だめ！　そのハエをわたしに見せてちょうだい！」**

**——映画『蠅男の恐怖』より**

虫は苦手？　それとも平気？　子供の頃は喜んで虫取りしていたのに、大人になってからは気持ち悪く感じる？

昨年（二〇一五年）の一時《いっとき》、巷《ちまた》で話題になったのは、あの「ジャポニカ学習帳」の表紙から昆虫の姿が消えていた、という衝撃の事実だ。ショウワノート株式会社が一九七〇年に発売開始したジャポニカ学習帳は、その表紙に動植物の写真を大きく扱い、全国津々浦々の小学生に愛用されてきた。なかでも、やはり印象に残っている〝被写体〟は、日本では捕獲できない種類のカブト虫や蝶々など珍しい昆虫たちではなかったか。本書『水底《みなぞこ》の棘《とげ》』のヒロイン、法医昆虫学者の赤堀涼子《あかほりりょうこ》も、三十六という年齢からジャポニカ学習帳のヘビーユーザーだったことはまちがいないだろう。

　そんなジャポニカ学習帳の表紙に、じつに二〇一二年から昆虫がいっさい使われなくなっていた。一部の保護者や教員から「虫の写真は気持ち悪い」などのクレームが寄せられたためとも報じられたが、どうやら真相は、小学校に自社の学習帳を一括購入してもらいたいショウワノートの営業部門が、かかる虫嫌いの反応を過度に気にしたせいであるらしい。おかげで、それはそれで綺麗なのだけれど、子供たちは〝花の学習帳〟ばかり手にするようになった次第。

　こうした話題《ニュース》が新聞やテレビで遅ればせながら伝えられたことで、昆虫好きな大人たちの〝五分《ごぶ》の魂〟に火がついた。昆虫こそジャポニカ学習帳の顔、と信じるネット世論が澎湃《ほうはい》として起こると、慌てたショウワノートは学習帳発売四十五周年を記念し（あと五年で五十周年なのにね）、通信販売大手アマゾンの協力を得て歴代写真の人気投票を実施するに至る。当然、鬨《とき》の声を上げた昆虫ファンの組織票もあっただろう、クワガタやカブト虫など昆虫勢の得票が他を圧倒したのだ。

　この結果を受け、アマゾンで発売された復刻版学習帳五冊セット（五冊中四冊が昆虫の表紙）は、わずか一両日中に限定三千組の先行予約が終了した。うがった見方をすれば、ショウワノートの巧みな営業戦略に昆虫好きな大人たちがまんまと踊らされた気もするのだけれど……。

＊

現代ミステリー界注目の新鋭、川瀬《かわせ》七緒《ななお》の手になる本書『水底の棘』は、「ハエの伝道師」を自称する法医昆虫学者、赤堀涼子が名探偵役をつとめる警察小説シリーズの三作目にあたる。おそらく、本書を手に取った読者のほとんどが、講談社文庫版で赤堀女史の活躍を追いかけているのだろう。まずは、二〇一六年六月現在までのシリーズ刊行リストを左にまとめておきたい。なお、シリーズ第二巻以降も統一して付けられている副題「法医昆虫学捜査官」は省略してある。

①『147ヘルツの警鐘　法医昆虫学捜査官』二〇一二年七月、講談社⇩改題『法医昆虫学捜査官』一四年八月、講談社文庫
②『シンクロニシティ』二〇一三年四月、講談社⇩一五年八月、講談社文庫
③『水底の棘』二〇一四年七月、講談社⇩一六年八月、講談社文庫　※本書

④『メビウスの守護者』二〇一五年十月、講談社

作者の川瀬七緒は、子供服のデザイナーとして働く傍ら、ミステリージャンルにおける新人賞レースの最高峰、江戸川乱歩賞（第五十七回）を獲得し、華々しい小説家デビューを飾った。受賞作『よろずのことに気をつけよ』（二〇一一年）は、二十一世紀の現代においてなお息づく〈呪い〉をテーマに、憎悪の感情の行き着く果てを描いて民俗ホラーの色合いも濃いサスペンスフルな秀作だった。

ともあれ、職業作家として固定ファンをつかめるかどうかは、新人賞受賞の箔《はく》がつくデビュー作よりも、むしろ〝受賞後第一作〟の出来《でき》にかかってくる。その勝負作に川瀬が選んだのが、日本の警察の殺人捜査に法医昆虫学（昆虫学と法医学の融合！）の益あることを認めさせるべく奮闘するヒロインを描いた『147ヘルツの警鐘　法医昆虫学捜査官』だった。

〈法医昆虫学捜査官シリーズ〉の魅力は、なにをおいてもミステリーとして第一級の面白さを誇ることだ。年来のミステリーファンは諳《そらん》じているだろう、かの江戸川乱歩は「主として犯罪に関する難解な秘密が、論理的に、徐々に解かれて行く径路の面白さを主眼とする文学である」とミステリーを定義した。同シリーズの名探偵役、赤堀

涼子の操る新手の論理こそ「完璧な生態系ロジック」。例えば本書の冒頭、荒川の河川敷でユスリカの駆除を手伝っていた赤堀は、「ワナにかかったのはどっちも屍肉食《しにくしょく》種《しゅ》の子たち（引用者注：オオクロバエとホオグロオビキンバエ）なの。不衛生な場所に棲み着く虫とはわけが違う。筋の通った理由がない限り、この子たちは行動を起こさない。絶対にね」と案じる。虫たちの行動は論理的で、嘘がない。命の灯が消えた瞬間、自然に還《かえ》ったヒトの〝肉体〟をめぐり、屍肉食種のハエを一番手に形成される虫たちの食物連鎖は、なにより秩序立ってスケジューリングされている。筋の通った行動をする虫たちによって、筋の通らないこともする人間どもの犯罪が暴かれてゆくわけだ。ややもするとマンネリに陥りかねない捜査手順――犯人逮捕、事件解決に至る「径路」に、まだまだ未開拓の沃野《よくや》が残っていることを法医昆虫学捜査官シリーズは示したと言っていいだろう。

キャラクター造形の上手《うま》さも見逃せない。無邪気に虫取り網をブンブン振り回しながら、巨大な警察組織に伍して強《したた》かで隙のない一面も見せるヒロイン、赤堀涼子がなんともチャーミングだ。その赤堀女史の〝お守《も》り役〟を当初は厭々《いやいや》つとめながら、次第に法医昆虫学の真価を認めて協力を惜しまない岩楯祐也《いわだてゆうや》警部補の男ぶりもいい。赤堀が名探偵役なら岩楯は助手役《ワトスン》かといえば、決してそうではない。岩楯は警察の組織力の強みも知る敏腕刑事であり、そんな彼がいわば異分子である赤堀の繰り出す「生態系ロジック」に素直に耳を傾けることで捜査は新たな局面を迎える。さらに本書では、シリーズ二度目の登場となるプロファイラー志望の青年刑事、鰐川宗吾《わにかわそうご》のメモ魔ぶりに拍車がかかっているのにもくすぐられる。

赤堀捜査官第三の事件は、奇しくも赤堀自身が死体の第一発見者となった。東京は江戸川区、荒川と中川の合流地点にある中州に漂着していた死体は、肥満体型の男ということ以外、身元につながる情報はほとんどないに等しい。岩楯警部補ら警察による身元特定の地道な捜査と、遊軍たる赤堀女史による殺害現場特定の調査研究が並行して進んでゆく。前者の様子が克明に、リアルに描かれるからこそ、後者の新奇な「径路の面白さ」がいよいよ引き立つわけだ。なんと見事な作劇術だろう。塩分濃度とハエの卵が孵化《ふか》するスピードとの関連性から殺害現場を大胆に絞るところなど、目からウロコが落ちる。

ところで、フーダニット（誰が犯人か）やホワイダニット（どういう理由で犯行が行われたか）といったミステリー用語は一般に流通しても、フェアダニット（どこが犯行現場か）はあまり〝問題〟とされない。なぜなら、フェアダニットの謎はフェンダニット（いつ犯行が行われたか）の謎と相性良く絡んで、「アリバイ崩し」なる耳慣れた推理問題としてミステリーファンに理解されるからだ。いつ、どこで犯行は行われたか？　そのとき、容疑者はどこにいた？

だが、本書『水底の棘』のフェアダニットは、アリバイ崩しとはまったくリンクせず、おそろしく純化している。終盤、フェアダニットの電撃的解明が、フーダニットの答えにもホワイダニットの答えにも直結している点で、本書は類例のない『径路の面白さ』を達成したと評すべきだ。シリーズ前二作の終盤では赤堀女史の命が危険にさらされるが、三作目の本書では彼女が救援する側に回って大活躍するところも見ものである。

法医昆虫学分野の日本での確立に懸命な赤堀涼子は、決して〝死者の声〟を聴くわけではない。彼女が聴くのは、あくまで〝虫の声〟だ。現在まで発表されているシリーズ四冊を読むかぎり、赤堀が法医昆虫学のものさしを当てる被害者がいずれも〈善人〉と呼べる人物でないことは目立った特徴と見るべきだろう。そして、赤堀自身、物言わぬ被害者の無念を晴らしてやろう、などと正義感を表明することもない。ならば、なぜ彼女は法医昆虫学を究めようと志し、困難を承知で警察組織に食い込んで殺人事件の捜査に積極的にかかわろうとするのか？　あけっぴろげな性格に思える赤堀だが、彼女が自分のプライベートを語る機会はいまだ乏しく、実際ほとんど窺い知れない。意外とミステリアスでもあるヒロインから、今後ますます目が離せないのである。

――と、そういえば、ジャポニカ学習帳の愛用者だったはずの赤堀涼子も、きっと例の復刻版学習帳セットを手に入れたことだろう。セットの五冊のうち、横罫《けい》のノートは「ワニさん」こと鰐川宗吾刑事にプレゼントするのではないか。法医昆虫学捜査官シリーズの一ファンとしては、鰐川刑事の通称「鰐川帳」が、いずれ昆虫が表紙のジャポニカ学習帳になるときを想像し頰がゆるむのを抑えられない。

●本書は二〇一四年七月に、小社より刊行されました。
文庫化にあたり、一部を加筆・修正しました。

|著者|川瀬七緒　1970年、福島県生まれ。文化服装学院服装科・デザイン専攻科卒。服飾デザイン会社に就職し、子供服のデザイナーに。デザインのかたわら2007年から小説の創作活動に入り、'11年、『よろずのことに気をつけよ』で第57回江戸川乱歩賞を受賞して作家デビュー。'21年に『ヴィンテージガール　仕立屋探偵 桐ヶ谷京介』で第４回細谷正充賞を受賞し、'22年に同作が第75回日本推理作家協会賞長編および連作短編集部門の候補となった。また'23年に『クローゼットファイル　仕立屋探偵 桐ヶ谷京介』所収の「美しさの定義」が第76回日本推理作家協会賞短編部門の候補に。ロングセラーで大人気の「法医昆虫学捜査官」シリーズには、『147ヘルツの警鐘』（文庫化にあたり『法医昆虫学捜査官』に改題）から最新の『スワロウテイルの消失点』までの７作がある。ほかに『女學生奇譚』『賞金稼ぎスリーサム！ 二重拘束のアリア』『うらんぼんの夜』『四日間家族』『詐欺師と詐欺師』など。

水底《みなぞこ》の棘《とげ》　法医昆虫学捜査官《ほういこんちゅうがくそうさかん》

川瀬七緒《かわせななお》



2016年８月10日第１刷発行
2025年４月11日第７刷発行

発行者――篠木和久
発行所――株式会社　講談社
東京都文京区音羽2-12-21　〒112-8001
電話　出版　(03) 5395-3510
　　　販売　(03) 5395-5817
　　　業務　(03) 5395-3615

Printed in Japan

講談社文庫

定価はカバーに
表示してあります

KODANSHA

デザイン―菊地信義
本文データ制作―講談社デジタル製作
印刷―――株式会社KPSプロダクツ
製本―――株式会社KPSプロダクツ



ISBN978-4-06-293355-1

# 講談社文庫刊行の辞

二十一世紀の到来を目睫に望みながら、われわれはいま、人類史上かつて例を見ない巨大な転換期をむかえようとしている。

世界も、日本も、激動の予兆に対する期待とおののきを内に蔵して、未知の時代に歩み入ろうとしている。このときにあたり、創業の人野間清治の「ナショナル・エデュケイター」への志を現代に甦らせようと意図して、われわれはここに古今の文芸作品はいうまでもなく、ひろく人文・社会・自然の諸科学から東西の名著を網羅する、新しい綜合文庫の発刊を決意した。

激動の転換期はまた断絶の時代である。われわれは戦後二十五年間の出版文化のありかたへの深い反省をこめて、この断絶の時代にあえて人間的な持続を求めようとする。いたずらに浮薄な商業主義のあだ花を追い求めることなく、長期にわたって良書に生命をあたえようとつとめるところにしか、今後の出版文化の真の繁栄はあり得ないと信じるからである。

同時にわれわれはこの綜合文庫の刊行を通じて、人文・社会・自然の諸科学が、結局人間の学にほかならないことを立証しようと願っている。かつて知識とは、「汝自身を知る」ことにつきていた。現代社会の瑣末な情報の氾濫のなかから、力強い知識の源泉を掘り起し、技術文明のただなかに、生きた人間の姿を復活させること。それこそわれわれの切なる希求である。

われわれは権威に盲従せず、俗流に媚びることなく、渾然一体となって日本の「草の根」をかたちづくる若く新しい世代の人々に、心をこめてこの新しい綜合文庫をおくり届けたい。それは知識の泉であるとともに感受性のふるさとであり、もっとも有機的に組織され、社会に開かれた万人のための大学をめざしている。大方の支援と協力を衷心より切望してやまない。

一九七一年七月

野間省一